DER ARROGANTE MILLIARDÄR

THE BALTIMORE BOYS
BUCH 2

SAMANTHA SKYE

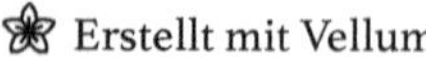 Erstellt mit Vellum

INHALTLICHE INFORMATIONEN

Dieses Buch enthält pikante Szenen, Flüche und Beschreibungen von Gewalt. Es enthält auch Informationen und Dialoge über häusliche Gewalt.

In dieser Milliardär Romanze, die Ihre Haut prickeln und Sie vor Spannung den Atem anhalten lassen wird, geht es um eine alleinerziehende Mutter, eine vorgetäuschte Verlobung und Gegensätze, die sich anziehen.

Viel Spaß!

1

EMILY CARR

Wir drängen uns durch die Menschenmenge und bewegen uns zum hinteren Teil der Bar. Eigentlich ist es eine schlechte Idee an einem Freitag in die Leslie Street zu kommen, um etwas zu trinken, aber es ist bereits Tradition geworden, jedes Jahr an diesem Tag hierherzukommen.

„Ich hole den Champagner!", ruft Sarah und geht auf den geschäftigen Barkeeper zu, während Allie und ich uns den letzten Tisch sichern, bevor es jemand anderes tut.

„Ich hasse diesen Ort", sage ich zu ihr, während ich mich auf den Stuhl fallen lasse und all die arroganten Anzugträger im Raum betrachte. Sie haben zweifellos gerade eine hektische Woche hinter sich, in der sie Tag und Nacht gearbeitet haben, um ihre nächste Million zu verdienen.

Ein Kribbeln hat sich auf meiner Haut breitgemacht, welches von einer Mischung aus Unbehagen und Angst verursacht wird, dennoch versuche ich ruhig sitzen zu bleiben, denn ich weiß, dass meine wunderbare Tochter Rosie zu Hause gut und sicher aufgehoben ist. Ich sollte bei ihr sein. Meine Schuldgefühle, sie zu verlassen, verschwinden nie, aber ich weiß, dass sie in ihrer Unabhängigkeit gedeiht, wenn wir getrennt sind, egal ob ich das will oder nicht.

„Komm schon, so schlecht ist es hier doch gar nicht. Immerhin gibt es hier auch was fürs Auge, meinst du nicht auch?" Auf diese Worte hin verdrehe ich die Augen. Das habe ich auch gedacht, als ich Jeremy zum ersten Mal begegnete. Was für ein schrecklicher Irrtum das war. Allie ist etwa vier Jahre jünger als ich, und obwohl ich mit neunundzwanzig noch nicht alt bin, fühle ich mich, als hätte ich schon drei Leben gelebt. Wir sind gerade erst angekommen, und ich kann es kaum erwarten, nach Hause zurückzukehren und mich mit einem guten Buch aufs Sofa zu setzen.

Ich sehe, wie erneut die Tür der Bar geöffnet wird und fünf weitere Männer hereinkommen, die alle distinguiert, adrett und völlig von sich eingenommen aussehen. Ich schnaube frustriert auf. Wir kommen jedes Jahr genau zu diesem Zweck hierher. Es ist eine Erinnerung an alles, was ich durchgemacht habe und nie wieder durchmachen möchte.

„Sie hatten nur das teure Zeug, also dachte ich, wir sollten uns heute Abend etwas gönnen!", sagt Sarah, während sie einen Eiskübel mit einer Flasche französischen Champagners auf den Tisch stellt, gefolgt von drei Champagnergläsern. „Heute Abend regnet es hier Männer." Sie nimmt Platz und schaut sich im Raum um.

„Es ist ein Fleischmarkt, etwas, das sich seit dem letzten Mal, überhaupt nicht verändert hat", entgegne ich frech, als ich ein paar Männer betrachte, die sich in der Nähe der Tür aufhalten, aber ein Blick auf ihre Anzüge genügt, damit sich mein Magen zusammenzieht.

„Gib mir die Flasche." Ich schnappe sie mir aus dem Eiskübel und öffne sie. Ich trinke nicht mehr viel, aber wie ein Profi nehme ich die Flasche, ergreife den Korken und drehe die Flasche genau sechsmal in der Hand. Der Korken knallt leise, als ich ihn vorsichtig mit der Hand anhebe, das leise Sprudeln reicht nur bis zu meinen Ohren, und ich schenke drei Gläser ein, während ich den Boden der Flasche halte. Ich bin in der Kunst des Öffnens und Einschenkens von Champagner bestens geschult.

„Alles Gute zum Jahrestag!", rufen Sarah und Allie unisono und halten ihre Gläser hoch.

„Danke, Mädels. Ohne euch hätte ich das nicht über-lebt", sage ich lächelnd und bin zutiefst dankbar, für ihre Unterstützung in den vergangenen Jahren.

Wir nippen an unseren Getränken, und ich nehme mir einen Moment Zeit, um meine Gedanken zu sammeln. In der Stadt fühle ich mich immer unruhig. *Was, wenn ich ihn sehe? Was ist, wenn er mich sieht?* Ich schaue mich ständig um. Das Bedürfnis, mich in der Sicherheit meines Hauses zu verschanzen und gleich-zeitig ein normales Leben zu führen, ist ein Drahtseilakt. Aber diese Erinnerung an mein früheres Leben ist notwendig, egal wie sehr mich meine Ängste dabei quälen. Sie gibt mir den Mut, weiterzumachen. Während ich an meinem Getränk nippe, denke ich an all das, was geschehen ist, und spüre die kleinen Bläschen in meinem Mund tanzen. Das Gefühl erfüllt mich mit Freude. Ich habe es so weit gebracht und ich habe es unversehrt überstanden.

Nun, fast.

„Erzähl mir von deiner Woche", fordere ich Sarah auf, weil ich alles über ihre letzte Begegnung mit unserem neuen Schulgärtner erfahren möchte. An der William Heights Elementary School dürfen Mitarbeiter nicht miteinander ausgehen und auch keine Beziehung eingehen. Bis jetzt hat sich Sarah an diese Regeln gehalten, aber ihr Flirt kennt kaum Grenzen. Es ist wirklich nur eine Frage der Zeit, bis es zu etwas mehr wird.

„Er hat mir heute Morgen einen Strauß Rosen aus dem Garten gepflückt und in mein Klassenzimmer gelegt", sagt Sarah wehmütig, und ich merke, wie ihr die Röte in die Wangen kriecht.

„Oh, wie süß!", ruft Allie aus. Sie ist die Romantikerin unter uns. Sie träumt noch immer davon, dass irgendwann ein charmanter Prinz vorbeikommt und mit ihr in den Sonnenuntergang reitet. Wenn sie nur wüsste, dass die reale Welt nicht so funktioniert.

Ich wünschte, ich wäre auch noch so naiv.

„Was wirst du tun?", dränge ich und frage mich, wie sie vorgehen will. Der Gärtner sieht auf eine raue Art extrem gut aus und scheint ein absoluter Gentleman zu sein, aber ich bin mir nicht sicher, ob sie ihm eine Chance geben wird, es ihr zu zeigen.

„Ich meine, er ist nett ..." Sie scheint einen Moment lang über ihre nächsten Worte nachzudenken, aber das kleine Lächeln, das sich auf ihren Lippen bildet, verrät ihre wahren Absichten.

„Nett! Er ist atemberaubend, das ist er!", ruft Allie aus und fächelt sich mit der Hand theatralisch Luft zu, was uns alle zum Lachen bringt.

„Apropos atemberaubend ..." Sarahs Aufmerksamkeit richtet sich auf eine Gruppe von Männern an der Bar. Einer sticht besonders hervor, einfach weil er so groß und breit ist und wie eine Wand aus Muskeln aussieht. Sein weißes Hemd ist an den Ärmeln hochgekrempelt, sodass seine gebräunte Haut zum Vorschein kommt. Ich wende meinen Blick ab, bevor ich auch nur auf den Gedanken komme, dass ich ihn attraktiv finden könnte, denn ich möchte niemals wieder etwas mit einem Mann zu tun haben, den ich in einer Bar wie dieser kennengelernt habe. Männer in Anzügen habe ich schon vor langer Zeit aus meinen Gedanken gestrichen und bin seitdem Single geblieben. Gott sei Dank habe ich meine Freunde.

Mein Blick schweift durch den Rest des Raumes und ich bin erleichtert, dass ich niemanden sehen kann, den ich kenne. Nicht, dass ich das erwartet hätte; mein früheres Leben liegt schon lange hinter mir, und hier gibt es niemanden, der auch nur die geringste Ahnung hätte, wer ich bin. Die meisten Männer in dieser Bar sind zu sehr mit sich selbst beschäftigt, als dass sie sich um etwas anderes kümmern würden als um ihren Whisky und die nächstgelegenen Titten.

„Ich muss auf die Toilette gehen. Ihr zwei könnt die Kerle schonmal ohne mich begutachten." Es dauert eine Stunde, um von unserem Wohnort die Vorstadt zu erreichen, und da ich nicht mehr viel trinke, hält meine Blase nicht mehr lange durch. Während Sarah eine weitere Runde einschenkt – unsere Letzte für den Abend, da wir alle bald nach Hause zurückkehren und die Stadt verlassen wollen, bevor es zu dunkel und unruhig wird – entferne ich mich vom Tisch.

Als ich an einer Gruppe von Geschäftsleuten vorbeigehe, bekomme ich einen Stoß von hinten und taumele nach vorn, wobei ich gegen jemandes Brust stoße.

„Tut mir leid", murmle ich, während ich versuche, einen Schritt zurückzutreten, aber die Menge steht zu dicht beieinander, und ich komme nicht weit, bevor ich wieder geschubst werde und große Hände sich um meine Taille legen, damit ich nicht falle. Seine Hände sind so groß, dass sie fast meine gesamte Taille umschließen, und ich starre direkt auf seine Brust. Als ich aufschaue, dauert es gefühlt ewig, bis ich sein Gesicht erreiche. Es ist derselbe Mann, den wir vorhin schon bewundert haben. Er ist weit über einen Meter achtzig groß und so breit, dass ich nicht einmal um ihn herum sehen kann.

„Schon gut, ich bin es gewohnt, dass es Frauen bei meinem Anblick die Sprache verschlägt", sagt er sanft, seine dunkelbraunen Augen blicken direkt in meine. Er schenkt mir ein Grinsen, das ich ihm am liebsten aus dem Gesicht schlagen würde.

„Oh, natürlich sind Sie das. Sie haben es bestimmt ziemlich schwer", sage ich zuckersüß, ich bin nicht in der Stimmung, um mich mit einem weiteren, eingebildeten Mann wie ihm abzugeben. Hier wimmelt es nur so von dieser Art von Männern, und ich muss hier wirklich weg, bevor mir meine Vergangenheit zum Verhängnis wird. Seine Augenbrauen heben sich herausfordernd.

„Nun, ich habe eine Menge Übung. Aber du bist vielleicht die Schönste von allen." *Na toll.* Er flirtet mit mir. Ich kann nicht glauben, dass dieses Gerede bei manchen Frauen tatsächlich funktioniert.

„Und du hast so unglaublich große, starke Hände, um mich zu halten." Ich klimpere mit den Wimpern und schenke ihm ein falsches Lächeln.

„Das ist nicht alles, wofür sie gut sind." Ich unterdrücke den Drang, die Augen zu verdrehen.

„Ach wirklich? Bitte, erzähl mal ...", schnurre ich und tue so, als ob ich seinem Charme erliege.

„Hmmm, ich könnte es dir jederzeit zeigen", bietet er an, sein Daumen reibt über meine Haut, wo er noch immer auf meiner Taille ruht, und ich schweige. Seine Hände fühlen sich gut an. Zu verdammt gut, aber ich denke, ich habe meine Neckereien bereits zu weit getrieben.

„Igitt, ich will es gar *nicht* wissen. Nimm deine Hände von mir." Mit einem Schnauben trete ich zurück, um Abstand zwischen uns zu schaffen.

„Du bist diejenige, die gegen mich gestoßen ist, Schätzchen. Ich habe nur dafür gesorgt, dass du nicht den Boden küsst", sagt er achselzuckend und schiebt seine Hände in die Taschen.

„Oh mein Gott, du bist so ein Neandertaler." Ich ertappe mich dabei, wie meine Stimme lauter wird. Ich muss mich zusammenreißen, bevor ich anfange, wie eine Verrückte zu klingen. Aber ich kann nicht anders. Diese Orte machen mich immer nervös. Es ist fast so, als wäre ich in der Zeit zurückgereist, aber mit Jahren der Erfahrung, die mich stärker gemacht haben, wenn auch nicht ganz pessimistisch gegenüber allem.

„Ein Neandertaler, hm? Nun, fahren Sie bitte mit Ihren Komplimenten fort, Mrs. Doubtfire." Sein Tonfall ist amüsiert, während er auf seinen Fersen wippt, das Grinsen ist nicht von seinen Lippen gewichen.

„Mrs. Doubtfire?" Ich lege meinen Kopf leicht in den Nacken, als ich zu ihm aufschaue, und mein Haar fällt zurück und streicht über die Stelle, an der seine Hände gerade meinen Rücken mit seiner Berührung verbrannt haben. Das Gefühl lässt mich erschaudern.

„Nun, wenn der Schuh passt", sagt er, wobei seine Augen an meinem Körper auf- und abwandern, und mir wird klar, dass er mein Kleidungstil beleidigt. Ich bin direkt von der Schule gekommen und hatte keine Zeit, um mich umzuziehen, also bin ich im Vergleich zu all den anderen Frauen hier sehr zurückhalten gekleidet.

Ich schüttle verärgert den Kopf. Diese Anzugsträger sind doch alle gleich.

Ich bekomme einen weiteren Stoß von hinten und knalle mit einem Schnauben ein weiteres Mal gegen seine Brust. Meine Brüste pressen sich an ihn, und ich atme tief den Duft seines Parfüms ein. Es ist ein gefährliches, holziges Aroma, gemischt mit tiefem Verlangen, das mich so sehr ablenkt, dass ich gar nicht merke, dass ich immer noch an ihn gepresst bin, bis sein Griff um meine Taille fester wird. Meine Haut kribbelt an den Stellen, an denen seine Hände meinen Körper berühren, und ich muss den Kopf schütteln, um den Gedanken, in seiner schützenden Umarmung bleiben zu wollen, aus meinem Kopf zu bekommen.

Ich will mich wieder von ihm entfernen, aber bevor ich das tun kann, werde ich hochgehoben, sodass meine Füße nicht mehr den Boden berühren. Ich stoße einen leisen Schrei aus und muss mich an seinem Hemd festklammern, während er mich herumwirbelt und die Position mit mir tauscht. Ich werde mit dem Rücken gegen die Bar gelehnt und er stützt seine Hände auf der Bar auf beiden Seiten von mir ab, sodass er mich vor der Menge schützt. Jetzt bekommt er das Gedränge der Leute in seinem Rücken zu spüren, aber das scheint ihn nicht zu stören.

„Was soll das werden?", frage ich, mein stählerner Blick bohrt sich in ihn, während ich versuche, ruhig zu bleiben.

„Sie beschützen." Er grinst mich auf eine süße und doch total nervige Art und Weise an.

„Ich brauche keinen Schutz." Was für eine Frechheit von diesem Mann. Ich bin durchaus in der Lage, auf mich selbst aufzupassen, das tue ich schon seit ziemlich langer Zeit.

„Benjamin", sagt er plötzlich.

„Was?" Ich spüre, wie sich meine Stirn runzelt und versuche zu verstehen, wovon er spricht.

„Benjamin. Mein Name ist Benjamin. Aber Sie können mich Ben nennen." Seine Mundwinkel heben sich leicht, als er sich vorstellt. Vor Jahren wäre ich in Ohnmacht gefallen, aber ich bin nicht mehr die Frau, die ich einmal war.

„Das ist nett, aber ich muss jetzt wirklich gehen,

wenn Sie mich also entschuldigen würden ..." Ich ducke mich unter seinen Arm hinweg und entferne mich von ihm, um endlich zu den Toiletten zu gehen, ohne mich noch einmal umzuschauen oder zurückzublicken, obwohl ich es wirklich möchte.

Aber Männer in Anzügen haben keinen Platz in meinem Leben. Nicht mehr.

2

BENJAMIN ROTHSCHILD

Ich beobachte, wie der kleine Hitzkopf mit den vollen Lippen in Richtung der Toiletten verschwindet. Sie hat mich einen Neandertaler genannt. Wer nutzt dieses Word heutzutage noch? Ihr runder Hintern wippt in ihrer grässlichen Kleidung auf und ab, nicht dass es mich interessieren würde, was sie trägt. Ich habe keine Ahnung, in welcher Anwaltskanzlei sie arbeitet, aber ich weiß, dass es nicht meine ist.

Unser Gespräch dauerte nur fünf Minuten, aber es bereitete mir den größten Spaß, den ich seit Monaten hatte. Ihre sinnlichen Lippen und ihre Schlagfertigkeit lassen meine Gedanken rasen. Ich hatte noch nie eine Frau, die sich mir gegenüber so verhielt. Normalerweise habe ich Frauen, die alles tun, was ich verlange, alles, was ich will. Aber das hier war neu, und es hat mir gefallen. Auch wenn sie mit mir spielte und mir Beleidigungen zuwarf.

Ich hatte nicht unrecht, als ich sie Mrs. Doubtfire nannte. Der Name war ein Scherz, und sollte zu dem grässlichen Titel, den sie mir gab, passen. Es machte Spaß, sie auf die Palme zu bringen, und ich sah, wie ein Feuer in ihren Augen aufloderte, sobald ich den Namen aussprach. Aber der Name passt. Ihr Körper wird vollständig von dieser einfachen schwarzen Hose und ihrem weißen Hemd bedeckt, und sie sieht in einer Bar wie dieser fehl am Platz aus. Die Frauen, die sich in dieser Bar tummeln, sind viel freizügiger und zeigen alles, was sie zu bieten haben, und ich meine wirklich *alles*. Ich habe bereits zwei Angebote für einen schnellen Fick auf den Toiletten bekommen, und obwohl ich beide abgelehnt habe, sind meine Sinne nach der Begegnung mit ihr wach und suchen nach Aufmerksamkeit. Vorzugsweise von einer kleinen, frechen, altmodisch gekleideten Frau.

Ich habe von klein auf gelernt, dass Äußerlichkeiten alles sind. Meine Mutter hat immer gesagt: *„Zieh dich an, um zu beeindrucken, Benjamin."* Ich kann ihre Stimme noch immer in meinem Kopf hören und schüttle ihn, um sie abzuschütteln.

„Willst du noch einen?", fragt mich Tennyson und veranlasst mich, den Blick vom Hintern dieser Frau zu lösen und ihn anzusehen. Er ist zwei Jahre jünger als ich, und ich mustere ihn misstrauisch. Er liebt nichts mehr als eine Nacht voller Alkohol und Frauen, also muss ich sicherstellen, dass er heute Abend nicht zu lange ausbleibt. Ich will nicht das ganze Wochenende damit verbringen, Paparazzi-Fotos von ihm zu entschärfen, auf denen zu sehen ist, wie er Dinge tut, die er nicht tun sollte.

„Sicher", sage ich mit einem Nicken. Er nimmt mein

Glas und stellt es auf die Theke hinter uns, und ich werfe noch einen Blick in Richtung Toiletten, sehe aber niemanden. Der Korridor ist jetzt leer.

„Wer ist die Nonne?", fragt Eddie, als er sich zu uns gesellt, um der Menge zu entkommen. Er versucht sich von den manikürten Händen zu befreien, die regelmäßig auf seinen Armen erscheinen.

Wir drei stehen an der Bar und ignorieren die Blicke, die uns zugeworfen werden. Wir sind die reichsten Junggesellen von DC, daher werden wir auch vom Großteil der weiblichen Bevölkerung erkannt. Manchmal sind wir sogar mit unseren eigenen Hashtags im Trend.

„Keine Ahnung", antworte ich und nehme einen Schluck von meinem Whisky. Sie hat mir ihren Namen nicht genannt, wobei offensichtlich ist, dass sie dieses Versäumnis nicht nachholen wird. Auch das ist eine Premiere für mich. Die meisten Frauen, die ich treffe, stellen mir Freundschaftsanfragen, sobald sie von meiner Seite weichen, doch diese hier war meinem Charme gegenüber vollkommen immun. Ich sehe, wie rote Fingernägel an Tennysons Arm auf und ab wandern, als eine weitere Frau versucht, ihn für die Nacht zu erobern.

„Sie sah nicht wie dein Typ aus", stellt Eddie fest, der neben mir steht, während Tennyson sich aus dem Gespräch heraushält und sich abwendet, um die Aufmerksamkeit der Frau mit den roten Nägeln zu genießen.

„Und welcher ist deiner Meinung nach mein Typ?", frage ich ihn neugierig und denke schon, dass ich vielleicht einen neuen Typ gefunden habe. Die Art von Frau, die klug und sexy ist, alles zusammen in einem kleinen

Paket, das mir nichts als Ärger bereiten würde. Da bin ich mir sicher.

„Große, amazonenhafte Supermodels", gibt er ein wenig zu schnell zurück.

„Ich habe mich auch mit anderen Frauen getroffen." Ich habe das Gefühl, mich verteidigen zu müssen, auch wenn ich mir nicht sicher bin, warum.

„Deine letzten drei Freundinnen waren alle auf den Titelseiten der großen Modemagazine zu sehen. Sie sind alle Kopien der anderen. Du änderst deine Vorlieben nicht, also hast du einen ganz klaren Typ." Eddie grinst, und ich hasse es, dass meine Vergangenheit ihm recht gibt.

„Ich habe keinen Typ." Mein Blick schweift wieder in Richtung der Toiletten, der Flur ist immer noch leer.

„Nein, natürlich nicht. Was ist mit Sasha?", fragt er, um seinen Standpunkt zu untermauern.

„Lassen wir das Unglück beiseite", murmle ich, weil ich dieses Gespräch schleunigst beenden will. Ich knirsche bei der Erinnerung daran mit den Zähnen. Ich spüre keinen Schmerz, sondern schäme mich nur dafür, dass ich so verdammt dumm war. Während ich darauf warte, dass er mich weiter reizt, kippt er seinen Drink herunter.

„Ich bin weg. Ich muss früh aufstehen und mir das Gebäude an der Ostseite ansehen. Viel Glück mit dem Meeting am Montagmorgen, von dem du gesprochen hast." Er schüttelt mir die Hand und wir klopfen uns gegenseitig auf die Schulter, bevor er sich durch die Menge schlängelt, und den Berührungen und Flirtversuchen verschiedener Frauen ausweicht.

Ich bin mir nicht sicher, was dieses Treffen angeht, und habe heute Abend ausführlich mit meinen Brüdern darüber gesprochen. Ich warte immer noch auf die genauen Einzelheiten, aber Jonathan Beasley ist unser größter Mandant, also müssen wir auf jeden Fall erfolgreich sein. Er bringt uns jedes Jahr Millionen ein, wenn wir uns darum bemühen, ihn vor schief gelaufenen Geschäften zu schützen und zu retten, und zwischendurch ein paar Vergehen begehen. Wir haben gerade seine dritte Scheidung abgeschlossen, und er ist äußerst zufrieden mit unseren bisherigen Leistungen, da wir ihm mehr Geld denn je gespart haben. Sein Augenmerk liegt nun auf dem Grundstück einer Grundschule am Stadtrand, in einem Vorort mit geringem sozialen Status. Er möchte es nutzen, um dort Eigentumswohnungen zu bauen, denn das ist sein Hauptgeschäft. Nach dem ganzen Papierkram zu urteilen, scheint es ein erfolgversprechendes Projekt zu werden.

Aber es kann schwierig sein, sich in den Vorstädten zurechtzufinden und in die Nachbarschaft zu gelangen. Es muss viel kommuniziert und zusammengearbeitet werden, vor allem, weil die Schule zwar von der Gemeinde verwaltet wird, aber in Privatbesitz ist. Dies ist nun um so wichtiger, wo mein Bruder Harrison Gouverneur ist. Aber wie üblich will Beasley einfach sein Geld nehmen und das Grundstück erwerben. Und das wird er auch tun, denn mit Geld bekommt man immer, was man will.

In Anbetracht der Tatsache, dass wir ein paar Millionen an dem Geschäft verdienen werden, kann ich mich nicht wirklich beschweren. Es ist einfach ein Geschäft.

Ich bleibe an der Bar stehen, wirble den Whisky in meinem Glas und lasse meinen Blick noch ein paar Mal über den leeren Gang schweifen, bevor ich mich in der Bar umsehe. Am heutigen Abend sind die üblichen Leute anwesend, Männer in Anzügen und Frauen, die am Champagner nippen und hoffen, die nächste Gattin von einem der vielen hier anwesenden Männer zu werden, mich eingeschlossen.

Da ich wohlhabend bin, musste ich leider feststellen, dass ich ein Magnet für Goldgräber bin, wie ich bei Sasha erfahren habe. Wir waren zwölf Monate lang zusammen, bevor ich sie mit einem anderen Mann erwischte. Es gibt eine Vielzahl von Gefühlen, die einen durchströmen, wenn man seinen Partner mit jemand anderem erwischt. Schock, Wut, Kummer, Unglauben. Die Situation hat mich geschockt, da ich mir sicher war, dass wir etwas reales hatten.

Jetzt mache ich nur noch Gelegenheitsbekanntschaften. Das beschissene Ergebnis der Ehe meiner Eltern reicht aus, um jeden Mann von diesem Akt abzubringen. Meine Mutter, die treu und fürsorglich war, veränderte sich fast über Nacht, als mein Vater starb und eine Reihe von Geliebten hinterließ, die sie und uns Kinder überraschten. Das machte uns alle nervös. Keinem von uns gefällt noch die Idee einer Bindung, außer Harrison. Er fand Beth und hat seitdem nicht mehr zurückgeblickt. Die beiden regieren Maryland, als wären sie dafür geboren.

Ich werfe noch einen kurzen Blick in mein Glas und

leere es dann in einem Zug. Dabei bemerke ich eine Gruppe von Frauen, die mich von der anderen Seite der Bar aus anstarren. Ich nicke und wende mich von ihnen ab, weil mir heute Abend nicht danach ist. Im Geiste schimpfe ich mit mir selbst, als mein Blick in Richtung Toilette geht. Wieder einmal. Bevor ich mich weiter in meinen Gedanken verlieren kann, spüre ich, wie sich eine Hand um meinen Unterarm legt, und ich schaue nach unten und sehe rot lackierte, glänzende Nägel. Ich frage mich, ob es dieselbe Frau ist, die sich gerade an Tennyson rangemacht hat.

„Hallo, mein Hübscher", schnurrt eine weibliche, kokette Stimme, und ich bin enttäuscht, dass es nicht die geheimnisvolle Frau von vorhin ist. Ich blicke über das Meer von Menschen hinweg und sehe, wie Tennyson die Lippen, auf die einer Blondine legt. Er hat sie in einer kleinen Nische an die Wand gedrückt, dennoch kann ich die beiden sehen. In seiner Nähe entdecke ich schließlich die Frau von vorhin mit zwei anderen Frauen, die über etwas lachen, das unglaublich lustig zu sein scheint, während sie ihre Sachen zusammensuchen, um zu gehen. Sie sieht sogar noch besser aus wenn sie lächelt. Ich wünschte, sie würde auch in meiner Gegenwart so lächeln. Mein Blick bleibt auf sie gerichtet und ein leichtes Gefühl von Neid steigt in mir auf, denn ich wäre lieber dort drüben bei ihr und würde lachen, statt hier, wo ich gerade stehe.

„Kommst du oft hierher?", fragt die Frau, die sich gerade an meinen Arm klammert, ohne meine leise Ablehnung zu bemerken. Ich ignoriere ihre Worte, die ich schon eine Million Mal gehört habe, und beobachte

Doubtfire, während sie durch die Menge zur Tür geht. Sie muss meinen Blick auf sich gespürt haben, denn ihr Blick wandert zurück zu mir, dann zu der Frau, die sich mir gerade aufdrängt, bevor sie die Augen verdreht und mit ihren Freundinnen zur Tür hinausgeht.

Ich glaube, mir reicht es für heute.

3

───

EMILY

Das kann doch nicht wahr sein. Ich habe das Gefühl, dass mein Herz jeden Augenblick eine Stillstand erleidet. Ich bin kurz davor, eine ausgewachsene Panikattacke zu bekommen oder mein Glas Wasser gegen die Wand zu werfen. Beides ist in diesem Moment sehr wahrscheinlich.

Meine Finger umklammern den Brief, während mein Blick über die Worte schweift. Das Papier liegt schwer in meinen Händen. Ich möchte den Brief zerreißen und so tun, als hätten wir ihn nie erhalten. Aber ich habe vor langer Zeit gelernt, niemals den Kopf in den Sand zu stecken. Immer für das einzustehen, was richtig ist, und für das Gute zu kämpfen.

„Schau nicht so grimmig. Das musste so kommen“, sagt George von seinem Schreibtisch aus, der in dieser Situation viel zu ruhig wirkt. Er ist mein Fels in der Brandung, und ich weiß nicht, was ich ohne ihn tun würde.

„Wie kannst du nur so ruhig bleiben?“, frage ich verblüfft. Die Wut kocht bereits in mir, mein Griff wird fester und ich zerdrücke das Papier in meiner Faust. Er beschützt mich, aber ich beschütze ihn ebenso sehr.

„Ich habe schon seit einiger Zeit damit gerechnet. Seitdem diese neuen Eigentumswohnungen in der Smith Street gebaut wurden. Das nennen sie Fortschritt. Und wir können nichts dagegen tun." George bleibt stoisch wie immer, aber seine Schultern sind eingesunken und der Ausdruck in seinem Gesicht spricht von Resignation. Ich hasse es, ihn so zu sehen. Ich würde am liebsten, all diese Negativen Gefühle in ihm, auslöschen.

„Nun, es wird keinen zukünftigen Fortschritt geben, wenn wir diese Kinder nicht ausbilden können. Sie werden in diesem System untergehen, wenn sie nicht hierher kommen können. Die William Heights Elementary ist alles, was sie haben!" Ich lege George meine Argumente dar, als ob er sie nicht schon kannte. Er weiß es. Genau wie ich. Genau wie jeder, der hier arbeitet, und jeder in der Gemeinde. Alle, außer den Milliardären aus der Großstadt, die glauben, sie könnten einfach herkommen und mit ihren Millionen alles in ihren Besitz bringen. Ihre einzige Motivation ist es, das Gebäude abzureißen, eine Reihe von Eigentumswohnungen zu bauen und weiterzuverkaufen, um dann zweifellos einen ordentlichen Gewinn zu machen.

„Ich werde das Angebot einfach nicht annehmen", sagt George seufzend und lehnt sich in seinem Bürostuhl zurück. Er wurde gespendet, genau wie die meisten Möbel und Einrichtungsgegenstände in der Schule. Das schwarze Leder hat einen Riss an der Seite, wo früher die Naht verlief. Er ist genauso wie diese Schule – heruntergekommen, alt, reparaturbedürftig. Aber diese Wände sind so voller Liebe und Freude, Dinge, von denen ich nie dachte, dass ich sie in meinem Leben haben würde, und doch ist George derjenige, der mir geholfen hat, sie zu finden.

Wir lernten uns vor ein paar Jahren kennen, als ich am Tiefpunkt war. Ich bin mir nicht sicher, ob ich ohne ihn einen Ausweg gefunden hätte. Er gab mir einen Job, er gab mir ein Zuhause, er gab meinem Leben einen Sinn, und er gab mir Hoffnung. Jetzt ist es an der Zeit, dass ich mich revanchiere.

„Es sind fünf Millionen Dollar!", stoße ich verzweifelt hervor. Das ist eine Menge Geld. George wäre ein Narr, wenn er es ablehnen würde. Er könnte so viel damit machen. Aber bei George geht es immer mehr ums Geben als ums Nehmen, und ich weiß jetzt schon, dass er jedes Angebot ablehnen wird, egal wie viele Nullen daran hängen. Ich würde gerne glauben, dass nach all den Jahren etwas von seiner Stärke auf mich übergegangen ist. Gott weiß, ich würde es brauchen.

„Es gibt mehr im Leben als Geld. Das wissen wir beide." Er hat recht. Das wissen wir.

„Und was passiert jetzt?", frage ich, werfe den Brief zurück auf seinen Schreibtisch und beobachte ihn von meinem Platz gegenüber auf dem harten Holzstuhl. Er ist ein großer, stämmiger Mann, der es gewohnt ist, andere zu beschützen. Er kümmert sich um die Kinder. Er kümmert sich um mich. Mein Herzschlag beruhigt sich bei dem Gedanken, die Wut lässt ein wenig nach.

„Nun, wahrscheinlich werde ich den Brief ignorieren, und dann wird ein weiterer kommen, zusammen mit dem Vorschlag, sie in ihrem protzigen Büro in der Stadt zu treffen. So ist es auch mit dem Obstladen unten an der Straße gewesen." Ich sehe, wie er sich die Stirn reibt, die Angst vor dem, was uns bevorsteht, baut sich langsam in ihm auf. Wir können das schaffen. Wir können die Schule retten. Wir müssen es tun. Es gibt keine andere Wahl. Wenn ich George oder diese Schule nicht habe, dann wird mein Leben in die kalten, dunklen Gassen der Armut abgleiten. Ich war dort, und ich habe nicht vor, dorthin zurückzukehren.

Ich denke an den Familienbetrieb zurück, den es nicht mehr gibt. Ich habe diesen Obstladen geliebt. Die Erdbeeren waren fantastisch. Jetzt gibt es keine Erdbeeren mehr, sondern Parkplatzprobleme und Staus an den angrenzenden Straßen.

„Stell dir vor, was du mit fünf Millionen machen kannst", murmele ich und erinnere mich daran, dass er und Glenda eine Kreuzfahrt machen wollten, bevor sie krank wurde. Sie haben es nie geschafft, diese Reise zu machen.

„Das ist nicht das, was getan werden muss. Was getan werden muss, ist, diese Kinder zu erziehen. Ihnen den richtigen Start ins Leben zu ermöglichen. Ich möchte die Jahre, die mir noch bleiben, damit verbringen, mich um dich und Rosie zu kümmern. Du bist wie eine Tochter für mich, und diese Kinder ... wir sind alles, was sie haben." Dann lächle ich. Meine Tochter Rosie ist mein Ein und Alles. Der Träger meines Herzens.

„Aber dafür brauche ich deine Hilfe", sagt George und lenkt meine Aufmerksamkeit wieder auf das eigentliche Thema. Ich bewundere seine Entschlossenheit. Die meisten Leute würden das Geld einfach nehmen und verschwinden.

„Sicher. Alles", entgegne ich, denn ich würde alles für George tun. Er hat mir geholfen, als ich ganz unten war, und ich stehe tief in seiner Schuld.

„Ich möchte deine Unterstützung. Ich brauche dein juristisches Fachwissen. Du kennst diese Stadtmenschen genauso gut wie ich. Sie werden vor nichts zurückschrecken, um mein Land in ihre gierigen Hände zu bekommen, und ich brauche jemanden, der dieses ganze Jargon versteht, um mir zu helfen, mit dem umzugehen, was auf mich zukommt. Ich werde nicht verkaufen, egal was passiert. Eher sterbe ich, bevor das passiert." Er ist standhaft in seinen Worten. Sie erfüllen mich sowohl mit Stolz als auch mit Entschlossenheit. Wir können das schaffen. Ich werde es schaffen ... hoffe ich.

Mein Herz setzt einen Schlag aus, meine Vergangenheit holt mich ein und lässt ein Schwindelgefühl in mir aufsteigen. Etwas, das ich täglich umschiffe. Die dunkle Wolke, die mein Leben ständig einhüllt. Mein Ex ist der einzige Grund, warum ich meine juristische Karriere nicht weiterverfolgt habe, denn Einsamkeit war nur eine seiner vielen Taktiken, die mein Leben beeinflusst haben. Dann nicke ich George zu. Ich presse meine Lippen aufeinander und straffe meine Schultern.

„Aber ich habe nie praktiziert", sage ich, und meine Zuversicht schwindet schnell. Ich habe keine Ahnung, wie nützlich ich sein werde, und ich will es nicht noch mehr vermasseln.

„Du hast Jura studiert, und das reicht für das hier aus. Du bist klug, Emily. Ich brauche dich an meiner Seite.

Ich brauche dich, um mich zu vertreten." Ich kann ihn nicht abweisen. Meine Studienbücher sind schon vor langer Zeit aus meinem Leben verschwunden, zusammen mit fast allem anderen. Aber ich werde alles tun, was ich kann, um George zu unterstützen.

„Sag mir, was du brauchst", sage ich und bin dabei. Denn George hat recht. Ich kenne diese Stadttypen. Und sie schrecken vor nichts zurück, bis sie bekommen, was sie wollen.

Ohne Rücksicht auf die Konsequenzen.

4

___

BENJAMIN

Ich fahre mir mit den Händen übers Gesicht und sehe doppelt. Meine Augen sind trocken und müde, als mein Blick über mein Handy gleitet, während ich eine dringende E-Mail von meinem Kunden Jonathan Beasley lese.

„Benjamin! Keine Telefone bei Tisch", schimpft meine Mutter, als wäre ich zwölf und nicht einunddreißig, und ich schaue ihr in die Augen, wobei unsere Blicke unsere Beziehung widerspiegeln. Ich beiße die Zähne zusammen, um nicht etwas zu sagen, das ich sicher bereuen werde. Ich bin erschöpft von der Arbeit, und einen Streit mit meiner Mutter ist das Letzte, was ich jetzt brauche.

„Fick mich", murmelt Tennyson, der neben mir sitzt. Mutters Blick wandert zu ihm, aber sie bleibt stumm. Sie haben seit Jahren nicht mehr miteinander gesprochen. Ich bin mir nicht sicher, wie sie mittlerweile überhaupt miteinander sprechen würden.

„Was ist in der Firma los?", fragt mein älterer Bruder

Harrison. Ich habe ihn seit ein paar Wochen nicht mehr gesehen. Sein neues Amt als Gouverneur hat ihn vom CEO unserer Kanzlei zu einem Mann gemacht, der durch den ganzen Staat reist, Hände schüttelt und Babys küsst. Jetzt, da ich an seiner Stelle Geschäftsführer von Rothschild Law bin, ist meine Arbeitsbelastung explodiert und mein Stresspegel hat einen Höchststand erreicht. Es gibt viel zu tun und ich muss mich noch mehr beweisen.

„Beasley möchte ein Treffen wegen der Immobilie, die er am Stadtrand zu kaufen gedenkt", sage ich. Als ich den Mund öffne, um ihm weitere Einzelheiten zu nennen, während ich die E-Mail zu Ende lese, werde ich unterbrochen.

„Benjamin!", ruft meine Mutter empört, also stecke ich mein Handy ein und nehme mein Besteck in die Hand. Das Fleisch auf meinem Teller ist trocken und unappetitlich, genau wie die Stimmung am Tisch. Aber je eher ich aufgegessen habe, desto eher kann ich nach Hause in meine Höhle zurückkehren und mich wieder in die Arbeit stürzen. Dieses Geschäft wird sich nicht von selbst erledigen, und ich muss mich beeilen.

„Er erwähnte es bei einer Veranstaltung letzte Woche. Setz Michael darauf an. Er wird sich darum kümmern", bietet Harrison an, und ich nicke. Ich weiß seinen Rat zu schätzen. Er weiß besser als jeder andere, wie viel Zeit und Energie es kostet, eine Anwaltskanzlei zu führen, und Rothschild Law ist nicht irgendeine Kanzlei. Unsere Klientenliste ist lang und profitabel und ich möchte nicht dafür verantwortlich sein, dass wir auch nur einen Klienten verlieren. Harrison hat die Kanzlei gegründet, und ich möchte sie jetzt aufbauen, sie zu meiner Eigenen machen.

„Welche Immobilie sieht er sich an?", meldet sich mein Bruder Eddie zu Wort. Er ist der Jüngste von uns vier und verwaltet jetzt unser Immobilienportfolio, sein Interesse ist also nicht persönlich.

„Irgendeine Schule, William Heights", sage ich, blicke zurück auf meine E-Mail und versuche, die Fakten zu erfassen und meine Zähne knirschen, als ich sie fest zusammenbeiße.

„Um Gottes willen, Jungs! Keine Handys!", ruft meine Mutter erneut. Ich atme tief durch und erinnere mich daran, warum wir uns alle die Mühe machen, zu unserem monatlichen Abendessen mit ihr zu kommen. Es ist nicht gerade einfach, mit ihr zusammen zu sein. Die meiste Zeit über ist sie geradezu abscheulich. Aber wir sind alles, was sie hat, und sie hat ihr Leben seit dem Tod meines Vaters noch immer nicht in den Griff bekommen.

„Ich bin dann mal weg, mir reicht's", sagt Tennyson, während er sein Besteck mit einem Klirren auf seinen Teller fallen lässt und sein Stuhl über den Boden schabt. Er steht auf und wirft seine Serviette frustriert auf den Tisch. Ich reibe mir die Stirn und frage mich, ob es jemals einen Tag geben wird, an dem wir alle zusammen nett zu Abend essen können, aber tief in mir weiß ich, dass dieser Tag noch in weiter Ferne liegt.

„Ich begleite dich. Ich muss nach Hause zu Beth, und dann muss ich morgen früh in DC sein", sagt Harrison, steht langsamer auf, und ich beobachte, wie Tennyson den Rest des Whiskys austrinkt, bevor er das leere Glas auf den Tisch stellt und zur Tür geht.

„Danke, Mom", verabschiedet sich Harrison und nickt Eddie und mir kurz zu, bevor er Tennyson zur Tür hinaus folgt. Im Zimmer ist es einen Moment lang still, und ich sehe, wie meine Mutter verärgert die Lippen zusammenpresst, bevor sie tief Luft holt und mich direkt ansieht. Meine Nasenflügel blähen sich auf, während ich auf ihre nächste Tirade warte.

„Also ... Benjamin. Nun erzähl mal, wie läuft es mit Sasha?", fragt sie, bevor sie sich eine winzige Portion Essen in den Mund schiebt. Ich beobachte, wie sie es immer wieder kaut, als wäre es ein Steak und nicht der weiche Kartoffelbrei, den ihr Koch zubereitet hat. Sie kaut genau fünfzehn Mal, bevor sie schluckt, einen kleinen Schluck Wasser nimmt und den Vorgang noch einmal wiederholt.

„Sasha und ich haben uns vor ein paar Monaten getrennt, Mom. Das habe ich dir doch gesagt." Es ist ihr egal. Sie kümmert sich nur um Äußerlichkeiten, nicht darum, ob einer von uns mit den Frauen, mit denen wir zusammen sind, glücklich ist.

„Natürlich, aber ich dachte, ihr wärt schon längst wieder zusammen. Sie ist großartig für deinen Ruf", sagt sie stolz, und ich erschaudere. Sasha war eine Goldgräberin, schlicht und einfach. Wie jede andere Frau, die ich je getroffen habe. Frauen die nur hinter Geld und Status her sind. Heutzutage ist es so schwer, eine Frau zu finden, die nicht hinter diesen Dingen her ist, dass ich es vorziehe, mich nicht mehr darum zu bemühen.

Ich kam eines Abends in Sashas Wohnung an,

nachdem sie von einem Modeshooting in Paris nach Hause geflogen war, und schloss mit meinem eigenen Schlüssel auf. Unnötig zu sagen, dass ich nach dem, was ich erlebt hatte, den Schlüssel auf dem Küchentisch liegen ließ, ihre Anrufe nicht mehr beantwortete und sie seither wie die Pest mied. Aber bis heute ist sie hartnäckig geblieben. Sie taucht oft unangekündigt bei der Arbeit auf, ruft mich regelmäßig an und schreibt mir Nachrichten, und das wird langsam zum Problem. Sie scheint kein Nein als Antwort zu akzeptieren, aber von mir kann sie auch keine andere Antwort erwarten. Ich werde nie wieder zu ihr zurückkehren. Betrug ist die einzige Grenze, die ich nicht überschreite.

„Was ist das für ein Ruf, Mom?" Ich wende mich ihr zu und sehe, dass Eddie das Gespräch von der anderen Seite des Tisches aus mit Interesse verfolgt. Seine Augen huschen zwischen uns beiden hin und her, als wäre er bei einem Tennismatch und nicht bei einem Familienessen.

„Ihr Jungs seid alle Workaholics. Genau wie euer Vater. Sasha ist ein Model, eine Prominente. Du solltest wieder mit ihr ausgehen. Die Flamme neu entfachen. Sie kann dich aus dem Büro holen, deine persönliche Marke stärken. Sie kann dich auf den Titelseiten halten und dafür sorgen, dass du für die Gesellschaft von Interesse bleibst." Ich neige den Kopf und beiße fest die Zähne zusammen, um ja nicht das zu sagen, was mir gerade durch den Kopf geht.

„Nun, es ist etwas schwierig, sie zu einem Date auszuführen, wenn sie damit beschäftigt ist, jeden alten, reichen Mann in der Stadt zu ficken." Es gibt nichts

Besseres, als in die Wohnung zu kommen, um seine Freundin zu überraschen, und dann zu sehen, wie sie auf dem Schwanz eines anderen Mannes reitet. Ein Mann, der alt genug ist, um ihr Großvater zu sein.

„Benjamin! Keine unflätigen Worte am Esstisch!", mahnt meine Mutter.

„Es genügt zu sagen, dass Sasha eine Goldgräberin ist, und davon brauchen wir nicht noch mehr in dieser Familie", meint Eddie und nimmt einen Schluck von seinem Wasser, wobei er sich eindeutig auf die Affären unseres Vaters bezieht. Das Gesicht meiner Mutter verliert für einen Augenblick jegliche Farbe, bevor sie sich wieder fängt. Die Erinnerung an die Seitensprünge ihres Mannes wird sie wohl noch eine Weile verfolgen.

„Ja. Nun. Die Gala steht vor der Tür. Bitte sorgt dafür, dass ihr bis dahin alle eine Begleitung habt." Die Gala zu Ehren meines Vaters, deren Erlös direkt an das Herzforschungszentrum geht. Nicht, dass das von Bedeutung wäre. Das ist eine Party für unsere Mutter. So kann sie die traurige Witwe spielen und die Sympathie der Gesellschaft gewinnen. Sie muss irgendwie relevant bleiben.

Ich stoße meinen angehaltenen Atem aus. Ich habe keine Ahnung, wen ich zu dieser Gala mitnehmen werde. Es ist nicht so, dass es mir schwer fällt, eine Verabredung zu finden, aber eine Frau, die ein Gespräch führen kann und ihr Handy in der Handtasche lässt, statt ständig Selfies zu machen, wäre mir lieber.

„Ja, Ma'am", spottet Eddie und salutiert, woraufhin sie ihm einen finsteren Blick zuwirft.

„Wen bringst du mit, Edward?", fragt sie, und ich schalte ab, jetzt, wo sie sich nicht mehr auf mich konzentriert. Mein Handy vibriert wieder, und ich hole es heraus. *Wenn man vom Teufel spricht,* denke ich mir, als ich Sashas Namen auf meinem Display aufleuchten sehe. Ich drücke auf Ignorieren und stecke es wieder ein. Dass sie die Trennung nicht gut verkraftet hat, überrascht mich angesichts ihres neuen Hobbys, vor jedem reichen Mann in der Stadt auf die Knie zu fallen, schon sehr. Aber andererseits will ein Großteil der Frauen einen Rothschild heiraten. Unser Name öffnet Türen, bringt Status und Geld mit sich. Offenbar aber nicht genug für Sasha.

„Stimmt's, Benjamin?", fragt meine Mutter und schenkt mir ein vergnügtes Lächeln. Mein Blick wandert zu Eddie, der rot angelaufen ist und die Zähne zusammengebissen hat. Es sieht aus, als würde er gleich explodieren.

Alles in allem handelt es sich um ein ganz normales, monatliches Familienessen im Hause Rothschild.

5

EMILY

Den vergangenen Tag habe ich vollständig mit den Vorbereitungen verbracht. Ich bin zwar jetzt Grundschullehrerin für Kinder mit besonderen Bedürfnissen, aber ich habe Jura studiert und kenne mich mit Verträgen aus. Und George braucht mich jetzt für genau das. Als einzige Vaterfigur, die ich habe, nachdem ich meine beiden Eltern verloren habe, bin ich es ihm schuldig. Ich werde also mein Bestes geben, und dazu gehört auch, dass ich das ganze Wochenende recherchiere.

Es kommt nicht jeden Tag vor, dass ein großer Bauunternehmer die Schule kaufen will und jede hinterhältige Taktik anwendet, um sie zu bekommen. Unsere Schule ist klein, unterfinanziert, aber dringend notwendig. Ich betreue zehn Kinder, von denen keiner eine andere Sonderschule in der Nähe hat, auf die er gehen könnte. Sollte diese Schule geschlossen werden, bleibt ihnen nur die Möglichkeit, eine normale Grundschule in der Nähe zu besuchen, die keine Mittel für Sonderklassen oder

Lehrer hat. Ihre Familien müssten in einem solchen Fall umziehen.

George und ich quetschen uns in den Aufzug und atmen beide tief ein, sobald sich die Türen schließen. Ich hasse es, in die Stadt zu kommen, trotzdem habe ich mich für die Angelegenheit entsprechend gekleidet. In meinem Kleiderschrank habe ich ein altes, schwarzes Kleid gefunden, das meine Figur an den richtigen Stellen betont, ohne zu freizügig zu sein. Mit meinen schwarzen Lackpumps, meinem perfekt aufgetragenen Make-up und meinem seidig über den Rücken fließenden Haar sehe ich aus wie der feuchte Traum eines jeden Mannes. Sie ahnen nicht, dass ich ihr schlimmster Albtraum bin.

George, der schon weit über siebzig ist, rückt seine Krawatte zurecht. Ich sehe, wie er an seinen Manschettenknöpfen herumfummelt und sich mit der Hand durch die Haare fährt. Normalerweise ist er nicht so nervös. Da er sonst stoisch, sicher, verlässlich ist, überträgt sich sein deutliches Unbehagen rasch auch auf mich. Vielleicht wird es doch nicht so einfach, wie ich dachte.

Als der Aufzug im 33. Stockwerk anhält und ich aussteige, schlägt mir die Extravaganz regelrecht ins Gesicht. Alles ist auf Hochglanz poliert und sieht brandneu aus. Glas- und Edelstahloberflächen spiegeln die Dinge um sie herum, schwarze Ledersessel sind strategisch um den Empfang herum platziert, und dunkles, poliertes Holz ziert den Boden. Diese Bürogebäude in der Stadt sehen alle gleich aus, und ich bin mir ziemlich sicher, dass uns die modellhafte Frau hinter dem Schreibtisch in keinster Weise weiterhelfen wird. Wie aufs Stichwort blickt die Empfangsdame kurz auf und sieht George und mich an, aber ganz offensichtlich sind wir für sie nicht von Bedeutung, denn sie schaut wieder auf ihre Nägel, anstatt uns zu begrüßen.

„Wir haben einen Termin mit Mr. Bennett und seinen Klienten Jonathan Beasley", sage ich zu ihr, und sie antwortet nicht, aber ich höre das Klicken ihrer langen, lackierten Nägel, als sie auf die Telefonanlage tippen.

„Hi, Sandra, Michaels Zehn-Uhr-Termin ist da", sagt sie und legt auf, ohne ein weiteres Wort zu sagen.

George zieht wieder an seiner Krawatte, und ich atme noch einmal tief durch, um mich auf das Treffen vorzubereiten. Sie haben um ein persönliches Gespräch gebeten. Das ist nicht völlig ungewöhnlich, aber in den Vorstädten läuft so etwas in der Regel über eine Gemeindeversammlung. Aber wie üblich denken Männer mit Geld, dass sie sich von der Unannehmlichkeit freikaufen können, den korrekten Weg zu gehen, was uns bereits sagt, dass der Mann, der das Grundstück kaufen will, überhaupt nicht daran interessiert ist, sich um die Schule, die Schüler oder die Familien zu kümmern, die darauf angewiesen sind.

Arschlöcher. Alle von ihnen.

„Es wird alles gut, George. Mach dir keine Sorgen", sage ich mit einem kleinen Lächeln, das seine Ängste nicht zu lindern scheint.

Eine ältere, kultivierte Frau erscheint und bedeutet uns, ihr zu folgen. „Miss. Carr, Mr. Wellington, bitte kommen Sie hier entlang." Mit einem weiteren beruhigenden Blick auf George mache ich den ersten Schritt, um ihr durch einen kleinen Korridor zum Konferenzraum zu folgen, während er neben mir geht. Ich streiche mein Kleid glatt und wische mir die verschwitzten Handflächen ab, um die nötige Selbstsicherheit vorzutäuschen.

Sie öffnet die überdimensionale, undurchsichtige Glastür, geht hinein und hält sie für uns offen. Als ich eintrete, sehe ich als erstes drei Männer im Raum, die auf unsere Ankunft warten. Das zweite, was mir auffällt, ist, dass ich dem Mann, der mich jetzt mit seinen Blicken zu durchbohren scheint, leider schonmal begegnet bin.

Als ich gestern über diese Firma recherchierte, bemerkte ich, dass der Mann aus der Bar der CEO war. Sein Porträt auf der Website ließ mich zweimal hinschauen, und als ich dann seinen Nachnamen las, war ich wirklich überrascht. Er ist ein Rothschild. Der Bruder unseres neuen Gouverneurs. Ich musste fast lachen, als ich mich daran erinnerte, wie ich mit ihm gesprochen hatte. Aber von allen Leuten, von denen ich dachte, dass ich sie bei diesem Treffen sehen würde, hätte ich nicht erwartet, dass er es sein würde. Hat er keine wichtigeren Dinge zu tun, wenn man bedenkt, dass ihm diese Anwaltskanzlei gehört?

Ich sehe, wie sich seine attraktiven Gesichtszüge von Überraschung zu Faszination wandeln, bis sich schließlich ein kleines Lächeln auf seinen Lippen bildet, das mich eigentlich nicht zum Schmelzen bringen sollte, es aber doch ein wenig tut. Meine Knie fühlen sich wackeliger an als noch vor zwei Minuten, und das nur, weil ich ihn ansehe. Sein Anzug sitzt wie angegossen, und ich beobachte, wie seine Hand zu seinem Kinn wandert und über seine Wange streicht, während sein Blick an meinem Körper entlangwandert. Schön zu sehen, dass sich die ganze Mühe, die ich heute Morgen in mein Aussehen gesteckt habe, offensichtlich gelohnt hat.

„Doubtfire?", sagt er plötzlich, die Neugier in seinem Tonfall ist offensichtlich, und ich halte inne.

„Neandertaler, ich würde ja sagen, dass es ein Vergnügen ist, aber das ist es nicht wirklich." Ich versuche, ungerührt zu wirken, während ich versuche, mein rasendes Herz unter Kontrolle zu bringen. „Guten Tag, ich bin Emily Carr. Freut mich, Sie kennenzulernen", sage ich und reiche dem anderen Anwalt im Raum, Michael Bennett, meine Hand, ohne Benjamin Rothschild zu beachten, der mit offenem Mund dasteht und mich immer noch anstarrt. Michael ist der führende Anwalt der Rothschild-Kanzlei, in der ich mich gerade befinde.

„Jonathan Beasley", sagt der andere Mann, reicht mir aber nicht die Hand, um sie zu schütteln, und ich tue es auch nicht. Er leckt sich offensichtlich über die Lippen, während seine Augen meinen Körper in einer völlig unangemessenen Weise abtasten. Eine, die sich überhaupt nicht damit vergleichen lässt, wie Ben mich gerade angesehen hat. Ich schiebe den Gedanken rasch beiseite. Ich muss ihm keine Bonuspunkte dafür geben, dass er kein totaler Perverser ist.

„Was machen Sie hier?", fragt Ben.

„Ich bin hier, um die William Heights Elementary School zu vertreten, und Sie sind?", frage ich so professionell wie möglich, ziehe meine Worte in die Länge und warte auf seine Antwort. Wir haben uns in der Bar nicht vorgestellt und ich werde ihn ganz gewiss nicht wissen lassen, dass ich genau weiß, wer er ist. Er mag ein hohes

Tier in dieser Stadt sein, aber er könnte trotzdem ein wenig von seinem hohen Ross runterkommen.

„Benjamin Rothschild. Mein Name steht an der Tür", antwortet er grinsend, in einem fast herablassenden Tonfall, mit einem kleinen Nicken in Richtung Tür.

„Wie schön." Ich setze ein falsches Lächeln auf. Ich habe nicht vor, auch nur einen Zentimeter nachzugeben. Ich weiß, wie Männer wie er ticken. Er wird jetzt denken, dass er bei all diesen Verhandlungen die Oberhand hat. Nur, es wird keine Verhandlungen geben. George und ich wollen diesem Projekt direkt ein Ende setzen. Wir sind nur hierher gekommen, um ihnen ein Nein zu sagen.

George und ich haben ausführlich über diese Situation gesprochen. Wir werden ihre Angebote weiterhin ablehnen, aber uns ist klar, dass sie schmutzig spielen werden. Wahrscheinlich werden sie für Probleme in der Schule sorgen, versuchen, uns die Finanzierung zu entziehen, die Kosten zu erhöhen und uns auf andere Weise unter Druck zu setzen. Wir sind mental darauf vorbereitet; wir wissen, wie dieses Spiel funktioniert.

Als wir unsere Plätze einnehmen, sitzen George und ich auf einer Seite des Tisches, die drei Männer im Anzug sitzen uns gegenüber. Es ist ungleichmäßig, genau wie diese Verhandlung es sein wird.

„Also, George, Emily, wir haben den Papierkram hier, den ihr unterschreiben müsst. Wie in unserer E-Mail erwähnt, möchte Mr. Beasley das Grundstück kaufen und hat eine beträchtliche Summe geboten, wie Sie sicherlich gesehen haben", sagt Michael, während er uns den Papierkram rüberschiebt. George räuspert sich, sagt aber kein Wort.

Mein Blick fällt auf die Dokumente. Fünf Millionen Dollar sind eine Menge Geld. George könnte so viel damit anstellen, aber er hat sehr deutlich gemacht, dass wir die Schule nicht verkaufen werden, dabei ist es egal, wie hoch der Betrag ist, den sie bieten.

„Vielen Dank für Ihr freundliches Angebot, Mr. Beasley, aber wie *Sie* sicher wissen, steht die Schule nicht zum Verkauf." Ich schiebe die Dokumente mit einem kleinen Lächeln zurück über den Tisch.

„Es sind fünf Millionen Dollar, Emily. Sie sollten dieses Angebot nicht so einfach ablehnen", wirft Ben ein, der verblüfft zu sein scheint, dass jemand ein solches Angebot, das über dem Marktpreis liegt, ablehnen würde.

„Leider, Mr. Rothschild, ist nicht jeder käuflich." Ich schaue ihm direkt in die Augen und er begegnet meinem Blick. Ich verschränke meine Finger unter dem Tisch und ich spüre, wie Hitze in meinem Körper aufsteigt. Die Art, wie er mich ansieht, ist äußerst intensiv.

„Wie viel verlangen Sie?", fragt Mr. Beasley und unterbricht damit den Wettstreit der Blicke, den Ben und ich begonnen hatten. Er scheint darauf erpicht zu sein, unsere Schule unbedingt in die Finger zu bekommen. Sein Ton ist fordernd, aber das ist nichts, womit ich es nicht schon einmal zu tun hatte.

„Wie ich bereits sagte, sind wir an einem Verkauf der Immobilie nicht interessiert."

„Zehn Millionen!", ruft mir der glatzköpfige Dicke zu, als würde er bei einer Auktion mitbieten, und Ben wirft ihm einen scharfen Blick zu. Er und Michael sind offensichtlich diejenigen, die die Verhandlungen führen sollten. Ihr Kunde hält sich nicht an den Plan, ein gutes Zeichen dafür, dass wir für Aufregung gesorgt haben. Das war mein Hauptziel, als ich den Entschluss fasste, hierher zu kommen, um die Sache persönlich zu besprechen.

„Noch einmal, Mr. Beasley, wir danken Ihnen für Ihr Angebot, aber wir werden die Immobilie nicht verkaufen. Diese Entscheidung ist endgültig", wiederhole ich ruhig und in einem gemessenen Ton, von dem ich weiß, dass er für Männer wie ihn extrem frustrierend ist. Wie aufs Stichwort tritt eine Ader an seinem Hals hervor und beginnt zu pochen.

„Emily, es sind zehn Millionen Dollar; so viel Geld wird Ihnen niemand noch einmal bieten. Sie sollten das Geld nehmen", sagt Ben zu mir. Er versucht, stoisch zu bleiben, aber ich kann ein Gefühl der Dringlichkeit in seiner Stimme hören.

„Wie gesagt, wir danken Ihnen für das Angebot, aber wir sind nicht käuflich." Ich drehe mich zu George um, der mich mit Stolz in den Augen anschaut, und wir stehen beide auf. Ich denke, ich habe mich oft genug wiederholt. „Es war mir ein Vergnügen, Sie alle kennenzulernen. Wir finden den Weg selbst hinaus", sage ich mit einem Nicken. Mein Blick fällt auf die Schale mit *Milk Duds* auf dem Tisch, und ich kämpfe gegen den Drang an, eines zu probieren. Sie sind mein Verhängnis, diese köstlichen, schokoladigen Leckereien.

Ben steht schnell auf und folgt mir, während sein Kunde und sein Kollege auf ihren Plätzen sitzen bleiben, immer noch verblüfft darüber, dass wir ihr Angebot abgelehnt haben.

„Wollen Sie wirklich zehn Millionen Dollar einfach so aufgeben?", zischt er mir zu, als wir durch die Tür in den ruhigen Korridor treten.

„Emily, ich muss los", sagt George. Das ist der letzte Ort, an dem er sein möchte, und ich kann sehen, dass er es kaum erwarten kann, zurück in die Schule zu gehen, wo er gebraucht wird.

„Geh ruhig schonmal vor, George, wir sehen uns später." Er nickt, geht zügig zum Aufzug und verlässt das Gebäude, als ob es in Brand stehen würde.

Ich drehe mich um und sehe Ben an, räuspere mich, um sicherzugehen, dass meine Stimme auch wirklich selbstsicher klingt. „Wir sind wirklich nicht an einem Verkauf interessiert, egal zu welchem Preis ..." Ich breche ab, als mein Blick über seine Schulter schweift und mein Herz setzt einen Schlag aus, als ich eine bestimmte Person erblicke. Ich kann plötzlich nicht mehr schlucken, und mein Körper beginnt zu zittern.

Die Verzweiflung macht sich bemerkbar, und ich blicke mich panisch um, um einen Ort zu finden, an dem ich mich verstecken kann. Irgendwo, bevor er mich sieht.

„Emily?", fragt Ben und zieht die Stirn in Falten, als mein Blick sich wieder auf ihn richtet. „Geht es Ihnen gut?"

„Scheiße, Scheiße, Scheiße ...", stoße ich aus und schüttle den Kopf, als ich nicht allzu weit entfernt einen freien Schreibtisch entdecke. Ich renne eilig darauf zu, vorbei an einer hohen Topfpflanze und ein Stück den Flur hinunter, lasse mich dann auf Händen und Knien auf den Boden fallen und krabble unter den Schreibtisch, um mich zu verstecken.

„Was zum Teufel soll das werden?" Ben folgt direkt hinter mir und sieht auf mich herab.

„Schhh", zische ich, als *er* sich nähert.

„Benjamin, schön, dich zu sehen, mein Freund", dröhnt seine Stimme, und ich beiße mir auf die Zunge, zwinge mich, den Atem anzuhalten und hoffe inständig, dass er mich nicht sieht. Ich schließe die Augen und presse die Hände auf die Brust, weil ich spüre, wie mein Herz darunter heftig schlägt.

„Jeremy, schön, dich zu sehen", sagt Ben, während er seinen Körper so positioniert, dass er mich noch mehr verdeckt und mich scheinbar schützt, damit Jeremy mich nicht bemerkt. Ich danke dem Universum im Stillen, dass Ben mich nicht verraten hat, dass er mir tatsächlich hilft.

„Ich würde gerne bleiben und plaudern, aber ich muss weiter. Man sieht sich. Wie wäre es, wenn wir uns demnächst zum Golfspielen treffen?", fragt Jeremy, während er langsam auf den Aufzug zugeht.

„Sicher, wir können etwas arrangieren", antwortet Ben trocken, und ich habe das Gefühl, dass ich blau anlaufe, weil ich schon viel zu lange die Luft anhalte.

„Großartig, bis dann." Ich spähe am Schreibtisch vorbei und sehe, wie Jeremy den Aufzug betritt und sich die Türen hinter ihm schließen.

Schließlich atme ich aus und krabble unter dem Schreibtisch hervor, um meine ohnehin schon angeschlagenen Nerven zu beruhigen. Ben streckt mir seine Hand entgegen, und ich ergreife sie wie eine Rettungsleine, während ich aufstehe. Als ich aufstehe, fällt mein Blick noch einmal auf den Aufzug, bevor sich mein Körper langsam wieder entspannt.

„Danke", sage ich, als wäre nichts geschehen, richte mein Kleid und streiche mir die Haare aus dem Gesicht.

Ich schaue zu ihm auf und muss feststellen, dass er meine Hand immer noch festhält und ich immer noch zittere.

„Wollen Sie mir verraten, was das sollte?"

„Nein", antworte ich und atme tief ein.

Das Letzte, was ich zugeben möchte, ist, dass ich mich vor meinem Ex verstecke. Es ist schon eine Weile her, dass ich ihn das letzte Mal gesehen habe, und ich möchte, dass es so bleibt.

Ben dreht sich abrupt um und marschiert durch den Flur, was mich vollends aus meinen Gedanken reißt. Er hat meine Hand nicht losgelassen, sodass er mich hinter sich herzieht, und ich muss mich beeilen, um mit seinen langen Schritten Schritt zu halten.

„Ich will nicht gestört werden, Sandra", sagt er zu der Frau, die uns vorhin in den Konferenzraum geführt hat, und ihre Augen weiten sich, als wir in das Büro gehen, von dem ich annehme, dass es sein Büro ist.

Sein Büro ist riesig, größer als meine ganze Wohnung. Ein großer Schreibtisch aus Eichenholz steht in der Mitte des Raumes, davor zwei schwarze Ledersessel. Ein Sofa und ein weiterer Sessel stehen an einer Wand und davor liegt ein dicker Teppich, das ganze bildet eine Sitzecke, die so groß ist, wie das Wohnzimmer der meisten Menschen. Durch eine weitere Tür auf der linken Seite scheint es sogar ein privates Badezimmer zu geben, was mich verblüfft. Alles an diesem Büro schreit nach Geld, auch der fantastische Blick auf die Stadt durch die riesigen, raumhohen Fenster. Ich habe das Gefühl, gleich kotzen zu müssen.

„Nun, ich höre", sagt er, während er sich gegen seinen Schreibtisch lehnt, die Arme vor der Brust verschränkt, und Antworten verlangt, die ich nicht geben will.

Ich habe schon vor Jahren aufgehört, auf die Forderungen von Männern einzugehen, und ich habe nicht vor, mein Privatleben heute mit diesem Mann zu diskutieren. Ich presse meine Lippen fest aufeinander, und meine Augen weichen nicht von seinen, während ich schweige.

Er löst sich von seinem Schreibtisch, kommt langsam auf mich zu und bleibt direkt vor mir stehen. Ich schaue zu ihm auf, der Blick in seinen Augen ist so intensiv, als ob er versucht, in mir zu lesen. Jetzt zittert mein Körper aus einem ganz anderen Grund, als ich ihn so nah an mir spüre.

„Sie zittern. Geht es Ihnen gut?" Sein Ton ist sanft, während seine Augen die meinigen mit spürbarer Besorgnis durchbohren, und der Panzer um mein Herz bekommt einen kleinen Riss. Das ist neu. Ein reicher Mann im Anzug, der mehr Geld besitzt als die meisten Menschen in diesem Land und obendrein aus der Rothschild-Familie stammt, und er fragt mich, wie es mir geht.

Ich atme noch einmal tief durch und seufze. „Mir geht's gut." Ich setze ein falsches Lächeln auf und trete von ihm zurück, bevor ich etwas Dummes tue, wie mich an ihn zu lehnen und nicht mehr loszulassen. Es ist lange her, dass ich in den Armen eines Mannes lag, und ich habe das seltsame Gefühl, dass Benjamin Rothschilds

Arme mich vor einer Unzahl von Dingen beschützen würden.

Er nickt, offensichtlich ohne mir zu glauben, während er mich weiter beobachtet. Er schiebt die Hände in die Hosentaschen, wobei eine unterschwellige sexuelle Spannung durch den Raum zieht.

„Zehn Millionen sind eine Menge Geld ...“, sagt er und mustert mich.

Dann lache ich. *Gott, ich bin so ein Idiot.* Ich schüttle den Kopf über meine Dummheit. Natürlich hat er mich nicht hierher geschleppt, weil ihm irgendetwas an mir liegt. Er ist genau wie jeder andere Anzugträger; er wollte mich einfach nur weiterbearbeiten und diesen Deal für seinen Kunden abschließen. Ich bin eine solche Närrin, ich hätte es besser wissen müssen.

„Ich muss gehen. Einen schönen Tag noch, Mr. Rothschild“, sage ich förmlich und klebe den Riss, der vor wenigen Augenblicken in meiner Mauer entstanden ist, wieder zu. Er setzt zum Sprechen an und macht einen Schritt auf mich zu, aber ich drehe mich auf dem Absatz um, öffne seine Bürotür und schreite hinaus.

Ich will einfach nur ihn und seine Forderungen hinter mir lassen.

6

___

BENJAMIN

Sie ist umwerfend, und wie neulich in der Bar kleben meine Augen an ihrem Hintern. In diesem figurbetonten schwarzen Kleid sieht er aus wie ein reifer Pfirsich, den man pflücken kann, und ich würde nichts lieber tun, als hineinzubeißen. Sie sieht ganz anders aus als am Freitagabend, ganz und gar nicht wie Mrs. Doubtfire, als die ich sie tituliert habe, sondern wie eine sexy Jessica Rabbit mit atemberaubenden Kurven.

Aber so wie sie sich gerade verhalten hat, frage ich mich, was in ihr vor sich geht. Offensichtlich wollte sie Jeremy Lucas unter keinen Umständen begegnen. Um fair zu sein, ich sehe ihn auch nicht gerne. Er ist ein gieriges Arschloch und jemand, von dem ich nicht gedacht hätte, dass ich jemals mit ihm in meinem Büro zu tun haben würde. Sie zitterte wie Espenlaub, und ich konnte einen leichten Zug von Verletzlichkeit in ihrem Gesicht erkennen. Ihr hartes Äußeres fiel für einen Moment, und das gefiel mir nicht. Nachdem ich sah, wie ihr Glanz ein wenig nachließ, hatte ich das Gefühl, dass diese Frau eigentlich nur dazu bestimmt war, zu glänzen.

Sandra erscheint an meiner offenen Tür und reißt mich aus meinen Gedanken. „Michael ist frei und wartet unten in seinem Büro auf Sie." Ich nicke ihr zu und richte meine Krawatte, da ich mich nach der erneuten Begegnung mit ihr erst wieder zentrieren muss. Ich schäme mich nicht, zuzugeben, dass ich am Freitag von der Bar nach Hause kam und Spannung abbaute, indem ich mir ihren nackten Körper unter meinem vorstellte. *Emily Carr*. Wenigstens weiß ich jetzt ihren Namen.

Ich gehe den Flur entlang in Richtung Michaels Büro, immer noch frustriert über das, was heute Morgen passiert ist. Es sollte eine einfache Sache sein. Die Grundschule ist so heruntergekommen, dass jeder, der bei klarem Verstand ist, dumm wäre, ein Angebot von fünf Millionen abzulehnen. Aber zehn Millionen abzulehnen, das war purer Wahnsinn. Michael ist einer meiner besten Anwälte und wollte mich nur deshalb dabei haben, weil er wusste, dass Beasley Dummheiten machen könnte, wenn er seinen Willen nicht bekäme. Er dachte, wenn wir beide dabei sind, könnten wir ihn in Schach halten, aber da haben wir uns wohl geirrt. Jonathan Beasley ist ein schleimiges Arschloch, aber ein reiches. Und er hat uns einen guten Vorschuss gegeben, den ich ungeachtet seines Charakters gerne behalten möchte.

Michaels Tür steht offen, also betrete ich einfach sein Büro und schließe die Tür hinter mir, als er von seinem Papierkram auf dem Schreibtisch aufblickt.

„Was zum Teufel sollte das?", fragt er, und ich

schüttle den Kopf, denn ich bin nicht der Einzige, für den das Treffen völlig anders verlief, als erwartet.

„Wer war sie? Kennst du sie?", fragt er mich, als ich beginne, in seinem Büro auf- und abzugehen.

„Ich habe sie Freitagabend in der Bar kennengelernt. Ich hatte keine Ahnung, dass sie Anwältin ist", antworte ich, während mein Verstand auf Hochtouren läuft.

„Ist sie nicht", stellt Michael fest, und ich schaue ihn fragend an.

„Jedenfalls ist sie keine praktizierende Anwältin. Sie ist Lehrerin an der Schule." Er dreht seinen Computerbildschirm um und zeigt mir die Recherchen, die er bereits über sie angestellt hat. Mein Blick fällt auf den Bildschirm, und ich sehe das Bild einer lächelnden Emily Carr. Es stammt von der Website der Schule und besagt, dass sie eine Lehrerin für Kinder mit besonderen Bedürfnissen ist.

„Fick mich." Ich fahre mir mit den Händen durch die Haare. Ich bin völlig verwirrt. Diese Frau verdient den Mindestlohn als Sonderpädagogin in einer heruntergekommenen Grundschule am falschen Ende der Stadt und hat das Treffen trotzdem wie ein Profi gemeistert.

„Ja, nach dem, was ich heute gesehen habe, kann sie sich behaupten. Die Schule kann sich keinen Anwalt leisten, also nutzen sie offensichtlich die Mittel, die sie haben."

„Sie sind nicht am Verkauf interessiert", sage ich, während ich mich auf den Stuhl ihm gegenüber setze.

„Ich weiß, aber Beasley will dieses Grundstück ..."

„Stell eine Akte über sie zusammen. Wir müssen alles über sie in Erfahrung bringen. Wie lange sie schon an der Schule ist, wo sie wohnt, ihre Geschichte, alles, was du finden kannst", sage ich, während sich in meinem Kopf ein Wirbel von Fragen bildet.

„Schon dabei. Und was machen wir mit Beasley?", fragt Michael und reibt sich das Kinn.

„Vielleicht bekommt er ja diesmal nicht, was er will", murmle ich, obwohl ich weiß, dass Beasley nicht eher ruhen wird, bis er genau das bekommt, was er will.

„Hah. Am besten, du sagst es ihm persönlich. Es ist besser, wenn es vom Chef kommt anstatt von mir", sagt Michael und hebt kapitulierend seine Hände.

„Was hat Jeremy Lucas hier gemacht?" Ich wechsle das Thema, da ich genau weiß, dass dieser schleimige Arsch nicht hier war, um mich zu sehen. Ich mag den Kerl nicht, aber er hat extrem gute Beziehungen und gehört zu den Leuten, die man auf seiner Seite haben muss.

„Er hat sich mit Clive für eine Fusion getroffen, die er in Erwägung zieht."

Clive ist unser Spezialist für Fusionen, insbesondere für internationale Übernahmen mit Schwerpunkt China und pazifisches Asien. Er ist einer der Besten in der Stadt, sodass es verständlich ist, dass jemand wie Jeremy Lukas seine Unterstützung wünscht.

„Bitte sag mir, dass wir keine Geschäfte mit ihm machen", stöhne ich, denn ich würde es wirklich vorziehen, dieses Arschloch nicht in meiner Nähe zu haben, das den Ruf hat, Geschäfte zu unterbieten und hinterhältig zu betreiben.

„Er hat mit Harrison gesprochen, also nehme ich an, dass das jetzt etwas ist, worüber du mit ihm sprechen musst", antwortet Michael mit einem Grinsen. Ich fahre mir mit der Hand übers Gesicht, und wir machen uns an die Arbeit, um einen Angriffsplan auszuarbeiten, der unserem Kunden das gewünschte Schulgelände verschafft.

NACHDEM ICH MEINE eigenen Nachforschungen über Emily Carr angestellt habe, muss ich sagen, dass ich nicht viel gefunden habe. Sie ist ein Gespenst, und abgesehen von ihrer Biografie auf der Website der Schule habe ich nichts gefunden. Michael gräbt immer noch, und deshalb stehe ich jetzt vor der William Heights Elementary School.

Als ich durch die Glastüren zum Büro gehe, bleibe ich in dem winzigen Foyer stehen. Es ist viel kompakter, als ich erwartet hatte, und obwohl es bunt ist und überall Kinderkunstwerke zu sehen sind, ist es kleiner als mein Badezimmer in meinem Penthouse. Mein Handy klingelt, aber ich mache mir nicht einmal die Mühe, es aus meiner Hosentasche zu holen, um nachzusehen; ich weiß bereits, dass es Sasha ist. Ihre Anrufe häufen sich in den letzten Tagen. Früher habe ich ein paar pro Woche bekommen, die ich alle ignoriert habe. Aber jetzt sind es ein paar pro Tag, mit Nachrichten dazwischen. Das fängt an, wirklich zu nerven.

„Kann ich Ihnen helfen?", fragt eine ältere Dame hinter der Rezeption und beäugt mich misstrauisch. Ich trage einen schicken Prada-Anzug, meine polierten schwarzen Lederschuhe reflektieren die Deckenbeleuchtung, und mein dunkles Haar ist perfekt frisiert. Ich sehe fehl am Platz aus in der Vorstadt, ganz zu schweigen von einer Schule wie dieser, die dringend einen neuen Anstrich und umfangreiche Wartungsarbeiten benötigt.

„Schon gut, Margaret, ich übernehme ab hier", sagt George, der aus dem Büro an der Seite auftaucht. Es scheint, als könne der alte Mann tatsächlich sprechen. Er hat bei unserem Treffen Anfang der Woche nichts gesagt und Emily das Reden überlassen.

„George", sage ich und strecke meine Hand mit einem Nicken zur Begrüßung aus.

„Was kann ich für Sie tun?" Ich bin überrascht, als er meine Hand mit einem festen Griff ergreift. Er scheint nicht der schwache, alte Mann zu sein, für den ich ihn gehalten habe.

„Ich wollte mir die Schule ansehen und hatte gehofft, mit Ihnen oder Emily noch ein wenig plaudern zu können."

„Unser Standpunkt hat sich nicht geändert", sagt er mit fester Stimme.

„Ich verstehe das, aber ich würde meinen Job nicht machen, wenn ich es nicht versuchen würde", entgegne ich versöhnlich.

Er nickt verständnisvoll.

„Emily ist noch im Unterricht. Vielleicht sollten wir in ihr Klassenzimmer gehen, damit Sie sehen können, wie gut wir hier arbeiten. Vielleicht schaffen Sie es dann, unsere Haltung besser zu verstehen."

„Gerne", sage ich und folge ihm den Korridor entlang.

„Wir haben hier fast achtzig Kinder und fünf

verschiedene Räume. Die meisten sind für den allgemeinen Unterricht vorgesehen, sodass die Kinder hier eine solide Ausbildung erhalten, bevor sie auf die örtliche Mittelschule kommen. Wir bieten ihnen kostenlose Schulbildung, Mahlzeiten und zusätzliche außerschulische Aktivitäten wie Schwimmunterricht am Wochenende, um ihnen zu helfen, sich zu engagieren und zu gedeihen, was in dieser Gemeinde leider nicht immer der Fall ist." Ich nicke, lausche den Informationen, die George mir gibt, interessiere mich für das Bildungswesen und merke mir alles, was er sagt, um es möglicherweise später gegen ihn zu verwenden. Als ich mich in dem kleinen Flur umsehe, fallen mir abblätternde Farbe, bröcklige Wände und rissige Bodenfliesen auf. Es muss wirklich renoviert werden.

„Aber Emily unterrichtet unsere Schüler mit besonderen Bedürfnissen. Es ist eine Gruppe von etwa zehn Kindern unterschiedlichen Alters und mit verschiedenen Behinderungen", sagt er und bleibt vor der Tür eines Klassenzimmers stehen. Diese Information ist mir nicht wirklich neu, da ich bereits von der Website der Schule weiß, dass sie eine Lehrerin für Kinder mit besonderen Bedürfnissen ist. Ich kann nicht behaupten, dass ich viel Zeit mit Kindern mit besonderem Förderbedarf oder mit Kindern im Allgemeinen verbracht habe, aber ich nehme an, dass es sich um eine praktische Aufgabe handelt.

„Lassen Sie uns hineingehen und sehen, was sie tun", sagt George, während seine Augen die meinen durchdringen und mein Gesicht mustert, während er die Tür öffnet. Sofort werde ich von Lärm empfangen. Kinder sprechen durcheinander, und als George mir die Tür aufhält, damit ich hinter ihm eintreten kann, spüre ich schon, wie ich Kopfschmerzen bekomme.

Als ich mich im Klassenzimmer umsehe, ist es anders als erwartet. Bunte Kunstwerke bedecken die Wände; in einer Ecke ist ein kleiner Sinnesraum eingerichtet, in der anderen eine ruhige Leseecke mit weichen Kissen und Teppichen. Es gibt Tische, aber keine einzelnen, sondern einen großen in der Mitte des Raums, an dem gerade eine Gruppe von Kindern sitzt, von denen einige malen und andere mit Knete oder anderen Bastelmaterialien arbeiten.

Mein Blick schweift durch den Raum, bis ich sie entdecke. Sie sitzt neben einem kleinen Jungen, und zuerst kommt mir der Gedanke, dass sie irgendeine Art von Tanz oder Bewegung machen, aber dann wird mir klar, dass sie Gebärdensprache sprechen. Ein breites Lächeln ziert ihre Lippen und ihr langes Haar ist zu einem Pferdeschwanz hochgesteckt, einige Strähnen fallen ihr ins Gesicht, und es juckt mich in den Fingern, sie hinter die Ohren zu streichen. Hier in der hellen Nachmittagssonne sieht es heller aus, und noch weicher, als ich es in Erinnerung habe. Mein Schwanz zuckt in meiner Hose, als ich mich an sie in meinem Büro Anfang der Woche erinnere. Ich war so kurz davor, meine Lippen auf ihre zu legen, und es kostete mich all meine Willenskraft, in ihrer Nähe professionell zu bleiben.

„Guten Tag, Klasse", sagt George so laut, dass alle unsere Anwesenheit bemerken, und alle kleinen Köpfe drehen sich in unsere Richtung.

Ich sehe Emily an, und der Schock darüber, dass ich

hier in ihrem Raum bin, ist deutlich in ihrem Gesicht zu sehen.

„Das ist Mr. Rothschild. Bitte sagt guten Morgen", fährt George fort, und die Kinder sagen in verschiedener Art und Weise guten Morgen.

„Guten Morgen", sage ich zu allen, die Hände immer noch in den Hosentaschen, und nicke ihnen kurz zu. Aber sie interessieren sich nicht für mich, sondern konzentrieren sich wieder auf die Aufgaben, mit denen sie vor meinem Erscheinen beschäftigt waren.

Ich beobachte, wie Emily dem Jungen ein Zeichen gibt, dann aufsteht und zu uns hinüberkommt. Sie wirft George einen fragenden Blick zu, und ich sehe, wie er daraufhin mit den Schultern zuckt. Sie kommt direkt auf mich zu und ergreift meinen Ellbogen, und obwohl wir bei diesem Geschäft auf verschiedenen Seiten stehen, gefällt es mir, dass sie mich berührt, während sie mich zur Tür führt. Sie reicht kaum bis zu meiner Schulter, sodass ich mich neben ihr riesig fühle, trotzdem steigt in mir das Verlangen auf, sie mir über die Schulter werfen zu wollen und sie wie ein Höhlenmensch in mein Bett zu tragen. Eddie hatte recht, sie ist nicht mein üblicher Typ. Die Mädchen, mit denen ich ausgehe, sind viel größer. Ich war noch nie mit einer Frau zusammen, die ein kleiner Hitzkopf wie Emily ist.

„Was machen Sie hier?", zischt sie, nicht erfreut, mich zu sehen, und ich schmunzle, weil ich sie offensichtlich aus der Fassung bringe.

„Ich wollte mir die Schule ansehen, um zu sehen, was Sie hier machen." Ihre Züge entspannen sich ein wenig, und ich habe das Gefühl, dass ich sie für mich gewonnen habe. Wir haben uns jetzt schon zweimal getroffen, und beide Male fand ich sie absolut nervtötend. Aber jetzt habe ich das Gefühl, dass sie sich langsam öffnet und mich näher lässt und mir vielleicht, nur vielleicht, ein paar Informationen gibt, die ich gegen sie verwenden kann, um diese Schule für meinen besten Kunden zu bekommen.

„Versuchen Sie es gar nichts erst. Wir wissen beide, dass Sie hier sind, um nach Hinweisen oder Schlupflöchern zu suchen."

Offenbar habe ich mich geirrt. Sie ist noch immer genauso anstrengend, wie vor ein paar Tagen. Sie hat eine eklatante Abneigung gegen mich, so viel ist klar. Aber ich kann nicht anders, als mich noch mehr für sie zu interessieren. Ich hasse und liebe sie gleichermaßen.

„Warum führen Sie mich nicht ein wenig herum, wenn ich schonmal hier bin?", frage ich so freundlich wie möglich und versuche, zu verdrängen, wie wahnsinnig sexy ich sie finde.

Sie stößt einen Atemzug aus, als hätte ich sie gerade um eine Niere gebeten, und dreht sich zu ihrer Klasse um.

„Dann lasse ich euch beide mal allein", sagt George mit einem verschmitzten Grinsen und nickt mir zu, bevor er wieder zur Tür hinausgeht.

„Also gut, wenn es sein muss", seufzt sie, ihre Augen funkeln, als sie sich herumdreht, meinen Ellbogen ergreift und mich ins Klassenzimmer führt. Ihr Haar wippt bei jeden Schritt von einer Seite zur anderen und ich schiebe meine andere Hand wieder in meine Tasche, damit ich nicht so etwas Dummes tue, wie es zu berühren.

„Kinder, Mr. Rothschild wird sich eine Weile zu uns gesellen. Er freut sich schon sehr darauf, euch alle kennenzulernen." Nachdem sie mich losgelassen hat, setzt sie wieder ein Lächeln auf, als der Junge, mit dem sie zuvor in Gebärdensprache kommuniziert hat, neben mir auftaucht.

Er zieht an meiner Anzugsjacke, um meine Aufmerksamkeit zu erregen, und ich schaue an ihm herunter. Ich bin groß, also muss ich einem kleinen Jungen, der nicht älter als fünf oder sechs Jahre alt sein kann, riesig erscheinen.

Als er versucht, mir etwas mitzuteilen, schüttle ich den Kopf und fühle mich schlecht, weil ich ihn nicht verstehen kann. „Tut mir leid, kleiner Freund, ich kann keine Gebärdensprache."

„Er hat nur gefragt, wie groß Sie sind. Er liebt Basketball und will unbedingt in der NBA spielen, wenn er groß ist", sagt Emily und ihre Züge entspannen sich, als sie ihn ansieht.

„Ich bin ein Meter neunzig groß." Sein Blick wandert zu Emily, und sie bewegt schnell ihre Hände. Er muss es verstanden haben, denn er sieht mich mit großen Augen an und lächelt, bevor er zurück in die Ecke geht, wo er mit Emily gespielt hat, als ich ankam.

„Gavin, lass mich dir dabei helfen", höre ich Emily sagen und sehe, wie sie einem größeren Jungen hilft, der vielleicht zwölf oder dreizehn Jahre alt ist, aber für sein Alter riesig ist. Er stützt den größten Teil seines Gewichts mit einem Gehstock ab und geht in den hinteren Teil des

Raums, wobei ein Bein nicht ganz so gut funktioniert wie das andere. Sie führt ihn zu einem anderen Arbeitsplatz, und während sie das tut, bemerke ich ein junges Mädchen, das allein sitzt, also gehe ich zu ihr hinüber.

„Hallo, was liest du da?", frage ich sie, während ich mich vor ihr hinhocke.

Sie antwortet, ohne mich anzuschauen. „*Aschenputtel*. Das ist mein Lieblingsmärchen." Ihre Stimme ist süß, ihre blonden Locken bewegen sich ein wenig, während sie spricht, und schimmern im Sonnenlicht.

„*Aschenputtel* ist eine tolle Geschichte", sage ich, während ich auf das Buch in ihrer Hand hinunterschaue und einen Moment lang fassungslos bin, als ich feststelle, dass auf der Seite keine Worte oder Bilder zu sehen sind, sondern nur Zeichen in Blindenschrift. Dann hebt sie den Kopf und ich sehe ein wunderschönes Gesicht mit blauen Augen, die ins Leere schauen und weder mich noch sonst etwas zu sehen scheinen.

„Rosie, Mr. Rothschild liebt gute Märchen. Warum liest du ihm nicht eine Seite vor?", schlägt Emily vor, als sie hinter mir auftaucht.

„Sicher!", sagt das kleine Mädchen aufgeregt, und ich beobachte erstaunt, wie sie beginnt, mir von der schreck-lichen Stiefmutter und den Stiefschwestern zu erzählen, während sich ihr Gesicht zu mir neigt und ihre Finger über die Seite vor ihr fahren.

Mein Herz verkrampft sich in meiner Brust, als ich sehe, wie glücklich es sie macht, dass sie mir vorlesen kann. Ich knirsche mit den Zähnen, stehe auf, trete einen Schritt zurück und erinnere mich daran, dass ich ein Spitzenanwalt bin, der nur zu einem einzigen Zweck hier ist: Geld zu verdienen. Und die einzige Möglichkeit, das zu erreichen, ist, diesen Deal für meinen besten Klienten abzuschließen und mich nicht von süßen, kleinen Kindern oder sexy Lehrerinnen ablenken zu lassen.

Ganz gleich, wie gut ebenjene Lehrerin in dieser Jeans aussieht.

7

———

EMILY

Ich konnte sehen, wie seine Gesichtszüge weicher wurden, als er vor Rosie saß, und obwohl ich voreingenommen bin, wenn sie ihn nicht zum Schmelzen bringen kann, dann kann das niemand. Es gibt etwas an süßen, kleinen Mädchen, das das Herz eines Mannes durchbohren kann. Aber Ben ist nicht mein Freund, und ich kann ihm nicht zu nahe kommen, auch wenn mein Körper mich jedes Mal verrät, wenn wir zusammen sind.

„Haben Sie genug gesehen?", frage ich, verschränke die Arme vor der Brust und hebe die Augenbrauen. Ich habe meine Haltung wieder fest im Griff, denn ich weiß, dass er meine Zeit verschwendet. Er platzt hier einfach herein und scheint zu erwarten, dass er alle unsere Geheimnisse erfährt. Er ist ein totaler Neandertaler, genau wie ich es schon in der Bar festgestellt habe. Obwohl die Erinnerung an seine Hände, die um meine Taille liegen, meine Haut kribbeln lässt.

Es ist lange her, dass ein Mann mich berührt hat, und

noch länger, dass ich es genossen habe, also ist es wahrscheinlich kein Wunder, dass ich in den letzten Tagen von ihm geträumt habe. Obwohl die Begegnung mit meinem Ex in seinem Büro eher Albträume auslöste und viele schreckliche Erinnerungen wachrief. Es hat mich nur daran erinnert, warum ich um Männer in Anzügen lieber einen großen Bogen mache.

„Sie leisten hier großartige Arbeit, Emily, aber ich muss zurück in die Stadt. Es wäre schön, wenn Sie mich hinaus begleiten würden." Wie immer ist das eine arrogante Forderung, keine höfliche Bitte. Ich verdrehe die Augen und rufe Sarah aus dem Klassenzimmer nebenan, damit sie fünf Minuten lang auf meine Schüler aufpasst, während ich mit Ben den Flur entlanggehe und kurz davor bin, ihn selbst hinauszuwerfen.

„Wissen Sie, mit zehn Millionen Dollar können Sie eine Menge Gutes für diese Kinder tun", sagt er und wirft mir fast vor, dass ich bei dieser Entscheidung nicht ihr Bestes im Sinn habe. Es ist sein lahmer Versuch, mir ein schlechtes Gewissen einzureden, weil ich das angebotene Geld nicht angenommen habe.

„Die Schule ist zwar alt, aber wir haben alles, was wir brauchen, und die Kinder entwickeln sich gut. Wenn wir die Schule verkaufen würden, wären zehn Millionen natürlich viel Geld, aber wir müssten alle weiter wegziehen, um eine andere Immobilie zu kaufen, das groß genug für unsere Bedürfnisse ist, und dann noch mehr Zeit und Geld für die Renovierung aufwenden, damit alles so ist, wie wir es brauchen. Der ganze Prozess könnte über zwei Jahre dauern, und was sollen die Kinder in dieser Zeit tun? Und vielleicht klopfen nach kurzer Zeit wieder Geschäftsleute an und bieten weitere zehn Millionen für das Grundstück, damit weitere Eigentumswohnungen gebaut werden können, sodass es zu einem endlosen Kreislauf wird. Wir haben uns das gut überlegt. Es war keine voreilige Entscheidung." Als er nichts sagt, beschließe ich, ihm selbst ein paar Schuldgefühle einzureden.

„Wenn Sie eine Spende zur Unterstützung ihrer Ausbildung hinterlassen möchten, wenden Sie sich bitte an Margaret an der Rezeption. Sie kann diese Transaktion für Sie organisieren." Ich weiß, dass es für Männer wie ihn schwierig ist, sich von ihrem Geld zu trennen.

Egoistische Arschlöcher.

Ich beobachte, wie sich sein Kiefer anspannt, offensichtlich nicht erfreut darüber, dass ich einen solchen Vorschlag gemacht habe, und wir gehen weiter den Flur entlang. Ich verstehe diese Männer nicht. Habe ich nie und werde ich nie. Sie haben buchstäblich Millionen von Dollar auf ihren Bankkonten, und der Gedanke, etwas von diesem Reichtum mit anderen, die weniger Glück haben, zu teilen, stört sie. Sicher, viele von ihnen tun es, um es von der Steuer abzusetzen, aber nicht viele von ihnen tun es, weil sie wirklich das Bedürfnis verspüren, anderen helfen zu wollen. Aber es für Penthäuser, Europa-Urlaube oder Supermodel-Freundinnen auszugeben, scheint völlig in Ordnung.

Als wir das Foyer erreichen, bleibt er stehen, dreht sich zu mir um, fährt sich mit der Hand durch sein dunkles Haar und seufzt.

„Sie werden das Angebot wirklich nicht annehmen, oder?", fragt er, und ich schüttle den Kopf.

„Nicht einmal, wenn er zwanzig Millionen anbietet?", drängt er, und wieder schüttle ich den Kopf.

„Die Kinder sind schon seit Jahren hier. Dieser Ort gibt ihnen Sicherheit, sie sind glücklich hier und ihr Lernen hat sich in den letzten Jahren deutlich verbessert. Ein Umzug, egal wie reibungslos er vonstatten geht, würde sich nur nachteilig auf sie und ihre Familien auswirken. Das können wir ihnen nicht zumuten", sage ich und versuche ein letztes Mal, es ihm verständlich zu machen.

Er nickt, obwohl ich sehe, wie sich die Rädchen in seinem Kopf drehen, und ich weiß, dass ich seine Meinung nicht ändern konnte.

„Sie wissen, dass mein Mandant nicht lockerlassen wird, bis er die Immobilie hat. Darauf müssen Sie sich vorbereiten." Auch wenn es keine Drohung ist, so ist es doch eine Warnung. Ich nicke verständnisvoll. George und ich wissen, dass dies kein leichter Kampf werden wird.

„Wir sehen uns, Doubtfire", sagt er und geht zur Tür, wobei ein Grinsen seine Mundwinkel umspielt.

„Wir sehen uns, Neandertaler", antworte ich, ebenfalls mit einem Grinsen, bevor er zur Tür hinausgeht und in einen glänzenden, schwarzen Bentley steigt, der mehr kostet, als ich in einem Jahr verdiene.

Ich schüttle den Kopf, weil ich nicht weiß, was wir als Nächstes tun sollen, aber ich eile den Gang zurück zu meiner Klasse. Sie sind meine Priorität.

~

ICH BIN zu Hause in meiner winzigen Zwei-Zimmer-Wohnung und versuche, dem Drang zu widerstehen, das Glas in meiner Hand aus Frustration an die Wand zu pfeffern. Ich habe Rosie gerade ins Bett gebracht und meine E-Mails geöffnet, um den Papierkram für einen weiteren Zuschuss, den ich beantrage, zu erledigen, als ich eine neue E-Mail von Rothschild Law in meinem Posteingang sehe. Sie bitten George und mich, an einem weiteren Treffen in der Stadt teilzunehmen, bei dem diesmal auch der Bürgermeister unseres Bezirks anwesend sein wird. Zweifellos hat ihr Mandant dem Bürgermeister einen fetten Scheck vor die Nase gehalten, und sie benutzen ihn nun, um Druck auszuüben. Ich bin keine Wahrsagerin, aber ich kann mir vorstellen, dass er unsere monatlichen Grundbesitzabgaben und Steuern erhöhen wird und vielleicht sogar irgendein neues Gesetz einführt, für das wir nun das Geld aufbringen müssen. Wenn Mr. Beasley den Bürgermeister dafür bezahlt, unserer Schule neue Gebühren aufzuerlegen, um uns einzuschüchtern oder zu erpressen, dann ist das ein klarer Fall für den Antikorruptionswächter. Ich bin zwar Grundschullehrerin, aber ich erkenne schleimige Taktiken von gierigen Geschäftsleuten, wenn ich sie sehe, und Jonathan Beasley ist genau so einer.

Mein Handy klingelt, Georges Name leuchtet auf dem Display auf.

„Hi, George, hast du die E-Mail bekommen?", frage ich und weiß bereits, dass es so ist.

„Sieht so aus, als müssten wir kommende Woche schon wieder in die Stadt fahren, Em. Ich werde Sarah bitten, sich um deine Klasse zu kümmern, vorausgesetzt, du bist immer noch bereit, die Schule dabei zu vertreten." Er klingt müde und gestresst, es missfällt mir zutiefst ihn so zu erleben.

„Du musst nicht einmal fragen. Du und die Schule habt so viel für mich getan; natürlich werde ich alles tun, damit du sie behältst."

„In Ordnung, wir sprechen am besten Morgen weiter, um einen Plan auszuarbeiten, wie wir das Ganze angehen sollen."

„Bis dann", sage ich, lege auf und lasse mich mit einem enttäuschten Seufzer auf mein Sofa zurückfallen.

Wir beide wissen, dass dies ein harter Kampf ist. Geld und Macht gewinnen immer, und ich bin ein Beweis für diese Tatsache. Aber ich muss für George kämpfen, so wie er für mich gekämpft hat.

Als ich ihn und seine Frau Glenda zum ersten Mal im Frauenhaus traf, wusste ich, dass wir alle miteinander verbunden waren, und offensichtlich spürten die beiden das auch. Als Freiwillige sorgten sie dafür, dass jeder gut versorgt war, aber nachdem sie mir einen warmen Kaffee angeboten hatten, sprachen wir drei stundenlang miteinander, während Rosie neben mir schlief, und unter der Bedingung der Vertraulichkeit erzählte ich ihnen alles.

Diese Nacht hat mein Leben verändert. In dieser Nacht lernte ich, wie wichtig Mitgefühl und gegenseitige Hilfe sind. Ich war so besorgt, was ich mit meinem Leben anfangen sollte und wie ich Rosie über die Runden bringen sollte. Aber Glenda und George nahmen uns auf. Sie verwandelten ihren Keller in eine große Studiowohnung für uns, und Glenda schaffte es, mir ein Stipendium für ein Lehrerdiplom an der örtlichen Uni zu verschaffen.

Aufgrund meiner guten Noten während meines Jurastudiums konnte ich die meisten Formalitäten im Handumdrehen erledigen und das Studium in Rekordzeit abschließen.

Nachdem ich das Studium abgeschlossen hatte, boten sie mir eine Stelle an der Grundschule, die ihnen gehörte, und als Glenda letztes Jahr verstarb, erlosch auch in meinem Leben ein kleines Licht. Wir waren alle untröstlich. Und sind es immer noch.

Ich lehne mich mit dem Kopf gegen das Sofa und schaue von meinem Platz aus auf Rosie, die in ihrem Zimmer schläft.

Wir leben jetzt ein einfaches Leben. Ein sichereres Leben. Ich helfe ihr beim Lernen und bemühe mich, unser Geld zu sparen, damit wir in Ruhe leben können. Als ich mir mit der Hand über die Augen fahre, vibriert mein Handy, um zu signalisieren, dass ich eine Nachricht erhalten habe, und ich sehe, dass sie von einer Nummer kommt, die ich nicht kenne.

Neandertaler: Sag nicht, ich hätte dich
nicht gewarnt, Doubtfire.

Ich lächle trotz der Umstände und zögere nicht, zu antworten.

Doubtfire: Zeig, was du kannst,
Neandertaler.

Um dem Ganzen eine gewisse Note hinzuzufügen, füge ich ein Emoji mit einem wütenden Gesicht ein. Ich weiß, es ist kindisch, aber es zeigt, wie ich mich gerade fühle.

> Neandertaler: Nimm das Geld, es ist den
> Kampf nicht wert.

Aber da irrt er sich; es ist den Kampf auf jeden Fall wert. George und die Kinder sind alles wert.

> Doubtfire: Wir sehen uns bald. Seid
> bereit für uns.

> Neandertaler: Ich kann es kaum
> erwarten.

Ich schalte mein Handy aus und werfe es neben mich auf das Sofa. Das dumme Grinsen in meinem Gesicht verrät mir, dass ich das viel zu sehr genieße. Ich mag unser Geplänkel, und ich liebe es, seine Knöpfe zu drücken. Und überraschenderweise fühle ich mich durch die Arbeit lebendig, vor allem, weil es das erste Kräftemessen ist, das ich seit langem mit einem Menschen habe, der über zwölf Jahre alt ist. Ich fange an, in meinem Kopf einen Plan zu entwerfen, denn ich weiß, dass ich schmutzig spielen muss – das ist die einzige Sprache, die diese Männer verstehen. Ein konservatives, schwarzes Kleid wird dieses Mal nicht ausreichen.

8

BENJAMIN

Ich schnappe mir den Papierkram von meinem Schreibtisch und eile zur Tür hinaus. Mein Kopf pocht von den unaufhörlichen Nachrichten, die Sasha mir ständig schickt. Das treibt mich langsam in den Wahnsinn. Zusätzlich zu meinem hohen Arbeitspensum ist mir heute fast eine Ader geplatzt. Es gibt eine Million Dinge zu tun und mir fehlt die Zeit, um alles zu erledigen.

Michael, Jonathan Beasley und der Bürgermeister von William Heights sitzen bereits alle im Sitzungssaal, und Emily und George werden jeden Moment eintreffen. Ich gehe an Sandra vorbei den Flur hinunter, gerade als sich der Aufzug öffnet. Emily tritt heraus, und ich bleibe stehen. Heilige Scheiße.

Die lässige Lehrerkleidung und der unordentliche Pferdeschwanz, den ich letzte Woche gesehen habe, sind längst verschwunden. Nun besticht sie mit ihrem typisch glänzenden, langen, blonden Haar, ihrer strahlenden Haut, ihren großen, runden Augen und ihren vollen

Lippen, die durch eine leichte Röte auf ihren Wangen ergänzt werden. Ihr kurvenreicher Körper ist in ein rotes Kleid gehüllt, das zwar immer noch als Business-Look geeignet ist, aber sie macht es so viel sexier. Mein Puls rast bei dem Gedanken, den Reißverschluss ihres Kleides zu öffnen, nur um all das zu erkunden, was sich darunter verbirgt. Wenn ich raten müsste, würde ich schwarze Spitzenunterwäsche vermuten.

Ihr Blick trifft meinen, und ich sehe, wie ihr Lächeln immer breiter wird. Kein Grinsen, kein falsches, sondern ein echtes, breites Lächeln. Sie schenkt Natasha oder Naomi oder wem auch immer, der an unserem Empfang sitzt, keine Beachtung. Als sie selbstbewusst auf mich zuschreitet, bleibe ich einfach mit angehaltenem Atem stehen. Wir sehen uns direkt an – alles andere scheint in den Hintergrund zu rücken – und so nervtötend sie auch ist, dieser Blick, den sie mir zuwirft, gibt mir ein Gefühl der Macht. Meine Augen suchen ihr Gesicht ab, und ich sauge ihr strahlendes Blau in mich auf. Dann, nur für einen Moment, lasse ich meinen Blick ein wenig schweifen.

„Was starren Sie so? Haben Sie noch nie eine Frau gesehen?", fragt sie mit hochgezogener Augenbraue, als sie direkt vor mir stehen bleibt und die Hände in die Hüften stemmt. Sie spielt eindeutig mit mir. Mir kommt sogar kurz der Gedanke, sie bei der Hand zu nehmen, sie in mein Büro zu führen und sie auf meinem Schreibtisch zu ficken. Allein der Gedanke lässt mich hart werden, aber ich räuspere mich und reiße mich zusammen.

„Schön, dass Sie kommen konnten." Ich bleibe professionell, als ich die Tür zum Konferenzraum öffne, und sie tritt ein. Ich schüttle Georges Hand, und dann folgt er mir. Ich atme tief ein, nehme den Hauch von Lavendel wahr und frage mich, wie ich mich auf diesen verdammten Fall konzentrieren soll, wenn sie so aussieht und so riecht. Ausnahmsweise bin ich froh, dass Beasley Michaels Klient ist und er den Fall leitet.

„Emily! Schön, Sie wiederzusehen", sagt Michael, aber mir entgeht nicht, wie er sie anschaut, und Eifersucht macht sich in meinem Magen breit. Ich beobachte, wie er und die beiden anderen Männer, die bei ihm sind, sie mit ihren Blicken verschlingen, was mich zur Weißglut treibt. Sie lächelt, schüttelt ihnen die Hand und ignoriert ihre Blicke. *Sie weiß, wie man das Spiel spielt. Ich habe sie völlig unterschätzt.*

„Scheiße", murmle ich vor mich hin, als ich ihr und George gegenüber Platz nehme, wobei mein Team jetzt vier zu zwei in der Überzahl ist.

„Vielen Dank, dass Sie sich noch einmal Zeit nehmen konnten. Wie Sie wissen, ist mein Klient, Mr. Beasley, sehr daran interessiert, das Schulgelände zu kaufen, und wir haben inzwischen herausgefunden, dass Bürgermeister Simplot ebenfalls der Meinung ist, dass neue Eigentumswohnungen für die Gemeinde von Vorteil wären", erklärt Michael und eröffnet damit direkt die Sitzung – er ist nicht hier, um Small Talk zu führen.

„Ach, wirklich?", fragt Emily, und ich lehne mich zurück und beobachte alle im Raum wie ein Falke.

„Nun, Emily, ich weiß, dass die Schule wunderbare Dinge für viele Kinder in der Gemeinde tut, aber Möglichkeiten zu Entwicklung wie diese kommen in der Gemeinde nicht sehr oft vor, und soweit ich weiß, bietet

Mr. Beasley einen fairen Verkaufspreis, der den Kindern wahrlich zugute kommen kann.“

„Hmm ... ich verstehe.“ Emily nickt wieder, und ich weiß nicht, woher ich das weiß, aber sie hat etwas gegen uns in der Hand.

„Hören Sie, Sie brauchen das Geld, und ich habe es. Lassen Sie uns mit diesem Schauspiel aufhören, denn wir wissen alle, dass Sie keine Ahnung von dem hier haben. Kehren Sie einfach zu Ihren Kindern zurück und überlassen Sie das große Geschäft uns Männern, Schätzchen.“

Meine Hände ballen sich in meinem Schoß zu Fäusten, als unser Kunde Emily sagt, was er wirklich von ihr hält. Plötzlich verspüre ich den Drang, diesem Idioten ins Gesicht zu schlagen, weil er so mit ihr spricht. Ich warte auf ihre Explosion, aber sie kommt nicht. Ich beobachte sie, wie sie ruhig einatmet.

„Was mein Mandant sagen will ...“, beginnt Michael.

„Ich verstehe sehr gut, was Mr. Beasley sagen will, und bei allem Respekt, Mr. Beasley, Sie wissen nicht das Geringste über mich. Lassen Sie es mich also ganz einfach für Sie machen. Wir wollen Ihr Geld nicht, wir verkaufen die Schule nicht, und Bürgermeister Simplot, sollten Sie anfangen, städtische Entscheidungen zu treffen, die die Schule finanziell ruinieren, weil Sie von Mr. Beasley hier gut bezahlt werden, werde ich die Aufzeichnung, die ich von diesem Gespräch habe, der Anti-Korruptions-Behörde vorlegen.“

Schachmatt.

„Jesus“, stößt Michael aus, laut genug, dass ich es hören kann.

„Du kleine Schlampe! Das kannst du nicht machen!", schreit Beasley und springt von seinem Platz auf, als wolle er über den Tisch springen und Emily erwürgen. Ich stehe auf, bereit, ihn in die Schranken zu weisen, sollte er sich ihr zu weit nähern.

Ich beiße die Zähne zusammen. „Michael, warum führst du Mr. Beasley nicht in dein Büro, um die Dinge zu besprechen", schlage ich vor, und Michael packt Beasley am Arm und zerrt den wütenden Mann regelrecht aus dem Raum.

„Emily, George, ich habe sicher nicht gemeint, dass die Stadt die Schule nicht unterstützt; Sie wissen, dass wir das tun", beginnt Bürgermeister Simplot zu stottern und versucht, sich aus dem Loch zu schaufeln, das er zu graben begann, als er zustimmte, überhaupt hier anwesend zu sein. Ich bin nicht eingeweiht, aber ich bin sicher, dass Beasley ihm Geld für seine Anwesenheit angeboten hat, und Emily scheint zu demselben Schluss zu kommen, daher die Aufzeichnung.

„Wir wissen genau, wo Ihre Unterstützung liegt, Harold. Sparen Sie sich also die Mühe, uns von etwas anderem überzeugen zu wollen", antwortet George angewidert.

Der Bürgermeister steht auf, nickt den beiden zu und verlässt steif den Raum.

„Em, ich werde mich mal ein wenig mit Harold unterhalten. Wir sehen uns später in der Schule", sagt George und geht zielstrebig zur Tür hinaus.

„Gut gespielt, Doubtfire." Ich gehe auf sie zu und bleibe vor ihr stehen.

„Danke, dass Sie Ihren Kunden an der Leine gehalten

haben. Ich dachte schon, er würde handgreiflich werden", sagt sie und ich merke, wie ihre Hände leicht zittern.

„Beasley ist ein wenig anmaßend ...", sage ich, als ich die Tür zum Konferenzraum öffne, damit wir hinausgehen können, und ich lege meine Hand auf ihren Rücken, um sie zu beruhigen.

„Nur ein bisschen", murmelt sie sarkastisch, und ich lächle, froh darüber, dass sie sich bei meiner Berührung entspannt.

Als wir den Konferenzraum verlassen, höre ich die vertraute Stimme, die in meinen Ohren klingt, als würde jemand mit den Nägeln über eine Tafel fahren, und mein Körper versteift sich sofort.

„Ben! Liebling", ruft Sasha, als sie auf uns zukommt, und mir entgeht nicht, wie sich Emilys Augenbrauen fragend wölben.

„Sasha, was machst du hier?", frage ich in einem Ton, der klar machen soll, dass sie nicht willkommen ist. Mein Stresspegel schießt in die Höhe. Ich muss der Sache wirklich ein Ende setzen. Es gerät langsam außer Kontrolle.

„Ich bin gekommen, um dich zum Mittagessen einzuladen", sagt sie, wirft ihre langen Locken über die Schulter und streckt mir ihre Brüste entgegen. Ich erschaudere über ihr übertrieben kokettes Verhalten, während ich aus dem Augenwinkel sehe, wie Emily sich ein Lachen verkneift. In diesem Moment dämmert mir eine Idee. Eine verrückte Idee. Ich halte nicht einmal inne, um über die Worte nachzudenken, bevor ich sie ausspreche.

„Sasha, darf ich dir Emily vorstellen, sie ist meine ... *Verlobte.*" Sashas Lächeln gefriert, und Emily erstarrt in meinen Armen. Ich wende mich ihr zu und begegne ihrem Blick. Sie sieht mich an, als hätte ich den Verstand verloren, und vielleicht habe ich das auch. Aber verzweifelte Zeiten verlangen nach verzweifelten Maßnahmen.

„W... was?" Sasha stottert, schaut zu Emily, dann zu mir und wieder zurück.

„Liebling, das ist Sasha Davies", sage ich zu Emily, mit Blicken flehe ich sie an, mitzuspielen, und mir entgeht nicht das gemeine Funkeln in ihren Augen, bevor sie sich in meinen Armen entspannt.

„Schön, Sie kennenzulernen, Sasha", sagt Emily mit einem breiten Lächeln, und ich lege meinen Arm um ihre Taille, um eine geschlossene Front zu bilden.

„Aber, was, ich meine, wann ..." Sasha ist nicht einmal in der Lage, einen zusammenhängenden Satz zu bilden.

„Sasha, wir haben vor Monaten Schluss gemacht. Ich weiß, dass du jemanden finden wirst, der genauso wunderbar ist wie ich. Alles geschieht aus einem bestimmten Grund, wie es scheint", sage ich und ziehe Emily noch enger an mich heran. Es gefällt mir, wie sie sich an mich schmiegt, als wäre sie schon immer für mich bestimmt gewesen. Ich habe keine Ahnung, warum ich jemals dachte, dass Sasha die Richtige für mich wäre. Wenn ich sie jetzt anschaue, kann sie sich mit Emily nicht einmal ansatzweise messen.

„Nun, ähm ... herzlichen Glückwunsch!" Ihre Stimme klingt zu hoch und ihr Lächeln ist so falsch wie es nur geht. „Ich will euch nicht aufhalten, und mir ist gerade eingefallen, dass ich dringend woanders sein muss ...", sagt sie, bevor sie eilig zum Aufzug zurückkehrt. Ihre frisch geföhnten Haare verbergen weder ihre knallroten Wangen noch den finsteren Blick, der ihr Gesicht ziert, als sie sich umdreht, bevor sich die Fahrstuhltüren schließen.

Emily wartet keinen Moment länger, ergreift meine Hand und zieht mich den Flur entlang. Sie bringt uns direkt in mein Büro, nicht unähnlich der Situation, in der wir uns letzte Woche befunden haben, und ich beiße mir auf die Lippe, um nicht laut über die Situation zu lachen, in der wir uns befinden.

„Bitte keine Störungen, Sandra!", ruft Emily, als sie mich an meiner Assistentin vorbeizieht, dann schließt sich die Tür zu meinem Büro hinter Sandras Lächeln. Das wird für Unterhaltung für mehrere Tage sorgen.

In der Sicherheit meines Büros lasse ich mich auf dem Sofa nieder, während Emily im Raum auf und ab geht. Ich bin überrascht, dass sie immer noch hier ist. Ich hatte eigentlich erwartet, dass sie mich ohrfeigt und einfach verschwindet.

„Nun, ich höre", fordert sie und wirft mir meine eigenen Worte entgegen, die ich letzte Woche in diesem Büro zu ihr gesagt habe.

„Sasha ist meine Ex, die kein Nein akzeptiert. Tut mir leid, es ist mir in dem Moment einfach nichts anderes eingefallen." Es ist eine schlechte Ausrede, aber es ist das Beste, was ich tun kann. Ich habe nicht einmal über die Konsequenzen nachgedacht, bevor ich uns beide vor den Bus warf. Ich habe nichts davon durchdacht.

„Nichts besseres eingefallen?", schreit sie fast, ihr Gesicht nun panisch verzerrt.

„Es ist alles in Ordnung. Atmen Sie tief durch. Keine große Sache", sage ich und stehe auf, die Hände erhoben, als würde ich auf ein wildes Tier zugehen.

„Keine große Sache! Wollen Sie mich auf den Arm nehmen? Sie sind Benjamin Rothschild. Wenn Sie verlobt sind, ist das eine *sehr* große Sache!", sagt sie und starrt mich fassungslos an. Ja ... dieses Detail habe ich wohl für eine Sekunde vergessen.

„Scheiße." Ich fahre mir mit der Hand durch die Haare und ziehe daran, zerbreche mir den Kopf und frage mich, warum zum Teufel ich in Gegenwart dieser Frau zu keinem klaren Gedanken mehr fähig zu sein scheine. Es ist so untypisch für mich, so zu reagieren. Ich bin strategisch. Ich plane alles. Ich bin gründlich bei meiner Arbeit und in meinem Leben. Das ist nicht normal für mich. Ganz zu schweigen davon, was das für das Geschäft bedeuten wird. Ich sehe schon, wie Beasleys Gesicht knallrot vor Wut wird, weil ich mit seinem derzeitigen Feind Nummer eins verlobt bin. Jetzt gerate ich auch in Panik.

„Wahrscheinlich ist es schon ein Trend in den sozialen Medien!" Sie hat nicht unrecht. Ich habe uns beide gerade buchstäblich in einen Shitstorm gestürzt. Ich sitze auf dem Sofa und überlege einen Moment lang. Ich muss mir etwas einfallen lassen. Emily läuft weiter vor mir auf und ab, und je länger ich sie ansehe, desto mehr bin ich entschlossen, keinen Rückzieher zu machen. Sie in meinen Armen zu halten, fühlte sich viel zu gut an.

Dann kommt mir etwas in den Sinn. Ich schaue ihr in die Augen, und als ob sie es spüren könnte, sieht sie mich misstrauisch an.

„Was?", ruft sie.

„Tun wir so, als ob", sage ich vorsichtig, um sicherzugehen, dass ich nicht das Falsche sage. Mein Verstand arbeitet jetzt auf Hochtouren, um einen Plan zurechtzulegen. Ich weiß immer noch nicht, was ich mit Beasley machen soll, aber ich werde mir etwas einfallen lassen müssen. Solche Dinge klären wir auf dem Weg. Es wird ihm nicht gefallen, aber ich bin ein Profi, und ich halte mein Privatleben privat. Ich kann mich aus der direkten Arbeit an dem Fall zurückziehen und ihn einfach Michael überlassen, wenn es nötig ist.

„So tun, als ob?" Sie hört auf, auf- und abzugehen und sieht mich stirnrunzelnd an.

„Ja. Sie werden für ein paar Monate meine falsche Verlobte spielen, und ich werde im Gegenzug etwas für Sie tun", biete ich an und bin zuversichtlich, dass meine Idee funktionieren wird.

„Haben Sie den Verstand verloren?" Ich versuche, ihre Antwort nicht persönlich zu nehmen. Jede andere Frau würde die Chance ergreifen, sich mit mir zu verloben. Offenbar nur nicht diese.

„Es könnte ein perfekter Plan sein ..." *Perfekt* ist vielleicht etwas übertrieben. Ich setze mich aufrechter hin, lehne mich nach vorne und stütze meine Ellbogen auf meine Knie, während ich zu ihr aufschaue.

„Das ist ein furchtbarer Plan", entgegnet sie mit einem verärgerten Tonfall.

„Nun, okay. Dann ist das vielleicht genau das Richtige

für mich. Mit Ihnen zusammen zu sein, wird mir Sasha ganz sicher vom Hals schaffen. Was kann ich tun, damit Sie ja sagen? Was immer Sie wollen, sagen Sie es mir einfach." Vielleicht sollte ich ihr nicht freie Hand lassen, aber ich bin zu fast allem bereit. Schließlich bleibt sie endgültig stehen und baut sich mit in die Hüften gestemmten Händen vor mir auf.

„Wie wär's, wenn wir hiermit anfangen ... Wie lauten überhaupt die Bedingungen dieser vorgetäuschten Verlobung?", fragt Emily und macht mir klar, wie intelligent sie ist. Ich lehne mich zurück und lege meinen Knöchel über mein Knie, sodass ich einen besseren Blick auf sie werfen kann.

„Geben Sie mir einen Monat. Ein Abendessen pro Woche und ein Abend am Wochenende, Fotos, vielleicht eine Arbeitsveranstaltung. Wir werden Zeit miteinander verbringen müssen. Sie muss sehen, dass wir zusammen sind, dass wir romantische Treffen miteinander haben, und dann bin ich sicher, dass sie es kapiert und mich in Ruhe lässt."

„Die ganze Stadt wird es mitbekommen!", stößt Emily hervor und fährt sich mit der Hand an den Kopf, als hätte sie Migräne, bevor sie sie wieder sinken lässt und die Hände auf die Hüften stützt. Mit einem tiefen Einatmen tritt sie noch näher an mich heran und zwingt mich, aus dieser Position wieder aufzuschauen. „Was wird passieren, sobald wir diese Scharade beenden? Wird sie dann nicht einfach wieder ankommen? Wie kommen Sie darauf, dass das funktioniert? Dass es sich überhaupt lohnen wird?" Ich winke ab, noch bevor sie ihren Satz beendet hat. Es muss klappen, und jetzt, wo ich das

Angebot gemacht habe, will ich unbedingt, dass Emily ja sagt. Der Rest ist mir inzwischen völlig egal. Sie verdreht angesichts meiner abweisende Haltung die Augen.

„Und was genau bekomme ich als Gegenleistung?" Ich habe sie.

„Wie ich schon sagte, *alles*", sage ich und lasse meinen Blick an ihrem Körper entlanggleiten, nehme das leichte Heben und Senken ihrer perfekten Brüste mit ihren schnellen Atemzügen wahr, bevor mein Blick auf ihrem Gesicht landet und ich ihr Grinsen sehe.

„Alles, ja?" Ich nicke, wenn auch etwas zögernd, weil ich ihrem Gesichtsausdruck entnehme, dass ich jetzt einen Pakt mit dem Teufel schließe. Einen, den ich selbst angeboten habe.

„Ich will die Schule", sagt sie und lässt keinen Raum für Protest. Ich werfe ihr einen ungläubigen Blick zu.

„Alles, abgesehen davon. Ich kann nicht einfach einen Multimillionen-Dollar-Vertrag beiseiteschieben. Ich habe eine Sorgfaltspflicht gegenüber meinen Kunden." Wenn jemand erfährt, dass ich meine Kunden nicht mit hundertprozentiger Integrität vertrete, würde die ganze Firma zusammenbrechen. Und als Geschäftsführer werde ich so etwas gewiss nicht zulassen.

„Okay, fangen wir noch einmal von vorne an. Wie wird das für die anderen aussehen? Haben sie überhaupt darüber nachgedacht, wie sich das auswirken könnte? Wir waren zusammen im selben Raum, in seiner Gegenwart. Meinen Sie nicht, dass es seltsam sein wird? Wir haben jedenfalls nicht so getan, als wären wir verlobt." Sie verschränkt die Arme vor der Brust und starrt mich an, als wäre ich ein Vollidiot. Womit sie nicht ganz falsch liegt, wenn man bedenkt, dass jede Frage, die sie stellt, eine ist, die mir selbst noch nicht in den Sinn gekommen ist.

„Ich werde die Sache klären und ihnen alles offenlegen. Ich lege meine Karten auf den Tisch. Ich werde ihnen sagen, was Sie für mich sind und es Michael überlassen, sich um seinen Klienten zu kümmern, so wie er es bisher getan hat", biete ich an und zucke dann innerlich zusammen, weil ich weiß, dass ich jetzt meinen Bruder informieren muss, damit Harrison weiß, was vor sich geht. Langsam wird mir die Schwere dieses Deals bewusst.

„Gut. Mein Angebot: Mittwochnachmittags werden Sie in der Schule im Kunstunterricht mitarbeiten", sagt sie, und ich nicke leicht. Das klingt nicht allzu schlecht. Ich muss zwar einige Termine verschieben, aber der Kunstunterricht dauert sicher nur eine Stunde, und ich kann unterwegs im Auto arbeiten.

„Am Samstagvormittag werden Sie beim Schwimmunterricht im örtlichen Schwimmbad helfen", fährt sie fort, und wieder nicke ich. Auch das schaffe ich.

„Sonst noch etwas?", frage ich und mustere ihr Gesicht. Da muss noch mehr sein. Sie hat nicht viel verlangt, und um ehrlich zu sein, könnte sie mich um alles bitten, außer um die Schule – Geld ist das Offensichtliche, was viele Frauen wollen, wenn sie mit einem Mann wie mir zusammen sind, das und einen Aufstieg in der Hierarchie der Gesellschaft. Ich frage mich, was sie wirklich erwartet.

„Nur ... keine geplanten Medieninterviews oder Artikel. Ich werde so tun als wären wir verlobt. Ich kann mich vor den Paparazzi verstecken, aber ich möchte den Medien so weit wie möglich aus dem Weg gehen." Die Verletzlichkeit in ihrer Stimme, lässt sie so ganz anders klingen als sonst. Das ist eine weitere Besonderheit an ihr. Jede andere Frau würde jedes unserer Rendezvous von Anfang bis Ende auf Instagram festhalten, damit die ganze Welt es sehen kann, aber diese Frau will nicht einmal mit mir gesehen werden.

„Die Paparazzi werden immer versuchen, ein Foto zu machen. Aber ich werde Sie beschützen, so gut ich kann. Sie haben mein Wort." Und ich meine es ernst. Ich werde für ihre Sicherheit sorgen. Niemand wird diese Frau unter meiner Aufsicht jemals anrühren.

Sie nickt, ihre Augen fixieren meine, zwischen uns herrscht ein unausgesprochener Waffenstillstand.

„Dann ist es wohl abgemacht", sagt sie und reicht mir die Hand, um sie zu schütteln.

„Abgemacht", erwidere ich und ergreife ihre weiche Hand, unser Händedruck besiegelt unser Schicksal.

Ohne ein weiteres Wort dreht sie sich um und packt ihre Tasche, um zu gehen, und ich kann nicht widerstehen. „Ich nehme an, dass wir uns nun duzen können, oder?" Ich grinse sie an, und sie verdreht die Augen. Als ich meine Bürotür öffne, kommt Sandra auf uns zu.

„Ben, Harrison hat angerufen und gesagt, ich soll Sie an Ihren Termin erinnern. Er trifft Sie dort." Harrison, Tennyson, Eddie und ich gehen jede Woche zum Mittagessen in die Bar an der Ecke der Straße. Ich nicke Sandra zu und sehe Emily an.

„Ich begleite dich hinaus", sage ich. Gemeinsam machen wir uns auf den Weg zum Aufzug, und ich drehe mich zu ihr um. Sie steht neben mir, neigt den Kopf leicht nach hinten, um meinem Blick zu begegnen, ihr langes Haar fällt ihr in den Rücken. Im Moment sieht sie aus wie in der Bar, und es gefällt mir, dass sie den Kopf zurücklegt und mich so ansieht. Ich bin kurz davor, etwas zu sagen, was ich eigentlich gar nicht denken sollte, zum Beispiel, wie sehr ich sie in mein Büro zurückbringen und ihr das verdammte rote Kleid ausziehen möchte, aber ich beiße die Zähne zusammen.

Eine vorgetäuschte Verlobung ist nicht ideal, da die Presse natürlich einen großen Aufstand machen wird. Aber je mehr ich darüber nachdenke, desto mehr bin ich mir sicher, dass mir das Sasha vom Hals halten wird. Außerdem werde ich mehr Zeit mit Emily verbringen und vielleicht etwas finden, das meinem Klienten hilft, die Schule zu kaufen, die er sich so verzweifelt wünscht.

Das einzige Problem ist der Versuch, meine Hände bei mir zu behalten. Denn ob ich es glauben will oder nicht, Emily ist die einzige Frau, die seit Monaten meine Aufmerksamkeit erregt hat, und die Einzige, die ich unbedingt anfassen will, aber nicht kann.

Dies wird der härteste Monat meines Lebens sein.

9

EMILY

Es gab viele schwierige Momente in meinem Leben, aber der enge Kontakt mit Benjamin Rothschild in diesem Aufzug ist einer der Schwierigsten. Mein *Verlobter*. Ich werde nicht lügen, ich habe tatsächlich Angst. Ich spiele mit dem Feuer. Aber ich würde alles für George und die Kinder tun, also ist es das Mindeste, was ich tun kann zu versuchen diesen Fall zu gewinnen. Selbst wenn das bedeutet, mit dem bekanntesten Junggesellen der Stadt eine Verlobung vorspielen zu müssen. Ich konnte sehen, dass er sein Angebot nicht durchdacht hatte. Nicht so gut, wie er es hätte tun sollen. Sein Kunde wird wütend sein, und allein dieser Gedanke reichte aus, um mich dazu zu bringen, dieser dummen Idee zuzustimmen. Denn wenn sich sein Klient darauf konzentriert, wird er den Fall vielleicht ganz fallen lassen, und dann haben wir eine Chance, die Schule zu behalten.

Als er neben mir steht und unsere Arme sich leicht berühren, sind meine Sinne im Einklang mit seinem

Aroma, denn der köstliche Duft von frischem Wald nach einem starken Regen steigt mir in die Nase. Meine Fingernägel graben sich in meine Handfläche, und mein Herz rast. Es ist *schon viel zu lange her, dass ich mit einem Mann zusammen war; ich habe das Gefühl, den Verstand zu verlieren.*

Es ist Mittagszeit, und der Aufzug aus dem obersten Stockwerk fährt nur langsam und hält in jedem Stockwerk, da immer mehr Menschen einsteigen. Als es voll wird, drücke ich mich an Ben. Sein Arm streift meinen, bevor er sich um mich legt und auf meinem Rücken ruht, nicht anders als kurz zuvor im Sitzungssaal. Es ist nicht unwillkommen, nicht unerwünscht, aber doch ein wenig überraschend und sehr beruhigend.

„Alles in Ordnung?", flüstert er mir zu, sein warmer Atem streicht über meinen Nacken und jagt mir leichte Schauer über den Rücken. Ich schaue auf und sehe, dass er grinst.

„Großartig. Es war ein erfolgreiches Treffen, und ich habe einen fantastischen Verlobten, ich könnte nicht glücklicher sein", erwidere ich, und er lächelt. Der aufrichtige Blick in seinen Augen ist mir nicht entgangen.

„Schön, dass ich dich so glücklich mache, Liebling." Mit dieser spöttischen Zärtlichkeit vibriert unser neues Arrangement zwischen uns und die Spannung in dem kleinen Raum wird immer größer.

Der Aufzug hält in einem weiteren Stockwerk, und ein paar Leute steigen aus, aber seine Hand bleibt weiterhin auf mir liegen. Ich bewege mich auch nicht, sondern stehe einfach nur dicht bei ihm und fühle mich fast beschützt. Ein Gefühl, nach dem ich mich gesehnt und das ich noch nie erlebt habe. Ich schätze, ich muss mich daran gewöhnen. Wir müssen in der Öffentlichkeit als geschlossene Einheit auftreten, und ich möchte, dass er die Schule und die Kinder als echte Menschen sieht, die Erstaunliches leisten. Vielleicht wird er auf diese Weise zumindest versuchen, seinen Klienten dazu zu bringen, eine andere Sichtweise einzunehmen und uns in Ruhe zu lassen – wenn sein Klient ihn nicht vorher feuert. Kurz bevor sich die Türen schließen, kommt Sasha in den Aufzug gestürmt, und ich spüre, wie er sich versteift. Mir entgeht nicht, wie sie ihn mit einem besitzergreifenden Blick in den Augen ansieht. Ich frage mich, was sie die ganze Zeit in diesem Gebäude gemacht hat. Vielleicht hat sie einen anderen Freund oder so.

„Ben", säuselt sie, offensichtlich über den Schock über unsere Verlobungsnachricht hinweg, als sie geradewegs auf ihn zugeht, als hätten sie sich nicht erst vor wenigen Augenblicken gesehen. Anders als zuvor kann ich nicht umhin zu bemerken, wie schön sie ist. Neben ihr sehe ich aus wie ein schäbiges Schulmädchen. Sie könnte genauso gut ein Model sein, das gerade vom Laufsteg kommt. Ein Anflug von Eifersucht und Enttäuschung durchfährt meinen Körper. Eifersucht, weil die beiden eine gemeinsame Vergangenheit haben, und Enttäuschung, weil ich dachte, dass Ben anders ist als andere Männer. Aber ich lächle trotzdem und sehe wie die glückliche Verlobte aus, die ich sein sollte, und nicht wie die alleinerziehende Mutter, die ich bin.

„Sasha", sagt Ben mit einem knappen Nicken.

Dann sieht sie mich an und hebt die Augenbraue. *Sie fordert mich heraus.* Sie weiß, dass er verlobt ist, aber sie hält sich nicht an den Damenkodex und will sich trotzdem an meinen falschen Verlobten heranmachen. Ich wende den Blick ab, weil ich mich nicht einmischen will und den Deal, den ich gerade gemacht habe, bereits bereue. Das ist das Letzte, was ich brauche. Ich will nicht in den Streit zwischen Ex-Liebhabern verwickelt werden. Ich schließe die Augen und atme tief durch, versuche meinen rasenden Verstand zu beruhigen, verdränge alle dummen Gedanken daran, wie gut ich mich in Bens Nähe fühle, und fokussiere mich wieder auf George und die Schule, den einzigen Grund, warum ich diesem dummen Arrangement überhaupt zugestimmt habe. Bens Griff um meine Taille wird fester, er erwartet eindeutig, dass ich weglaufe, was genau mein Plan ist, sobald wir das Erdgeschoss erreicht haben.

Ich beobachte die Lichter im Aufzug, während wir hinunterfahren, und bin dankbar, dass wir in keinem anderen Stockwerk halten. Aus dem Augenwinkel sehe ich, wie Sasha Bens Krawatte berührt, dann beugt sie sich vor und flüstert ihm etwas zu. Am liebsten würde ich ihr die Augen auskratzen.

Der Aufzug klingelt, und sobald sich die Türen im Erdgeschoss öffnen, stürmen wir alle hinaus.

„Doubtfire ...", höre ich Ben knirschen, als ich mich aus seinem Griff befreie und zügig den Aufzug verlasse.

„Wir sehen uns später, Liebling", sage ich so süß wie möglich, winke ihm zu und zwinge mich zu einem Lächeln, bevor ich die beiden schnell verlasse. Es ist ein Vorteil des Kleinseins in Menschenmengen zu verschwinden, und das werde ich heute ausnutzen.

Zusammen mit den anderen Leuten gehe ich durch

das Foyer, meine Absätze klacken auf dem polierten Marmor, während ich mich auf den Weg zu den doppelten Glastüren mache. Draußen angekommen, biege ich links ab, um direkt zur U-Bahn und zurück zur Schule zu gelangen.

Nach der Hälfte der Straße bleibe ich stehen, als ich einen Obdachlosen auf dem Bürgersteig sitzen sehe.

„Hallo", sage ich zu dem Mann und bücke mich ein wenig, um besser mit ihm sprechen zu können.

„Hallo, Ma'am", antwortet er mit einem freundlichen Lächeln.

„Brauchen Sie etwas? Kann ich Ihnen etwas besorgen, oder soll ich im örtlichen Obdachlosenheim anrufen und fragen, ob sie heute Abend einen Platz frei haben?" biete ich an. Ich weiß, wie es ist, nichts zu haben. Ich musste nie auf der Straße leben, aber Rosie und ich sind eine Zeit lang von Obdach zu Obdach gezogen. Das war, bevor George uns aufnahm. Ich weiß zwar nicht, was dieser Mann durchmacht, aber ich kann nachfühlen, wie es ihm geht.

„Heute Abend ist kein Platz in der Unterkunft, sie sind alle voll, aber ich nehme einen Dollar, wenn Sie ihn haben", sagt er achselzuckend.

Ich nicke. Es gibt viel zu viele Obdachlose und nie genug Plätze. Sollte ich jemals im Lotto gewinnen, wäre das das Erste, was ich tun würde. Ein riesiges Obdachlosenheim bauen, mit allen Unterstützungssystemen, damit es zu einem Zentrum für Menschen wie diesen Mann wird, für Menschen wie mich, die Unterstützung brauchen, wenn es keine gibt.

„Klar doch. Ich bin übrigens Emily", sage ich und greife nach meiner Handtasche.

„Ich bin Dale."

„Wie lange sind Sie schon hier draußen, Dale? Auf der Straße?", frage ich, während ich in meinem Portemonnaie nach Geld suche.

„Die meiste Zeit meines Lebens, Emily, die meiste Zeit meines Lebens." Ich nicke bei seinem Geständnis. Es ist schwer, aus der Obdachlosigkeit herauszukommen, und manche Menschen überleben sie nie.

Ich finde zwanzig Dollar in meiner Handtasche und gebe sie ihm.

„Danke, Emily. Damit werde ich eine Woche lang essen können." Er streckt seine Hand aus und ergreift meine. Es ist mein letzter Zwanziger. Etwas, das ich aufbewahrt habe, um Rosie diese Woche nach der Schule auf einen Milchshake mitzunehmen. Aber wir brauchen keine Milchshakes. Ich bin mir sicher, dass ich zu Hause ein paar Ramen habe, und vielleicht können wir einen kurzen Abstecher in die Bibliothek machen, um zu sehen, ob sie neue Blindenschriftbücher haben, die wir ausleihen können.

Ich drücke seine Hand. „Jederzeit, Dale. Ich wünschte, ich könnte mehr tun. Passen Sie auf sich auf." Ich richte mich auf und drehe mich um, um zur U-Bahn zu gehen, aber stattdessen stoße ich geradewegs gegen eine harte Brust, während große Hände meine Taille umschließen und mich festhalten.

Ben stand die ganze Zeit direkt hinter mir. Er sieht mich mit Bewunderung in den Augen an, und die Luft verlässt meine Lungen, als sie sich in meine bohren.

„Was soll dieser Blick? Hast du noch nie jemanden gesehen, der eine gute Tat vollbracht hat?", frage ich mit einer hochgezogenen Augenbraue und versuche, die Überraschung zu überspielen.

„Das habe ich. Ich habe nur noch nie einen Schutzengel wie dich gesehen", sagt er, und sein ernster Ton ist etwas Neues. Seine Augen funkeln, als er mich ansieht, und ein paar Sekunden vergehen, in denen wir uns in aller Ruhe betrachten, während die Leute an uns vorbeieilen. Ich spüre, wie seine Hand verweilt und meine Taille leicht streichelt.

„Ich muss los, aber wir sehen uns nächste Woche zum Kunstunterricht. Schick mir eine Nachricht mit den Details", sagt Ben und reißt uns aus dem Moment, als er meine Taille loslässt, sich umdreht und in die andere Richtung geht. Aber er wirft noch einen letzten Blick zwischen Dale und mir hin und her, bevor er geht.

Dann kommt Dale auf mich zu, sodass wir beide zusammenstehen und Ben nachschauen, bis er in der Menge verschwindet.

„Ben ist ein netter Kerl", sagt er zu mir, und ich drehe meinen Kopf, um Dale anzusehen.

„Sie kennen Ihn?", frage ich und bin überrascht, dass Ben den Obdachlosen aus der Gegend kennt.

„Ja, Ben gibt mir gelegentlich zwanzig Dollar, zusammen mit einem Kaffee von Starbucks. Das macht meinen Morgen besser", sagt Dale und lächelt, und ich kann nicht anders, als auch zu lächeln.

Ben steckt einfach voller Überraschungen.

10

BEN

Ich stürme in die Bar und gehe zu unserem Stammtisch im hinteren Teil und bin überrascht, als ich sehe, dass meine Brüder bereits warten. Obwohl die Bar voll ist, sehe ich sie als ich eintrete, weil sich immer irgendwelche Damen in der Nähe aufhalten. So ist das Leben von Milliardär-Junggesellen wie uns.

„Tut mir leid, meine Herren, ich hatte ein Meeting", sage ich, während ich mich zu ihnen an den Tisch setze.

„Wird auch Zeit. Ich muss in einer Stunde am anderen Ende der Stadt sein", sagt Harrison und rückt seine Krawatte zurecht, und ich sehe hinter ihm einen Tisch mit seinen Mitarbeitern, die auf ihre Telefone und Laptops starren und offensichtlich darauf warten, dass der Gouverneur sie zu seinem nächsten Termin führt. Mein älterer Bruder ist in Maryland sehr beliebt, und seine harte Arbeit bleibt von der breiten Masse nicht unbemerkt.

„Ich bin froh, dass du dir eine Stunde Zeit für uns

nehmen kannst, Exzellenz", spotte ich, und er klopft mir auf den Arm, bevor er nach seinem Wasser greift.

„Warum hast du so lange gebraucht?", fragt Eddie. Ich bin immer pünktlich; normalerweise bin ich derjenige, der auf sie wartet. Das ist einer meiner nervigen Charakterzüge. Ich bin gerne pünktlich, und ich erwarte Pünktlichkeit von allen anderen. Mein Blick fällt auf Tennyson, ich sehe, wie er einen Whisky trinkt und frage mich, wie viele er schon getrunken hat. Vor ein paar Monaten ist er nach New York gegangen, und seitdem ist er nicht mehr er selbst. Meine Brüder und ich haben ausführlich mit ihm und untereinander gesprochen, aber er sagt uns immer wieder, dass es ihm gut geht.

„Hinter Frauen her, Bruder?", fragt Tennyson, und ich schmunzle. Er hat nicht ganz unrecht.

„Ich hatte nur eine Besprechung mit Emily", sage ich und frage mich, wo die Kellnerin ist, denn ich brauche einen Drink.

„Wer ist Emily?", fragt Harrison, und ich bin erleichtert, als das Erscheinen der Kellnerin dafür sorgt, dass ich nicht sofort antworten muss. Wir vier bestellen schnell, denn nicht nur Harrison muss gehen, sondern auch der Rest von uns muss zurück ins Büro, um unsere Finanzen für den Monat fertigzustellen. Während wir bestellen, sehe ich, dass die Kellnerin ein Auge auf Tennyson geworfen hat, aber er ignoriert sie einfach, was ihr nicht zu gefallen scheint. Ich kann nur vermuten, dass er Sex mit ihr hatte, sich aber nicht mehr an ihren Namen erinnern kann, also ignoriert er sie und hofft, dass die Unbehaglichkeit ihres Treffens verschwindet und nie wieder erwähnt wird.

Die Kellnerin geht, ohne ein Wort zu Tennyson zu sagen, ich blicke ihn an und ziehe fragend eine Augenbraue hoch. Aber er schenkt mir keine Beachtung, denn die Jungs sind wieder auf mich konzentriert.

„Also, wer ist Emily?", drängt Harrison, und ich nehme meine Speisekarte wieder zur Hand und tue so, als würde ich sie durchlesen.

„Warum bist du so still? War deine Zunge mit etwas anderem beschäftigt, Benny-Boy?" Tennyson benutzt meinen kindlichen Spitznamen, und ich verpasse ihm einen Schlag gegen den Arm.

„Au, was soll der Scheiß, Mann?" Er reibt sich dramatisch den Arm. Ich fahre mir mit den Händen durch die Haare und versuche, mich zusammenzureißen.

„Noch einmal: Wer ist Emily?", wiederholt Harrison, während er einen Schluck von seinem Wasser nimmt.

„Sie ist die Frau, die den Schulfall verteidigt, an dem ich im Moment arbeite. Die Immobilie, die Beasley in William Heights in seinen Besitz bringen will", erkläre ich und tue so, als ob ich sie nicht im Fahrstuhl ficken wollte. Ich atme tief durch und meine Brüder warten alle, weil sie wissen, dass ich noch mehr zu sagen habe. Ich bin mir nicht sicher, wie ich die Nachricht überbringen soll. Es ist bei weitem das Ungeheuerlichste, was ich je getan habe, also spreche ich es einfach schnell aus. „Und ich bin nicht hinter ihr her, weil sie meine Verlobte ist." Die Kellnerin rettet wieder einmal den Tag und bringt mir mein Bier, und ich nehme einen Schluck.

Harrison spuckt fast sein Wasser aus, Tennyson grinst vergnügt, und Eddie starrt mich mit großen Augen an.

„Was?", fragen Eddie und Harrison unisono schockiert.

„*Falsche* Verlobte", füge ich hinzu, bevor ich ihnen von meiner Abmachung mit Emily erzähle.

„Fehlanzeige. Du bist ein verdammter Rothschild. Du kannst nicht mit einer falschen Verlobten in der Stadt herumlaufen", knirscht Harrison. Seit er Gouverneur ist, nimmt er unseren Ruf sehr ernst, und ich unterstütze ihn dabei, aber seine unmittelbare Reaktion darauf, dass ich verlobt bin, ob vorgetäuscht oder nicht, lässt mir den Mund offenstehen.

„Wenn es nur vorgetäuscht ist, warum hast du mich dann geschlagen?", fragt Tennyson und reibt sich wieder den Arm.

„Nur ein Reflex, tut mir leid", sage ich lachend, obwohl es mir überhaupt nicht leid tut.

„Nun, es scheint nicht nur etwas mit der Arbeit zu tun zu haben und sieht auch nicht sehr unecht aus", sagt Tennyson, lehnt sich in seinem Stuhl und schaut drein wie eine Katze, die den Vogel gefangen hat.

„Noch einmal. Was soll das alles? Eine falsche Verlobte? Wie soll das jemals funktionieren?", fährt Harrison fort, und ich kann förmlich sehen, wie seine Gedanken rasen.

„Sasha übertreibt es mit ihren Anrufen. Sie hat mich gerade im Büro besucht, und ich musste einen Weg finden, sie mir ein für alle Mal vom Hals zu schaffen. Emily war gerade dort, und ich hatte diese Idee, bevor ich wirklich darüber nachdenken konnte. Danach sprach ich mit Emily, und wir kamen zu einer Einigung. Wir werden ein paar Mal ausgehen, damit Sasha uns zusammen sieht, vielleicht auch zu ein paar Veranstaltungen und geschäftliche Events zusammen besuchen. Sobald Sasha eingesehen hat, dass sie keine Chancen bei mir hat, werden Emily und ich getrennte Wege gehen." Mein Magen fühlt sich an wie Blei, als ich den Plan laut ausspreche. Die Vorstellung getrennte Wege zu gehen, gefällt mir nicht.

„Was bekommt sie?", fragt Tennyson und schaut skeptisch drein.

„Sie will nur, dass ich Zeit in der Schule verbringe und einigen Kindern beim Schwimmen helfe. Nichts Großes", sage ich und zucke mit den Schultern, denn sie hätte sich so viel mehr wünschen können.

„Du bezahlst sie also nicht?", fragt Harrison erstaunt.

„Nein, ich bezahle sie nicht", spucke ich. Ich weigere mich, eine Frau dafür zu bezahlen, Zeit mit mir zu verbringen. In welcher Form auch immer.

„Sie hat nicht viel verlangt ...", fügt Eddie hinzu und lässt eine Anschuldigung im Raum stehen.

„Ich vermute, dass sie will, dass ich mich in die Schule und die Kinder einfühle, damit ich die Sache mit Beasley aus der Welt schaffe", sage ich. Es ist ziemlich einfach zu erraten, was sie vorhat.

„Du wirst Beasley nicht so einfach von seinem Plan abbringen können", murmelt Harrison. Er weiß genauso gut wie ich, dass Beasley, wenn er etwas will, vor nichts zurückschrecken wird, um es zu bekommen.

„Du willst mir also sagen, dass du eine Frau kennengelernt hast, die sich bereit erklärt hat, deine Verlobte zu sein, aber kein Geld verlangt und keinerlei persönlichen Nutzen daraus zieht?", fragt Tennyson, während er sich in seinem Sitz zurücklehnt und mich mustert.

„Das ich Zeit mit Kindern verbringen. Das ist alles, was sie wollte."

„Mom wird durchdrehen", sagt Eddie, und wir alle vier nehmen einen Schluck von unseren Getränken. Unsere Mutter ist eine uns unberechenbare Kraft. Nachdem ihre Beziehung zu Harrison fast zerbrochen wäre, hat sie sich bald an meine Fersen geheftet. Je länger ich diese Neuigkeit vor ihr verheimlichen kann, desto besser, denn ich bin sicher, wenn sie es erfährt, wird sogar die andere Seite der Welt ihre Explosion hören. Vor allem, weil sie und Sasha sich so gut verstehen. Sasha hat sie wahrscheinlich schon angerufen, denn mein Telefon ist plötzlich sehr still.

Meine Mutter war diejenige, die mir Sasha vorstellte. Sie hatte sie bei einer Wohltätigkeitsveranstaltung kennen gelernt und war der Meinung, dass eine Frau wie sie perfekt zu mir passen würde. Das hätte eigentlich das größte Warnsignal sein müssen. Normalerweise ignoriere ich alle Ideen meiner Mutter, aber sie hat mich überredet, und so gingen Sasha und ich zusammen aus. Dann noch einmal und noch einmal, bevor es halbwegs ernst wurde. Mutter ließ mich in Ruhe, und ich entkam allen weiteren Problemen. Das Drama, das sich abspielte, nachdem Harrison Beth kennengelernt hatte, hat sich in die Gehirne aller eingebrannt, außer in ihres, und das wollte ich nicht selbst erleben.

Ich seufze und fahre mir mit den Händen übers Gesicht. „Ich bin so am Arsch. Sie ist ein Profi in unseren Sitzungen, aber eine Sonderpädagogin. Ich kann es einfach nicht fassen. Ich denke an sie, seit ich sie letzte Woche in der Bar getroffen habe."

„Warte, redest du von der Nonne?", fragt Eddie.

„Genau die." Ich seufze und nehme einen weiteren Schluck von meinem Getränk.

„Scheiße, du magst sie also? Das ist nicht nur ein geschäftlicher Deal?", drängt Tennyson, offensichtlich ebenfalls fasziniert.

„Sie ist nicht dein üblicher Typ ...", beginnt Eddie. Nicht das schon wieder ...

„Was, du meinst groß, gebräunt und aus einem Magazin?", unterbricht Harrison ihn, und alle drei meiner Brüder lachen und stoßen mit ihren Getränken an und machen sich über mich und meine früheren Beziehungen lustig.

„Haltet die Klappe, ihr Arschlöcher", murmle ich. Eddie hat das neulich in der Bar gesagt, und ich muss mir das nicht ständig anhören.

„Sie ist umwerfend ...", sagt Tennyson und nickt Harrison zu. „Auf eine sexy Bibliothekarin-Art." Meine Hand ballt sich unter dem Tisch zur Faust, damit ich ihm nicht wieder auf den Arm schlage.

„Vielleicht sollte ich sie kennenlernen, wenn sie nicht dein normaler Typ ist, Ben. Dann vielleicht, wenn dein falscher Verlobungsdeal beendet ist ...", fährt Tennyson fort und weiß, dass ich nach dem Debakel mit Sasha eifersüchtig bin.

„Beende den Satz nicht", spucke ich. Er lacht mir ins Gesicht und verspottet mich. Er liebt es, mich auf die Palme zu bringen.

„Du weißt, dass du dich nicht mit ihr einlassen darfst,

das könnte den Fall gefährden", sagt Harrison und sieht mich ernst an. Der Gedanke, wie sich das auf die Arbeit auswirkt, war in dem Moment nicht von Bedeutung, und jetzt bin ich immer noch damit beschäftigt, mir darüber klar zu werden.

„Das habe ich nicht vor. Außerdem ist Beasley Michaels Klient, nicht meiner." Das stimmt zwar, aber die Firma gehört immer noch mir, und die einzige Möglichkeit, Beasley davon abzubringen, besteht darin, offen und ehrlich zu sein und ihn schriftlich zu informieren.

„Er ist der größte Kunde unserer Firma. Du darfst das nicht versauen", warnt Harrison, und ich nicke, weil ich es weiß. Ich weiß, ich sollte mich von ihr fernhalten, sie nicht anfassen, aber verdammt, ich will es. Ich mache mir eine mentale Notiz, dass ich heute Nachmittag mit Sandra an einem Informationsschreiben arbeiten werde. Wir können es genauso gut heute erledigen und uns dann um die Konsequenzen kümmern.

„Ich habe Sasha gerade im Aufzug gesehen. Wieder", sage ich und versuche, das Thema zu wechseln.

„Oh, wie ist es gelaufen?", fragt Tennyson, der unbedingt jedes Detail in Erfahrung bringen will.

„Sie flüsterte mir ins Ohr, dass sie mich vermisst und sich mit mir treffen will. Und das war, nachdem sie erfahren hat, dass ich verlobt bin ...", sage ich und fühle mich nicht besonders gut dabei, meinen Arm um Doubtfire gelegt zu haben, während Sasha mir ins Ohr geflüstert hat. Ich lockere meine Krawatte und lasse meinen Hals knacken.

„Scheiß auf sie", spuckt Tennyson. Wenn es einen Mann gibt, der das Fremdgehen mehr hasst als ich, dann ist es Tennyson. Sicher, er ist wie ich ein Playboy, aber er ist noch nie fremdgegangen. Er zieht es vor, die Dinge mit seinen Frauen nicht exklusiv zu halten, und das hat bisher gut für ihn funktioniert.

„Lass dich nicht noch einmal auf sie ein, Mann. Das ist es überhaupt nicht wert", sagt Eddie und schüttelt den Kopf. Keiner meiner Brüder mochte Sasha. Sie hassten es, wenn ich sie zu Arbeitsessen und anderen Veranstaltungen mitbrachte.

„Gehen wir heute Abend aus?", fragt Tennyson. Er ist immer auf der Pirsch, und meistens schließe ich mich ihm Freitagabend an.

„Nein, nicht heute Abend", sage ich, ohne ihm in die Augen zu sehen.

„Du sagtest, du willst nichts von Sasha und dass diese Emily dir nichts bedeutet, was hält dich also zurück? Wir können in die Bar ‚The Latin Rose' in der Innenstadt gehen. Die ist privat. Unauffällig. Keinen wird es kümmern, dass du dort bist." Er stupst mich an, kennt die Antwort und wartet nur darauf, dass ich zugebe.

Ich zucke mit den Schultern. „Ich habe morgen zu arbeiten", sage ich.

„Blödsinn. Welche Arbeit?", fragt Eddie, und es sind jetzt zwei gegen einen, während Harrison die Dynamik beobachtet und seine Rolle als älterer Bruder gut spielt.

„Scheiße, du verzichtest auf einen Freitagabend in der Stadt, weil du jetzt eine falsche Verlobte hast. Sie muss heiß sein wie ..." Tennyson fängt wieder an.

„Beende den Satz nicht, wenn du nicht willst, dass ich dir diesmal die Faust ins Gesicht schlage." Meine beiden Brüder brüllen vor Lachen.

„Versau bloß nicht Michaels Fall", wiederholt Harrison. Er lacht jetzt auch, aber Beasley ist unser bester Kunde. Ihn zu verlieren, wäre eine dezente Katastrophe.

„Ich werde versuchen, es nicht zu tun", sage ich und lächle.

„Hey, was hat es mit Jeremy Lucas auf sich?", frage ich Harrison und hoffe inständig, dass er nicht zu einem Kunden wird.

„Ich habe gehört, dass er versucht, in China zu investieren. Er brauchte eine Rat."

„Nehmen wir ihn als Kunden auf?" Ich bin gespannt darauf, mehr über den Mann zu erfahren, vor dem sich Emily letzte Woche versteckt hat. In seiner Position als Gouverneur hat Harrison mehr Verbindungen und kennt jeden. Als ehemaliger Geschäftsführer unserer Anwaltskanzlei bietet er seinen Verbindungen auch unsere Dienste an, wenn es nötig ist.

„Ich habe ihm einen kostenlosen Rat gegeben. Er hat ein ganzes Team von Anwälten, also braucht er nicht noch mehr, aber ich möchte ihn an unserer Seite halten, wenn ich kann." Harrisons Antwort ist die eines Politikers, aber ich weiß, dass er Jeremy Lucas auch nicht in der Nähe unserer Firma haben will, also sind wir in der Hinsicht, einer Meinung.

„Er ist ein Arschloch, wenn ihr mich fragt", sagt Tennyson, während er seinen Drink leert.

„Was weißt du über ihn?", frage ich. Tennyson leitet unser Baugeschäft, und wie Harrison kennt er eine Menge Leute.

„Ich weiß, dass er seine Rechnungen nicht bezahlt, alle übervorteilt und glaubt, er sei unschlagbar. Er ist nicht sehr beliebt, und um ehrlich zu sein, würde ich ihn auf Abstand halten. Er hat eine gewalttätige Ader." Diese letzte Bemerkung ist ernüchternd.

„Wenn ich etwas weiß, dann, dass es eine schlechte Geschäftsentscheidung ist, sich auf einem Mann wie Jeremy Lucas geschäftlich einzulassen. Wir werden uns von ihm fernhalten, Jungs, aber ihn nach Möglichkeit auf unserer Seite behalten. Ich will keine unnötigen Probleme", rät Harrison, und ich nicke.

11

BEN

Es ärgert mich, dass ich schon wieder spät dran bin, denn Ralph fährt mich nach William Heights. Heute Nachmittag habe ich meinen ersten Kunstunterricht in der Schule, und am kommenden Samstag soll ich beim Schwimmunterricht mitmachen. Emily wird diese Woche mit mir zum Abendessen in die Stadt kommen. Unsere Abmachung wird langsam offiziell.

Ich habe immer noch keine Ahnung, ob mein Plan funktioniert, vor allem, weil Sasha mir diese Woche zahlreiche Nachrichten geschickt hat. Es scheint, dass die Tatsache, dass ich verlobt bin, ihr Interesse nur noch verstärkt hat. Emily hingegen hat mir nur ein paar Mal geschrieben, um alles für heute zu organisieren, und das war's.

Der nächste Schritt mit Sasha wird ein juristischer sein müssen, aber ich hoffe, dass es nicht so weit kommt. Ich könnte die ganze Sache abblasen, da sie nervtötender als sonst zu sein scheint, aber ich habe Gefallen an diesem Vorstadt-Hitzkopf gefunden und möchte mir die Zeit nehmen, um zu sehen, was sie sonst noch ausmacht.

Das Auto hält vor der Schule, und ich packe meinen Laptop weg. Ich habe heute eine Million anderer Dinge zu tun, und nach Malen steht mir nun wirklich nicht der Sinn, also bin ich nicht in bester Stimmung, als ich die Schule betrete. Margarets vertrautes Gesicht lächelt mich von der Rezeption aus an, so als ob sie mich erwarten würde.

„Geradeaus runter in Zimmer zweiundzwanzig. Sie erwartet Sie bereits", sagt sie, während ich mein Handy in die Tasche stecke und versuche, das ständige Klingeln zu ignorieren. *Wieder* Sasha.

Ich gehe den Flur entlang und höre Kindergeschrei und -lachen, bis ich Emilys Zimmer erreiche und die Tür aufstoße. Die Kinder sind ganz aufgeregt, und ein Lächeln erhellt ihre Gesichter, während Emily durch den Raum eilt und Farben, Pinsel und Papier für sie bereitlegt.

Mein Handy vibriert wieder, und ich werde daran erinnert, dass ich an einer Million anderer Orte sein sollte, statt hier.

„Miss Carr, ich muss auf die Toilette!"

„Miss Carr, ist die Farbe fertig?"

„Miss Carr, darf ich heute Dinosaurier malen?"

Die Kinder reden alle durcheinander, das Summen ihres Geplappers wird mit der Vorfreude immer lauter. Der Kunstunterricht ist zweifellos der Beste, aber ich bekomme schon jetzt Migräne.

Ich gehe ein paar Schritte weiter in den Raum hinein, und Emily sieht auf, als ich mich bewege. Ihr Blick wird weicher und ein kleines Lächeln erscheint auf ihrem Gesicht, das mich froh macht, dass ich gekommen bin. Mein Lächeln spiegelt das ihre automatisch wider.

„Oh, toll, du bist da", sagt sie und wirft mir eine Schürze zu, auf der getrocknete Farbkleckse zu sehen sind. Ich schaue auf meinen neuen, marineblauen Prada-Anzug hinunter. Ich bin völlig unvorbereitet hierher gekommen.

„Scheiße", murmle ich und schaue auf die Schürze in meiner Hand, und die ganze Klasse scheint zu erstarren. Man könnte eine Stecknadel fallen hören, als ich den Kopf hebe, um zu sehen, was die Aufmerksamkeit aller auf sich gezogen hat, und feststelle, dass sie mich anstarren.

Ich schaue mich im Raum um und sehe, dass alle zehn Augenpaare auf mich gerichtet sind, und alle haben einen schockierten Gesichtsausdruck aufgesetzt.

„Du hast das böse Wort gesagt", flüstert mir die kleine Rosie zu. Scheiße, sie haben mich fluchen gehört.

„Oh nein, jetzt bist du in Schwierigkeiten", flüstert ein ältere Junge, während sein Blick von mir zu Emily und wieder zurück wandert.

„Mr. Rothschild!", schimpft Emily in ihrem Lehrer-ton, und aus irgendeinem Grund macht das meinen Schwanz hart.

„Wir sprechen in diesem Klassenzimmer nicht so!", sagt sie mit einem kleinen Funkeln in den Augen, während alle Kinder zu Boden schauen.

„Es tut mir leid, Miss Carr, es wird nicht wieder vorkommen", sage ich, gleichermaßen genervt und erregt, während mein Handy wieder vibriert.

„Mr. Rothschild, können Sie sich bitte Ihre Schürze umbinden und mir mit der Farbe helfen?" Das kann nicht ihr Ernst sein. Dieser Anzug kostet fünftausend Dollar. Selbst mit der Schürze werde ich gewiss kein Risiko eingehen.

Sie steht da, beobachtet mich, stützt die Hände in die Hüften und wartet auf meine Antwort. Als sie keine bekommt, hebt sie ihre linke Hand und wackelt mit ihrem Ringfinger, was mich an unsere Abmachung erinnert und auch an das Schächtelchen, das ich in meiner anderen Tasche habe.

Ich seufze und habe keine andere Wahl, als nachzugeben, während ich meine Jacke ausziehe und sie auf ihren Schreibtisch in der Ecke lege. Ich krempte meine Ärmel hoch, ziehe die Schürze an und gehe zu ihr hinüber, um in ihren Augen nichts als Freude zu sehen.

„Das macht dir Spaß, nicht wahr?", frage ich, während ich ihr helfe, die großen Flaschen mit Farbe aus dem Schrank zu holen.

„Sehr sogar", sagt sie mit einem Lächeln. Mit einem Grunzen bringe ich die Flaschen in die Mitte des Tisches und stelle sie dort ab. Ich begutachte den Tisch. Farben, Pinsel, Wasser und Papier schmücken den Raum, während Emily bei allen den Sitz der Schürzen überprüft.

„Mr. Rothschild, können Sie mir helfen?", ertönt eine leise Stimme, ich drehe mich um und sehe Rosie, die sich nicht weit von mir entfernt auf ihren Blindenstock stützt. Ich gehe auf sie zu und ergreife ihre Hand.

„Klar, Rosie, was willst du malen?", frage ich, während wir uns vorsichtig zum Tisch begeben. Als sie die Hand ausstreckt, helfe ich ihr, ihre kleine Hand auf einen Stuhl zu legen, damit sie sich setzen kann.

„Ich möchte meine Familie malen", sagt sie mit einem breiten Lächeln. Ich beobachte sie einen Moment lang und lächle auch. Sie ist blind, aber einer der glücklichsten Menschen, die ich je getroffen habe.

„Okay", sage ich, denn ich habe keine Ahnung vom Malen. Strichmännchen sind das Äußerste, was meine Kreativität zulässt.

„Können Sie mir bitte mein spezielles Papier holen?", fragt sie, und ich schaue mich auf dem Tisch um, bevor ich einen kleinen Ordner mit Papier darin entdecke. Auf der Vorderseite steht Rosies Name.

„Ich habe es", sage ich, greife nach dem Ordner und lege ihn neben sie. Ich öffne ihn und sehe mir das Papier an. Auf jedem Blatt befinden sich erhabene Markierungen. Jedes mit einer kleinen Beschreibung am oberen Rand. So etwas habe ich noch nie gesehen, und ich bin einen Moment lang still, während ich alles in mir aufnehme.

„Du hast hier also ein paar verschiedene Seiten ...", beginne ich und komme mir dumm vor, weil ich nicht wusste, dass blinde Menschen malen können und dass es so etwas auf dem Markt gibt.

„Wenn Sie meinen Pinsel in die Farbe und dann auf das Papier legen, kann ich den Rest machen", sagt sie selbstbewusst, und ich bewundere ihre Hartnäckigkeit.

„Klar, hier." Ich lege ihren Pinsel auf den Farbteller und führe sie zu dem Papier mit den unsichtbaren, erhabenen Linien. Ihr Pinsel folgt ihren Fingern, die die Linien auf dem Blatt ertasten, und ich sehe, wie ein Strichmännchen mit langen Haaren zum Leben erwacht.

Die Linien sind nicht ganz sauber, aber wahrscheinlich besser als ich es könnte. Ihre Finger sind bereits voller Farbe, aber ich muss feststellen, dass ihr Tastsinn hier wirklich funktioniert. Sie ertastet, das, was sie tut, fühlt die Farbe, das Papier, alles.

„Wer ist das?", frage ich, erstaunt über ihre Fähigkeit.

„Meine Mami", antwortet sie, während sie mit einer kleineren Version daneben weitermacht.

„Und wer ist das?", frage ich, doch dann vibriert mein Handy. Ich ziehe es heraus und sehe, dass es wieder Sasha ist, schalte es aus und stecke es zurück in meine Tasche.

„Das bin ich!" Sie kichert, und das Geräusch ist so ansteckend, dass auch ich lachen muss.

Dann legt sie den Pinsel weg, und ich sehe sie an. Ich kann auf dem Blatt weitere erhabene Linien für andere Leute sehen, aber sie malt niemanden mehr.

„Brauchst du noch mehr Farbe?", frage ich, neugierig darauf, warum sie aufgehört hat.

„Nein. Das ist meine Familie, ich und Mami. Mein Daddy ist ein böser Mann. Er tut meiner Mami weh, deshalb sehen wir ihn nicht mehr", flüstert sie mir zu, und ich bin einen Moment lang fassungslos, dass dieses kleine Mädchen mir das erzählt.

Das ist nicht völlig überraschend, denn Alleinerziehende gibt es überall, aber es muss schwer sein, alleinerziehende Mutter eines Kindes mit besonderen Bedürfnissen zu sein. Und dann auch noch einen Vater zu haben, der ihre Mutter verletzt, das ist etwas, was ich noch nie persönlich erlebt habe. Für einen Moment schlägt mein Herz in meiner Brust noch härter für dieses kleine Mädchen und ich wünschte, ich könnte ihr alle Sorgen nehmen.

„Ich gehe und hänge es auf den Trockenständer." Ich schnappe mir das Bild mit der feuchten Farbe und gebe ihr ein neues Blatt, bevor ich gehe, und sehe, wie sie sich an ihr nächstes Meisterwerk macht. Ich hänge ihr Bild auf den Ständer in der Ecke, und mein Blick fällt auf die gegenüberliegende Seite des Raumes zu Emily.

Sie hilft dem älteren Jungen wieder. Sie stützt ihn, während er sich durch den Raum zu etwas bewegt, das das Badezimmer zu sein scheint.

„Ben", sagt sie und wendet ihren Kopf zu mir, während sie sich bemüht, den Jungen zu halten. Er ist groß und stämmig und lehnt sich an ihren kleinen Körper. Er überragt sie fast. „Pass auf die Klasse auf, während ich Gavin auf die Toilette helfe", sagt sie, und ich bin verblüfft, dass sie den Kindern auch auf die Toilette helfen muss. Ihre Rolle als Lehrerin geht weit über das hinaus, was ich dachte.

Als ich zum Tisch zurückkehre, ist eines der Kinder sehr aufgeregt und hebt seinen Pinsel in die Luft, gerade als ich hinter ihm langgehe. Leuchtend grüne Farbe landet auf meiner Hose und an der Seite meines Hemdes.

„Scheiße!", stoße ich aus, bevor ich mich zurückhalten kann.

Ich gehe zum Waschbecken, stelle das Wasser an und nehme ein paar Papiertücher. Ich mache sie nass und versuche, die Farbe zu entfernen, aber es gelingt mir nur, sie zu verteilen und die Sauerei nur noch größer zu machen.

„Verdammt." Ich werfe das Papiertuch in den Mülleimer und drehe verärgert den Wasserhahn zu. Ich drehe mich um und bleibe stehen, als ich sehe, wie mich alle Kinder im Raum mucksmäuschenstill anstarren. Schon wieder. Sie sind zu Tode erschrocken über meinen Ausbruch, die Angst in ihren Augen ist offensichtlich. Ich schließe meine Augen, atme tief durch und versuche, meinen inneren Frust zu zügeln. Es ist doch nur ein Anzug. Aber wirklich, musste ich den neuen tragen?

In diesem Moment kommen Emily und Gavin aus dem Bad, und als sie bemerkt, dass die Kinder in meine Richtung schauen, wenden sie ebenfalls den Blick auf mich.

„Was hast du getan?", fragt sie, setzt den Jungen auf seinen Platz und kommt zu mir hinüber. Die Kinder malen leise weiter, und sie schaut auf meinen Anzug hinunter, wobei sie nun die grüne Farbe bemerkt.

Sie presst die Lippen zusammen und versucht vergeblich, ihr Lächeln zu verbergen.

„Nächstes Mal trägst du alte Klamotten zum Kunstunterricht, Ben", sagt sie und schafft es nicht länger, ihr Lachen zu unterdrücken.

„Ich habe einen nagelneuen Anzug ruiniert!", knurre

ich, woraufhin sie noch lauter lacht. *Verdammt, sie ist wunderschön.*

„Nur zu, lach du nur. Bald bist du in meinem Revier. Ich führe dich aus, um zu sehen, wie es dir gefällt, an einem Ort zu sein, den du nicht gewohnt bist", stoße ich hervor, obwohl ich es sehr genieße, sie Lächeln zu sehen. Sie sieht zu mir auf, ihre Augen funkeln. Meine Wut lässt nach und ich ziehe das Schächtelchen aus meiner Tasche.

„Das habe ich für dich." Ich öffne das Schmuckkästchen und zeige ihr den Verlobungsring, den ich für sie gekauft habe. Ein Ring mit einem großen Solitär-Diamanten. Er funkelt unter der Deckenbeleuchtung. Obwohl diese Verlobung nicht echt ist, habe ich versucht, etwas zu finden, von dem ich dachte, dass es ihr gefallen würde. Er ist einfach, aber klassisch, groß, aber angemessen.

Ihre Augen weiten sich, als ihr Blick den Ring streift. „Er ist wirklich wunderschön, Ben ...", haucht sie bewundernd, bevor sie wieder zu mir aufschaut.

„Bist du sicher, dass du den ersten Verlobungsring, den du für eine Frau kaufst, für eine falsche Verlobung verwenden willst?", fragt sie mich, und das ist etwas, woran ich vorher noch nicht gedacht hatte.

„Ich bin mir nicht sicher, ob ich heiratsfähig bin, Doubtfire, also bin ich mehr als glücklich, dir den hier an den Finger zu stecken." Ich ergreife ihre linke Hand und schiebe ihn auf ihren zarten Finger. Sobald er an seinem Platz ist, drücke ich ihr einen Kuss auf die Knöcheln. Das hatte ich nicht geplant, aber es fühlt sich natürlich an, und als meine Lippen ihre Haut berühren, habe ich ein wenig Gewissensbisse, dass das Ganze nicht echt ist.

Nach der Scheiße, die mein Vater hinterlassen hat, als er starb, hätte ich nie gedacht, dass ich heiraten würde. Aber Emily hat etwas an sich, das mich dazu bringt, Verlobungen vorzutäuschen und teure Anzüge zu ruinieren, was vor ein paar Wochen noch undenkbar gewesen wäre.

12

———

EMILY

Ich habe keine Ahnung, warum ich dem zugestimmt habe, aber hätte man mich vor einem Monat gefragt, was ich an diesem Tag vorhabe, hätte ich nicht gesagt, dass ich ein Date mit einem Milliardär aus der Stadt habe. Sarah und Allie sind beide hier, um mir bei den Vorbereitungen zu helfen, und werden heute Nacht hier bleiben, um auf Rosie aufzupassen. Sie hat gerade Allie *Aschenputtel* vorgelesen, während ich in meiner kleinen Wohnung herumlief und mich fertig machte.

Ich entscheide mich für ein schwarzes Kleid, das ich im örtlichen Secondhand-Laden gekauft habe. Ich schaue nervös auf die Wanduhr, denn es ist bereits sieben Uhr abends, und er hat gesagt, dass er um Punkt sieben Uhr einen Wagen schickt, um mich abzuholen.

„Nun erzähl mal, wohin geht ihr?", fragt Sarah, während ich zum fünfzehnten Mal den Inhalt meiner Handtasche überprüfe.

„Das hat er nicht gesagt. Er sagte nur Abendessen",

antworte ich und schenke ihr keine große Aufmerksamkeit, während ich mich vergewissere, dass ich Geld für ein Taxi habe, um von der Stadt nach Hause zu kommen, in der Annahme, dass es dorthin gehen wird.

„Du kannst dich entspannen und es genießen, weißt du", sagt Sarah, kommt auf mich zu und legt ihre Hand auf meine. Ich atme tief durch und seufze.

„Es ist lange her, dass ich ein Date hatte, und um ehrlich zu sein, hätte ich nie gedacht, dass ich noch einmal mit einem Mann aus der Stadt ausgehen würde." Obwohl es sich um eine rein geschäftliche Vereinbarung handelt, bin ich mir immer noch nicht sicher, ob ich das Richtige tue.

„Ich weiß, und ich weiß auch, dass alle Männer in Anzügen in deinen Augen der Teufel sind, aber geh einfach hin und amüsiere dich. Lernt euch kennen und habt ein bisschen Spaß." Sie steckt mir zwei Kondome in die Tasche, und ich lache laut auf.

„Er ist unser Feind, Sarah. Ich tue das nur für die Schule. Ich bin sicher, dass ich um Mitternacht zu Hause sein werde, also mach dir keine Sorgen", antworte ich, wobei sich meine Wangen bei dieser Andeutung erhitzen.

„Du weißt ja, dass Allie und ich hier übernachten, also ... wenn du nicht vor dem Frühstück morgen nach Hause kommst, würde uns das in keinster Weise stören", fügt sie mit einem Augenzwinkern hinzu, und obwohl ich nichts anderes vorhabe als zu Abend zu essen, weiß ich es zu schätzen.

Bevor ich etwas entgegnen kann, klopft es an der Tür.

„Das muss der Fahrer sein. Wir sehen uns später", sage ich zu Allie und Sarah und schleiche dann ins Schlafzimmer, um Rosie einen Kuss auf den Scheitel zu drücken, während sie schläft, und schließe die Tür hinter mir. Ich gehe zur Eingangstür, öffne sie und Blicke direkt auf eine breite Brust.

„Oh! Hi?", sage ich und trete ein wenig erschrocken zurück, weil ich nicht damit gerechnet habe, dass Ben hier erscheinen würde.

„Hattest du jemand anderen erwartet?", fragt er, und mir entgeht nicht, wie sein Blick anerkennend über meinen Körper streift und sich Hitze in mir aufbaut.

„Nein, nur deinen Fahrer." Ich muss zugeben, dass es immer schwieriger wird, in seiner Gegenwart ungerührt zu bleiben.

„Hier, die sind für dich", sagt er und drückt mir eine Packung *Milk Duds* in die Hand.

„Ahh ... danke?", bringe ich fragend hervor und runzle die Stirn.

„Ich habe gesehen, wie du sie neulich in meinem Büro angestarrt hast, und ich dachte, sie würden dir vielleicht schmecken." Er zuckt mit den Schultern, als wäre es keine große Sache. Aber mir wird ganz warm ums Herz, dass er es bemerkt hat.

„Hallo, ich bin Sarah", sagt Sarah und stellt sich vor, und er schüttelt ihr die Hand.

„Hallo, Benjamin Rothschild." Könnte er noch förmlicher sein?

„Hi, ich bin Allie!", ruft Allie aus der Küche, wo sie meinem Date nicht gerade unauffällig hinterher sabbert. Ben winkt und schenkt ihr sein typisches sexy Lächeln.

Sie scheint daraufhin kurz vor einer Ohnmacht zu stehen.

„Okay, jetzt, wo wir uns alle kennengelernt haben, ist es Zeit für uns zu gehen." Ich lege die Süßigkeiten auf den Tisch und gehe zur Tür, weil ich es schnell hinter mich bringen will, wobei ich ihn bedeute, mir zu folgen.

„Es ist nicht nötig, dass ihr euch beeilt. Wir haben alles im Griff. Amüsiert euch!", ruft Sarah, als sie uns zur Tür hinausdrängt und uns zum Gehen auffordert.

„Danke, Mädels, ich stehe in eurer Schuld", sage ich, gehe hinaus und schließe die Tür hinter mir.

„Sie scheinen gute Freunde zu sein. Deine Mitbewohner?", fragt Ben, nimmt unerwartet meine Hand und führt mich zum Auto. Es sollte sich seltsam anfühlen, aber das tut es nicht. Meine Hand passt in seine, als wären sie wie füreinander geschaffen.

„Nur Freunde. Wir sind alle Lehrer an der Schule", antworte ich, als wir die Treppe hinuntergehen. Ich lasse Rosie unerwähnt. Er weiß nicht, dass sie meine Tochter ist, und er braucht es auch nicht zu wissen. Dies ist eine geschäftliche Vereinbarung, die keine persönlichen Details erfordert. Und ich habe vor, es dabei zu belassen.

„Du siehst gut aus – ganz anders als das letzte Mal, als ich dich außerhalb der Arbeitszeit gesehen habe." Ich denke zurück an unsere erste Begegnung in der Bar und erschaudere ein wenig bei der Erinnerung an meine Kleidung.

„Danke ... denke ich?" Meine Stirn runzelt sich in gespielter Verwirrung, und er grinst mich an. Als er mich so ansieht, macht mein Herz einen ungewohnten Salto.

„Du siehst in allem gut aus, Doubtfire", sagt er leise,

als wir das Auto erreichen, und er die Hintertür des schwarzen Bentley öffnet. Als ich auf den Sitz gleite, schenkt mir sein Fahrer ein kleines Lächeln, und ich atme tief ein. Das bringt mich jetzt schon weit aus meiner Komfortzone heraus. Ein teures Auto und ein Chauffeur gehören nicht in das Leben, das ich führe. Ich schlucke hart und atme noch ein paar Mal tief durch, als Ben um das Auto herumgeht und auf der anderen Seite einsteigt.

„Also, wo fahren wir jetzt hin?", frage ich, als er sich neben mir niederlässt und ich spüre, wie mein Magen knurrt.

„Ich denke, dass Beste ist irgendwohin wo du etwas essen kannst", sagt er, lacht wieder und ergreift meine Hand.

„Ich habe den ganzen Tag noch nichts gegessen! Die Kinder haben mir heute kaum eine ruhige Minute gegönnt", sage ich und meine Hand gleitet nur allzu leicht in seine.

„Es war also noch schlimmer als sonst?", scherzt er und hebt eine Augenbraue.

„Jeden Tag lerne ich etwas Neues. Heute zum Beispiel hat mir Gavin, der älteste Junge in meiner Klasse, erzählt, dass er Gamer werden will. Also haben wir uns im Internet über die Spieleindustrie informiert. Wusstest du, dass professionelle Gamer weit über fünfzigtausend Dollar im Jahr verdienen!", sage ich mit großen Augen, immer noch verblüfft darüber, dass man tatsächlich dafür bezahlt werden kann, dass man rumsitzt und Videospiele spielt.

„Einige sogar mehr als das, glaube ich. Wie alt ist er?", fragt Ben, der sich aufrichtig für meinen Tag und meine

Kinder zu interessieren scheint, also erzähle ich die ganze Autofahrt über von ihnen. Ich möchte, dass er sie als Menschen sieht, dass er jeden einzelnen von ihnen versteht.

„Michael kann also nicht mehr hören, Rosie nicht mehr sehen, und Gavin kann sein Bein nicht mehr bewegen?" Ben sieht mich ungläubig an, als der Wagen anhält.

„Ja, der Rest der Klasse hat unterschiedliche Lernschwierigkeiten oder Beeinträchtigungen, also ist es super anstrengend, aber sie haben nur mich." Ich zucke mit den Schultern, während er sein Kinn reibt und tief in Gedanken versunken aussieht.

„Wir sind da, Sir", sagt der Fahrer, während er aussteigt, meine Tür öffnet und Ben ebenfalls aussteigt und das Auto umrundet.

Das Erste, was mir auffällt, ist der Lärm. Das Auto war superleise, aber jetzt, wo wir in der Stadt sind, sind die Straßen voller Autos, Taxis und Busse, die alle um einen Platz auf der Straße kämpfen. Das zweite, ist der Geruch. Müll, Abgase, verschiedene Lebensmittel dringen jetzt in meine Sinne, die frische Luft der Vororte ist nur noch eine ferne Erinnerung.

Wie ein Gentleman bietet Ben mir erneut seine Hand an, und ich halte mich an ihm fest, ein wenig unsicher auf meinen neuen Stilettos. Ich bin dankbar, dass ich nicht umknicke und hinfalle. Wir gehen zügig in das Restaurant, und ich schaue mich langsam um, sobald wir es betreten. Es ist wunderschön. Genau der Ort, an den ein Milliardär sein Date ausführen würde. Weiße Tischdecken, Kerzenlicht, kleine Tische, Lounges und ein polierter Boden.

Ein Kellner eilt schnell herbei, als er uns sieht, und wir werden sofort an einen Tisch an der Seite im hinteren Teil des Lokals geführt. Wir sind in Sichtweite der meisten Gäste, aber ein wenig abgeschieden, was ich zu schätzen weiß.

Meine Augen huschen überall hin, und ich spüre, wie sich meine Schultern anspannen.

„Alles in Ordnung?", fragt Ben, und ich wende mich ihm zu, nur um zu merken, dass er mich direkt ansieht.

„Ich bin absolut am Verhungern." Ich spreche die Worte einfach aus, während ich lächle. Täusche es vor, bis du es schaffst, sagt man doch so, oder?

„Der Wein, den Sie bestellt haben, Sir." Der Kellner kommt an den Tisch, seine Uniform ist tadellos und seine Statur gerade.

„Danke", sagt Ben und nickt, wobei seine Augen sich keinen Augenblick von mir lösen.

„Für mich nicht, danke." Ich legte meine Hand auf mein Glas und verhinderte, dass er einschenkt.

„Du trinkst nicht?", fragt Ben und lehnt sich ein wenig zurück.

„Eigentlich schon, aber nicht viel, und auch nicht wenn ich am nächsten Tag Unterricht habe", sage ich, greife nach meinem Glas Wasser und nehme einen Schluck.

„Und an dem Champagner in der Bar hast du nur genippt?", stößt er hervor, beugt sich vor und legt seine Hand auf den Tisch, wo sie nur eine Sekunde lang ruht, bevor er meine wieder ergreift.

Mein Blick wandert kurz zu unseren Händen, die

miteinander verbunden sind, bevor er wieder zu seinem Gesicht wandert.

„Viele Leute sehen uns heute Abend zu, also müssen wir eine Show abziehen", sagt er mit einem Augenzwinkern, während er meine Hand mit dem großen, glitzernden Diamanten anhebt und sie sanft küsst, wobei sich seine Augen keine Sekunde von meinem Gesicht lösen.

„Dieser Abend in der Bar war ein Ausflug, den ich einmal im Jahr mit meinen Freundinnen in die Stadt mache. Ich habe genau zwei Gläser Champagner getrunken, bevor ich gegangen bin. Mein Limit sind zwei. Wenn ich mehr trinke, kann ich am nächsten Tag nicht arbeiten", sage ich schließlich. Wir können uns tatsächlich etwas besser kennen lernen, solange wir hier sind.

„Okay, kein Alkohol. Ich habe verstanden", sagt er und legt meine Hand zurück auf den Tisch, behält sie aber in seiner.

„Haben dich alle deine Ex-Freundinnen nach eurer Trennung gestalkt, oder nur die schönen Supermodels?", frage ich, weil ich weiß, dass eine Frau wie ich so weit von dem entfernt ist, mit dem ein Mann wie Ben normalerweise ausgehen würde, dass es fast schon komisch ist.

„Diese ist besonders hartnäckig. Aber jetzt habe ich dich. Du bist meine Geheimwaffe." Er zwinkert mir wieder zu, hebt sein Glas und nimmt einen Schluck Wein.

„Ich werde mein Bestes tun, um sie dir alle vom Hals zu schaffen. Warte nur, bis sie hört, wie fantastisch du beim Schwimmunterricht bist. Meine zehn Kinder sind ganz begeistert von der zusätzlichen Hilfe in dem über-

füllten, nicht finanzierten, öffentlichen Schwimmbad."
Dann lächle ich breit, denn ich weiß, dass er es hassen
wird.

„Du unterschätzt mich, Emily. Glaubst du, ich werde
damit nicht umgehen können?", stichelt er, während sein
Daumen jetzt über meine Hand streicht.

„Oh, ich weiß, dass du das nicht kannst." Ich lache
leicht und genieße die Art und Weise, wie seine Augen
bei unseren Scherzen aufleuchten.

„Wollen wir wetten", fordert er mich auf.

„Gerne", sage ich mit einem Augenzwinkern, als er
meine Hand nimmt und unsere Finger miteinander
verschränkt, wie die von wahren Liebenden. Nichts hat
sich je richtiger angefühlt, und ich muss die Worte in
meinem Kopf wiederholen, um mich nicht zu verrennen.
Es ist nicht echt. Das ist alles nur vorgetäuscht.

13

EMILY

Ben sitzt mir entspannt gegenüber. Seine Augen kleben schon den ganzen Abend an mir, und ich habe ihn ein paar Mal dabei erwischt, wie er mich gemustert hat. Je länger unsere Verabredung dauert, desto mehr lächelt er, und seine attraktiven Gesichtszüge machen mich nervös.

„Weißt du, immer wenn ich zum Abendessen ausgehe, bin ich in der Regel in Eile, rede über die Arbeit und schaue ständig auf mein Handy. Aber heute Abend habe ich nicht ein einziges Mal auf mein Telefon geschaut; wir haben nur minimal über die Arbeit gesprochen, und ich könnte so lange hier mit dir sitzen, wie du mich lässt", sagt er, und seine Ehrlichkeit rührt mich zutiefst, wobei ich ebenfalls den Drang verspüre, ehrlich zu sein.

„Nun, ich kann nicht behaupten, dass der heutige Abend für mich zu unangenehm war", erwidere ich.

„Hattest du etwa erwartet, dass er unangenehm

werden würde?", fragt er und beugt sich vor, gespannt auf meine Antwort.

„Ehrlich? Ja. Aber du hast mich überrascht", sage ich und grinse. Es ist ein seltsames Gefühl, aber diese Art von kokettem Glück, die an Schwindel grenzt, habe ich schon seit Jahren nicht mehr gespürt.

„Manche Leute denken, ich sei zu anstrengend. Ich weiß, dass ich sehr anstrengend sein kann, besonders bei der Arbeit. Aber ich habe das Gefühl, dass du mit allem, was ich mitbringe, zurechtkommst." Er flirtet und versucht nicht einmal mehr, subtil zu sein. Das ist ein Spiel, das wir schon den ganzen Abend spielen, und ich amüsiere mich köstlich.

„Hmmm, nun, ich bin gut im Umgang mit Problemen. Ich bin ein hervorragender Multitasker, und ich habe ein fantastisches Verhandlungsgeschick ..." Ich arbeite vielleicht nicht in einem schicken Büro, aber diese Fähigkeiten brauche ich täglich in meiner Klasse.

„Wollen Sie damit sagen, dass ich ein Problem bin, Miss Carr?", stichelt er mit seiner Anwaltsstimme.

„Du bist ein sehr großes Problem. Das Größte!" Dann lache ich. Es ist erstaunlich für mich, wie jede Anspannung oder Nervosität, die ich wegen heute Abend oder Ben hatte, verschwunden ist.

„Ich kann dir versichern, dass ich groß bin. Aber ich sehe das nicht als Problem an." Mir bleibt die Luft weg, und ich spüre, wie sich meine Wangen erhitzen, als er eine seiner Augenbrauen hochzieht. Als er mir in die Augen schaut, lockert sich seine Haltung. Als er mich dieses Mal anlächelt, ist es echt, fast so, als würde er über sich selbst lachen für seine koketten Bemerkungen, bevor er sich räuspert.

„Bist du bereit zu gehen?", fragt er mit einem Seufzer, als ob er gar nicht gehen wollte. Obwohl das Restaurant immer noch gut besucht ist, sind wir schon lange genug hier. Wenn ich morgen früh nicht arbeiten müsste, wäre es die perfekte Nacht, um weiterzumachen.

„Klar, ich muss nur schnell auf die Toilette." Ich schenke ihm ein Lächeln und gehe durch das Restaurant nach hinten, wobei ich den ganzen Weg über seine Augen auf mir spüre.

Ich gehe auf die Toilette, überprüfe meinen Lippenstift und atme tief ein. Ich fühle mich gerade so gut, und wenn ich mein Spiegelbild betrachte, sehe ich eine starke, fähige Frau, die mir entgegenblickt. Und ob echt oder unecht, auf mich wartet ein gutaussehender, begehrenswerter Mann, und wenn er mir einen Gute-Nacht-Kuss geben will, dann werde ich ihn lassen. Ich streiche mir ein letztes Mal durch die Haare, schnappe mir meine Tasche und gehe mit einem Gefühl wie auf Wolke sieben hinaus.

Ich bin nur drei Schritte durch den dunklen Flur gegangen, als mich eine raue Hand am Arm packt und mich herumdreht. Ich zucke vor Schmerz über den Griff zusammen und stehe einem sehr wütenden Jeremy gegenüber. Mein Herz fängt sofort an zu rasen, und meine Glieder beginnen zu zittern, als mein Flucht-oder-Kampf-Modus einsetzt. Aber ich muss stark sein. Ich bin nicht mehr die schwache, junge Frau, die ich war, als ich ihn zum ersten Mal traf, und ich werde nicht mehr zulassen, dass er mich kleinmacht. Obwohl ich zu Tode erschrocken bin, nehme ich all die Kraft zusammen, die George mir in den letzten Jahren eingeflößt hat, und stelle mich ihm entgegen.

„Was zum Teufel machst du hier?", spuckt er, ohne meinen Arm loszulassen.

„Das geht dich nichts an", zische ich. Es ist niemand in der Nähe, aber ich versuche, leise zu sein und kein Aufsehen zu erregen.

„*Du* gehst mich aber etwas an. Was machst du mit ihm?", knirscht er, und ich sehe ihn an, sein Gesicht rot und verzerrt, und er hat die Zähne fest zusammengebissen.

„Ich brauche dir nichts zu erklären. Lass mich los, Jeremy. Du tust mir weh." Ich versuche, mich aus seinem Griff zu befreien, aber es gelingt mir nicht, denn seine Hand legt sich nur noch fester um mich. Sein Blick ist mörderisch, und ich kann den Whisky in seinem Atem riechen.

Er hat mich immer gewollt, auch nach allem, was er mir angetan hat. Sein Stalker-Verhalten hat sich im Laufe der Jahre abgeschwächt, ist aber nie wirklich verschwunden. Ich bin vor Jahren mit Rosie gegangen, und obwohl er nichts mit ihr, seinem eigenen Kind, zu tun haben will, will er immer noch mich. Ich habe keine Ahnung, warum, aber vielleicht, weil ich die einzige Frau bin, die ihn je verlassen hat. Es ist wie ein Spiel für ihn, etwas, das er gewinnen muss. Nicht, weil er mich liebt, denn man behandelt jemanden, den man liebt, nicht so, wie er mich behandelt.

Zu diesem Zeitpunkt weiß ich, dass sein Griff blaue Flecken hinterlassen wird. Es ist schon eine Weile her, dass dies das letzte Mal vorgefallen ist. Monate, seit die Letzten verschwunden sind, also wusste ich, dass es nicht lange dauern würde, bis er wieder auftaucht. Ich schätze, mich hier in der Stadt zu sehen, noch dazu bei einem Date mit einem Rothschild, hat den Zeitrahmen beschleunigt. Wenigstens ist Rosie dieses Mal nicht dabei, um es mitzuerleben.

„Lass mich los", fordere ich erneut, wobei meine Stimme etwas höher wird, da ich nun in Panik gerate, weil ich nicht weiß, was ich als nächstes von ihm zu erwarten habe. Das ist das Problem, er ist einfach so sprunghaft und unberechenbar.

„Nimm deine verdammten Hände von meiner Verlobten, bevor ich dir deinen verfluchten Arm breche", knurrt Ben und stellt sich hinter mich. Ich schaffe es meinen Arm aus Jeremys Griff zu reißen und schreie vor Schmerz auf, halte mir den Arm an die Brust und versuche, den pochenden Schmerz zu beruhigen.

„Halte dich ja von mir fern", spuckt Jeremy und tritt von Ben zurück, der ihm einen mörderischen Blick zuwirft und kurz davor ist, völlig durchzudrehen. „Du hast keine Ahnung, worauf du dich eingelassen hast, Ben, keine verdammte Ahnung", fügt er hinzu, bevor er auf dem Absatz kehrtmacht und geht.

Ich seufze und schließe meine Augen, verlegen, entblößt und verängstigt. Er ist so ein Arschloch. Ich hasse es, dass dies ein Teil meines Lebens ist.

Ich spüre, wie Ben vor mich tritt, meine Augen sind immer noch geschlossen. „Geht es dir gut?", fragt er besorgt und ich nicke.

„Mir geht's gut", sage ich mit einem kleinen Lächeln und schaue endlich zu ihm auf. So unecht dieses Date auch ist, ich wollte Ben wirklich nicht so mit hineinziehen. Ich fühle mich schuldig. Das ist etwas, das ich ihm hätte sagen sollen, bevor ich mich auf diese Vereinbarung eingelassen habe. Aber wie erklärt man jemandem, dass die Nähe zu mir ernsthafte Folgen für seine Gesundheit haben könnte, weil mein Ex ein verrückter, beleidigender Irrer ist.

„Komm schon, lass uns gehen", sagt er und legt seinen Arm schützend um meine Taille. Ich reibe meinen Arm weiter, bis wir draußen sind und wieder ins Auto steigen.

Wir lassen uns auf dem Rücksitz nieder, während Ralph nach William Heights fährt. Ben beugt sich vor und nimmt meinen Arm in seinen sanften Griff, um ihn zu untersuchen.

„Wie kann ich dir helfen?", fragt er mich leise, und ich verschlucke mich fast an meinen ungeweinten Tränen bei dieser Frage. Das ein Mann mich so etwas fragt, ist ziemlich ungewohnt für mich, und ich fühle eine Flut von Erleichterung, als ich sie höre. Zu wissen, dass es möglich ist, dass ich jemandem genug bedeute, damit er überhaupt fragt.

„Es geht mir gut", antworte ich knapp, denn ich fühle mich im Moment zu emotional, und ich will nicht vor ihm zusammenbrechen. Meine armen Freundinnen werden diese Version von mir erdulden müssen, sobald ich zu Hause bin.

„Woher kennst du Jeremy Lucas?", fragt er mit ernster Miene, und ich seufze erneut. Ich habe immer noch keine Ahnung, was ich ihm sagen und was ich verschweigen soll. Ich denke einen Moment nach.

„Er ist mein Sasha", sage ich leise und sehe ihm in die Augen.

Ben muss nicht alle Details kennen. Er muss nicht wissen, dass Jeremy mich in der Nacht, in der ich ihn dabei erwischt habe, wie er mich in seinem Büro betrogen hat, die Treppe hinuntergestoßen hat, wodurch ich vorzeitige Wehen bekam. Der Sturz und der Aufprall sind die Ursache für Rosies Blindheit. Er muss nicht wissen, dass Jeremy von dieser Nacht an noch stärker hinter mir her war und seine Eifersucht, mich mit unserem kleinen Mädchen teilen zu müssen, alles überschattete. Am Ende, nach Jahren des Missbrauchs, körperlich, geistig und finanziell, bot ich ihm einen Deal an. Ich würde mit nichts außer Rosie gehen. Ich wollte nichts von ihm, kein Haus, kein Auto, kein Geld und keinen Unterhalt. Es war ein Angebot, das er nicht ablehnen konnte, denn ich hätte ihm Millionen abnehmen können.

Aber es gefällt ihm auch nicht, in irgendeiner Form zu verlieren. Also ließ er mich beschatten. Er hat gesehen, wie ich mich über die Jahre hinweg abmühte, und er taucht regelmäßig auf, wobei er mich immer noch verbal und manchmal auch körperlich angreift. Er ist kein Mensch, der sich an Regeln hält. Ich bin still und leise gegangen, ohne einen Cent zu nehmen, und deshalb denkt er, er hätte gewonnen. Er hat das Beste aus beiden Welten – er hat sein Geld behalten und mich an der Leine gehalten. Aber in Wirklichkeit weiß ich, dass ich gewonnen habe, denn ich habe Rosie, mein Ein und

Alles. Ich bin mit den Kleidern am Leib und Rosie in meinen Armen weggegangen, und das war wie ein Lottogewinn.

Ben streicht mir mit der Hand leicht über den Arm, seine mitfühlende Aufmerksamkeit steht im völligen Gegensatz zu dem Mann selbst.

„Er sollte dich nicht so anfassen", sagt er, und ich nicke schnell, weil ich Angst habe, etwas zu sagen. Wenn ich es tue, werden ich die Tränen nicht mehr zurückhalten können, und ich will nicht weinen. Ich habe schon zu viele Tränen vergossen, und ich habe mir versprochen, es nicht mehr zu tun.

Dann legt er seinen Arm um mich und zieht mich über die Ledersitze zu sich. Ich sitze in seiner Umarmung auf dem Rücksitz des Wagens und fühle mich sicher und beschützt. Wir fahren durch die Straßen und sind beide in unseren eigenen Gedanken versunken. Ben drängt mich nicht zu weiteren Informationen, und dafür bin ich dankbar. Aber die Ruhe in mir schwindet, als meine Gedanken wieder zu Jeremy zurückkehren. Jetzt, wo er weiß, dass ich verlobt bin, und mit wem, wird er nicht eher ruhen, bis er gewonnen hat.

Aber ich weigere mich, seine Beute zu sein.

14

BEN

Sie hatte recht. Ich hasse dieses Schwimmbad, verdammt. In diesem Wasser ist so viel Chlor, dass ich glaube, die erste Schicht meiner Haut verloren zu haben. Meine Augen sind rot und brennen, und meine Finger sind ganz faltig, nachdem ich mit haufenweise Leute fast eine Stunde lang in diesem dampfverseuchten Becken war. Während Gavin, dem ich zu helfen versuche, sich prächtig amüsiert, spüre ich, wie sich eine Migräne anbahnt von all dem Gekreische, das in diesem schlecht gebauten Bauwerk zu hören ist.

Dennoch schweift mein Blick immer wieder zu Emily. Ich habe sie seit unserem Date nicht mehr gesehen, aber seitdem habe ich an nichts anderes mehr gedacht. Wir haben uns prächtig amüsiert, und ich hatte mich schon darauf gefreut, den Abend bei mir zu Hause nackt mit ihr fortzusetzen, aber dieser Gedanke wurde schnell unterbrochen, als ich Jeremy Lucas dabei erwischte, wie er sie gepackt hielt. Noch jetzt kocht mein Blut, wenn ich nur daran denke, und ich habe eine Million Fragen, die ich ihr stellen möchte. Aber sie ist eine verschlossene Person und schien nicht näher darauf eingehen zu wollen, also ließ ich sie in Ruhe. Sie zitterte wie Espenlaub, und ich konnte sehen, wie sie versuchte, stark zu sein, sodass ich sie einfach nur hielt, bis wir bei ihrer Wohnung ankamen. Selbst dann wollte ich sie nicht loslassen.

Heute sehe ich sie im Pool neben mir, wie sie lächelt und klaglos mit den Kindern spielt. Sie trägt einen konservativen schwarzen Einteiler, ganz und gar nicht wie die knappen Bikinis, die jede andere Frau, die ich kenne, besitzt. Und doch ist sie sexier als alle anderen zusammen.

„Geht's dir gut?", fragt Emily, die meinen Blick auf sich bemerkt. Rosie macht einen tollen Job, indem sie die Strecke zwischen einem Beckenrand und dem anderen mit Hundekraulen hinter sich bringt, die Sehschwäche schreckt sie nicht im Geringsten ab.

„Machst du das jedes Wochenende?", frage ich sie ungläubig.

„Jeden Samstag", bestätigt sie und stellt sich neben mich. Das Wasser, in dem ich stehe, bedeckt mich von der Taille abwärts, und als mein Blick nach unten wandert, sehe ich ihre fantastischen Brüste halb untergetaucht.

„Warum musst du das machen? Können sich nicht die Eltern darum kümmern?", frage ich, während ich Gavin wieder herummanövriere und ihn beobachte, wie er zur Seite gleitet, um sich mit Rosie zusammenzutun, um zusammen zu schwimmen und spielen.

„Ihre Eltern müssen arbeiten. Viele arbeiten sieben Tage die Woche, um ihre Familie über Wasser zu halten.

Die Kinder kommen jeden Samstagmorgen zu uns, lernen eine neue Lebenskompetenz und verbringen Zeit mit ihren Freunden außerhalb des Klassenzimmers." Ich kann die Leidenschaft in ihrer Stimme hören. Sie liebt diese Kinder.

„Du arbeitest also sechs Tage die Woche mit diesen Kindern?", frage ich und bewundere ihr Engagement. Viele Leute, die ich kenne, arbeiten lange, wie es in der Stadt üblich ist, aber die meisten von uns arbeiten hinter einem Schreibtisch und an den Wochenenden bequem zu Hause, niemand von uns kämpft mit zehn Kindern mit besonderen Bedürfnissen in einem heißen, keimverseuchten Schwimmbad.

„Es ist keine Arbeit, wenn man sie liebt, Ben. Und was ist mit dir? Ich bin sicher, du arbeitest fünfzig bis sechzig Stunden in der Woche", entgegnet sie, während ihre Hände über die Wasseroberfläche gleiten und zwischen mir und Rosie hin und her blickt.

„Vielleicht siebzig oder achtzig. Ich arbeite so ziemlich den ganzen Tag und die ganze Nacht", antworte ich. Ich habe noch nie wirklich über meine Arbeitszeiten nachgedacht, obwohl meine Brüder und meine Mutter mir immer sagen, dass ich zu viel arbeite.

„Das ist eine ganze Menge. Was machst du so zum Spaß?" Ich beobachte, wie sie ihren Körper ins Wasser taucht, den Kopf zurückwirft, sodass ihr das Haar aus dem Gesicht fällt, und sich dann wieder aufrichtet, wobei ihr Haar nun lang, glatt und nass den Rücken hinunterfällt. Ihr Gesicht ist frisch, natürlich und ohne einen Makel, sie strahlt von innen heraus. Verdammt schön.

Ich räuspere mich.

„Golf mit meinen Brüdern", meine ich, auch wenn ich einen Moment brauche, um mir etwas einfallen zu lassen. Aber ich verpasse nie ein Spiel mit ihnen.

„Wow, das klingt spannend", sagt sie sarkastisch.

„Was? Golf ist eine der besten Sportarten der Welt!", entgegne ich und tue so, als wäre ich beleidigt.

„Golf ist langweilig, Ben. Was machst du sonst so?", drängt sie mit einer erwartungsvollen Handbewegung.

„Ich habe keine Zeit für etwas anderes. Arbeiten, Golf spielen und dann jede Woche mit meinen Brüdern etwas trinken gehen", murmle ich und merke zum ersten Mal, wie langweilig das alles klingt.

„Jetzt kannst du Schwimmen auf deine wöchentliche Aktivitätenliste setzen", sagt sie mit einem spielerischen Grinsen und neigt den Kopf. „Willst du um die Wette schwimmen?"

„Was?" Ein breites Lächeln bildet sich auf meinem Gesicht und spiegelt ihr eigenes wider.

„Der Letzte, der das Ende erreicht, muss das Mittagessen bezahlen?" Ich schaue zum Rand und wieder zu ihr.

„Abgemacht!", sage ich, aber sie ist schon weg, ihr Körper gleitet vor mir her, bevor ich ihr folge

„Scheiße." Ich bin so darauf konzentriert, die Strecke hinter mich zu bringen, dass ich, als ich die Kante berühre, keinen Zweifel daran habe, dass ich gewonnen habe. Bis ich nach Luft schnappe und sehe, dass sie schon da ist. Ich keuche und versuche, wieder zu Atem zu kommen, und sie sieht mich an und lacht.

„Du hast mich geschlagen?", frage ich beleidigt.

„Das war einfach. Du bist zu langsam." Ihr Grinsen ist riesig, und ich liebe es.

„Zu langsam, hm?", frage ich sie, während ich näher gleite und meine Hände um ihre Taille lege, bevor ich sie mit Leichtigkeit hochhebe und sie einen Meter in die Luft werfe.

„Argh, Ben!", schreit sie lachend, während ihr Körper durch die Luft schwebt und mit einem Platschen im Wasser landet. Ich wate auf sie zu und beobachte, wie sie sich mit ihren nassen Haaren, die ihr im Gesicht kleben, wieder aufrichtet.

„Ein bisschen nass?" Grinsend packe ich sie wieder an der Taille und ziehe sie zu mir ran. Wir sind jetzt auf der tiefen Seite, sodass ihre Füße nicht mehr den Boden berühren.

„Oh mein Gott, du bist verrückt", stottert sie, lacht atemlos und versucht, sich die Haare aus dem Gesicht zu streichen. Ich drücke sie fester an mich und höre ihr Einatmen, als sich unsere Haut berührt.

„Man hat mich schon Schlimmeres genannt", murmle ich, während meine andere Hand hochkommt und ich ihr helfe, ihr Haar aus dem Gesicht zu streichen. Sie hält sich mit einer Hand an meiner Schulter fest, die andere ruht auf meiner Brust. Ich sollte uns ins flache Wasser bringen, damit sie stehen kann, aber mir gefällt es, sie in meinen Armen zu haben und ihre Hände auf meinem Körper zu spüren, daher bleibe ich, wo ich bin.

Nach ein paar Augenblicken entspannt sich ihr Körper, und ich lasse meine Hand von ihrem Gesicht über ihren Rücken zu ihrer Taille wandern. Wir beide schweigen, während wir uns langsam wieder beruhigen, aber mein Herz rast weiterhin in meiner Brust, und mein Schwanz zuckt unter meiner Badehose.

„Wir müssen hier keine Show abziehen, Ben. Niemand kennt dich hier wirklich", flüstert sie und ihre Augen suchen meine.

„Ich weiß." Ich gleite mit meiner Hand ihren Körper hinauf, streiche über ihre Hüften und führe sie höher, mein Daumen streift fast die Seite ihrer Brust, bevor ich sie wieder nach unten wandern lasse. Es gefällt mir, sie zu spüren, ihre weiche, warme Haut zu berühren, und jetzt, wo ich angefangen habe, fällt es mir schwer, damit aufzuhören. Unsere Gesichter sind so nahe beieinander, ich spüre ihren Atem auf meinen Lippen ... Ich müsste mich nur ein wenig vorbeugen, und ich könnte sie schmecken.

„*Miss Carr!*", ruft eines der Kinder, woraufhin wir beide zusammenzucken und sehen Gavin auf dem Rand des Pools sitzen.

„Ich muss auf die Toilette!" Ich stoße ein Lachen aus, und Emily lächelt.

„Zurück an die Arbeit", sagt sie und will sich von mir trennen, aber ich halte sie an der Taille fest, ihr Körper ist für mich leicht zu handhaben, während ich sie festhalte und wir gemeinsam zum flachen Ende zu Gavin gehen.

„Du bleibst. Ich nehme ihn", biete ich an und bringe uns an den Rand, um Gavin zu treffen, doch meine Hände bleiben unter Wasser auf ihrem Körper, weit weg von neugierigen Blicken.

„Bist du sicher?", fragt sie, als sie wieder stehen kann und mich unsicher anschaut. Ihre Hand wandert meinen Arm hinunter, und ich nehme meine Hände nur widerwillig von ihrem Körper. Dann schwimmt Rosie zu ihr hinüber, und Emily fasst sie an ihrer Hüfte. Ich habe bereits bemerkt, dass die beiden sich sehr nahe stehen.

„Mach dir keine Sorgen, Doubtfire. Ich hab's im Griff." Ich zwinkere ihr zu, bevor ich mich aus dem Pool hieve und mich vorbeuge, um Gavin hochzuhelfen. Mein Blick fällt auf Emily, und mir entgeht nicht, wie sie mich ohne Scham betrachtet. Ich bin vielleicht nicht der Schnellste, aber ich trainiere regelmäßig. Mein Körper ist athletischer und muskulöser als der der meisten. Was mir an Schnelligkeit fehlt, mache ich durch Kraft wett, und jetzt, wo ich halbnackt vor ihr stehe, sieht sie das. Auch wenn ich dieses Schwimmbad hasse, werde ich wiederkommen, nur um sie zu sehen, sie zu berühren und in ihrer Gegenwart zu sein. Denn dies war vielleicht einer der besten Tage, die ich in diesem Jahr verbracht habe. Es war der Spaß, den ich vermisst habe.

15

BEN

ore!", rufe ich, als mein Golfball in die Luft und direkt über das Fairway zum gegenüberliegende Loch fliegt.

„Scheiße. Das ist der schlechteste Schlag, den ich je in meinem ganzen Leben gesehen habe", sagt Tennyson, während ich geschockt dastehe und mich frage, wie ich den Ball so schlecht schlagen konnte. Wir sind fast fertig mit achtzehn Löchern, und ich habe ein beschissenes Spiel gehabt.

Ich drehe mich um und sehe meine Brüder an. Eddie reicht Tennyson einen Hunderter, und ich funkele sie an, als er ihn einsteckt.

„Ihr habt auf mich gewettet?", knurre ich, als Harrison von seinem Handy aufblickt, während er in unserem Golfwagen sitzt.

„Die leichtesten hundert Dollar, die ich je verdient habe", scherzt Tennyson.

„Alles in Ordnung?", fragt mich Harrison, als ich im Wagen neben ihm zusammensacke. Unsere beiden jüngeren Brüder scherzen, bevor sie ihre Schläge machen.

„Alles bestens." Ich fahre mir mit der Hand übers Gesicht.

„Du siehst nicht gut aus. Was ist los?"

„Ich habe ihr einen Diamanten gekauft", sage ich zu schnell und merke nicht, wie sehr ich mir das von der Seele reden muss, seit ich ihr den Ring an den Finger gesteckt habe. Ich habe die Wirkung unterschätzt, die so etwas auf mich haben würde. Ich habe nie wirklich über diesen Akt nachgedacht, aber als ich ihn ihr auf den Finger schob, wurde mir die Ernsthaftigkeit dieser Tat bewusst.

„Scheiße, ein echter?", fragt Harrison und zieht die Augenbrauen hoch, während er mich mustert.

„Ein paar hundert Riesen echt", murmele ich.

„Ein paar hundert Riesen? Hast du deinen verdammten Verstand verloren?" Harrison starrt mich an, als hätte ich ihm eine Ohrfeige verpasst.

„Ich will das Beste für sie", sage ich achselzuckend, ohne wirklich an das Geld zu denken.

„Sie ist deine *falsche* Verlobte! Der Ring hätte auch eine Fälschung sein können! Du wirst diesen Ring nie wieder sehen, das weißt du doch, oder? Sie hat vielleicht gesagt, dass sie nur will, dass du Zeit mit den Kindern verbringst, aber jetzt hat sie ein paar Tausend an ihrem Finger, also hat sie eindeutig etwas sehr Wertvolles aus diesem Geschäft gezogen." Harrison stöhnt, bevor er sich mit schockiertem Gesichtsausdruck zurücklehnt.

Ich liebe meinen Bruder. Er hat sich immer um mich gekümmert, und ich weiß, dass dies nur sein Beschützerinstinkt ist, der sich meldet. Sie hat aber nie darum gebeten. Ich habe nicht einmal mit ihr darüber gesprochen, bevor ich ihn für sie gekauft habe. Es war meine Entscheidung, und nur meine, und ich würde sie nicht ändern.

„Er steht ihr gut." Ich zucke mit den Schultern und lache fast über den Blick, den Harrison mir zuwirft.

„Ein solcher Ring sieht wahrscheinlich an jedem gut aus. Sieh dir nur unsere Mutter an", schimpft er und erinnert mich daran, dass wir diese Woche wieder ein Familienessen mit ihr haben. Diese monatlichen Abendessen kommen jeden Monat schneller und schneller auf mich zu.

„Kommst du diese Woche zum Abendessen?", frage ich.

„Ja. Bringst du deine *Verlobte* mit?", fragt er neckisch, und sein Tonfall ist wieder leichtfüßig.

„Scheiße nein, ich werde sie ganz gewiss nicht in die Nähe unserer Mutter bringen. Ich habe von dir aus erster Hand erfahren, was für eine besondere Art von Hölle das sein kann." Ich ziehe eine Grimasse, als ich an Harrisons eigenen Weg zurückdenke, eine Frau in sein Leben zu bringen. Diese Wunden sind noch immer nicht ganz verheilt. Nicht im Entferntesten.

„Nun, sei einfach auf den Ansturm vorbereitet. Zweifellos wird sie bis dahin alles über die Verlobung ihres zweitgeborenen Sohnes wissen. Es kommt bereits ans Licht. Mein Medienteam hat mir gesagt, dass sie heute Morgen etwas in den *Society News* gesehen haben."

„Ich habe das Gefühl, dass Sasha es ihr wahrscheinlich schon gesagt hat und ich habe das Gefühl, dass sich ein Sturm zusammenbraut", sage ich und atme tief durch. Die Medien sind mir egal. Sie schreiben ständig etwas über uns. Aber ich fühle mich schlecht wegen Emily. Ich weiß, dass sie das so privat wie möglich halten möchte, auch wenn es nichts Privates gibt, wenn man mit einem Rothschild zusammen ist.

„Ich hoffe, du weißt, was du tust", sagt Harrison und zieht die Augenbrauen hoch.

„Ich habe keine verdammte Ahnung", witzle ich, als Eddie und Tennyson ihre Schläge beendet haben und der Golfwagen sich in Bewegung setzt, damit wir unsere Bälle holen können.

„Ich führe sie heute Abend wieder zum Essen aus." Harrison ist einen Moment lang still. Nach unserer letzten Verabredung war ich mir nicht sicher, ob ein weiteres Abendessen in der Stadt eine gute Idee ist, aber Emily scheint es gefallen zu haben, und dieses Mal lasse ich sie nicht aus den Augen.

„Wo hin?", fragt er.

„Ins *Mario's*", sage ich. Ich habe bereits den besten Tisch reserviert, einen, der etwas abseits liegt, aber auch sichtbar für diejenigen, die ihre Nasen in fremder Leute Angelegenheiten stecken müssen.

„Das ist eine Aussage", sagt er und sieht mich von der Seite an.

„Ich will, dass die Leute uns sehen, aber sie will keine Aufmerksamkeit der Medien. Das *Mario's* ist einer der wenigen Orte in der Stadt, zu dem die Medien keinen Zutritt haben, wo aber die Leute der feinen Gesellschaft hingehen."

„Du weißt doch, dass Mom es dir nicht leicht machen

wird." Harrisons Worte holen mich mit einem dumpfen Schlag in die Realität zurück.

„Ich weiß. Aber ich hoffe, sie hat ihre Lektion mit Beth gelernt und lässt Emily in Ruhe." Ich reibe mir erneut die Augen, der Stress meiner Situation lastet schwer auf meinen Schultern. Ich habe keine Ahnung, was ich tue; ich versuche nur, das für uns beide zu regeln.

„Und Beasley muss diese Immobilie kaufen", drängt er.

„Mm-hmm", ist meine einzige Antwort.

„Nein. Ben. Beasley muss diese Immobilie kaufen. Wenn nicht, musst du sehr schnell eine Alternative finden, auf die er sich konzentrieren kann, denn sonst verlieren wir einen Kunden."

„Du bist der verdammte Gouverneur. Sollten wir nicht in Schulen investieren, anstatt sie abzureißen?" Die Worte sind mir fremd, als sie mir über die Lippen kommen. Fortschritt ist Fortschritt, habe ich immer geglaubt. Fortschritt bringt unseren Bau- und Immobilienunternehmen eine Menge Geld ein. Aber wir sind keine totalen Arschlöcher. Es hätte mir nie Freude bereitet, dafür zu sorgen, dass Kinder keinen Unterricht bekommen, aber ich habe noch nie so viel darüber nachgedacht wie jetzt.

„Natürlich sollten wir in Schulen investieren. Bildung ist sehr wichtig." Harrison nickt zustimmend.

„Nun, denkst du, wir sollten aus diesem Gebäude Eigentumswohnungen machen?", fahre ich fort.

„Ich habe keine Ahnung von dieser speziellen Schule, Ben. Aber der Fortschritt kommt, ob es einem gefällt oder nicht. Ich bin sicher, dass es auch noch andere Schulen in der Nähe gibt", sagt Harrison, und ich verstehe nicht, wie er so ruhig sein kann.

Ich sage nichts. Die Erinnerung an die grüne Farbe auf meinem Prada-Anzug liegt in weiter Ferne, aber die Visionen von Emily, die sich abmüht, einen Jungen zur Toilette zu bringen, wie ich Rosies Hand ergreife, um ihr beim Malen zu helfen, und von dem Ring, den ich ihr wie ein Versprechen an den Finger gesteckt habe, sind sehr lebendig.

Harrison seufzt, weil er sieht, wie sehr mich das belastet. „Schick mir die Details. Mein Team und ich werden sie uns ansehen. Wir werden sehen, ob wir bei irgendetwas helfen können."

„Okay, danke." Ich nicke, dankbar, dass er mir in dieser Situation vielleicht helfen kann.

„Und Ben?"

„Ja?"

„Sei vorsichtig. Wenn du nicht aufpasst, kann dir die Sache um die Ohren fliegen." Harrisons Stimme ist streng, als er mir seine Warnung gibt.

„Keine Sorge, ich werde auf Beasley aufpassen", murmle ich, während meine Gedanken umherschwirren.

„Ich mache mir keine Sorgen um Beasley." Ich sehe ihn verwirrt an.

„Ich mache mir Sorgen um dich", entgegnet er ernst. Er ist sichtlich besorgt, ich bin mir nur nicht sicher, warum.

„Mir geht's gut. Es geht ums Geschäft", sage ich mit einem Schulterzucken, als Harrison mich anschaut.

„Du warst nach Sasha ein Wrack, und ich habe das Gefühl, dass Emily bereits mehr als nur ein Geschäft ist."

Als ich den Kopf schüttle, wirft er mir einen Blick zu, mit dem er mir signalisiert, dass ich nur Unsinn rede.

„Sie ist meine falsche Verlobte. Ein paar Verabredungen, ein paar Wochen, dann war's das", sage ich und versuche, so zu tun, als sei es tatsächlich so. Nur eine weitere geschäftliche Transaktion. Bei dem Gedanken daran dreht sich mir der Magen um.

„Ein Diamant, der ein paar Hunderttausend wert ist, ist nicht nichts. Sei einfach vorsichtig", warnt Harrison erneut.

„Ich bin immer vorsichtig." Bei jeder geschäftlichen Entscheidung, die ich treffe, berücksichtige ich alle Aspekte. Ich bewerte die Dinge sorgfältig; deshalb bin ich ein so guter Anwalt.

Bis auf diese eine. Ich habe diesen Deal abgeschlossen, bevor ich auch nur eine Sekunde darüber nachgedacht habe. Mein Blick wandert zu Harrison, der mich ansieht, als wüsste er genau, was in meinem Kopf vor sich geht.

16

EMILY

Ich sitze auf den weichen Ledersitzen dieses makellosen, schwarzen Bentleys und schaue aus dem Fenster, und nicht zum ersten Mal zweifle ich an meiner Entscheidung. Ich wollte Ben wirklich in das Leben an der Schule eintauchen lassen, um ihm zu zeigen, wie wunderbar sie ist und was wir verlieren würden, wenn sein Kunde sie kauft. Über die Idee, seine falsche Verlobte zu sein, habe ich in dem Moment kaum nachgedacht, und jetzt, wo ich zu unserer zweiten, offiziellen Verabredung als verlobtes Paar in die Stadt fahre, frage ich mich, was zum Teufel ich da tue.

Er ist Benjamin Rothschild. Buchstäblich aus einer der reichsten Familien des Landes. Sein älterer Bruder ist unser Gouverneur. Er hätte eine Unzahl von Frauen für diese Rolle einstellen können, doch hier sitze ich. Wie der Trottel, der ich bin.

Ich kann nicht leugnen, dass ich nervös bin. Unsere letzte Verabredung hat so schlecht geendet, dass ich fast nicht zugestimmt hätte, heute Abend zu kommen. Aber

Jeremy weiß es jetzt, also kann ich es nicht mehr verheimlichen. Ich muss nur mit den Konsequenzen fertig werden, wenn sie kommen. Und sie werden kommen, ich kann es spüren.

Die Lichter der Stadt rasen am Autofenster vorbei, während wir die Straßen entlangfahren. Ich höre die sanfte Jazzmusik, die Bens Fahrer Ralph aufgelegt hat, während ich den großen Diamanten an meinem Finger hin und her drehe. Er ist wunderschön und größer als alles, was ich mir für mich selbst hätte vorstellen können. Und weil er so unpraktisch ist, kann ich ihn nicht bei der Arbeit tragen. Ich lebe in ständiger Angst, ihn zu verlieren, und hoffe, er hat ihn versichert. Er fühlt sich schwer an, passend zu dem Gefühl, das sich in meinem Magen festgesetzt hat.

Es ist schon lange her, dass ich zum Vergnügen regelmäßig in die Stadt gekommen bin. Mein rasendes Herz und meine schwitzigen Handflächen sind der Beweis dafür. Ich atme ein paar Mal tief durch und versuche, innerlich zur Ruhe zu kommen, denn mein Magen ist wie verknotet. Ich hoffe, dass ich heute Abend mein Essen überhaupt runterbekomme. Ben gegenüber zu sitzen ist etwas, wovon viele Frauen nur träumen können, da bin ich mir sicher. Die ganze Situation macht mich kribbelig und beweist, dass auch ich nicht gegen sein gutes Aussehen gefeit bin, auch wenn er die meiste Zeit ein arroganter Idiot ist.

„Wir sind da", sagt Ralph und reißt mich aus meinen Gedanken. Ich schaue aus dem Fenster, als wir anhalten. Ich schaue an mir herunter und bin froh, dass ich mir von Sarah ein schönes Kleid geliehen habe. Ich bin erleichtert, dass ich so aussehe, als gehöre ich hierher, auch wenn ich weiß, dass ich es nicht tue. Nicht mehr.

Ben kommt in Sicht, als er aus dem Foyer des Gebäudes kommt. Er bewegt sich völlig selbstsicher und trägt einen seiner vielen Anzüge. Er sieht so sexy aus, dass ich fast in seinen Ledersitzen schmelze. Meine Augen kleben an ihm, als ich sehe, wie er zum Auto geht, die Tür öffnet und auf den Sitz neben mir rutscht. Ich atme noch einmal tief durch und versuche, meine Nerven zu beruhigen.

„Doubtfire", sagt er sanft zur Begrüßung und lächelt, als sich unsere Blicke treffen.

„Neandertaler", antworte ich und unterdrücke das Lächeln, das durchzubrechen droht.

„Du siehst umwerfend aus." Seine Worte lassen mich für einen Moment atemlos zurück, bevor mir klar wird, dass er wahrscheinlich schon in seiner Rolle ist, bereit für das größte Schauspiel unseres Lebens.

„Dieses alte Ding?" Wir wissen beide, dass das nicht meine normale Kleidung ist.

„Alt oder neu, du siehst immer noch schön aus", murmelt er, und mein Blick fällt auf ihn. Sein Kompliment trifft mich unvorbereitet. Unser Geplänkel ist längst vorbei.

„Ich habe das hier für dich", sagt er und reicht mir einen Umschlag.

„Oh. Was ist das?", frage ich, öffne ihn und ziehe einige Papiere heraus.

„Eine volle Golfmitgliedschaft in dem Club, in den meine Brüder und ich gehen. Du ziehst mich damit auf, dass Golf langweilig ist, also können wir vielleicht eine

Partie spielen, damit ich dir das Gegenteil beweisen kann." Er zieht die Augenbrauen hoch und lächelt, und ich kann mir ein Lachen nicht verkneifen.

„Hört sich nach einer Herausforderung an", sage ich und kann das Lächeln nicht so schnell wieder aus meinem Gesicht verbannen.

„Wenn es dir nicht gefällt, kannst du den Wagen fahren, aber ich bin mir sicher, dass du auch darin ein Naturtalent sein wirst." Ich lasse seine Bemerkung besser unkommentiert. Er kann manchmal süß sein.

Er ergreift meine Hand, hebt sie hoch und betrachtet den funkelnden Diamanten, der sie ziert. Dann verschränkt er seine Finger mit meinen.

„Bist du sicher, dass du damit einverstanden bist? Heute Abend werden viele Augen auf uns gerichtet sein." Ich schlucke die aufsteigende Übelkeit hinunter. Das ist eine schreckliche Idee, ich weiß es. Aber ich muss die Schule retten, und abgesehen von dieser Vereinbarung habe ich keinen Schimmer, wie ich das anstellen soll. Also werde ich das Risiko eingehen.

„Ich bin eine Frau, die ihr Wort hält. Du hast dich bisher an die Abmachung gehalten, und das werde ich auch", sage ich und straffe entschlossen die Schultern. Wenn man nichts hat, ist das Einzige, worauf man sich verlassen kann, sein Wort. Und ich nehme mein Wort sehr ernst.

„Wenigstens bleibt mein Anzug heute Abend einfarbig", scherzt er und seine Lippen verziehen sich zu einem leichten Lächeln. *Die Kinder.* Allein der Gedanke an sie zaubert mir ein Lächeln ins Gesicht, und die restliche

Anspannung ist verschwunden. Ich würde alles für diese Kinder tun.

„Trag beim nächsten Mal einfach kein Prada." Warum er überhaupt einen Designer-Anzug zum Kunstunterricht getragen hat, ist mir schleierhaft.

„Warum zur Hölle habt ihr überhaupt lindgrüne Farbe im Kunstunterricht? Was ist mit den Grundfarben passiert?"

„Das Limettengrün leuchtet im Dunkeln. Es ist fantastisch, und die Kinder lieben es. Warum sollte man bei etwas Langweiligem bleiben, wenn man einen Regenbogen haben kann, Ben?", frage ich fast herausfordernd, um ihm zu zeigen, dass die Dinge nicht immer so einfach sind, wie er denkt. Sein Kiefer spannt sich an, aber er bleibt stumm.

„Und, mein Schatz, hattest du heute einen schönen Tag?", frage ich und tue so, als ob ich es nicht wüsste, und versuche, es auf mich wirken zu lassen. Um mir zu vergewissern, dass wir nur so tun, als ob wir zusammen sind, und nicht wirklich ein richtiges Date haben. Abgesehen von unserer Verabredung letzte Woche ist es Jahre her, dass ich ein richtiges Date hatte, und ich darf mich nicht auf falsche Gedanken bringen lassen. Ich muss mich konzentrieren. Er sieht mich an und lächelt, als ich das Thema wechsle. Unsere Hände bleiben ineinander verschränkt, als er sie auf seinen Schoß zieht.

„Arbeit, Arbeit und noch mehr Arbeit. Und du? Wie geht es den Kindern?", fragt er und schiebt die Fragen zu mir zurück, wie der begabte Anwalt, der er ist, und ob er es bewusst tut oder nicht, aber sein Daumen streicht über meine Hand, streichelt leicht meine Haut und verursacht eine Gänsehaut auf meinem Arm. Ich zwinge mich, nicht darüber nachzudenken. Er spielt sich offensichtlich auf seine Rolle ein, sodass es sich natürlicher anfühlt, und so versuche ich, die Wärme, die sich in meiner Brust ausbreitet, zu ignorieren und Smalltalk zu machen.

„Naja. Wir hatten heute Musik und eine Vorlesestunde in der Bücherei, es war also viel los."

„Musik?", fragt er und zuckt zusammen. „Wie kann man davon keine Kopfschmerzen bekommen?" Seine Schultern senken sich, sein Körper entspannt sich. *Es ist schön, dass er sich entspannt, wenn er mit mir spricht.*

„Ja. Aber das ist es wert. Du solltest es hören, wenn wir im Chor singen!" Er drückt meine Hand, während er lacht und mir ein Lächeln entlockt. Dann führt er sie zu seinem Mund und küsst meine Finger. Die Bewegung verblüfft uns beide, als wir uns in die Augen sehen, und er erstarrt, während meine Hand in der Luft neben seinen Lippen schwebt. *Was soll das werden?* Mein Herz schlägt wie wild in meiner Brust. *Das fühlt sich alles zu real an. Zu gut.*

Der Wagen hält nach der kurzen Fahrt zum teuersten Restaurant der Stadt, und Ralph steigt aus, um die Tür zu öffnen. Ich sehe, wie Ben schluckt, sein Griff um meine Hand ist immer noch fest, während er sie langsam senkt.

„Bist du bereit?", fragt er und unterbricht damit unser fassungsloses Schweigen. Er sieht mich fragend an. Das ist der Moment. Das ist der Moment, in dem ich nein sagen und zurück in meine Vorstadtwohnung gehen sollte, die Türen abschließen und beten, dass ich endlich aus diesem Albtraum aufwache. Aber als ich noch einmal tief einatme, rieche ich seinen holzigen Duft, und als seine Augen die meinen durchdringen, ziehe ich meine mentale Rüstung an.

„Bereit", antworte ich, ziehe die Schultern zurück und fokussiere mich.

Ralph öffnet die Tür, Ben steigt aus und wartet vor dem Auto auf mich, dann ergreift er wieder meine Hand. Ich war noch nie in diesem Restaurant, aber sie sind alle gleich. Das letzte Mal war ich mit Jeremy in so einem Lokal. Die Erinnerung daran jagt mir einen eisigen Schauer über den Rücken.

„Kalt?", fragt Ben, als wir das Restaurant betreten, und er lässt meine Hand los, legt seine andere auf meinen unteren Rücken und drückt mich an seine Seite, während wir dieses Spiel beginnen.

„Mir geht es gut", sage ich und hebe den Kopf, bereit für die Parade durch das Restaurant.

Ben spricht mit dem Oberkellner, und wir gehen durch den belebten Raum, schlängeln uns zwischen Tischen und Kellnern hindurch. Die Blicke, die uns zugeworfen werden, und das leise Gemurmel, das jetzt die Luft erfüllt, entgehen mir nicht. Ben muss spüren, wie ich mich versteife, denn er drückt mich sanft an der Taille. Ich spüre wieder seinen Daumen, der beruhigend über meine Haut streichelt.

Als wir unseren Tisch erreichen, zieht Ben mir meinen Stuhl zurecht, und ich setze mich, bleibe elegant und nutze das Erlernte aus meiner ganzen Vergangenheit, während ich spüre, dass alle Augenpaare in diesem Restaurant auf mich gerichtet sind. Ich nehme einen Schluck von dem Wasser auf dem Tisch und schaue Ben an, der viel zu ruhig und charismatisch ist und mir gegenüber sitzt, während er die Blicke, die uns zugeworfen werden, einfach ignoriert und uns stattdessen eine Flasche Mineralwasser bestellt. Ich merke, dass er heute Abend nicht den Wein wählt, weil er weiß, dass das nicht mein Getränk der Wahl ist.

„Es gibt etwas, das ich dich schon seit einer Weile fragen wollte …", beginnt er, lehnt sich in seinem Stuhl zurück und sieht mir in die Augen.

Ich ziehe eine Augenbraue hoch und warte auf die Frage, über die er nachdenkt. Er öffnet den Mund, um zu sprechen, aber bevor er es kann, kommt eine Frau an unseren Tisch. Als ich zu ihr aufschaue, sehe ich, dass es Sasha ist, und obwohl ich sie erst zweimal gesehen habe, wird sie zu einem äußerst lästigen Dorn in meiner vorgetäuschten Beziehung. Sie ignoriert mich völlig und wendet sich ausschließlich Ben zu.

„Ben, wie schön, dich zu sehen!", schwärmt sie, und Ben beugt sich vor, ergreift meine Hand auf dem Tisch, sein Daumen fährt wieder fast abwesend über meine Haut.

„Sasha. Wie kann ich dir helfen?", fragt er mit kalter und etwas distanzierter Stimme.

„Oh, ich wollte nur kurz Hallo sagen", sagt sie süß. Sie hat mich immer noch nicht beachtet und tut so, als würde ich gar nicht existieren.

„Ich habe neulich mit deiner Mutter gesprochen …", fährt sie fort, und ich habe das Gefühl, dass die eine ganze Weile zusammen waren, wenn sie seine Mutter kennt. Ben seufzt, als würde ihn das ganze Gespräch schmerzen.

„Das dachte ich mir", murmelt er, und das Lächeln,

das noch vor wenigen Augenblicken auf seinem Gesicht lag, verschwindet.

„Sie war sehr überrascht, als sie hörte, dass du verlobt bist!" Ihr Blick wandert schließlich zu mir, und ein kleines Lächeln umspielt ihre Lippen.

„Ja, das habe ich mir schon gedacht", sagt Ben kurz angebunden.

„Sie schien zu glauben, dass ich mich in diesem Punkt irrte." Ich kann die Dreistigkeit dieser Frau nicht fassen.

„Nun, ich denke, dieser Diamant an Emilys Hand beweist das Gegenteil", sagt er, hebt meine Hand und küsst meinen Finger. Ich schenke ihm ein kleines, beruhigendes Lächeln und beschließe, Bens Elend zu beenden.

„Sasha", sage ich, damit sie mich endlich beachtet, und sie sieht mich an, als wäre ich ein Stück Dreck an ihrem Schuh. „Es ist so schön, dich wiederzusehen. Aber es wäre schön, wenn du dich wieder um deine Angelegenheiten kümmern könntest, da mein Verlobter und ich ein romantisches Abendessen zu zweit haben. Wenn du uns also allein lassen kannst, wäre das toll." In meinem Tonfall steckt ein bisschen mehr Giftigkeit, als gewollt. Aber im Ernst, er ist mein Verlobter, soweit es sie betrifft.

Ich sehe, wie Ben seine andere Hand zum Mund führt und sich ein Grinsen verkneift, offensichtlich erfreut darüber, dass ich die Rolle der besitzergreifenden Verlobten übernommen habe. Sasha sieht aus, als hätte ich sie geohrfeigt.

„Ben, vielleicht können wir uns ja an einem anderen Tag zu einem Drink treffen. Wir wissen beide, dass ich die Art von Frau bin, mit der du zusammen sein solltest, nicht ...“ Sie beendet den Satz nicht, als sie mich ansieht, ihr Schweigen spricht Bände darüber, was sie wirklich denkt. Sie blickt wieder zu Ben, schenkt ihm ein Lächeln und rückt ihre Brüste zurecht, die kaum von ihrem knappen Oberteil bedeckt werden. Als sie sich umdreht, nickt sie mir, mit einem bösen Blick in den Augen, energisch zu, bevor sie sich zurückzieht. Ich habe das Gefühl, dass das nicht das letzte Mal war, dass ich sie gesehen habe.

Ben hebt meine Hand wieder zum Mund. Diesmal küsst er mich auf die Innenseite meines Handgelenks, und mein Herz setzt einen Schlag aus, während ein Zittern meinen Körper erfasst. Sein Lächeln ist frech und bringt mich dazu, über mich selbst zu lachen.

„Mal im Ernst, gibt es keinen Ehrenkodex mehr unter den Frauen dieser Stadt?“, murmle ich und wünsche mir, dass er mein Handgelenk küsst, weil er es will, aber ich weiß, dass es nur Show ist. Zweifellos ist Sasha noch immer irgendwo in der Nähe und beobachtet uns. Also lächle ich ihn an und werfe ihm einen liebevollen Blick zu, spiele die Rolle.

„Also, was wolltest du mich fragen?“ Ich neige meinen Kopf, bereit für seine Frage.

„Rosie und George. Du scheinst den beiden ziemlich nahe zu stehen“, sagt er, und ich bleibe ruhig. Das ist nicht das, was ich erwartet habe.

„Ja, wir stehen uns nahe. George ist wunderbar. Er ist ein fantastischer Chef und ein noch besserer Freund“, sage ich lächelnd, denke an ihn und frage mich, was er und Rosie gerade machen.

„Und Rosie?" An dieser Stelle sollte ich ihm sagen, dass sie meine Tochter ist. Es liegt mir auf der Zunge, aber ich schaffe es nicht, die Worte auszusprechen.

Der Kellner hilft mir aus der Zwickmühle, als er gerade unser Essen bringt, und ich lenke das Gespräch in sicherere Bahnen.

„Deine Mutter weiß also, dass wir verlobt sind? Ich wette, das wird ein interessantes Gespräch für dich werden , oder?", frage ich, bevor ich die besten Gnocchi probiere, die ich je gegessen habe.

„Alles, was mit meiner Mutter zu tun hat, ist interessant, und das nicht auf eine gute Art und Weise", sagt er mit deutlichem Groll in seinem Ton.

„So schlimm kann sie nicht sein. Sie hat vier Jungs großgezogen, das war wahrscheinlich sehr anstrengend!" Ich habe nur Rosie, und sie lässt mich nachts meist erschöpft zurück. Ich will mir gar nicht vorstellen, wie es ist, vier Kinder großzuziehen.

„Sie hat uns nicht wirklich erzogen. Ich meine, sie war da, und als ich jünger war, war sie großartig. Aber jeder von uns hatte ein Kindermädchen, und als wir älter wurden, kamen wir auf ein privates Internat, und danach haben wir alle studiert. Keiner von uns war viel mit ihr zusammen, um ehrlich zu sein", sagt er, während er sein Steak schneidet, und ich bin einen Moment lang neidisch auf das Essen.

„Was ist mit deinen Eltern? Siehst du sie oft?", fragt er, und ich spüre, wie mein Herz schwer wird.

„Nein. Sie sind gestorben, als ich jünger war. Während meiner Teenagerzeit bin ich zwischen Verwandten hin und her gependelt, bevor ich mit dem

Studium angefangen habe." Wenn ich zurückdenke, bin ich mir nicht sicher, wie ich überlebt hätte, wenn ich Jeremy nicht getroffen hätte. Ich lernte ihn in einer Bar in der Stadt kennen, kurz nachdem er sein Studium abgeschlossen hatte. Er ist zehn Jahre älter und war mit Kollegen auf einen Drink verabredet. Zu dieser Zeit wohnte ich bei Freunden und begann meine berufliche Laufbahn mit verschiedenen Praktika, um zu sehen, was zu mir passte. Er kam zu mir, behandelte mich wie eine Prinzessin und riss mich so schnell mit, dass ich nicht wusste, wie mir geschah.

Bis er es tat.

„Es tut mir leid, das zu hören, Emily." Der Blick in seinen Augen ist nicht mitleidig, sondern tröstlich. Wenn ich das nur von einem Mann erfahren könnte, mit dem ich wirklich zusammen bin. Ich spüre, wie mir die Tränen in die Augen steigen, und beschließe, mich sichereren Themen zuzuwenden als meiner Vergangenheit.

Den Rest des Abends können wir uns mühelos unterhalten und vergessen dabei, dass es sich um eine geschäftliche Verabredung handelt, da wir eine gemeinsame Basis finden. Die Verabredung ist viel zu schnell vorbei, und ich bin ein wenig überrascht, dass ich erneut einen wundervollen Abend verbracht habe. Meine Wangen schmerzen vom vielen Lächeln und Lachen. Als ich mich jetzt mit vollem Bauch in der Damentoilette frisch mache, lächle ich mein Spiegelbild an und frage mich, ob ich der Stadt so lange hätte fernbleiben sollen. Ich bin mir sicher, dass sowohl Sarah als auch Allie gerne hierher kommen würden, und ich stelle mir vor, dass wir eines Tages in diesem Restaurant ein herrliches Mittagessen zu uns nehmen können. Diese Gnocchi waren wirklich göttlich.

Ich wasche mir die Hände und freue mich schon darauf, wieder zu dem Mann zu gehen, der am Tisch auf mich wartet. Zwei Frauen kommen herein, jede von ihnen mustert mich, wahrscheinlich um zu beurteilen, ob ich der Aufmerksamkeit eines solchen Mannes würdig bin. Ich spüre, wie meine harte Schale zu bröckeln beginnt und mein Herz auftaut, und ich weiß, dass ich das nicht zulassen darf. Aber es scheint sich nicht vermeiden zu lassen.

Ich richte mein Kleid und straffe die Schultern. Er ist mein falscher Verlobter; er benutzt mich, um seine frühere Freundin auf Abstand zu halten, und ich versuche, ihn in das Geschehen in der Schule miteinzubinden, um sie zu retten.

Mehr nicht.

Ich werde einen selbstbewussten Blick auf mein Spiegelbild, bevor ich das Bad verlasse. Ich halte den Atem an und schaue mich ängstlich um, bevor ich genau zwei Schritte zurücklege, bis ich ihn sehe und wieder aus dem Gleichgewicht gerate. Er steht an der Seite und wartet auf mich. Die Hände in den Taschen, die Beine am Knöchel gekreuzt und an die Wand gelehnt. Ich bleibe stehen, als unsere Blicke sich kreuzen.

„Bist du bereit?", murmelt er, als er sich von der Wand löst und an meine Seite tritt, wobei er wie der Traummann jeder Frau aussieht. Seine Hand legt sich automatisch um meine Taille, als ob sie schon immer dorthin gehört hätte, sein Griff ist sanft, aber fest, während er mich an sich zieht. Es fühlt sich so gut an. Als würde er an seiner Seite behalten wollen. Sicher, an ihn geschmiegt, als wolle er mich nie wieder loslassen.

„Ich bin bereit." Die Worte kommen mir atemlos über die Lippen und ich beobachte, wie sein Blick von meinen Augen zu meinen Lippen und wieder zurück wandert. Dann öffnet sich die Badezimmertür hinter mir, und ich sehe, wie Bens Blick zu den beiden Frauen wandert, bevor er wieder mich ansieht.

„Geben wir ihnen etwas, worüber sie reden können", flüstert er.

„Das stand nicht in unserer Vereinbarung", flüstere ich zurück, und mein Herz pocht noch stärker in meiner Brust.

„Ich bin Anwalt. Ich ändere unsere ursprüngliche Vereinbarung", entgegnet er amüsiert und sein Gesicht kommt noch näher.

„Dann will ich auch etwas dafür", sage ich leise, während meine Hände schon von selbst über seine Brust wandern. Das Bedürfnis, ihm nahe zu sein, treibt mich fast in den Wahnsinn.

„Was möchtest du?", murmelt er, seine Nase streicht an meiner Wange entlang, und ich spüre, wie meine Brustwarzen unter meinem Kleid hart werden. Meine Beine scheinen kurz davor zu stehen, unter meinem Gewicht nachzugeben, als sich sein Griff um meine Taille festigt.

„In ein paar Wochen findet ein Schulausflug statt, und wir brauchen Freiwillige." Als ich das sage, liegen seine Lippen fast auf meinen.

„In Ordnung", sagt er ohne zu zögern, bevor er seine Lippen endlich auf meine legt. In dieser dunklen Ecke des Restaurants küsst mich Ben, als ob er es ernst meint.

Seine weichen Lippen drücken sich leicht auf meine. Ich unterdrücke ein Stöhnen, als ich mich dem Gefühl voll und ganz hingebe. Mein Griff um sein Revers ist fest, als sich unsere Körper aneinander pressen und kein Zentimeter mehr zwischen uns ist. Seine Hände streichen über meinen Rücken und halten mich fest, bevor er eine Hand ein wenig senkt und über den Ansatz meines Hintern streicht. Dies ist der erste Kuss seit Jahren, und er löst ein tiefes Gefühl der Sehnsucht in mir aus. Es sollte sich seltsam anfühlen, als ob es nicht funktionieren sollte, aber das tut es. Es funktioniert.

Als Ben sich ein wenig zurückzieht, spüre ich seinen warmen Atem auf meiner Wange, während sich seine Lippen zu meinem Ohr bewegen.

„Sie sind weg. Lass uns gehen. Ich möchte mit dir irgendwohin gehen", sagt er mit tiefer Stimme, die durch meinen Körper dröhnt. Meine Haut kribbelt mit einem unterschwelligen Gefühl der Erregung. Er richtet sich auf und streicht seinen Anzug glatt, und als ich hinter mich blicke, sind die Frauen, die vor wenigen Augenblicken noch dort standen, verschwunden, und ich frage mich, wann sie gegangen sind. Gemeinsam verlassen wir das Restaurant und sehen Ralph, der draußen am Auto steht und auf uns wartet. Wir sind auf halbem Weg über den Bürgersteig, als ich den Kopf drehe, die Straße hinunterschaue und kurz stehen bleibe.

„Warte", sage ich und sowohl Ben als auch Ralph sehen mich an, bevor sie sich umdrehen, um zu sehen, was meine Aufmerksamkeit auf sich gezogen hat.

„Was zum Teufel macht er so spät noch hier draußen?", murmelt Ben, und wir beide gehen den Bürgersteig hinunter zu dem Obdachlosen, der auf einer Bank hockt. Es ist nicht eiskalt, aber auch nicht gerade warm, und im Laufe der Nacht wird es noch kühler werden.

„Dale? Was machen Sie denn noch hier draußen?", fragt Ben.

„Ben! Schön, Sie zu sehen", sagt er und lächelt zu uns hoch.

„Dale. Können Sie heute Abend irgendwo hingehen?", frage ich besorgt.

„Heute Abend nicht. Die Unterkünfte sind voll", murmelt er und schüttelt den Kopf.

„Was meinen Sie mit ‚voll'? Wie können sie voll sein?", fragt Ben erstaunt, und mir wird klar, dass Ben wirklich keine Ahnung hat, wie andere Menschen leben.

„Was ist mit dem am Louis Drive?", frage ich und versuche, mich an alle möglichen Heime zu erinnern, die ich kenne. Die, in denen ich mal untergekommen bin.

„Voll", sagt er mit einem Seufzen.

„Und das in der Silver Street?", frage ich erneut.

„Voll", sagt er, und seine Laune wird immer schlechter.

„Was ist mit dem Commander Drive?", frage ich nach dem kleinen Heim, das ich kenne. Es ist nicht so bekannt und liegt etwas abseits, sodass dort nicht so viel los ist. Ben blickt zwischen uns beiden hin und her, die Sorge über unser Gespräch steht ihm ins Gesicht geschrieben.

Dales Augen leuchten auf. „Dort habe ich es noch nicht probiert", sagt er.

„Ich rufe sie an." Ich warte nicht auf eine Antwort,

bevor ich mein Telefon heraushole und die Nummer wähle, die in meinem Handy gespeichert ist. Ich drehe mich um und überlasse Ben und Dale das Gespräch. Ich bin erleichtert, als ich höre, dass sie einen Platz haben.

„Sie können die Nacht dort verbringen", sage ich mit einem breiten Lächeln und sehe, wie Ben mich beobachtet, während ich die Nachricht überbringe.

„Wirklich?", sagt Dale und seine Augen leuchten bei dieser Neuigkeit auf.

„Ja, zumindest heute Nacht könne Sie dort bleiben. Es ist eine kleine Unterkunft, die jeder vergisst", sage ich und werfe ihm einen Blick zu, um ihm zu verstehen zu geben, dass er vielleicht mehr als eine Nacht dort verbringen kann.

Bens Augen bleiben auf mir haften, sein Blick brennt vor Neugierde.

„Danke, Emily. Danke", sagt Dale, während er aufsteht und eine Plastiktüte mit seinen wenigen Habseligkeiten nimmt.

„Wir sehen uns", sagt er, als Ben und ich dastehen und ihm hinterherblicken.

17

BEN

„Lass uns gehen", sage ich, nehme ihre Hand und führe sie zurück zum Auto, wo Ralph auf uns wartet. Seit ich ihr auf die Toilette gefolgt bin, bin ich nervös und will sie keinen Moment aus den Augen lassen. Ich habe Jeremy Lucas seit unserem letzten Ausflug zum Abendessen nicht mehr gesehen, aber ich werde ihm gewiss nicht die Möglichkeit geben, sich Emily zu nähern. Ich habe keine Ahnung von ihrer Vergangenheit, aber ich weiß, dass er eine bedeutsame Rolle darin gespielt hat. Er ist Vergangenheit, und dort sollte er auch bleiben.

Meine Schritte sind schnell, und ich kann ihre Absätze auf dem Bürgersteig klackern hören, während sie fast rennt, um Schritt zu halten. Ich fühle mich angespannt, als würde mir etwas den Rücken hinaufkrabbeln. Woher zum Teufel kennt sie all diese Notunterkünfte in der Stadt? Wie kann es sein, dass ich nicht weiß, dass sie alle voll sind? Die Energie, die durch den Kuss von vorhin durch meinen Körper geflossen ist, hat ein Feuer in mir entfacht.

„Langsamer", ruft sie, als wir das Auto erreichen. Ich halte ihr die Tür auf und sehe zu, wie sie auf den Rücksitz gleitet, während ich mit Ralph spreche und ihm sage, wo er uns als nächstes hinfahren soll. Seine Überraschung entgeht mir nicht, als ich mich neben sie setzte.

Als ich auf dem Rücksitz Platz nehme, umfängt mich sofort ihr sanfter Lavendelduft, der sich um meine Brust legt. Unsere Begegnung mit Dale hat mich überrascht. Ich sehe Dale fast jeden Tag. Er sitzt ständig vor unseren Büros, das ist sein Platz. Meine Brüder und ich bieten ihm immer Geld an, und manchmal sorgen wir dafür, dass er irgendwo hingehen kann, besonders im Winter. Jede andere Frau, mit der ich zusammen war, sieht ihn an, als sei er ekelhaft. Auch meine Mutter.

Aber nicht Emily.

Als Ralph losfährt, strecke ich meinen Arm über die Rückenlehne des Sitzes und versuche, meine verwirrten Gefühle unter Kontrolle zu bringen. Die Flamme, die vor dem Kuss unter meiner Haut gebrodelt hat, hat sich jetzt in ein rasendes Inferno verwandelt. Ab liebsten würde ich sie hier und jetzt ausziehen und die Ekstase sehen, die ich tief in ihr vergraben finden werde. Ich versuche, die Gedanken zu verdrängen. Harrisons Stimme dröhnt in meinem Kopf, dass ich vorsichtig sein soll.

Ich sollte sie überhaupt nicht anfassen, und das macht mich am meisten wütend. Ich brauche ihre Schule, damit ich einen zufriedenen Kunden habe, also ist es eigentlich das letzte, was ich brauche, dass er mitbekommt, wie ich mit ihr Spaß habe. Aber während ich hier auf dem Rücksitz sitze und sie aus dem Fenster auf die vorbeiziehenden Lichter schaut, fühle ich, wie sich ein tiefe Ruhe in mir breitmacht. Es ist niemand da, der uns sehen könnte. Keine neugierigen Blicke, keine Sasha, vor der ich Emily zur Schau stellen könnte, und doch möchte ich sie berühren. Diese vorgetäuschte Verlobung, die wir eingegangen sind, war eine der dümmsten Sachen, die ich mir je ausgedacht habe. Aber ich würde alles genauso noch einmal machen, um ihre Lippen wieder auf meinen zu spüren.

„Wohin fahren wir?", fragt Emily und schaut mich fragend an, offensichtlich verwirrt darüber, dass wir nicht zur Autobahn fahren, um sie nach Hause zu bringen.

„Ich möchte dir etwas zeigen, bevor ich dich nach Hause bringe", sage ich und schenke ihr ein kleines Lächeln, das sie erwidert.

„Okay. Solange es nicht wieder ein schickes Restaurant ist. Ich habe in meinem ganzen Leben noch nie so viel gegessen", scherzt sie, während ihre andere Hand auf ihrem Bauch ruht und sie sich zurücklehnt. Sie ist so schön. Dann lache ich, und ihre Augen funkeln vor Freude.

„Das war heute Abend mein erstes Date, wo eine Frau Nudeln gegessen hat. Du überraschst mich immer wieder, Doubtfire", sage ich, während ich sie ansehe. Es stimmt, die meisten Frauen, mit denen ich ausgehe, schieben einen Salat auf ihrem Teller herum, blicken ständig auf ihr Telefon und trinken zu viel Champagner. Der heutige Abend war eine erfrischende Abwechslung, genau wie unser erstes Date.

„Ich habe keine Ahnung, warum jemand absichtlich

kein Brot oder keine Nudeln essen sollte. Sie sind mein Lebenselixier", entgegnet sie amüsiert.

Das Auto macht eine Rechtskurve, und ihr Körper rutscht über den Sitz und stößt direkt an mich. Mein Arm liegt immer noch auf dem Rücksitz, sodass sie sich perfekt an meine Seite schmiegt. Unsere Augen bleiben aufeinander gerichtet, und sie will sich bewegen, aber meine andere Hand bewegt sich von selbst und legt sich auf ihr nacktes Knie, um sie festzuhalten.

„Ben?", flüstert sie. Ihre leise Stimme schießt durch meine Adern und direkt zu meinem Schwanz. Es gefällt mir, sie so nah bei mir zu haben. Genau wie im Schwimmbad verspüre ich das dringende Bedürfnis, jeden Zentimeter ihres Körper zu berühren.

„Wir sind fast da", erwidere ich und möchte, dass sie sich an meine Seite schmiegt. Ich drücke meine Finger auf ihr Knie, hebe meine Hand zu ihrem Gesicht, umschließe ihr Kinn und fahre mit meinen Fingern an ihrem Kiefer auf und ab, während ich gegen den Drang ankämpfe, meine Lippen erneut auf ihre zu legen.

„Wohin bringst du mich?", fragt sie erneut, unsere Gesichter sind sich so nah, dass ich fast ihren Atem auf meiner Haut spüren kann.

„An einen Ort, an den ich noch nie jemanden mitgenommen habe." Sie blinzelt mich daraufhin fragend an. Ich bewege meine Hand zurück zu ihrem Knie, und dann spüre ich sie. Als ihre Hand auf der meinen liegt, beiße ich die Zähne fest zusammen und erwarte fast, dass sie meine Hand wegschiebt. Stattdessen legen sich ihre Finger um meine, und ich drehe meine Hand, umfasse ihre und halte sie fest auf ihrem Knie.

Wir sind so sehr aufeinander konzentriert, dass keiner von uns bemerkt, dass das Auto angehalten hat, bis Ralph seine Tür öffnet und aussteigt. Das Zuschlagen der Tür ist das Einzige, was uns in die Realität zurückkehren lässt.

Ich lasse ihre Hand nicht los. Unsere Blicke bleiben aufeinander gerichtet, unausgesprochene Worte liegen mir auf der Zunge, während wir beide uns einfach nur ansehen, auf der Suche nach Antworten, die, wie ich glaube, keiner von uns bisher hat.

Ich schlucke hart und versuche, mich zu sammeln, bevor ich mich zurückziehe. Ihre Hand fällt an ihre Seite, als ich meine Tür öffne und aussteige, die kühle Nachtluft schlägt mir ins Gesicht. Draußen stehend, streiche ich meinen Anzug glatt. *Was zum Teufel tue ich bloß?* Ich reiche ihr die Hand und versuche, den Gentleman zu spielen, obwohl ich eigentlich alles andere als das sein möchte.

Ohne zu zögern ergreift sie sie und steigt ebenfalls aus, und ich beobachte ihren Gesichtsausdruck, während sie sich umsieht. Ralph ist nirgends zu sehen, und ich lächle, als ich sehe, wie sich ihre Augen weiten, als sie die Aussicht genießt.

„Wow ...", haucht sie, während sie langsam auf die Millionen von Lichtern in der Ferne zugeht und ihre Absätze auf dem Kies unter ihren Füßen knirschen.

„Wo sind wir?", fragt sie verwundert. Die Lichter der Stadt glitzern und schimmern wie Sterne, die ganze Szene ist faszinierend.

„Mein Anwesen", antworte ich und erschaudere fast,

als ich es sage, denn es ist alles ein wenig obszön, auch wenn es mein Heiligtum ist.

„Was?", fragt sie und dreht sich verblüfft zu mir um. Ich beobachte, wie sie sich umsieht und versucht, etwas zu erkennen. Aber um uns herum ist es dunkel, die funkelnden Lichter der Stadt werden von hohen Bäumen auf beiden Seiten eingerahmt.

„Ich besitze dieses Anwesen etwas außerhalb der Stadt. Hier auf dem Hügel hat man die beste Aussicht auf die ganze Stadt. Mein Haus ist gleich da drüben." Ich zeige darauf, und sie dreht sich um.

„Die Aussicht ist fantastisch." Sie wendet sich von der Stelle ab, auf die ich gezeigt habe und schaut sich wieder die Lichter an. Die Stadt wirkt von hier oben so klein. Es sieht fast friedlich aus, als ob wir in den Sternen sitzen würden.

„Lass uns zum Pavillon gehen."

Dale ist gerade in ein verdammtes Obdachlosenheim gegangen, während ich Emily in meinen verdammten Pavillon führe. Ich habe noch nie viel über die finanzielle Kluft nachgedacht, aber heute Abend ist sie mir sehr bewusst. Als ich wieder ihre Hand ergreife, weil ich einfach nicht aufhören kann, sie zu berühren, fällt der Stress für einen Moment von mir ab, als ich ihre warme Haut an meiner spüre.

Sie folgt mir, während wir den kleinen beleuchteten Kiesweg entlanggehen, der zu dem Ort führt, an dem ich noch nie eine Frau mitgenommen habe. Sie ist die erste Frau, die jemals einen Fuß auf mein Anwesen gesetzt hat. Abgesehen von meinen Brüdern und ein paar Freunden habe ich diesen Ort nur für mich. Die meiste Zeit verbringe ich in meinem Penthouse in der Stadt, weil es von dort aus für mich viel einfacher ist zu arbeiten. Aber ich brauche auch Platz und die frische Luft, und dieses Anwesen bietet mir genau das und mehr.

„Das ist wunderschön. Wirklich, ich kann gar nicht aufhören, das alles anzustarren." Sie lächelt mich an, ihr Gesicht leuchtet, als wir ein paar Stufen hinaufgehen, wo ich eine große Sitzecke mit großen, flauschigen Kissen habe, auf denen man sich entspannen kann. Eine kleine Küche ist ganz hinten versteckt, zusammen mit einer Feuerstelle, die nicht angezündet ist, da ich gar nicht vorhatte, sie hierher zu bringen.

Es ist kühl, denn es gibt keine Wände, nur vier große Säulen an jeder Ecke. Aber durch die Dunkelheit können wir die Umrisse meines gesamten Anwesens sehen. Trotzdem sind die Lichter der Stadt die Hauptattraktion.

„Ich komme hierher, um nachzudenken. Wenn ich Raum brauche." Ich ertappe mich dabei, wie ich mich ihr ein wenig mehr öffne, während wir mit Blick auf die Lichter Platz nehmen. Sie zieht ihre Schuhe aus und legt ihre Beine auf dem Sofa ab, um in den weichen, luxuriösen Stoff zu sinken. Normalerweise würde mich diese Bewegung ärgern, aber heute Abend fühlt es sich seltsam beruhigend und äußerst häuslich an, und ich bin froh, dass sie sich in meinem Raum wohlfühlt. Ich bin froh, dass sie sich in meiner Gegenwart wohlfühlt.

„Nun, danke, dass du das mit mir geteilt hast. Es ist wirklich atemberaubend, Ben."

Ich entspanne mich neben ihr und lege meine Hand automatisch auf die Rückenlehne des Sofas hinter ihr. Ich streichle über ihre nackte Schulter und ziehe Muster über ihre Haut. Sie blickt zu mir auf, und ihr Hinterkopf lehnt sich gegen meinen Arm. Die Position ist nicht unähnlich der, in der wir uns vor wenigen Augenblicken im Auto befanden.

„Es ist wunderschön, Ben. Wirklich, wirklich schön. Ich kann nicht aufhören, es zu sagen. Ich könnte hier bleiben und mir das jede Nacht ansehen, ohne dass es mir langweilig wird", sagt sie und neigt den Kopf, um zu mir hochzuschauen, bevor sie wieder auf die Aussicht blickt.

„Das ist es wirklich", sage ich, aber während sie auf die Lichter hinausschaut, bleibt man Blick an ihr hängen.

18

EMILY

Wie der Gentleman, der er ist, setzte Ben mich nach unserem Date in meiner Wohnung ab, die Erinnerung an unseren Kuss hatte sich in mein Gehirn eingebrannt. Wir saßen fast eine Stunde lang in seinem Pavillon, starrten auf die Lichter der Stadt und seine Hand streichelte meine nackten Schultern. Es war sowohl das entspannendste als auch das romantischste Date, das ich je hatte. Jetzt, Tage später, fühlt sich der Diamant an meinem Finger nicht mehr so schwer an, und ich trage ihn immer öfter. Ich nehme ihn von meinem Finger und lege ihn in mein Schmuckkästchen, bevor ich zurück in die Küche gehe, um mich um das schmutzige Frühstücksgeschirr zu kümmern.

Nach unserer Verabredung tauchten Bilder im Internet auf. Zum Glück bin ich auf keinem von ihnen zu erkennen, was an der gedämpften Beleuchtung des Restaurants und dem halbprivaten Tisch lag, an dem wir saßen. Selbst wenn ich besser zu erkennen wäre, erwartet hier in den Vororten niemand, dass eine Lehrerin mit einem der begehrtesten Junggesellen der Stadt verlobt ist. Während sich mein Leben nicht wirklich verändert hat, weiß ich, dass das alles eine Menge Stress für Ben bedeutet.

„Mama, hast du meine Schwimmbrille dabei?", ruft Rosie aus dem Schlafzimmer, während ich in der Küche unser Frühstücksgeschirr abräume. Es ist unser übliches Ritual am Samstagmorgen, das aus einem gemütlichen Frühstück mit Schokoladenpfannkuchen besteht, bevor ich Rosie zum Schwimmunterricht ins öffentliche Schwimmbad bringe.

„Ja, Rosie, ich habe sie schon in der Tasche", antworte ich, als ich höre, wie sie sich ihren Badeanzug anzieht. Ich wische meine Hände am Handtuch ab, als mein Handy wegen einer einkommenden Nachricht vibriert. Ich bin überrascht, dass sie von Ben ist, und nehme mein Handy in die Hand, um sie zu lesen.

Neandertaler: Wie magst du deinen Kaffee?

Doubtfire: Dir auch einen guten Morgen, Neandertaler.

Neandertaler: Ich bin bei Starbucks um die Ecke. Ich bringe dir Kaffee.

Mein Körper erstarrt. Ben sollte uns am Pool treffen und nicht hierher kommen, um mich abzuholen.

Neandertaler: Und? Kaffeebestellung bitte, Doubtfire. Ich halte alles andere hier auf.

Doubtfire: Caffè Misto

Ich tippe schnell eine Antwort, bevor ich mein Telefon auf den Esstisch lege und ins Bad eile, um nicht wie die erschöpfte Mutter auszusehen, die ich bin.

„Rosie, wir erwarten einen Besucher", rufe ich, damit sie nicht erschrickt, sobald es an der Tür klingelt.

„Wen, Mami?", fragt sie, und ich schaue durch die Tür zu ihr, meinem süßen, süßen Mädchen. Ich gehe in ihr Zimmer, nehme ihre Hand und führe sie zum Bett, wo wir uns nebeneinander auf die Kante setzen. Sie sieht genauso aus wie ich, als ich jung war, und ich bin so froh, dass sie nichts von ihrem Vater geerbt hat. Ich bete, dass es so bleibt.

„Mr. Rothschild kommt hierher, damit wir heute alle zusammen zum Schwimmen gehen können, anstatt uns dort zu treffen", sage ich, halte den Atem an und frage mich, wie sie wohl reagieren wird. Normalerweise bekommen wir keinen Besuch. Abgesehen von George und den Mädchen kommt niemand hierher.

„Oh, wie schön! Ich kann ihm den Rest von *Aschenputtel* vorlesen!", ruft sie fröhlich, während sie das Bett abtastet und nach dem Buch sucht. Ich lasse sie suchen, hebe schnell ein paar Sachen vom Boden auf und streiche mir mit den Fingern durch die Haare, als es an der Tür klingelt.

„Er ist da!", schreit Rosie förmlich, schnappt sich ihren kleinen Blindenstock und folgt mir zur Tür. Offensichtlich hat Ben ein Händchen für alle Frauen, nicht nur für mich.

Ich öffne die Tür, wo er mit zwei Kaffee in der Hand

da steht. Er sieht frisch geduscht aus, trägt ein marineblaues Oberteil, das seine Muskeln gut zur Geltung bringt, und Blue Jeans. In Freizeitkleidung sieht er noch besser aus, und ich halte mich mit der Hand an der Tür fest, damit meine Knie nicht nachgeben. Mein Blick wandert an seiner Brust auf und ab, dann an seinen starken Schultern, bevor er auf seinem Grinsen landet.

„Guten Morgen, Doubtfire", sagt er, während er mir einen Kaffee reicht.

„Doubtfire? Wer ist Doubtfire, Mommy?", fragt Rosie hinter mir, und ich sehe, wie sich Bens Augen leicht weiten, der Schock steht ihm ins Gesicht geschrieben.

„Rosie, komm und sag Mr. Rothschild guten Morgen." Ich nehme ihre Hand und führe sie zu ihm. Das dürfte interessant werden. Sein überraschender Besuch hat mein Geheimnis gelüftet, also bin ich nicht sicher, was mich erwartet. Ich stehe starr in der Tür und warte darauf, dass er sich entschuldigt und geht.

„Guten Morgen, Mr. Rothschild!", sagt Rosie fröhlich, die mit ihren zwei Pferdeschwänzen einfach zuckersüß aussieht.

„Ahhh ...", beginnt Ben, und ich sehe, wie sich sein Blick wieder auf mich richtet und dann meine Wohnung hinter uns erfasst. Sein Gesicht ist etwas blasser geworden, und ein panischer Blick ist in seine Augen getreten.

„Hallo, Rosie", sagt er und sieht mich mit fragenden Augen an. „Du wohnst hier?", fragt Ben meine Tochter, sieht allerdings mich dabei an.

„Ja, natürlich. Nur ich und Mami", sagt sie unschuldig, und ich fühle mich schlecht, dass ich es ihm nicht früher gesagt habe.

„Nur du und Mami?", fragt er und sein Blick wandert wieder zu mir.

„Tut mir leid, ich hätte es dir sagen sollen", sage ich leise, während ich ihn beobachte, wie er die Informationen aufnimmt, bevor Rosie mich unterbricht.

„Sie riechen gut, Mr. Rothschild!", sagt Rosie, und ich stimme ihr zu, während ich ihn einatme.

„Nenn mich Ben, Rosie. Mr. Rothschild ist der Name eines alten Mannes", sagt Ben und lächelt meine Tochter an, sein Schock ist aus seinem Gesicht verschwunden.

„Und du bist nicht alt, Ben?", fragt sie und ich kichere.

„An manchen Tagen fühle ich mich sehr alt, Rosie", antwortet Ben, der jetzt genauso grinst wie sie.

„Okay. Mami, ich mache mich jetzt fertig für das Schwimmen." Mit ihrem Stock in der Hand geht sie zurück in ihr Zimmer. Wir wohnen jetzt schon so lange hier, dass Rosie den gesamten Bereich in- und auswendig kennt. Ich habe seit unserem Einzug keine Möbel oder Dekorationen umgestellt oder irgendetwas verändert, damit sie so unabhängig wie möglich bleibt.

„Komm rein", sage ich und trete zurück, um ihn einzulassen. „Danke für den Kaffee." Ich nehme einen kleinen Schluck, während ich in die Küche gehe und mich gegen den Küchentisch lehne. Als Ben meinen Raum betritt, scheint er den ganzen Platz einzunehmen. Ich hatte abgesehen von George noch nie einen Mann in meiner Wohnung. Meine Wohnung ist klein, und für Rosie und mich ist sie ganz in Ordnung, aber hier, mit Ben, so groß wie er ist, wirkt sie fast komisch.

Ben durchbohrt mich mit seinen Augen. „Du bist also Rosies Mutter?"

„Ich wollte nichts sagen, nicht am Anfang. Ich war mir nicht sicher was dich, mich oder diese Vereinbarung anbetrifft, oder ...", sage ich und warte regelrecht darauf, dass er die Flucht ergreift. Dass er irgendeine Ausrede findet, um von mir und meiner Tochter wegzukommen. Ich bin immer noch überrascht, dass er überhaupt noch hier ist. Da es erst neun Uhr morgens ist und er aus der Stadt angereist ist, muss er früh aufgestanden sein, um hierher zu kommen.

„Hör auf. Es ist in Ordnung, und ich verstehe es. Ich bin etwas schockiert, aber das erklärt irgendwie, warum ihr euch so nahe steht. Ich dachte nur, sie wäre der kleine Liebling der Lehrerin. Sie sieht aus wie du", sagt er, nimmt einen Schluck von seinem Kaffee und kommt näher. Er bleibt direkt vor mir stehen, schaut zu Boden und seine Augen stellen all die Fragen, die er noch nicht gestellt hat.

„Ihr Vater spielt schon seit einer sehr langer Zeit keine Rolle in unserem Leben."

„Gut zu wissen", sagt er und lehnt sich näher heran. Mit jedem Zentimeter, den er sich bewegt, schlägt mein Herz ein bisschen schneller.

„Ich versuche immer noch, mit der ganzen Sache mit der falschen Verlobten zurechtzukommen", sage ich, während mir die Bilder von Ben und Sasha im Fahrstuhl in den Sinn kommen. Meine Gedanken müssen sich deutlich in meinem Gesicht widerspiegeln, denn sein Blick wird ernst.

„Ich auch", gibt er zu, als er meine Hand ergreift und bemerkt, dass der Ring weg ist. Er sieht mich mit einem finsteren Blick an.

„Ich werde ihn nicht zum Schwimmunterricht tragen! Was, wenn ich ihn verliere?"

„Gutes Argument." Er hebt meinen Finger an seine Lippen und küsst ihn sanft. Verwirrung durchströmt meinen Körper, ebenso wie das warme Gefühl in meiner Brust. Wir haben seit unserem Date in der Stadt nicht mehr miteinander gesprochen. Der unglaubliche Kuss, den wir geteilt haben, hat sich in den letzten Tagen immer wieder in meinem Kopf abgespielt, und ich habe mich gefragt, was zum Teufel ich mir dabei nur gedacht habe. Aber jetzt, wo er direkt vor mir steht, hier in meiner Küche, verspüre ich keine Reue, sondern eher den Wunsch, alles noch einmal zu tun.

Er beobachtet mich aufmerksam, und ich spüre das elektrisierende Knistern zwischen uns, als seine Finger die Haarsträhnen zurückstreichen, die mir ins Gesicht gefallen sind. Er fährt mit seinen Fingern an meinem Kiefer entlang und meinen Hals hinunter, und eine Gänsehaut folgt seiner Berührung, während das Feuer immer höher auflodert.

„Es ist niemand hier, Ben ... wir müssen das nicht tun", flüstere ich und erinnere ihn daran, dass wir in diesem Augenblick kein Schauspiel abziehen müssen. Auch wenn das Letzte, was ich will, ist, dass er aufhört.

Was hat es mit diesem Mann auf sich, dass mir zu gleichen Teilen schwindelig wird und ich ihm am liebsten die Kleider vom Leib reißen würde? Ich habe es in dem Moment gespürt, als wir uns zum ersten Mal in der Bar trafen, und das Gefühl hat sich mit jeder Interaktion, die wir seitdem hatten, nur noch verstärkt. Er sieht mich an, als wäre ich der wichtigste Mensch auf der Welt;

es ist fast dominant, aber auf eine positive Art. Seine Berührung scheint meine Haut zu versengen und die Hitze sammelt sich an Stellen, an denen ich sie schon lange nicht mehr gespürt habe.

Ich beobachte, wie sein Adamsapfel wippt, und der Funke zwischen uns springt sofort über. Das ist nicht das, was ich mir für meinen Samstagmorgen vorgestellt habe.

„Ich weiß, und es ist mir egal", murmelt er, während er sich zu mir lehnt, und als ob mein Körper von meinem Gehirn getrennt wäre, komme ich ihm entgegen. Ich verliere mich in seinen Augen, während er mich ansieht, und seine Lippen kommen mit jedem Atemzug näher.

„Ich bin bereit! Bist du auch bereit, Ben?" Rosie taucht wieder auf, die Aufregung ist deutlich zu hören, und wir springen auseinander wie zwei Teenager, die von ihren Eltern erwischt wurden.

Er sieht mich an, und ich lächle. „Klar, Rosie, aber ich schwimme heute nicht." Ich kneife verwirrt die Augen zusammen.

„Wegen dem Wasser in diesem Pool habe ich die oberste Hautschicht verloren. Ich werde das nicht jede Woche machen", murmelt er mir zu, und ich verziehe die Lippen.

„Kannst du das nächste Mal deine Badehose mitbringen? Ich möchte zur Abwechslung mal mit dir zusammen schwimmen und nicht mit Mami." Rosie ist überglücklich, dass wir Besuch haben, und hat mich eindeutig aus dem Weg gedrängt, weil Ben jetzt ihr neuer Lieblingsfreund ist.

„Ich glaube, das würde mir gefallen, Rosie. Nächsten

Samstag bringe ich meine Badehose mit, damit ich mitmachen kann."

Rosie kichert, und ich ziehe die Augenbrauen hoch, aber Ben zuckt nur mit den Schultern und grinst mich an.

„Okay, dann lasst uns gehen!" Ich nehme unsere Badetasche, die mit Handtüchern und Kleidung vollgestopft ist, in die eine Hand und Rosies Hand in die andere. Ich weiß nicht, warum, aber ich beherrsche das Packen einfach nicht. Taschen, Koffer, einfach alles. Ich stopfe immer alles hinein und hoffe das Beste; meine Schwimmtasche ist ein deutlicher Beweis dafür.

Ben hält mir die Tür auf und nimmt mir die Tasche ab, als wir hinausgehen, und das Ganze fühlt sich seltsam häuslich an.

Wir treten auf den Bürgersteig und ich spüre Bens Hand auf meinem Rücken, die Wärme und den Schutz, den er mir gibt. Rosie und ich gehen in Richtung Bushaltestelle. Das Schwimmbad ist nicht weit weg, aber zu weit, um zu Fuß zu gehen. Deshalb nehmen wir normalerweise den Bus um halb zehn, sodass wir um neun Uhr fünfundvierzig das Schwimmbad erreichen.

„Wohin gehst du?", fragt mich Ben. Er ist stehengeblieben und sieht sich auf der Straße um.

„Zur Bushaltestelle", antworte ich schlicht.

„Wir nehmen den Bus um halb zehn, Ben. Komm schon, wir kommen zu spät!", ruft Rosie, und ich weiß, dass wir uns beeilen müssen, denn Rosie hasst es, zu spät zu kommen.

Ben ergreift meine Hand und zieht mich zu sich und

in die entgegengesetzte Richtung. „Ich fahre“, sagt er, während er mich führt, und Rosie folgt mir.

„Stopp“, sage ich, als ich stehen bleibe. „Ben, wir brauchen einen Kindersitz für Rosie. Wir müssen den Bus nehmen.“

Er denkt einen Moment lang darüber nach, Frustration steht ihm ins Gesicht geschrieben, bevor er uns zur Bushaltestelle folgt, wo wir gerade noch rechtzeitig den Bus erwischen. Meine Hand bleibt während der ganzen Fahrt in seinem Griff, seine Daumen streichen sanft über meine Haut. Ich beobachte ihn, ohne dass er es merkt, denn er sieht sich ständig um, bevor sein Blick auf mir landet. Als sich unsere Blicke treffen, starrt er mich einen Moment lang an, bevor sich seine Lippen zu einem breiten Lächeln verziehen.

Und wenn ich es nicht besser wüsste, würde ich sagen, dass er sich tatsächlich amüsiert.

19

———

BEN

Ich sitze hier auf dem feuchten Plastikstuhl, höre die plärrenden Kinder und heißer Chlorwasserdampf steigt mir ins Gesicht. Ich bin zum ersten Mal mit dem Bus gefahren, und auch wenn es nicht ganz so unangenehm war, so war es doch eine weitere Sache, auf die ich nicht vorbereitet war. Auf öffentliche Verkehrsmittel war ich noch nie angewiesen, und ich bin frustriert, dass ich uns nicht herfahren konnte. Ich habe Sandra bereits gemailt, damit sie mir einen Kindersitz für Rosie kaufen soll, und ich werde uns von nun an selbst fahren. Obwohl es schön war, Emily während der gesamten Reise an meiner Seite zu haben.

Ich beobachte die Kinder und Eltern, die sich im Wasser tummeln, bevor mein Blick wieder auf die Frau fällt, die in den letzten Wochen im Mittelpunkt meiner Gedanken stand. Wenn mich jemand vor ein paar Wochen gefragt hätte, was ich heute wohl tun würde, wäre es mir nicht einmal in den Sinn gekommen, meiner falschen Verlobten beim Schwimmen mit ihrer Tochter im örtlichen Schwimmbad zuzusehen. Aber ich kann das heftige Gefühl nicht leugnen, das ich habe, wenn ich in Emilys Nähe bin; woher es kommt, weiß ich nicht. Die Tatsache, dass sie eine Tochter hat, hat mich heute Morgen für eine Sekunde aus dem Konzept gebracht. Jetzt habe ich nicht nur eine falsche Verlobte, sondern auch eine falsche Stieftochter.

Während ich ihnen zusehe, erinnere ich mich an Rosies Bild in der Schule und daran, dass sie mir erzählt hat, ihr Vater sei ein schlechter Mensch. Die Erinnerung lässt meinen Magen verkrampfen, als hätte ich Blei verschluckt. Diese Frau, die klug, sexy und fürsorglich ist, ist auch eine alleinerziehende Mutter. Jetzt weiß ich, woher sie ihre innere Stärke hat, und mein Beschützerinstinkt wächst noch weiter an.

Mein Blick bleibt auf Emily gerichtet, die gerade lacht und mit ihrer ähnlich aussehenden Tochter und einigen anderen Kindern aus der Klasse spielt. Ich habe keine Ahnung, was ich hier tue. Ich habe keine Ahnung, was mich überhaupt dazu gebracht hat, sie zu meiner falschen Verlobten zu machen, aber als ich mich am Beckenrand umsehe, sehe ich, dass alle Männer auf dieselbe Frau blicken, und ich weiß, dass es jetzt, wo ich in ihre Welt eingetreten bin, schwer sein wird, sie wieder zu verlassen.

„Niedliche Kinder, nicht wahr?", reißt mich eine vertraute Stimme aus meinen Gedanken, und ich lehne mich zurück und sehe zu George auf.

„George", sage ich, stehe auf und reiche ihm die Hand, bevor er einen Stuhl zu mir herüberzieht und sich setzt.

„Sie sind heute auf der falschen Seite der Stadt, Mr. Rothschild", sagt George sachlich, ohne mich anzusehen, sein Blick ruht auf den Kindern mit Emily im Wasser direkt vor uns.

„Ich dachte, es wäre schön, den Ort kennenzulernen", sage ich und mein Blick wandert wieder zu Emily, die Rosies festhält und ihr hilft, von einem Ende des Pools zum anderen zu schwimmen.

„Sie ist zerbrechlich, wissen Sie ...", fährt er fort, und ich drehe meinen Kopf, um ihn anzuschauen. „Sie kann manchmal hart erscheinen, aber sie hat viel durchgemacht. Sie braucht keinen anderen Mann, der sie benutzt und wie Abfall behandelt, wenn sie ihm nicht mehr nützlich ist."

Ich nicke verständnisvoll, antworte aber nicht. Meine Neugierde auf Emilys Geschichte ist bereits geweckt, und diese Bemerkung steigert mein Interesse nur noch weiter. Ich will alles über sie wissen.

„Hallo, George. Rosie, George ist hier", sagt Emily und legt Rosies Hand auf Georges Schulter.

„Hey, Opa George!", quiekt Rosie neben mir, triefend vor Poolwasser, und zieht ihre Schwimmbrille ab. Emily ist hinter ihr und schnappt sich Handtücher aus der Tasche neben meinen Füßen, also ziehe ich sie näher heran und hole auch eines für sie. Sie wickelt Rosie zuerst in ein Handtuch, während sie mit George plaudert, und ich lege ein großes Handtuch um Emily, sobald sie fertig ist, um ihren sexy Körper in diesem faszinierenden Einteiler vor allen Augen zu verbergen. Ich stehe dicht hinter ihr, meine Brust berührt fast ihren Rücken. Meine Handflächen streichen über das Handtuch ihre Arme auf und ab, das Bedürfnis, meine Hände auf ihr zu haben, ist so groß wie nie zuvor. Ich beuge mich hinunter, mein Mund ist nur wenige Zentimeter von ihrem Ohr entfernt, und ich rieche immer noch ihren Lavendelduft, der sich über das Chlor erhebt und all meine Sinne verwirrt.

„Mir ist es lieber, wenn du kein Handtuch trägst, aber der öffentlichen Sicherheit zuliebe solltest du dich umziehen“, murmele ich ihr ins Ohr. Sollte ich merken, wie ein anderer Mann sie anstarrt, kann ich für nichts garantieren. Die Gänsehaut, die sich bei meinen Worten in ihrem Nacken bildet, entgeht mir nicht. Es gefällt mir, dass sie von mir genauso berührt ist wie ich von ihr. Ich lasse meine Hände an ihren Armen hinuntergleiten, bis sie ihre Taille erreichen, und ziehe das Handtuch weg, um sie näher an mir zu spüren, während sie sich zurück an meine Brust lehnt.

Sie kichert, als sie zu mir aufschaut und mir zuflüstert: „Alle haben einen Badeanzug an, Ben. Keiner sieht mich an.“ Ihre Worte stacheln mich nur noch weiter an; sie weiß es und ich weiß es.

„Jeder Wichser hier drin starrt dich an. Du bist die schönste Person an diesem keimverseuchten Ort, und ich bin kurz davor, dich über meine Schulter zu werfen und dich mit nach Hause zu nehmen, um dir genau zu zeigen, was ich mit dir machen will.“ Als ich das sage, weiten sich ihre Augen und ihr Mund bleibt leicht offen stehen.

„Mach lieber den Mund zu, denn wenn du mich so ansiehst, ist das nicht hilfreich“, sage ich und bewege meine Hüften ein wenig, damit sie spüren kann, was sie alles bei mir bewirkt.

Sie schnappt nach Luft, bevor sie den Mund schließt,

ihre Wangen röten sich, und dann überrascht sie mich, indem sie sich absichtlich bückt, um ihre Tasche vom Boden aufzuheben, und ihren Hintern direkt gegen meinen Unterleib drückt. Ich balle meine Hände zu Fäusten und unterdrücke das Stöhnen, das sich meiner Kehle zu entringen droht.

„Komm, Rosie, wir ziehen uns um, und dann können wir essen gehen", sagt Emily, richtet sich wieder auf und nimmt ihre Hand, bevor sie mich ansieht. Ihr Haar ist nass, ihr Körper tropft, und mir werden die Knie weich, während ich sie anstarre. Die beiden gehen den Flur hinunter zu den Umkleidekabinen und lassen George und mich allein zurück.

„Und, wie lief Ihr Gespräch mit Bürgermeister Simplot?", frage ich und dränge auf Informationen. Ich habe das Gefühl, ein Schleudertrauma zu bekommen, nachdem die Worte meinen Mund verlassen haben. Das mulmige Gefühl in meinem Bauch verstärkt sich, als ich das Gespräch auf das Geschäftliche lenke. Zu dem, worum es bei diesem Besuch gehen sollte, und nicht um das, was ich mir wünsche – Zeit mit Emily zu verbringen.

„Simplot ist schlüpfrig wie eine Schlange und kümmert sich nur um sich selbst. Die Schule wird nie ganz oben auf seiner Prioritätenliste stehen."

Ich nicke. „Sie wissen, dass Beasley keine Ruhe geben wird. Wenn er etwas will, macht er vor nichts Halt, bis er es bekommt." Ich habe das Bedürfnis, ihn zu warnen. Ich will, dass er versteht, dass es nicht an mir liegt. Es ist nicht meine Entscheidung. Ich vertrete nur meinen Mandanten. Meinen *besten* Klienten. Ich muss es tun.

George nickt. „Wir werden unser Bestes geben, und

unser Standpunkt wird sich nicht ändern. Aber ich mache mir Sorgen um die Kinder, um das Personal, um Emily", sagt er und sieht mich eindringlich an. „Die Schule ist für viele Menschen ein wichtiger Teil ihres Lebens. Meine verstorbene Frau und ich haben sie vor mehr als zwanzig Jahren gegründet und haben gesehen, wie sich viele Kinder entwickelt haben, die sonst durch das Raster gefallen wären. Wir tun viel Gutes, wir helfen vielen Menschen, und Emily und ich haben meiner Glenda versprochen, dass wir uns um sie kümmern werden."

George ist ernst, und ich muss zugeben, dass ich schon lange nicht mehr mit jemandem gesprochen habe, der sich so leidenschaftlich für etwas einsetzt, das ihm nicht Millionen von Dollar einbringt. Es ist erfrischend, mit ihm und Emily zusammen zu sein.

„Er ist einer der größten Kunden unserer Firma, George. Wir werden versuchen, Ihnen das bestmögliche Angebot zu machen, aber Sie wissen ja, wie so etwas läuft ..." Ich schiebe meine Hände in die Taschen und fühle mich schlecht, aber das große Geschäft gewinnt immer. Aber das weiß er bereits. Er weiß, dass Beasley jeden nur erdenklichen Trick anwenden wird, um die Immobilie zu bekommen. Er weiß, dass er verlieren wird. Es gibt nicht viel, was ich sagen kann, denn wir stehen hier auf entgegengesetzten Seiten. George und Emily gegen Beasley und seine Kontakte, sein Geld und meine Firma. Mein Blick wandert zurück zum Flur, um zu sehen, ob Emily und Rosie schon fertig sind, aber er ist noch leer.

„Ich verstehe. Sind Sie heute hier, um Emily persönlich zu treffen, oder geht es ums Geschäft?", fragt George direkt, und ich muss über meine Antwort nachdenken. Ich entscheide mich für die Wahrheit.

„Beides, George. Beides." Ich seufze und fühle mich schon wie ein Mistkerl, weil ich es überhaupt zugebe.

„Danke, dass Sie so ehrlich sind. Darf ich Ihnen einen Rat geben?", bietet er an und sieht mich so an, wie es mein Vater getan hätte, wenn er sich die Mühe gemacht hätte, mir einen väterlichen Rat zu geben, als er noch lebte.

„Am besten, Sie gehen jetzt und gewöhnen sich nicht zu sehr an Emily, denn wenn Ihre Firma gewinnt, kann ich Ihnen garantieren, dass Sie verlieren werden. Das werden wir alle." Seine Warnung jagt mir einen Schauer über den Rücken, sein Blick ist ernst, als er mir direkt in die Augen schaut. Er wartet nicht darauf, dass ich antworte, sondern geht in Richtung Flur, gerade als Emily und Rosie die Umkleideräume verlassen, und nimmt Rosies Hand.

Ich lasse den Ratschlag auf mich wirken, bevor ich langsam zu ihnen hinübergehe.

„Ben, komm mit zum Mittagessen!" Rosie springt förmlich auf, als ich in ihre Nähe komme, und streckt ihre andere Hand nach mir aus. Ich schaue sie an, und dann fällt mein Blick auf George, der mich anschaut. Aber wie der Idiot, der ich bin, glaube ich immer noch, dass ich meinen Kuchen haben und ihn auch essen kann, also nehme ich ihre Hand. Als ich in Emilys funkelnde Augen blicke, fällt die Last sofort von mir ab.

Ich bin mir nicht sicher, was passieren wird, aber Schwimmunterricht und Mittagessen an einem Samstag könnten meine neue Lieblingsbeschäftigung werden.

ZU VIERT ESSEN wir bei *Mona's* zu Mittag, einem lokalen Diner unweit des Schwimmbads, und ich muss zugeben, dass das Essen ziemlich gut ist. Alles wird vor Ort im Augenblick zubereitet, hier gibt es keine Sandwiches aus der Massenproduktion oder Nudeln vom Vortag. Ich beobachte, wie Emily sich um Rosie kümmert und ihre Bedürfnisse in den Vordergrund stellt. Seit fünf Minuten beobachte ich, wie sie Rosie ihre Suppe gibt, etwas Warmes nach dem Schwimmen, aber ich bin voller Ehrfurcht, wie diese Frau ihre blinde Tochter füttert, während ihr eigenes Mittagessen kalt wird. Sie ist die Art von Mutter, die jedes Kind haben sollte, eine, wie ich sie leider nie hatte. George und ich haben beide unsere Mahlzeiten beendet, während Rosie erst zur Hälfte fertig ist und Emily noch gar nicht angefangen hat.

„Rosie, darf ich dir beim Essen helfen, damit deine Mutter ihre Suppe essen kann, bevor sie kalt wird?", frage ich, da ich keine Ahnung habe, wie man Kinder füttert, vor allem solche, die nichts sehen können.

„Oh, das musst du nicht tun ...", beginnt Emily und scheint verblüfft zu sein, dass ich das überhaupt anbiete.

„Lass mich das machen." Ich beuge mich vor und nehme den Löffel aus Emilys Griff. Meine Finger berühren ihre und ihr Blick trifft meinen. Ich nicke ihr kurz zu, damit sie weiß, dass ich sie verstanden habe, und sie lässt den Löffel los und überlässt ihn mir ohne Widerspruch.

„Ben, hast du auch Suppe bekommen?", fragt Rosie,

während Emily sich hinsetzt und unsere Interaktion mit Interesse beobachtet.

„Iss deine Suppe, Doubtfire. Wir schaffen das schon", murmle ich ihr zu. Ich weiß, dass sie hungrig ist, denn ich kann ihren Magen von der anderen Seite des Tisches aus knurren hören.

Sie nickt, ohne etwas zu sagen, und beginnt, ihre Suppe zu essen, während Rosie und ich uns unterhalten, aber mir entgehen nicht die Blicke, die sie George zuwirft, oder das Gefühl, dass sich seine Augen in meinen Rücken bohren.

Wir sind in Rekordzeit fertig, denn es scheint, dass ich ein Profi darin bin, Rosie zu unterstützen. Ich nehme ihr Handgelenk und klopfe ihr auf die Schulter, als wir fertig sind. Ich stelle fest, dass wir Emily geschlagen haben, die ihr Mittagessen ein paar Minuten später beendet und nach der Rechnung fragt.

„Okay, Rosie, lass uns gehen!", sagt George und steht auf.

„Tschüss, Ben, ich hoffe, du kommst nächsten Samstag wieder!", sagt Rosie aufgeregt, bevor sie ihre Arme nach mir ausstreckt und ich sie festhalte, um ihr zu helfen, ihren Weg zu finden. Sie macht einen Schritt in meine Richtung, und ihre kleinen Hände schlingen sich um meinen Hals, als sie mich umarmt. Das kommt unerwartet, und ich halte für einen Moment die Luft an. Sie fühlt sich so winzig an, in meinen Armen. Ich habe noch nie ein Kind gehalten. Ich drücke sie ein wenig, bevor ich sie ihrer Mutter übergebe. Ich stehe von meinem Stuhl auf und gebe George die Hand, wobei ich wieder einmal seine Missbilligung in seinem Griff spüre.

„Rosie übernachtet heute bei George", erklärt Emily, während sie einen kleinen Rucksack aus der großen Badetasche zieht. Wenn Rosie bei George übernachtet, dann ist Emily allein zu Hause. Sie sieht mich einen Moment lang an, und ich schlucke hart. Meine Gedanken sind sofort im Schlafzimmer, und ihre offensichtlich auch, wenn ich ihre geröteten Wangen richtig deute.

„Ja, wir haben ein neues Hörbuch. *Die Schöne und das Biest!*" Rosie umarmt ihre Mutter kichernd, und wir sehen ihnen nach, als sie gehen.

„Du bist also heute Abend allein?", frage ich Emily, als ich das Geld für das Mittagessen auf den Tisch lege. Sie bleibt stehen, nimmt es und gibt es mir zurück.

„In meiner Stadt zahle ich", sagt sie, während sie in ihre Handtasche greift und etwas Bargeld herauszieht, um zu bezahlen. Es ist ein komisches Gefühl, ich zahle immer für alles. Noch nie hat eine Frau mein Geld abgelehnt. Bevor ich protestieren kann, antwortet sie mir.

„Hängt davon ab ...", sagt sie mit einem Lächeln und einem Achselzucken, und wir verlassen das Diner, um zu ihrer Wohnung zurückzukehren, da wir den Bus nicht mehr brauchen, da Rosie nicht dabei ist. Es ist ein komisches Gefühl, zu Fuß zu gehen, denn in der Stadt würde das nicht passieren. Ralph fährt mich in meinem Bentley überall hin.

„Hängt wovon ab?", frage ich und spiele mit dem Feuer.

„Ob ich ein besseres Angebot bekomme", scherzt sie und ein Lächeln umspielt ihre Lippen. Ein Lächeln, das ich leicht erwidere.

Mit ihrer Tasche über der Schulter strecke ich meine andere Hand aus und schlinge meine Finger um ihre. Es ist verdammt lange her, dass ich das getan habe. Hand in Hand mit einer Frau zu gehen. Seit Sasha war ich nie mehr als einmal mit der gleichen Frau verabredet, und ich habe noch nie Händchen gehalten. Aber mein Körper sehnt sich nach Kontakt mit ihr. Ich komme nicht gegen das Begehren an, dass ich für sie verspüre.

„Übernachtet Rosie oft bei George?", frage ich, weil ich wissen möchte, welche Unterstützungssysteme sie hat, vor allem, weil Rosies Vater nicht da ist.

„George ist wie ein Vater für mich. Rosie nennt ihn Opa, weil wir uns alle sehr nahe stehen. Er hat so viel für mich getan, dass ich ihm das nie vergelten kann." Sie blickt nach vorn, ohne meinen Blick zu erwidern oder mir weitere Einblicke zu gewähren. Sie ist klug. Ich habe eine Aufgabe zu erfüllen und sie auch. Wir kämpfen auf unterschiedlichen Seiten, und das ‚Richtige' wäre es, mich nicht weiter in die Sache hineinzuhängen. Aber das kann ich nicht. Ich bin bereits zu weit gegangen. Alles, was ich will, ist, diese Frau nach Hause zu bringen und ihr genau zu zeigen, wie sehr ich sie will. Ihr Griff um meine Hand wird fester, und ich spüre, wie sich mein Herzschlag beschleunigt, je näher wir ihrer Wohnung kommen.

Als wir uns ihrer Straße nähern, ist es schon später Nachmittag. Wir haben den ganzen Tag zusammen verbracht, und es war immer noch nicht genug. Mein Bedürfnis nach ihr ist nur noch stärker geworden. Jeglicher Stress der Stadt verließ meinen Körper in dem Moment, als ich Emily sah. Als wir endlich ihre Tür erreichen, tue ich alles, was ich kann, um sie nicht direkt zu packen und an mich zu ziehen. Ich warte, bis sie die Tür aufschließt, hineingeht und beobachte sie, wobei mein Blick auf ihren Hintern fällt.

„Kommst du mit rein oder willst du mir den ganzen Tag auf den Hintern glotzen?", fragt sie frech und lacht, und ich weiß, ich sollte es nicht tun, aber scheiß drauf. Es ist soweit. Ich lasse die Schwimmtasche neben ihrer Haustür auf den Boden fallen, fasse sie um die Taille und drehe sie zu mir herum.

„Ich kann nicht anders. Du hast einen unglaublichen Hintern", stoße ich hervor.

„Wirklich? Sag mir, was dir noch an mir gefällt", neckt sie mich. Sie ahnt nicht, wie heiß bereits das Feuer in mir lodert. Jedes Wort, das ihr über ihre vollen Lippen kommt, schürt das Feuer in mir.

„Gott, dein Körper ist fantastisch", beginne ich, während meine Hände an ihren Seiten entlangfahren und sie zu mir ziehen. „Deine Augen, dein Lächeln, dein Lachen ... verdammt, meine Liste ist lang", murmle ich, während ich mich vorbeuge und meine Nase an ihrem Hals entlangstreichen lasse und ihren Duft einatme.

„Ben ...", keucht sie, neigt ihren Kopf leicht zur Seite und öffnet sich mir.

„Ich liebe es, wie sich dein Körper anfühlt. Ich bin gerade so verdammt scharf auf dich, Emily ...", flüstere ich.

„Es fühlt sich so gut an, in deinen Armen zu liegen", flüstert sie zurück. Ich ziehe mich zurück und sehe sie an, um die Ehrlichkeit in ihrem Gesichtsausdruck zu erkennen. Ich schaue auf sie herab, ihre Augen glühen vor

Lust, ihr Haar ist ein wenig durcheinander, ihre Wangen sind gerötet. Sie ist die schönste Frau, die ich je gesehen habe.

„Ich habe den ganzen Tag darauf gewartet, meine Lippen auf deine legen zu können", knurre ich, umfasse ihr Kinn und ziehe sie zu mir. Ohne einen weiteren Moment zu warten, beuge ich mich vor und verschlinge ihre Lippen mit den meinen. Ihre Lippen öffnen sich vor Überraschung, und ich streiche mit meiner Zunge darüber. Ein kleines Wimmern belohnt mich dafür, sodass ich weitermache.

Sie ergreift meine Handgelenke, während sie mir den Zugang gewährt, auf den ich gewartet habe, und ich stürze mich voller Hingabe in ihren warmen Mund. Ihr anfänglicher Schock ist verflogen, und sie entlässt jede Anspannung des Tages in einem Stöhnen, das durch meinen Körper schießt.

Sie stolpert ein paar Schritte weiter in ihre Wohnung, ohne dass sich unsere Lippen voneinander lösen, während unsere Beine und Arme einen Tanz vollführen, um uns den Weg ins Innere zu bahnen. Wir sind wie in einem Rausch, aber es geht nicht schnell genug. Ich beuge mich vor, umschließe ihren Hintern und ziehe ihren Körper noch fester an meinen hoch. Es ist ein elektrisierendes Gefühl, als sie ihre Beine um meine Taille schlingt. Meine Handflächen legen sich an ihren Hintern, während meine Zunge mit ihrer spielt. Ich bin ganz versessen darauf, jeden Zentimeter ihres schönen Körpers zu schmecken. Genau hier, genau jetzt.

„Sag mir, wohin ich gehen soll, oder ich nehme dich

gleich hier", knurre ich, mein Schwanz ist so hart, dass er pocht.

„Zweite Tür rechts", keucht sie, während sie sich von meinem Mund löst und beginnt, an meinem Hemd zu zerren, um es mir auszuziehen. Ich packe ihren Hintern mit einer Hand und helfe ihr mit der anderen. Wir sind verzweifelt, der letzte Monat war reines Vorspiel, als wir umeinander herumtanzten, und jetzt können wir nicht aufhören, dabei ist es egal, dass wir es eigentlich sollten.

Sie mag meine falsche Verlobte sein, aber nichts an dieser Sache fühlt sich falsch an.

Ich finde das Zimmer, sehe ihr großes, perfekt gemachtes Bett in der Mitte und werfe sie darauf, bevor ich mir die Schuhe ausziehe. Ich knöpfe meine Jeans auf und halte inne, als ich sie nur in ihrer Unterwäsche sehe – schwarze Spitze, genau wie ich sie mir vorgestellt habe.

„Scheiße. Weißt du, wie lange ich schon darauf gewartet habe, dich so sehen zu können? Du bist wie alle meine verdammten Träume zusammen", stöhne ich, während ich auf sie zu gehe und sie an mich ziehe, wobei meine Hände ihre nackte Taille umschließen. Als Antwort lächelt sie mich an, meine Lippen legen sich wieder auf ihre und meine Hände beginnen, ihren Körper zu erkunden. Das Gefühl ihrer weichen Haut, ihrer Rundungen und Kurven lässt alles Blut in meinem Körper zu meinem Schwanz strömen, der gegen meine Jeans drückt.

„Du bist so verdammt schön", murmle ich. Ihre Hände spiegeln meine wider, fahren über meinen Körper und verwöhnen mich mit süßen Liebkosungen, die mich erschaudern lassen. Wir sind beide auf Entdeckungsreise, wir starren einander an, als sich unsere Lippen voneinander lösen, und sich dann wieder zu einem Kuss vereinen. Ich sehe ihre perfekten Brüste, die noch immer von ihrem BH umschlossen werden, ihre schmale Taille, die in weibliche Hüften übergeht. Ihren schlanken Hals, ihre vollen Lippen und ihre strahlend blauen Augen. Ich genieße das Gefühl ihrer Hände auf mir, als sie von meinen Schultern über meine Brust hinunterwandern, bevor sie auf meinen Hüften zur Ruhe kommen.

Dann küsse ich sie erneut, will jeden Zentimeter schmecken, während sie meine Jeans herunterschiebt und meine Unterwäsche gleich mit herunterstreift.

„Weißt du, wie oft ich mir dich in schwarzer Spitzenunterwäsche vorgestellt habe?", murmle ich.

„Wahrscheinlich so oft, wie ich mir dich nackt vorgestellt habe", sagt sie und ein kleines Lächeln umspielt ihre Lippen, das mich zum Schmunzeln bringt.

Nachdem sie meinen harten Schwanz befreit hat, legt sie ihre Hand darum, und ich lege den Kopf in den Nacken, während sich ein Knurren meiner Kehle entringt.

„Geh langsam vor. Er hat eine Menge Arbeit vor sich, denn ich mache dich heute Abend zu meinem Eigentum. Und ich habe vor, es jeden in diesem Gebäude wissen zu lassen", knurre ich, während ich ihr einen rauen Kuss auf die Lippen drücke und mich dann an ihrem Kinn zu ihrem Hals hinunterküsse.

Ich fahre mit meinen Händen ihren Körper hinauf und schiebe meine Finger in ihr Haar. Ich kann nicht verstehen, wie sich ihr Körper neben meinem bereits besser anfühlen kann als alle anderen, die ich vor ihr hatte.

„Willst du nur darüber reden, oder willst du auch etwas tun?" Selbst jetzt reizt sie mich noch gerne. Lachend lege ich meinen Arm um ihre Taille und hebe sie hoch, bevor ich mich über sie schiebe. Über ihr schwebend, lasse ich meinen Blick an ihrem Körper entlangwandern und betrachte sie, wie sie unter mir auf dem Rücken liegt. Ich möchte mir Zeit nehmen und sie verwöhnen, aber ich möchte sie auch so hart in die Matratze ficken, dass die beiden Gedanken in meinem Kopf miteinander konkurrieren.

Ihre vollen Lippen öffnen sich, ihre Brustwarzen zeichnen sich unter der schwarzen Spitze ab und ich streiche mit den Fingern neckisch über den Rand, bevor ich ihn herunterziehe und ihre Brust entblöße. Ich beuge mich vor, nehme sie in den Mund und lasse meine Zunge um ihre Brustwarze kreisen. Dann ziehe ich die Träger von ihren Schultern, bis beide Brüste entblößt sind und sauge an der einen, während ich die andere mit meiner Hand knete.

„Ja, Ben ...", keucht sie, ihr Rücken wölbt sich leicht, sie drückt mir ihre Brust entgegen, ihre Hüften bewegen sich und sie versucht, sich an mir zu reiben.

„Lass mich für dich sorgen, Em", flüstere ich und ihr neuer Spitzname entweicht meinen Lippen, während ich ihre Brust und ihren Bauch hinunterküsse, bevor ich auf das letzte Stück schwarze Spitze stoße. Meine Hände streichen über ihre Seiten, bis ich die Spitze an ihren Hüften spüre und beginne, sie nach unten zu ziehen. Langsam ziehe ich ihre Unterwäsche aus, als ob ich ein

Geschenk auspacken würde. Ich sehe ein Muttermal auf ihrer Hüfte, klein und braun wie ein *Milk Dud*. Ein Stempel der Originalität. Die meisten Frauen, die ich treffe, würden es sich weglasern, und so ist es ein weiterer Beweis dafür, wie echt Em ist. Meine Finger streicheln ihre Hüften, als ich sie vor mir entblöße, ein Anblick, den ich nie vergessen werde. Ich höre, wie ihr Atem stockt, ihre Finger fahren auf ihrem Bauch auf und ab und warten auf meine Reaktion.

„Du bist so schön ...", murmle ich, verloren im Anblick der sich mir bietet.

Ihr Geschlecht schimmert feucht, ihre Erregung für mich scheint genauso groß zu sein wie meine für sie. Ich ziehe die schwarze Spitze an ihren Beinen herunter und werfe sie auf den Boden, bevor ich langsam ihr Bein hinaufküsse, mir Zeit nehme, sie zu schmecken und ihre weiche Haut auf meinen Lippen zu spüren, bis ich ihre Mitte erreiche.

„Mmmm ... Ja ... Oh mein ..." Sie keucht und wimmert, windet sich nach mehr, während meine Lippen ihre Haut reizen. Ich habe das Gefühl, im siebten Himmel zu sein.

Ihre Hände gleiten in mein Haar, und ich lecke sie, alles von ihr, ihr Geschmack liegt jetzt auf meiner Zunge, und ich will mehr. Ich bin bereits süchtig. Ich bewege meine Hände zu den Innenseiten ihrer Schenkel und spreize ihre Beine, sodass ich vollen Zugang zu ihrem Geschlecht habe. Ich höre, wie sich ihre Atmung beschleunigt, ein leises Keuchen ist zu hören. Ihre Hände greifen noch fester in mein Haar, ziehen ein wenig daran, lassen mich sie lecken, schmecken und mit meiner

Zunge ficken, als wäre ich ausgehungert und könnte nicht genug von dieser Frau bekommen, die völlig unerwartet in mein Leben getreten ist. Sie stöhnt und drückt mir ihren Unterleib entgegen, während meine Zunge immer wieder in sie eindringt, bevor ich an ihrer Klitoris sauge und die Bewegung immer wieder wiederhole. Als ihr Griff in mein Haar fast schmerzhaft wird, weiß ich, dass sie das genauso genießt wie ich.

„Das fühlt sich so gut an ...", stöhnt sie, während sie sich windet. Ich will, dass sie für mich kommt. Sie ist so nah dran, ich kann es spüren.

„Gott, ich bin so scharf auf dich, wenn ich sehe, wie sich dein Körper für mich bewegt. Was stellst du nur mit mir an?", murmle ich gegen ihre Haut. Ich schiebe einen Finger in sie, necke sie und biege ihn ein wenig, während ich mit meiner Zunge über ihre Klitoris fahre. Verdammt noch mal, wenn das nicht der beste Samstagnachmittag meines Lebens ist.

„Ben ... Genau da ... Ich werde ...", keucht sie, während sich ihre Hüften gegen mein Gesicht stemmen, und ich beschleunige mein Tempo. Ihr Körper wölbt sich, bevor sie unter mir erzittert und wimmert.

„Ben ... Oh mein ... Ben!", schreit sie vor Vergnügen, mein Name auf ihren Lippen ist Musik in meinen Ohren, während ich gegen ihren Kitzler lächle. Als ihr Orgasmus langsam abklingt, verlangsame ich mein Tempo und ziehe meine Finger aus ihr, fasse ihre Schenkel und halte sie weit gespreizt. Meine Hände halten sie an Ort und Stelle, während ich jeden einzelnen Tropfen von ihr auflecke.

20

———

EMILY

Ich keuche und weiß nicht, warum ich so lange gewartet habe, um etwas so Euphorisches zu erleben. Ben ist viel besser als alle meine batteriebetriebenen Freunde, das steht fest. Das war einer der besten Orgasmen meines ganzen Lebens, und er war viel zu schnell vorbei.

„Du bist so verdammt schön, vor allem, wenn du mit meinem Namen auf den Lippen kommst", sagt er und schiebt sich über mich, bevor er seine Lippen wieder auf meine legt. Ich schmecke eine Mischung aus ihm, warmem Kaffee und mir selbst, was mir ein Stöhnen entlockt. Ich bin schon bereit für mehr.

Er liegt auf mir und stützt sein Gewicht auf die Ellbogen zu meinen Seiten, während ich seinen harten Schwanz spüre, der in seinem Verlangen gegen meinen Bauch pocht. Ich war verblüfft, als ich seine Jeans herunterzog. Das Vertrauen, das ich hatte, um mir zu nehmen, was ich wollte, ist etwas Neues, aber er gibt mir ein

Gefühl der Sicherheit. Etwas, das ich schon lange nicht mehr gefühlt habe. Es ist schon eine Weile her, dass ich mit einem Mann zusammen war, und ganz sicher noch nie mit einem so großen Mann. Jeremy war der Einzige in meinem Leben. Er hat mir alles genommen, auch meine Unschuld.

Die Zunge dieses Mannes ist magisch, und ich weiß jetzt schon, dass ich mich nach ihm sehnen werde. Wir sollten das nicht tun. Wir haben ganz klar eine Grenze überschritten, aber obwohl ich weiß, dass es eine schlechte Idee ist, kann ich diese intensiven Gefühle für ihn nicht unterdrücken.

„Geht es dir gut?", fragt er ernst und streicht mir ein paar Haarsträhnen aus dem Gesicht, als sich unsere Blicke treffen.

„Es ging mir noch nie besser", antworte ich, und ein breites Grinsen breitet sich auf meinen Lippen aus, als ich sehe, wie er mich ansieht. Da ist etwas in seinen Augen, das mich fast zum Schmelzen bringt.

„Gut, jetzt will ich dich mit meinem Schwanz ficken, so wie ich es mir seit der Nacht, in der ich dich kennengelernt habe, gewünscht habe", sagt er, während seine Küsse zu meinem Hals wandern und meine empfindliche Stelle direkt unter meinem Ohr treffen, was mir ein Stöhnen entlockt, während mein Körper wieder zu glühen beginnt. In Sekundenschnelle stöhne und keuche ich unter ihm; es ist, als ob er meinen Körper besser kennt als ich selbst. Mein Verlangen nach ihm ist nicht gestillt, nicht einmal annähernd. Ich könnte den ganzen Abend mit diesem Mann hier liegen und immer noch nicht genug bekommen.

„Ben …“, stöhne ich.

„Ich mag es, wenn du meinen Namen stöhnst. Aber es wird mir noch besser gefallen, wenn du ihn schreist“, sagt er und mein Körper erbebt als Antwort darauf.

Meine Hände wandern über seinen Körper. Ich will jeden Zentimeter von ihm spüren. Er ist stark. Seine Muskeln sind straff, und es ist offensichtlich, dass er regelmäßig trainiert. Ich habe noch nie einen so durchtrainierten Mann gesehen und schon gar nicht einen in meinem Bett gehabt. Das Zusammensein mit Jeremy war nie so. Jeremy hat sich immer genommen, was er wollte, und nie etwas zurückgegeben. Seine Stärke wurde immer gegen mich eingesetzt.

Als meine Hand seinen Schwanz erreicht, schlinge ich meine Finger um seine Länge und bewege sie leicht. Als ich das tue, knurrt er, ein tieferer Ton, als ich ihn bisher gehört habe, entringt sich seiner Brust. Das allein könnte mich wahrscheinlich wieder kommen lassen.

„Wenn du mich weiter so reizt, Baby, kann ich für nichts garantieren“, knurrt er, und mein Herz setzte einen Schlag aus. Dieses Wort. Bei diesem einen kleinen Wort scheint mein Körper einfach dahin zu schmelzen. Unsere Spitznamen, die wir uns vorher gegeben haben, waren süß, lustig, ein bisschen kokett, aber ich konnte nicht ahnen, wie gut es sich anfühlen würde, dass Ben mich *Baby* nennt. Ich lächle gegen seine Lippen.

„Ich glaube, wir sind jetzt weit über den Punkt der Vernunft hinaus, nicht wahr?“, flüstere ich und fahre mit meiner Zunge über seine Unterlippe.

„Ich muss in dir sein“, stößt er hervor, während er sich in meinem Griff bewegt. Er ist schwer und pulsiert in meiner Hand und lässt meinen Körper vor Verlangen erbeben.

„Das will ich auch." Als er mir in die Augen sieht, nicke ich. Ich habe noch nie etwas so sehr gewollt wie Ben.

Schnell setzt er sich auf, beugt sich über das Bett zu seiner Jeans und holt ein Kondom aus seinem Portemonnaie. Ich beobachte ihn, wie er die Packung aufreißt und es sich überstülpt, und ich schlucke, weil ich mich frage, ob ich ihn ganz nehmen kann.

„Es ist lange her, Ben", flüstere ich und fühle mich zerbrechlich in seinen Armen, während er sich über mich beugt und mich mit seinem Blick durchdringt. Verletzlichkeit durchdringt mich, etwas, das ich hasse.

„Ich werde es langsam angehen. Ich möchte mir Zeit mit dir lassen", flüstert er und seine Lippen berühren meine. Er küsst mich sanft, unsere Zungen umspielen einander in einem langsamen Tanz. Ich fühle mich in seinen Armen geborgen, während seine Hand über meinen Bauch fährt. Seine Finger umkreisen meinen Kitzler, verteilen die Nässe und lassen meinen Körper wieder zum Leben erwachen.

Dann spüre ich, wie er langsam in mich eindringt, und ich gebe mich dem Gefühl völlig hin. Das ist es, was ich vermisst habe. Ich war so sehr damit beschäftigt, eine Mutter zu sein, dass ich vergessen habe, wie sich das anfühlt. Ich habe vergessen, wie es sich anfühlt, eine Frau zu sein. Begehrt zu sein. Mein Atem stockt leicht, als er Zentimeter für Zentimeter weiter in mich eindringt, und mein Rücken wölbt sich ihm entgegen. Sein Mund ist jetzt zu meinem Hals gewandert, seine Lippen drücken sich auf den sensiblen Punkt unter meinem Ohr, was mir kleine Schauer über den Rücken jagt, mein Körper ist nicht mehr mein eigener. Er gehört gänzlich ihm.

„Scheiße, du fühlst dich so unglaublich an, Baby", stößt er hervor und versucht sichtlich, sich zurückzuhalten, aber ich schlinge meine Beine um seine Taille, um mich zu öffnen, damit er noch tiefer in mich eindringen kann. Wir stöhnen beide auf, als er komplett in mich eindringt, seine Hüften stoßen gegen meine und reiben sich an mir. Meine Hände umklammern seine Schultern, und unsere Bewegungen finden einen Rhythmus, der meinen Kopf vor Lust schwimmen lässt. Langsam beginnt er, sich ein wenig zurückzuziehen und dann wieder einzudringen. Das Tempo zusammen mit seinen Fingern an meinem Kitzler und seinem Mund an meinem Körper bilden eine perfekte Symphonie. Er ist ein Dirigent meines Körpers, der bereits weiß, wo meine empfindlichsten Stellen sind und wie er sie zum Singen bringt. So etwas habe ich noch nie erlebt. Ich hatte noch nie einen langsamen und sinnlichen Sex, bei dem der Fokus ausschließlich auf mir lag.

„Ben ... alles, was du tust, ist perfekt. Es fühlt sich so gut an", flüstere ich, während sich mein Körper seinen Bewegungen anpasst. Seine Bewegungen werden schneller, ebenso wie sein Druck auf meine Klitoris, und ich spüre, wie sich mein Rücken immer mehr wölbt, mein Busen sich gegen seine nackte Brust drückt und das Gefühl von Haut auf Haut mein Verlangen nach Erlösung nur noch verstärkt. Meine Finger krallen sich in seine Schultern, und dann fahre ich mit ihnen in sein Haar, ziehe ihn zu mir, will keinen Abstand zwischen uns. Ich sehne mich nach seiner Berührung. Ich sehne mich verzweifelt nach ihm.

„Scheiße, Em, du bist wie für mich gemacht. Dein Körper, jeder Zentimeter davon, ich kann nicht genug bekommen", stöhnt er, während er seine Aussage mit einem harten Stoß unterstreicht, unsere Haut klatscht gegeneinander, während wir beide auf den Höhepunkt zusteuern, von dem wir wissen, dass er in greifbarer Nähe ist.

Ich spüre, wie es sich aufbaut. Noch stärker als zuvor. Ich drücke meinen Kopf zurück in mein Kissen, mein Stöhnen, Keuchen und Wimmern entzieht sich meiner Kontrolle. Mein Körper gehört jetzt Ben. Ich habe das Gefühl, kurz vorm explodieren zu stehen, als der Druck in mir wächst.

„Hör nicht auf, bitte, hör nicht auf …", bettle ich.

„Es macht mich so geil, wie sich deine Muschi um meinen Schwanz anspannt. Du nimmst mich so gut. So. Verdammt. Gut", knurrt Ben, der meine Hüfte fest gepackt hält, und ich weiß, dass er kurz davor ist, zu kommen. „Komm für mich, Baby. Ich weiß, du bist kurz davor. Ich will spüren, wie du auf meinen Schwanz kommst."

Ich weiß nicht, ob es der Dirty Talk ist oder wie gut er meinen Körper beherrscht, aber ich lasse mich mit einem Schrei fallen, meine Muschi pulsiert um ihn herum und meine Nägel graben sich in seine Schultern. Ich keuche seinen Namen, immer noch in dem anhaltenden Vergnügen schwelgend, das er mit jedem seiner Stöße auslöst, bevor auch er kommt.

„Scheiße, Em“, stöhnt er und entleert sich in mir, unsere Hände umklammern den Körper des anderen, während wir uns den Wellen der Lust gänzlich hingeben. Als sich unsere Körper beruhigen, bricht er auf mir zusammen und rollt sich auf den Rücken neben mich.

Wir beide sind einen Moment lang still, atmen schwer und schauen beide an die Decke.

Er holt ein paar Mal tief Luft, bevor er sich aufrichtet und mir einen Kuss auf die Wange drückt. Er schwingt seine Beine vom Bett und bahnt sich seinen Weg in mein Badezimmer, wo ich höre, wie er das Kondom abstreift, bevor er zu mir zurückkommt, sich über mich schiebt und mich von den Knöcheln über die Beine, die Hüften und den Bauch hinauf küsst, bis er mein Gesicht erreicht.

„Das war surreal“, sage ich, während er mich scheinbar verwundert ansieht. Ich warte auf seine Reaktion. Da ich ihm so nahe bin, kann ich nichts verbergen, und ich halte den Atem an, als ich darauf warte, dass er etwas sagt. Er schweigt einen Moment lang, und meine Brust wird schwer. *War es bei ihm nicht genauso? Hat das nicht seine ganze Welt aus den Angeln gehoben?*

„Em ... du gehst mir unter die Haut. Ich könnte das mit dir den ganzen Tag und die ganze Nacht machen.“ Seine Finger streichen über meine Wange, während er mich ansieht, und mein Herz macht einen Salto. Seine Berührung ist zärtlich, als er mich um die Taille fasst und mich zu sich zieht, sich an meinen Rücken schmiegt und seine Nase an meinem Hals vergräbt.

„Du weißt ja, was man sagt ... der Morgen ist unbekannt, und alles, was wir haben, ist das Heute“, flüstere ich, und sein Griff um mich wird fester, während er gegen meine Haut stöhnt.

„Dann sollten wir es heute Abend richtig machen."

Und für den Rest des Tages und der Nacht, lässt er mich Sterne sehen, bis ich einschlafe.

21

BEN

Ich drehe mich um und stöhne. Ich bin müde. Meine Muskeln schmerzen, als wäre ich einen Marathon gelaufen, und als ich tief einatme, bin ich mir sicher, dass ich Speck und Kaffee rieche. Ich öffne ein Auge und versuche mich zu orientieren. Das Zimmer ist nicht meins. Es gibt cremefarben und zartrosa Überwürfe und Kissen. Ich sehe ein gerahmtes Foto von Emily und Rosie auf dem Nachttisch und lächle, als mir die Erinnerungen an die letzte Nacht in den Sinn kommen.

Meine Augen gewöhnen sich an die helle Morgensonne, die durch das Fenster scheint. Ich lasse mir Zeit und schaue mich im Zimmer um. Es ist ordentlich und aufgeräumt, gemütlich und überhaupt nicht wie meine Junggesellenbude. Obwohl ich mir sicher bin, dass dieser Ort zur Zeit meiner Großeltern gebaut worden ist, hat sie den kleinen Raum heimelig gemacht. Ich bin überrascht, dass sie schon wach ist, nach unserem heißen Marathon letzte Nacht. Wir haben uns praktisch die ganze Nacht verschlungen, und jedes Mal war besser als das vorherige.

Ich beuge mich vor und greife nach meinem Handy. Meine Augen weiten sich, als ich feststelle, dass es bereits neun Uhr morgens ist. Ich scrolle durch ein paar Nachrichten von meinen Brüdern, die versuchen, mich über den Familienchat zu kontaktieren. Ich bin offiziell zu spät für unser geplantes Golfspiel, und ihre Sticheleien darüber, wo ich sein könnte, wenn nicht bei ihnen, haben bereits begonnen. Ich kann mich nicht erinnern, wann ich das letzte Mal so spät aufgewacht bin. Ich fahre mir mit der Hand übers Gesicht, stehe auf, schnappe mir meine Jeans und gehe in ihr Badezimmer, um mir etwas Wasser ins Gesicht zu spritzen.

Ihr Badezimmer ist ebenfalls winzig. Ich habe gestern Abend nicht besonders darauf geachtet, aber im hellen Morgenlicht kann ich sehen, dass ich so groß bin, dass ich mir meinen Kopf beinahe an der Decke stoße. Ich passe kaum in das Bad. Sie hat perfekt flauschige, warme, weiße Handtücher, alle Oberflächen sind makellos sauber, und ich kann ihren Lavendelduft riechen, wohin ich mich auch wende. Ich schaue auf die Dusche und wünschte, ich wäre darin, nackt mit ihr, aber als sich mein Schwanz bei dem Gedanken zu regen beginnt, knurrt mein Magen. Wir haben gestern Abend das Abendessen ausgelassen und uns stattdessen gegenseitig vernascht, also verspüre ich jetzt einen ziemlichen Hunger.

Ich öffne die Schlafzimmertür, folge dem Geruch nach Speck und erblicke sie in der kleinen Küche. Sie ist mit dem Kochen beschäftigt und rührt etwas auf dem

Herd um, während im Hintergrund leise Musik läuft. Ich lehne mich gegen den Türrahmen, verschränke die Arme vor der nackten Brust und beobachte sie. Ihr Haar ist zu einem unordentlichen Dutt zusammengebunden, Strähnen umrahmen ihr Gesicht. Als mein Blick nach unten wandert, vergesse ich für einen Moment, wo ich bin, während mein Blick sich an ihrem perfekten Hintern in einer hellen Jeans erfreut. Ihr Oberteil ist genau so sexy. Sie trägt eine weiße Bluse, dessen Knöpfe am Kragen offen sind, sodass ihre strahlende Haut, ihr zartes Schlüsselbein und der Ansatz ihres roten Spitzen-BHs darunter zum Vorschein kommen. Ich bin schon wieder bereit, sie hier und jetzt zu nehmen.

Das Klingeln ihres Handys unterbricht meine Gedanken, und mein Blick wandert zu ihrem Gesicht. Sie sieht nicht glücklich aus, als sie über den Tresen greift und den Anruf stumm schaltet, ohne überhaupt auf das Display zu schauen. Sie hat immer noch nicht bemerkt, dass ich hier stehe, während sie mehrere Dinge gleichzeitig erledigt. Die Eier sind in der einen Pfanne, der Speck in der anderen, das Brot wird getoastet, während sie Saft einschenkt und das Telefon ignoriert.

„Kann ich helfen?", frage ich, als ich die Tür öffne, und sie mich sieht. Sie lächelt, und ihre Augen weiten sich, als sie mich erblickt. Meine Jeans sitzen tief auf meinen Hüften und ich gehe zu ihr hinüber, während sie mich die ganze Zeit anschaut.

„Morgen", sagt sie atemlos, als ich vor ihr stehen bleibe.

„Morgen, Baby", sage ich und benutze ihren neuen Spitznamen. Es fühlt sich so natürlich an wie das Atmen.

Ich lege meine Finger um ihr Kinn und gebe ihr einen Guten-Morgen-Kuss.

Ihr Handy vibriert erneut, was uns veranlasst, uns voneinander zu entfernen. Sie schaut auf das Display und ein finster Blick legt sich über ihr Gesicht. Sie weist den Anrufer ab und schiebt ihr Handy weg.

„Alles in Ordnung?", frage ich und bin gespannt, wer sie an einem Sonntag so früh anruft, während sie weiter in der Küche herumläuft.

„Ja, natürlich", sagt sie kopfschüttelnd und drückt mir den Pfannenwender in die Hand. „Kannst du dich um den Speck kümmern?", fragt sie, und obwohl ich nicht sicher bin, ob sie mir die Wahrheit sagt, tue ich, was sie verlangt.

Sie bewegt sich mühelos in der Küche, während ich mich um den Speck kümmere, und es entgeht mir nicht, dass sich das seltsam häuslich und doch völlig normal anfühlt. Normalerweise treffe ich mich mit einer Frau und schleiche mich am nächsten Morgen davon oder lehne höflich das Frühstück ab und gehe. Aber heute nicht. Heute bin ich in ihrer Küche, benutze ihren Pfannenwender und brate uns Speck. Ich diesem Moment, würde ich an keinem anderen Ort sein wollen.

Ihr Telefon klingelt wieder. Und wie zuvor sieht sie es an, lehnt den Anruf ab und schiebt es beiseite.

„Musst du da rangehen?", frage ich, denn ich will nicht, dass sie das Gefühl hat, nicht reden zu können, solange ich hier bin.

„Oh nein, ich dachte nur, es könnte Rosie sein, aber das ist sie nicht, also ist es nicht wichtig", sagt sie und stellt unser Frühstück auf den Tisch, während ich den

Speck auf die Teller lege. Wir sitzen zusammen, essen und genießen unseren Kaffee.

Ihr Telefon klingelt während des Frühstücks noch drei weitere Male, und jedes Mal ignoriert sie es. Wenn sie den Anruf entgegennehmen muss, könnte sie mich bitten, zu gehen oder solange in ihr Schlagzimmer zu warten, aber sie ignoriert es weiterhin, und das macht mich langsam wütend. Erst hat sie mir nichts von Rosie erzählt, und jetzt frage ich mich, was sie sonst noch vor mir verheimlicht.

„Also, letzte Nacht war ... ähm ...", beginnt sie und ihre Wangen röten sich leicht, was mein Herz sofort zum Schmelzen bringt. Ich lehne mich zurück, bewundere sie und grinse darüber, wie bezaubernd sie ist.

„Unglaublich", beende ich ihren Satz, weil es so war, und ich will nicht, dass sie etwas anderes denkt.

„Ich meine, wir sind nur zum Schein verlobt, nehme ich an ...", sie unterbricht sich selbst und spielt mit ihrem Essen. Ich kann die Verletzlichkeit deutlich in ihrem Gesicht sehen. Sie weiß, dass wir uns beide amüsiert haben, aber sie denkt, dass das eine einmalige Sache unserer Vereinbarung war oder so.

„Lass mich das klarstellen, Em. An der letzten Nacht war nichts vorgetäuscht. Das hatte nichts mit unserem Deal zu tun", sage ich fest. Ich habe keine Ahnung, wie es weitergehen wird. Aber ich weiß, was ich fühle, und ich weiß, dass ich diese Angelegenheit mit Beasley und der Schule sofort klären muss. Sie ist unglaublich schnell zu einer sehr wichtigen Person in meinem Leben geworden.

„Ich habe ...", beginnt sie, bevor sie von ihrem klingelnden Telefon auf der Arbeitsplatte unterbrochen wird.

Ich sehe, wie sie tief durchatmet und seufzt. Sie schließt für einen Moment die Augen, als würde es ihr wehtun, das zu hören.

„Bist du sicher, dass du nicht rangehen musst?", frage ich sie noch einmal, die Spannung in mir steigt und ich versuche, ihr eine Gelegenheit zu geben, den Anruf entgegenzunehmen.

„Nein, es ist alles in Ordnung." Ich bin nicht überzeugt, aber so oder so, sie gibt mir keine weiteren Informationen, also lasse ich es dabei bewenden. Ich bemerke, dass ihr Lächeln jetzt etwas weniger lebhaft ist, ihre Haltung etwas steif.

„Also, was hast du gesagt?", frage ich, weil ich will, dass sie mit mir spricht.

„Oh, nichts ... Ich habe es vergessen", sagt sie leise und reibt sich die Stirn. Wieder habe ich das Gefühl, dass sie nicht die Wahrheit sagt, und das gefällt mir nicht, kein bisschen.

„Ich muss nach Hause. Ich muss für ein Meeting morgen noch einiges vorbereiten." Ich denke, ein bisschen Abstand würde ihr gut tun, so gerne ich auch bleiben würde. Ich lehne mich in meinem Stuhl zurück, nehme ihre Hand und küsse jeden Finger.

Sie hebt ihre andere Hand und berührt mein Gesicht, ihr Lächeln ist diesmal echt, und mein Herz macht einen kleinen Salto. Diese Frau mit ihren perfekt frisierten Haaren, den großen blauen Augen und den vollen Lippen, die ich einfach nur rund um die Uhr küssen möchte, treibt mich noch in den Wahnsinn.

Ihr Telefon klingelt wieder und der Moment verflüchtigt sich. Sie seufzt, steht auf und beginnt, den

Tisch abzuräumen, und ich folge ihrem Beispiel. Ich spüle unsere Teller ab und räume die restlichen Sachen weg, bevor ich hinter sie trete. Meine Hände legen sich um ihre Taille, und ich lege meinen Kopf in ihren Nacken, um ihren Duft in mir aufzunehmen. Jedes Mal, wenn ich jetzt Lavendel rieche, werde ich nur noch an Emily denken können. Als meine Hände ihre Taille umschließen, ziehe ich sie an mich heran, weil ich mehr von ihr spüren will. Sie lehnt sich zurück und lehnt ihren Kopf gegen meine Brust.

Sie dreht sich in meinen Armen um, und ich lasse mir die Gelegenheit nicht entgehen, sie zu küssen. Mit einem tiefen, langsamen, heißen Kuss erkunde ich erneut ihren Mund, schmecke sie, verschlinge sie, kann nicht genug von ihr bekommen. Ich hebe sie hoch und setze sie auf den Küchentisch. Wir lösen uns keinen Augenblick voneinander. Ihre Arme schlingen sich um meinen Hals und ich ziehe sie näher an mich heran, damit sie genau spürt, wie hart sie mich macht.

Dieses Mal, als ihr Telefon klingelt, halte ich es nicht mehr aus.

„Es reicht", sage ich laut, greife nach ihrem Telefon und gehe ran, ohne nachzuschauen, wer es sein könnte.

„Sie ist beschäftigt", belle ich und lege dann auf, ohne auf eine Antwort zu warten. Ich lege das Handy wieder weg, und in der nächsten Sekunde sind ihre Lippen wieder auf meinen, was ich gierig als eine Art ‚Danke' annehme. Wir bleiben so, küssen und berühren uns, zentrieren uns gegenseitig, ich weiß nicht einmal, wie lange.

„Ich werde meine Sachen holen", sage ich widerwillig

gegen ihre Lippen, denn ich muss wirklich zurück in meine Wohnung, duschen und mich an die Arbeit machen. Sie nickt, und ich umschließe erneut ihren Hintern, um sie vom Tresen zu heben, bevor ich ihn leicht drücke und loslasse, um meine Sachen zu holen.

„Hast du alles?", fragt sie, als wir zur Tür gehen.

„Ja, aber am liebsten würde ich auch dich mitnehmen", sage ich, als sie die Tür öffnet, aber ich drücke sie dagegen und küsse sie erneut. Wenn ich jetzt nicht gehe, werde ich sie gegen diese Tür ficken.

„Leute, nehmt euch ein Zimmer", höre ich eine weibliche Stimme sagen, während eine andere kichert. Ich zucke zusammen und schaue hinter mich.

„Hi, Mädels", sagt Emily und lächelt, als ihre beiden Freundinnen auf uns zukommen. Sie errötet erneut, und ich muss grinsen, weil ich es liebe, dass sie wegen mir heiß und erregt ist.

„Hi, Ben. Bitte, lasst euch nicht aufhalten ...", sagt Emilys Freundin Sarah und zwinkert uns zu, als sie an uns vorbeigleitet, die Wohnung betritt und sich auf das Sofa fallen lässt. Emily lacht einfach nur. Sie sieht glücklich aus. Ich mag es, mein Mädchen lächeln zu sehen.

„Uhhh. Hi?", sagt Allie, Ems andere Freundin, als sie unbeholfen an uns vorbeigeht und mir ein kleines Lächeln schenkt, bevor sie Sarah in die Wohnung folgt.

„Tschüss, Baby", sage ich, total verliebt und tiefer drin, als ich je gedacht hätte. Ich gebe ihr noch einen Kuss und zwinge mich, den Flur und die Treppe hinunter zu gehen. Ich höre, wie sie die Tür schließt, und meine Lippen verziehen sich beim Anblick des Wohnkomplexes im Tageslicht ohne Ablenkungen. Der Boden ist abgenutzt, die Farbe blättert ab, in den Ecken sind Wasserschäden zu sehen, und die Tür des Komplexes hat nicht einmal ein Schloss. Es gefällt mir nicht, dass sie an einem Ort wie diesem lebt. Der krasse Gegensatz zwischen unserem Leben ist offensichtlich, aber als ich in die erfrischende Morgenluft hinaustrete, rieche ich einen Hauch von Lavendel aus dem nahen Garten. Und schon bin ich wieder in Gedanken bei Emily.

22

EMILY

„**B**itte sag mir, dass du die ganze Nacht nackt mit diesem Mann verbracht hast", sagt Sarah in dem Moment, als ich die Tür schließe.

Das dämliche Lächeln in meinem Gesicht sagt ihr alles, was sie wissen muss.

„Du!", kreischt sie und versetzt mir einen leichten Schlag mit einem Kissen, als ich mich neben ihr aufs Sofa fallen lasse.

„Ich dachte, es wäre alles nur vorgetäuscht? Er hat dich eben regelrecht aufgesaugt. Was zum Teufel soll das werden?", fragt Allie neugierig.

„Arggghhh, ich habe keine Ahnung. Was soll ich nur tun?", frage ich sie, denn ich kann nichts verbergen. Sie wissen bereits alles. Sie wissen, dass der Diamant an meiner Hand ein echter Edelstein ist, dass die Schule in Not ist und dass ich noch nie einen Mann in meinen Wohnung eingeladen habe. Bis jetzt.

„Als ob man nicht ein wenig Spaß haben könnte, während man versucht, die Welt zu retten", meint Sarah.

„Es ist nur .... Ich meine, er ist ein Rothschild!", sage ich, denn in Wirklichkeit könnte er es sich leisten, die gesamte Gemeinde, in der ich lebe, zu kaufen, während ich immer noch versuche, herauszufinden, wie ich diese Woche die Lebensmittel bezahlen soll.

„Ja, aber du hast einen großen Stein an deinem Finger, der dir sagt, dass du auch bald eine sein wirst", sagt Allie, während der Diamant in der Morgensonne funkelt und Regenbögen an die Wand malt.

„Das ist alles Schwindel!", seufze ich. Aber ich stelle diese Aussage sofort in Frage.

„Aus meiner Sicht sieht es nicht so sehr nach Schwindel aus", entgegnet Allie und bringt mich auf das zurück, was Ben heute Morgen gesagt hat. Dass nichts an letzter Nacht vorgetäuscht war ...

„Sie haben sich geküsst und nicht ewige Treue geschworen. Sie sind polare Gegensätze, Feinde im Krieg, die sich gegenseitig zu geschäftlichen Zwecken, aber auch zum persönlichen Vergnügen benutzen." Sarah säuselt die letzten Worte, aber die ersten Worte treffen mich am meisten. Sie hat recht. Wir sind Gegensätze. Wir stehen auf entgegengesetzten Seiten des Geschäfts, das er aushandeln will. Obwohl die letzte Nacht unglaublich war, muss ich wohl oder übel einsehen, dass Ben wahrscheinlich am meisten mit Gelegenheitssex zu tun hat. Und ich habe ihm direkt in die Hände gespielt, ungeachtet der süßen Dinge, die er davor und danach gesagt hat. Aber ... vielleicht sollte es mir egal sein. Es ist schon so lange her, dass ich mit jemandem zusammen war; es ist schön, die Berührung eines Mannes zu spüren. Die Vorsicht ein wenig in den Wind zu schlagen.

„Guck nicht so grimmig. Es war an Zeit, dass du einen Orgasmus von einem Mann bekommst", spottet Sarah, die offensichtlich weiß, was ich denke.

„Und das auch noch von einem Rothschild!", flötet Allie. Ich verdrehe die Augen, und Sarah versetzt ihr einen Schlag mit dem Kissen.

DIE MÄDCHEN BLIEBEN HEUTE für ein paar Stunden, und gemeinsam haben wir die Ereignisse der letzten Nacht Revue passieren lassen. Obwohl Ben und ich eine Scheinverlobung eingegangen sind, fühlt sich die Situation, in der ich mich befinde, langsam sehr real an. Die Anziehung, die wir füreinander empfinden, ist keineswegs nur vorgetäuscht, und obwohl es zwischen uns heiß hergeht, ist das Gefühl der schlechten Vorahnung, das mit unserer Verstrickung einhergeht, echt. Einer von uns wird verlieren, und ich weiß, dass es kein gutes Ende nehmen wird.

George hat vorhin angerufen, um mir zu sagen, dass er Rosie für eine weitere Nacht bei sich behält und sie morgen zur Schule bringt. Das gibt mir den Raum zum Nachdenken und die Pause, die ich so dringend brauche. Um ehrlich zu sein, glaube ich, dass George gerne Gesellschaft hat, jetzt, wo er allein lebt, und sie verstehen sich wunderbar. Während ich hier in der Stille des Abends sitze, habe ich Zeit, die letzten vierundzwanzig Stunden zu verdauen. Bin ich dumm, weil ich es überhaupt in Erwägung ziehe, mich mit einem Mann wie Ben einzulassen? Einem Mann, der mein legaler Gegner ist? Einem

Mann, der einen Anzug trägt und dessen Familie regelrecht der gesamte Staat gehört, in dem ich lebe? Ja. Ich glaube, ich habe meinen Verstand verloren. Aber das dumme Grinsen in meinem Gesicht will nicht verschwinden, ebenso wenig wie die Schmetterlinge in meinem Bauch oder die Schmerzen in meinen Oberschenkeln. Mein Körper ist erschöpft, all meine Kraft ist weg, aber ich habe mich noch nie so lebendig gefühlt.

Während mein Kopf auf dem Sofa ruht, genieße ich die Ruhe und Stille. Heute Nachmittag habe ich sogar ein Nickerchen gemacht, bevor ich von der Türklingel geweckt wurde. Als ich aufmachte, wurde ich von einem großen Strauß weißer Rosen von Ben und einem kleineren für Rosie empfangen. Ein Schock, ganz sicher. Für mich war es das erste Mal, dass mir ein Mann Blumen schickt. Jeremys ständige Anrufe an diesem Morgen sind zwar etwas Neues, aber ich führe es darauf zurück, dass er mich unter der Woche mit Ben in der Stadt gesehen hat und damit sein Interesse an mir gewachsen ist. Und genau das wollte ich vermeiden. Es ist Monate her, dass ich ihn gesehen habe, und seine Anrufe haben meine Stimmung etwas getrübt, aber die Blumen haben sie wieder aufgehellt.

Ich zappe durch die Fernsehsender, bevor ich mich meinem Bücherregal zuwende. Ein pikanter Liebesroman ist genau das Richtige in diesem Moment, als ich meine Sammlung durchgehe. Als ich ein Buch herausziehe, das schon seit Wochen auf meiner Leseliste steht, klingelt es an der Tür, und ich eile sofort hin, wobei ich mich frage, was es diesmal sein könnte. Ich kann nicht wirklich klar denken, schwebe immer noch auf Wolke sieben und erkenne meinen Fehler erst, als ich die Tür öffne.

Mein Herz bleibt fast stehen, die Luft verlässt meine Lungen, als ich ihn groß und wütend vor mir stehen sehe. Warum ich die Kette nicht rangemacht und nachgesehen habe, bevor ich die Tür geöffnet habe, weiß ich nicht. Normalerweise bin ich nicht so dumm. Er stürmt herein, als hätte er das recht dazu, stößt die Tür so heftig auf, dass sie gegen die Wand schlägt und ein kleines Loch entsteht, wo der Griff gegen die Gipsplatte knallt. Er stößt mich zur Seite, sodass ich mit dem Rücken gegen die Tür stoße, und ich zucke zusammen, als sich die andere Seite des Griffs in meine Rippen drückt.

„War das dein *Verlobter* der heute Morgen ans Telefon gegangen ist?", knurrt er, und ich kann den Whisky in seinem Atem riechen.

„Das geht dich nichts an. Raus hier!", rufe ich mit zitternder Stimme, zu Tode erschrocken, aber bemüht, ihn loszuwerden. Es ist schon eine Weile her, dass er mich besucht hat, aber das letzte Mal war ich eine Woche lang im Krankenhaus. Da hat er wohl gemerkt, dass er es zu weit getrieben hat, denn seitdem hat er sich ferngehalten. Aber Jeremy kann mich einfach nicht in Ruhe lassen.

„Ich will mich nicht wiederholen. Ich will, dass du diese verdammte Verlobung sofort auflöst", ruft er, und ich wünschte, die zuschlagenden Türen draußen im Flur wären Leute, die mir zu Hilfe kommen, anstatt mich zu ignorieren und ihre Schlösser zu überprüfen. Aber Jeremy ist nicht ihr Problem. Er ist meins.

„Fahr zur Hölle", spucke ich und mache mich auf das gefasst, was kommen wird. Ich sollte es besser wissen; ich sollte nicht antworten. Ich sollte weglaufen. Als ich zur Besinnung komme und aus der Wohnung renne, ist er schon hinter mir her, und das Letzte, woran ich mich erinnere, ist, dass ich froh bin, dass Rosie nicht hier ist.

Als ich wieder zu mir komme, ist die Wohnung dunkel, und mein Kopf pocht. Ich bleibe einen Moment still liegen und warte darauf, dass der Schmerz über mich hereinbricht, und das tut er nur einen Moment später mit voller Wucht, wie eine Flutwelle. Stumme Tränen fließen mir über die Wangen, nicht nur vor Schmerz, sondern auch aus Frustration und Angst. Ich bin es so leid, sein Sandsack zu sein.

Die Polizei wurde mehrfach eingeschaltet, aber er hat immer ein Alibi, hat immer Freunde, die für ihn lügen, und so klagt die Polizei ihn wegen einer kleinen Ordnungswidrigkeit an und lässt ihn gehen. Jeremy hat Beziehungen, und er nutzt sie gut aus. Warum sollte einer der reichsten Männer des Staates wegen einer Frau den ganzen Weg nach William Heights fahren? Vor allem, wenn er in der Stadt jede Frau haben kann, die er will. Er sagt der Polizei, ich sei eine verschmähte Ex-Geliebte. Eine Goldgräberin, die nur sein Geld und seine Aufmerksamkeit will, und dass ich ihn stalke. Ich kann nichts tun, ohne wie eine Verrückte zu wirken, und egal was passiert, er kommt ohne Konsequenzen davon.

Jeremys Missbrauch begann, sobald ich erfuhr, dass ich schwanger war. Ich wusste es nicht von Anfang an, und der Gedanke, das Baby nicht zu behalten, kam mir gar nicht in den Sinn. Ich war verliebt und in einer langfristigen, festen Beziehung und überbrachte Jeremy freudestrahlend die Nachricht. Er war zunächst begeistert, und wir begannen sofort mit den Planungen für unser Baby. Dazu trug auch bei, dass meine Hormone stark erhöht waren und ich während der gesamten Schwangerschaft das Bedürfnis hatte, im Schlafzimmer mit ihm zusammen zu sein – etwas, das ihm sehr gefiel.

Aber als der Bauch wuchs, wollte er nicht mehr mit mir zusammen sein. Er fing an, lange zu arbeiten, und an den Wochenenden schnauzte er mich sofort an und sagte mir, er wolle das Baby nicht mehr. Er wollte zu dem zurückkehren, was wir vorher hatten. Aber das konnten wir nicht. Ich konnte es nicht.

Dann begann alles in die Brüche zu gehen.

Nachdem ich jedes Mal die Polizei angerufen habe, machte ich mir später nicht mehr die Mühe. Es gibt nichts, was sie tun können. Nach drei schweren Schlägen und einigen Auseinandersetzungen dazwischen habe ich gelernt, den Kopf einzuziehen und mich so weit wie möglich von seinem Radar fernzuhalten. In den ersten Jahren zog ich von einer Unterkunft zur nächsten, dann lebte ich eine lange Zeit bei George, bis ich auf eigenen Füßen stehen konnte. Als Jeremy mich nicht fand, dachte ich, ich sei in Sicherheit. Aber er fand irgendwie heraus, dass ich in William Heights war. Ich nehme an, dass er es durch die Finanzunterlagen herausgefunden hat, denn ich habe keinen Zweifel daran, dass er Leute hat, die solche Dinge untersuchen. Ich war naiv, etwas anderes zu glauben.

Dies ist allerdings das erste Mal, dass er in meiner Wohnung war. Bei allen anderen Malen hat er um ein Treffen gebeten, unter dem Vorwand, er wolle über Rosie sprechen, oder er hat mich allein erwischt, als ich in der

Nähe von Georges Haus spazieren ging. Ich habe große Anstrengungen unternommen, um sicherzustellen, dass er mich hier nicht finden kann. Der Mietvertrag für diese Wohnung läuft sogar auf Georges Namen. Aber mit dem Geld kommt die Macht, und auch hier sollte ich nicht überrascht sein. Ich komme mir dumm vor, weil ich es wusste. Tief im Inneren wusste ich, dass das passieren würde. Dass er in dem Moment, in dem ich jemand anderen kennenlerne, zurückkommen würde. Als Ben heute Morgen den Anruf entgegennahm, hätte mir klar sein müssen, dass sich Ärger anbahnen würde. Es war dumm von mir, zu glauben, ich könnte eine Beziehung mit einem anderen Mann führen. Ich bin beschädigte Ware. Vorgetäuscht oder echt, ich sollte mich von Ben fernhalten. Ich könnte seinen Ruf für immer ruinieren.

Ich blinzle ein paar Mal und hebe meine Hand an mein Gesicht, um das getrocknete Blut zu spüren. Als ich mich umschaue, sehe ich, dass ich mit dem Kopf gegen die Türkante gestoßen bin, denn auch dort klebt Blut. Ich drehe mich auf die Seite, ziehe eine Grimasse und fasse mir an die schmerzenden Rippen. Er muss mir auch ein paar Tritte gegen den Oberkörper verpasst haben, als ich bewusstlos war. Ich gehe auf alle Viere, das Hämmern in meinem Kopf wird immer stärker, und ich greife nach dem Küchentisch, um mich aufzurichten, wenn auch etwas wackelig.

Dann halte ich inne und kontrolliere meinen Atem, um zu verhindern, dass meine Lungen vor Schmerz explodieren, und ich höre mein Telefon im Wohnzimmer klingeln. Ich gehe langsam darauf zu und schaue auf das Display. Mein Herz setzt einen Schlag aus, als ich sehe, dass es Ben ist, und ich lasse ihn auf die Mailbox sprechen. Es ist fast neun Uhr abends, also schätze ich, dass ich mindestens ein paar Stunden lang bewusstlos war. Meine Augen füllen sich mit Tränen, die ganze Tragweite meiner Situation kommt an die Oberfläche. Ich weiß nicht einmal, wie ich mich aus dieser Situation befreien soll. Mein Blick fällt auf das Handy, als Ben eine Nachricht hinterlässt, und weitere Tränen trüben meine Sicht. Zum ersten Mal seit Jahren fühle ich mich lebendig, ich fühle mich wie ich selbst. Warum scheint man mir dieses Leben nicht gönnen zu wollen? Verdiene ich es nicht? Warum kann Jeremy nicht einfach aus meinem Leben verschwinden?

Stöhnend gehe ich langsam in mein Badezimmer und versuche, mich zu waschen. Als ich das Licht anmache und in den Spiegel schaue, ist der Anblick nicht schön, aber auch nicht der Schlechteste, den ich je gesehen habe. Über meinem Auge befindet sich eine kleine Platzwunde, und die geschwollene Haut ringsherum färbt sich bereits dunkelviolett-blau. Ich habe kein Eis draufgelegt, also muss ich mich sofort darum kümmern, um hoffentlich die Schmerzen und die Schwellung von jetzt auf gleich zu lindern. Ich weiß, wie das geht. Ich habe das schon oft durchgemacht.

Ich knöpfe meine Bluse auf, die jetzt mit Blut befleckt ist, und werfe sie auf den Boden. Es gibt keine größeren Blutergüsse an meinem Körper, was gut ist, denn das bedeutet, dass ich auch keine inneren Blutungen habe ... hoffe ich. Es gibt eine kleine Rötung, aber das ist nichts, was man nicht mit etwas Eis beheben könnte. Alles in allem ist es schmerzhaft, aber ich habe schon schlimmeres erlebt, und ich bin nur froh, dass ich das Bewusstsein verloren habe. Sonst wäre es vielleicht anders ausgegangen. Er mag es nicht, wenn ich mich wehre.

Ich lasse das Wasser laufen, schnappe mir einen Waschlappen und fange an, mich zu waschen, dann ziehe ich meinen Schlafanzug an. Ich gehe in die Küche, suche mir die Eisbeutel – die ich aus genau diesem Grund aufbewahre – und setze mich auf das Sofa, um George anzurufen.

Es ist spät, also wird er sich erschrecken, aber ich kann morgen nicht zum Unterricht erscheinen. Ich kann die blauen Flecken vielleicht vor Rosie verbergen, aber die anderen werde es ihr erzählen, und ich will nicht, dass sie sich Sorgen macht.

„Em, was ist los?", fragt George sofort, als er den Anruf entgegennimmt.

„Ich kann morgen nicht kommen. Jeremy war heute hier", sage ich, ziehe eine Grimasse und versuche, durch den Schmerz zu atmen. Meine Hände zittern, meine Nerven sind völlig am Ende.

„Okay, lass mich Rosie wecken, dann hole ich dich ab und bringe dich ins Krankenhaus", sagt George, der schon weiß, wie das in der Vergangenheit abgelaufen ist.

„Nein. Ich werde einfach schlafen gehen. Mir geht es gut, ein paar Prellungen und Schmerzen, aber nichts, was Eis und Schmerzmittel nicht beheben könnten. Ich glaube aber, dass den Kindern meine neue Farbe nicht gefallen wird, deshalb werde ich morgen zu Hause bleiben. Wenn du Rosie nach der Schule nach Hause bringen könntest, wäre ich dir sehr dankbar", sage ich und fühle mich schlecht, weil ich George damit noch mehr belaste. Er hat mit der Schule schon genug um die Ohren.

„Ich werde Sarah bitten, deinen Unterricht zu übernehmen, und ich werde morgen früh vorbeikommen. Ist etwas passiert, das ihn zu einem Besuch veranlasst hat?", fragt George. Wir waren beide dankbar, dass ich seit Monaten nichts mehr von Jeremy gehört habe, und ich dachte dummerweise, dass er vielleicht für immer aufgehört hat.

„Ben hat letzte Nacht hier übernachtet. Jeremy hat heute Morgen ununterbrochen angerufen, und dann ist Ben rangegangen. Er ist nicht sonderlich glücklich über die Verlobung", stoße ich hervor, lehne mich in die Kissen und versuche, es mir bequem zu machen.

„Er ist ein böser Mann, Em. Wir müssen versuchen, ihn von dir fernzuhalten. Du solltest das nicht durchmachen müssen." Ich kann die Wut in seiner Stimme hören.

„Ich bin es leid, wegzulaufen, George. Ich bin es leid, mich zu verstecken. Wohin ich auch gehe, er wird mich finden. Er hat das Geld, um alles zu tun, was er will, und da kann ich nicht mithalten. Ich kann mich nicht einfach in Luft auflösen." Mein Körper zittert, Tränen laufen mir über die Wangen. Ich hasse ihn dafür, dass er mich so fühlen lässt. Ich hasse ihn.

„Er wird aufhören ... er muss aufhören", sage ich wieder, ohne es wirklich zu glauben. Jetzt, wo er weiß, dass Ben in meinem Leben ist, weiß ich, dass er nicht aufhören wird. Die einzige Rettung ist, dass er wenigstens Rosie nicht zu nahekommt. Das hat er noch nie getan, und er zieht es vor, so zu tun, als würde sie gar nicht existieren. Ich bin es, die er will. Und ich bin es, die er nicht haben kann.

„Er wird erst aufhören, wenn du tot bist, Em." Als sich ein weiterer Schluchzer meiner Kehle entringt, holt George tief Luft, dann wird sein Ton leiser. „Es tut mir leid. Bist du sicher, dass du nicht ins Krankenhaus willst?"

„Mir geht's gut, George. Kannst du bitte einfach auf Rosie aufpassen? Ich will nicht, dass sie weiß, dass er hier war."

„Vielleicht müssen wir mit jemand anderem reden, einen Anwalt oder so etwas suchen." Es ist nicht das erste Mal, dass er dies erwähnt.

„Ich kann mir keinen Anwalt leisten, und außerdem, was können die schon tun? Jeremy ist nie angeklagt worden. Wieder steht sein Wort gegen meines." Ich seufze und atme tief ein, um mich zu beruhigen.

„Was ist mit Ben? Er könnte helfen. Diese große Anwaltskanzlei könnte etwas Gutes tun." Ich schüttle den Kopf, auch wenn er mich nicht sehen kann.

„Ich kann Ben nicht in diese Sache hineinziehen. Ich habe ihn gerade erst kennengelernt. Ich kann das nicht auf ihn abwälzen, das ist das Letzte, was er braucht", sage ich und fühle mich schon schuldig, dass ich dieses Problem überhaupt habe, während ich mit Ben zusammen bin.

„Du musst wieder bei mir einziehen. Wenigstens kann ich dir helfen, eine Abschreckung sein, jetzt wo er in deiner Wohnung war", drängt George.

„Diese Wohnung ist mein erster Schritt in die Unabhängigkeit. Es ist mein erster Versuch, ein selbstständiges

Leben zu führen, eines, in dem ich einfach ich sein kann. Ich will nicht mehr weglaufen und mich verstecken. Ich will nicht, dass er diese Kontrolle über mich hat. Zum Teufel mit ihm. Ich will einfach mein Leben leben." Mit George zu leben ist sicherer und sinnvoller, aber ich will nicht mein ganzes Leben und das von Rosie wegen Jeremys Handlungen wieder umkrempeln. Ich bin mir sicher, dass es einen anderen Weg gibt.

„Warum denkst du nicht darüber nach. Du weißt, dass meine Tür für dich und Rosie immer offen steht. Ich habe euch beide gern hier", sagt George, und ich weiß es. Wir sind auch gerne dort.

„Danke, George. Für alles", sage ich, lege auf und lehne mich zurück, mit Eis im Gesicht und auf den Rippen. Und dort bleibe ich, die ganze Nacht, bis am nächsten Morgen die Sonne aufgeht.

23

BEN

Es ist schon ein paar Tage her, dass ich sie gesehen habe. Ich habe sie angerufen und ihr geschrieben, wollte sie besuchen oder mit ihr ausgehen, aber jedes Mal, war sie beschäftigt. Ich will auch nicht als bedürftig rüberkommen, aber ich will sie, am liebsten bei mir, unter mir, jede Nacht. Obwohl der Verkehr an diesem Mittwochnachmittag ein Albtraum war, habe ich mich wieder auf den Weg zur Schule zum Kunstunterricht gemacht. Die Vorfreude, meine Mädchen jetzt zu sehen, erfüllt meinen Körper. Ich räuspere mich und versuche, diese neuen Emotionen in den Griff zu bekommen, während Ralph sich zwischen den Autos hindurchschlängelt.

Meine Mädchen.

Emily ist mir vom ersten Moment an unter die Haut gegangen, und ich kann es kaum erwarten, dass Rosie mir ein weiteres Kapitel von *Aschenputtel* vorliest. Ich habe noch nie viel Zeit mit Kindern verbracht. Meine Brüder und ich sind nicht wirklich Familienmenschen, seit Dad gestorben ist und unsere Vorstellungen von einer echten Familie zerstört hat. Aber Rosie ist wirklich süß, und sie hat sich genauso wie ihre Mutter einen Platz in meinem Herzen erobert.

Es ist alles falsch, schreit mir der Teufel auf der Schulter ins Ohr, und ich knirsche mit den Zähnen. Ich darf mich nicht vom Wesentlichen ablenken lassen. Sie ist meine *unechte Verlobte.* Ich höre Harrisons Stimme in meinem Ohr von unserem Telefonat vorhin. Meine Brüder und ich haben vorhin telefoniert, um unseren nächsten Golftag festzulegen, als ich ihnen von Rosie erzählte und wie ich das Wochenende mit Em verbracht habe. Tennyson lachte, Eddie seufzte, und Harrison hatte nichts als Unglauben in seinem Tonfall. Kurz darauf erhielt ich heute Morgen eine E-Mail von Beasley, in der er sein Drängen auf diese Immobilie erneut zum Ausdruck brachte und seine Bedenken bezüglich der Wahl meiner Verlobten äußerte, die wir bei unserem nächsten Treffen besprechen würden. Ich lasse mein Team nach einer Alternative suchen, in der Hoffnung, dass ich ihn davon überzeugen kann, woanders zu kaufen, aber das Gefühl in meiner Magengrube sagt mir, dass er seine Meinung nicht ändern wird.

Harrison hatte auch kein Glück, aber sein Engagement für das Projekt stieg erneut, als er mehr über Em und Rosie und meine Gefühle für sie erfuhr. Sein Team hat seither Stunden damit verbracht, Protokolle zu prüfen und mit dem Bürgermeister zu sprechen. Allerdings scheinen ihm im Moment die Hände gebunden zu sein. Es ist eine kommerzielle Entscheidung; der Staat kann nichts tun.

Ich reibe mir die Augen, als wir die Schule erreichen. Die Nachmittagssonne scheint auf die Schule, und ich sehe sie in einem neuen Licht. Sie ist hell und farbenfroh. Das Lachen der Kinder ist zu hören, sobald ich das Foyer der Schule betrete, und ich muss lächeln, als ich dieselbe Frau am Empfang sehe.

„Guten Morgen, ich bin hier, um Emily Carr zu treffen." Ich bleibe professionell, greife an den Ärmel meines Hemdes und befestige meinen Manschettenknopf, der wahrscheinlich mehr kostet als die gesamte Garderobe dieser Frau. Sie nimmt den Hörer ab und ruft jemanden an, um ihm mitzuteilen, dass ich hier bin.

„Sie können zu ihr gehen. Emily ist in dem Raum links." Ich nicke und gehe den vertrauten Flur hinunter, wobei ich das Kreischen und Lachen der Kinder in den anderen Klassenzimmern höre, während ich vorbeigehe. Ich wollte eigentlich Blumen mitbringen, aber ich dachte, das wäre vielleicht nicht ganz angemessen. Bis jetzt habe ich nicht daran gedacht, wie schwierig es sein würde, sie nicht zu berühren, wenn ich sie sehe. Als ich mich ihrem Zimmer nähere, öffne ich die Tür und klopfe ein paar Mal, bevor ich eintrete. Ich sehe dieselben Kinder wie letzte Woche, und dieses Mal ist auch George in der Klasse und scheint Emily zu helfen.

Ihr Haar fällt ihr ins Gesicht, und ihr Hintern sieht in den Jeans, die sie wie immer trägt, viel zu gut aus. Sie schaut auf, als sie mich sieht, und schenkt mir ein strahlendes Lächeln, und ich kann nicht anders, als genauso breit zurückzulächeln. *Unecht, unecht, unecht.* Ich schaue schnell zu George, der sich Sorgen zu machen scheint, aber ich schenke ihm ein kurzes Lächeln, und er nickt mir zu.

Ich wirke wahrscheinlich wie ein verliebter Narr und bin dankbar, dass meine Brüder nicht hier sind, um zu sehen, zu was für einem Trottel ich geworden bin. Ich hatte keine Zeit, mich heute schick zu machen, also habe ich einen älteren Anzug angezogen, einen, bei dem es nicht so schlimm ist, wenn er Farbkleckse abbekommt.

Sie kommt auf mich zu, schaut mich direkt an, den Kopf nach oben geneigt, und gibt mir das Gefühl, dass ich der einzige Mensch auf der Welt bin, der zählt. Das ist es, was mich an ihr am meisten anmacht; sie gibt mir das Gefühl, alles zu sein. Ich fühle mich unbesiegbar. Sie bleibt direkt vor mir stehen und Unruhe breitet sich in mir aus, als ich leichte Blutergüsse in ihrem Gesicht und eine kleine Platzwunde über ihrem Auge sehe.

„Was ist passiert?", frage ich sie und ziehe die Augenbrauen zusammen, während ich sanft ihr Gesicht berühre und die Haare zurückschiebe, damit ich sie besser sehen kann.

„Oh, nur ein dummer Unfall. Ich bin zu Hause hingefallen. Mir geht's gut", sagt sie und lächelt, während sie einen Schritt zurücktritt und ihr Haar wieder über ihre Wange fallen lässt, als würde sie sich vor mir schützen, und das gefällt mir nicht.

„Wie geht es Ihnen, Mr. Rothschild?", fragt sie etwas lauter in ihrem Lehrerton, aber bevor ich antworten kann, höre ich Rosie.

„Ben? Ist Ben hier?", fragt sie aufgeregt und kommt zu mir, wobei sie den Stühlen und Tischen im Raum geschickt ausweicht.

„Hi, Rosie", sage ich, als sie auf uns zukommt, wobei mein Blick zwischen Rosie und Em hin- und herwandert, wobei ich mich immer noch frage, was Emily passiert ist. „Ich hatte gehofft, du könntest mir noch ein paar Seiten aus *Aschenputtel* vorlesen." Als ich mich zu ihr hinunterbeuge, streckt sie eine Hand aus und legt sie mir auf die Schulter. Sie ist einen Moment lang still, bevor sie flüstert: „Darf ich dein Gesicht berühren, Ben?" Mein Blick wandert zu Emily, die schockiert aussieht und deren Augen ein wenig glasig werden.

„Klar." Ich nehme ihre Hand von meiner Schulter und lege sie an meine Wange. Sie hält still, ihre kleine Hand streichelt meine Wange, meine Nase, meine Augenbrauen, und obwohl sie mich nicht sehen kann, habe ich das Gefühl, dass sie jetzt genau weiß, wie ich aussehe.

„Du hast eine große Nase!" Sie kichert und unterbricht damit die Spannung. Es ist eine kleine Geste, aber wieder taut mein kaltes Herz ein wenig mehr auf. Diese beiden Frauen werden mich zum Schmelzen bringen, wenn ich nicht aufpasse.

„Es ist eine sehr hübsche Nase", scherze ich, und sie lacht wieder.

„Lass uns *Aschenputtel* suchen gehen", sage ich, nehme ihre Hand und wir gehen in Richtung der Leseecke in der Ecke des Zimmers, aber nicht bevor ich Emily einen kurzen Kuss auf die Wange gedrückt habe. Ich sehe, wie sie leicht errötet, und lächle. Aber meine Gedanken werden schnell wieder auf die Verfärbung unter der Röte gelenkt, und es dreht sich mir der Magen um.

Ich sitze mit Rosie da, während sie vorliest und sehe mich im Raum um. George hilft einigen der größeren Kinder, während Emily bei zwei kleineren Jungen sitzt und ihnen vorliest. Ihr Gesichtsausdruck ist urkomisch, und am Ende des Buches lachen die Jungen wie wild. Die Schulglocke läutet, und der Geräuschpegel im Raum nimmt zu, als alle Kinder, auch Rosie, ihre Sachen zusammenpacken und den Raum verlassen, um abgeholt zu werden.

Während Emily damit beschäftigt ist, den Kindern hinaus zu helfen, gehe ich zu George hinüber.

„George", sage ich und strecke meine Hand aus.

„Sie können es nicht lassen, was?", sagt er mit einem kleinen Seufzer und schüttelt mir die Hand. Ich mache mich daran, ihm zu helfen, die Stühle auf die Tische zu stellen. Die ganze Prozedur erinnert mich an meine Schulzeit, obwohl die Stühle viel kleiner sind als in meiner Erinnerung.

„Ich hatte gehofft, Emily nächstes Wochenende in die Stadt ausführen zu können", sage ich zu George. Ich bitte ihn nicht wirklich um Erlaubnis, aber ich möchte ihn wissen lassen, was ich vorhabe. Dass es mir ernst mit ihr ist.

George bleibt stehen und sieht mich mit ernster Miene an. „Ich bin mir nicht sicher, ob das eine gute Idee ist ..."

„Ich werde mich gut um sie kümmern, das verspreche ich. Sie brauchen sich keine Sorgen zu machen." Ich versuche, es locker klingen zu lassen, aber sein Gesicht zeigt keine Regung.

Er seufzt wieder, und ich sehe, wie sein Blick zu

Emily hinüberwandert, bevor er wieder mich anblickt. „Ich werde mich um Rosie kümmern, das ist kein Problem, aber beschütze sie einfach, Ben. Bitte." Ich bin verwirrt über seine Antwort, aber ich hebe mir das für einen anderen Tag auf, als Rosie und Emily wieder ins Zimmer kommen.

„Rosie, Ben hat die ganze Arbeit für uns gemacht!", sagt Emily mit einem kleinen Klatschen. Sie kommt herüber und schmiegt sich an meine Seite, und mein Arm legt sich instinktiv um ihre Taille, während ich ihren Scheitel küsse. Das ist es, was ich mag. Sie passt einfach perfekt zu mir. Sie ist perfekt.

„Danke, Ben, ich hasse es, mich um die Stühle zu kümmern", fügt Rosie hinzu und lächelt zu uns hoch.

„Komm, Rosie, ich glaube, ich habe einen Lutscher in meinem Büro", sagt George, nimmt ihre Hand und führt sie aus dem Zimmer.

„Also ...", beginnt Emily, ein Schmunzeln ziert ihre Lippen. „Du bist noch nicht durch die Tür zu einem weiteren Treffen gerannt ... Ist das jetzt ein Arbeits- oder ein Privatbesuch, Mr. Rothschild?"

„Hmmm ..." Ich ziehe sie an mich und beuge mich hinunter, um sie zu küssen. „Ein bisschen Arbeit und eine ganze Menge Persönliches", knurre ich, als sich ihre Arme um meinen Hals schlingen und ich sie sanft küsse. Als ich mich von ihr löse, blicke ich sie direkt an. „Bist du sicher, dass es dir gut geht, Em?" Ich mustere ihr Gesicht und mein Finger fährt über die kleine rote Wunde über ihrem Auge.

„Ja, ich bin mir sicher. Aber danke der Nachfrage", sagt sie, aber dann tritt sie zurück und lässt ihr Haar wieder ins Gesicht fallen. Ich beiße die Zähne zusammen, weil mir diese Distanz, die sie zwischen uns aufbaut, wenn ich das Thema anspreche, immer noch nicht gefällt.

„Also, wie kann ich dir helfen." Sie verschränkt die Arme vor der Brust, als wolle sie sich schützen.

„Beasley ist immer noch scharf darauf, die Schule zu kaufen. Er wird nicht aufhören, Em, und da meine Anwaltskanzlei ihn vertritt muss ich ihm bei seinen Geschäften helfen", sage ich ihr bedauernd und schlucke schwer.

„Und?", stößt sie hervor.

„Und wir werden eine Sitzung nach der anderen einberufen und alles in die Waagschale werfen. Ich möchte, dass du im Voraus weißt, dass es nicht persönlich ist. Michael hat hier die Leitung, aber ich muss dabei sein. Du musst wissen, dass ich alles, was du sagst oder tust, während ich dabei bin, verwenden werde. Ich möchte das nur klarstellen. Ich möchte eine klare Linie ziehen." Ich muss an die Akte denken, die Michael mir heute Morgen auf den Schreibtisch gelegt hat. Eine Akte mit Informationen, die er über Emily gefunden hat. Ich habe sie mir den ganzen Morgen angeschaut. Er ist seine polizeilichen Quellen durchgegangen und hat eine Menge Details über ihre Vergangenheit herausgefunden, aber ich habe sie ungeöffnet gelassen. Ich bin mir nicht sicher, ob ich ohne ihr Wissen noch einmal so tief in ihr Leben eindringen möchte.

„Okay", sagt sie seufzend und schaut zu mir hoch. Sie scheint sich mir nicht zu verschließen, also nutze ich die Gelegenheit.

„Aber alles, was nicht mit dem Fall zu tun hat ...", sage ich, während ich auf sie zugehe, meine Hände um ihre Taille lege und sie an mich heranziehe. „Ich bin absolut bereit dafür." Ich küsse sie erneut, wobei ich mit äußerster Vorsicht vorgehe, um ihr keine Schmerzen zuzufügen. Sie erwidert den Kuss, ihre Haltung entspannt sich, als ihre Hände nach oben wandern, um meine Anzugsjacke zu greifen, und wir vertiefen den Kuss.

Ich löse mich ein Stückchen von ihr und schaue ihr in die Augen. „Ich möchte, dass du nächstes Wochenende bei mir in der Stadt bleibst. Ich habe eine Wohltätigkeitsveranstaltung, die meine Mutter organisiert, und ich möchte, dass du mich begleitest." Ich bin mir nicht sicher, wie sie reagieren wird, was ich erwarten kann. Sie schweigt, während sie die Augenbrauen zusammenzieht. Sie sieht besorgt aus, aber sie hat nichts gesagt, also fahre ich fort. „Michael und meine Brüder werden dort sein. Und ein paar andere Geschäftspartner. Es ist eine Wohltätigkeitsgala, also wird es sicher lustig." Ehrlich gesagt, es wird nur ein schöner Abend werden, wenn sie an meiner Seite ist.

Sie sagt immer noch nichts, aber ich sehe, wie sie darüber nachdenkt. „Ich werde mich um dich kümmern, Em. Ich weiß, dass du nicht oft in die Stadt kommst, also werden wir nicht lange bleiben, und dann können wir zu mir nach Hause gehen. Wenn du willst, bringe ich dich am Sonntag als Erstes nach Hause, damit du nicht allzu lange wegbleibst. Oh, und George hat gesagt, dass er sich um Rosie kümmern würde ...", füge ich hinzu und versuche, sie zum Reden zu bringen.

„Ich habe nichts zum Anziehen ...", flüstert sie. Ich atme erleichtert aus, dieses Problem kann leicht behoben werden.

„Ich werde alles organisieren, also mach dir keine Sorgen darüber. Ich werde am Samstagmorgen vorbeikommen und mit dir und Rosie ins Schwimmbad gehen, und dann bringe ich dich zu mir, wo man sich um deine Haare, dein Make-up und dein Outfit kümmern wird." Ich möchte das so reibungslos wie möglich machen, denn ich weiß auch, dass sie es hasst, von Rosie getrennt zu sein.

„Nun, das ist Teil unserer Vereinbarung."

„Das ist es, aber wie wäre es, wenn wir das nur für uns machen? Ich möchte, dass du meine Brüder kennenlernst. Ich möchte dich an meiner Seite haben", sage ich, bevor ich schlucke und meine Karten vor ihr ausbreite. Sie muss doch wissen, dass das nichts mit unserer Vereinbarung zu tun hat, oder?

Ihre Haltung entspannt sich ein wenig, und sie schenkt mir ein kleines Lächeln. Ein Lächeln, das mich den ganzen Tag begleiten wird.

„Okay", stimmt sie zu, während sie zu mir aufblickt. „Nur für uns."

„Okay", antworte ich, beuge mich vor, lege meine Lippen auf ihre und habe das Gefühl, den Jackpot geknackt zu haben.

24

EMILY

Ich beobachte meine Tochter, wie sie sich aufrecht hinsetzt, bereit, es noch einmal zu versuchen.

„Siri, ruf George an", sagt sie mit lauter, klarer Stimme. Mein Telefon liegt direkt vor ihr auf dem Couchtisch, als wir uns beide auf den Boden davor setzen.

„Rufe George an", wiederholt die Stimme, und wir hören es klingeln. Sie lächelt leicht angesichts ihres Erfolges. Normalerweise sind wir nach einem anstrengenden Schultag beide müde, aber wir sitzen hier, seit wir nach Hause gekommen sind, und ich bringe ihr bei, wie man das Telefon benutzt, obwohl es kurz nach fünf ist und ich das Abendessen vorbereiten muss.

„Hallo?", antwortet George, als wäre es nicht das zehnte Mal, dass wir dies in den letzten fünfzehn Minuten getan haben.

„George, ich bin's!", flötet Rosie und ist begeistert, dass sie jetzt eine neue Fähigkeit erlernt hat und ihre Unabhängigkeit wächst.

Ich habe monatelang gespart, um dieses Telefon zu kaufen, da mein altes Telefon nicht mehr geeignet war und Rosie es nicht bedienen konnte. Ich brauchte etwas, das sie mit ihrer Stimme bedienen kann, und Siri ist unsere neueste Errungenschaft. Ich sage mir, dass es für Notfälle gedacht ist. Aber ich weiß, dass Jeremy unser wahrscheinlichster Notfall sein wird. Ich sollte wirklich wieder bei George einziehen. Das ist die klügere und sicherere Entscheidung. Aber ich will es nicht. Ich würde meine Unabhängigkeit, mein Selbstwertgefühl, meine Identität verlieren ... Ich wäre nicht mehr Emily Carr, sondern die Frau, die ständig einen Beschützer braucht oder jemanden, hinter dem sie sich verstecken kann ... Ich fühle mich erbärmlich. Aber so frustrierend das auch ist, bin ich doch dankbar, dass ich diese Möglichkeit habe.

„Okay, Mädels, ich muss arbeiten, und ihr müsst jemand anderen anrufen", sagt George und tut so, als wäre er mürrisch, obwohl ich weiß, dass er es im Grunde liebt. Aber wir verabschieden uns, weil wir wissen, dass er die monatlichen Finanzberichte für die Schule fertigstellen muss.

Er ist gestresst. Die Feuerwehr ist heute Morgen in der Schule eingetroffen, weil sie offenbar einen Hinweis erhalten hat, dass wir nicht alles vorschriftsmäßig betrieben haben. Als sie ankamen, wussten George und ich sofort, was vor sich ging. Beasley versucht Druck auszuüben, aber abgesehen von ein paar kleinen Defekten war alles in Ordnung.

„Okay, tschüss!", verabschiedet Rosie sich und George legt auf.

„Wen können wir noch anrufen, Mami?", fragt Rosie, die unbedingt weitermachen will. Ich denke an Sarah, aber sie hat einen Elternabend, und ich weiß, dass Allie gerade die Abendschule für ihr Lehrerdiplom beginnt.

„Oh, ich weiß! Siri, ruf Ben an!", sagt Rosie und hüpft in ihrem Sitz.

„Rufe Ben an", sagt die automatische Stimme.

„Nein, Rosie. Stopp, Siri", sage ich panisch, weil ich sicher bin, dass er gerade arbeitet oder mit etwas Wichtigerem beschäftigt ist.

„Hey, Baby", antwortet er, und seine Stimme durchdringt die Unsicherheit, in den ich eben noch gehüllt war, und lässt mich jetzt erröten.

„Hallo, Ben!", ruft Rosie freudig, und ich höre ihn durch die Leitung lachen.

„Hey, Rosie! Was machst du denn so?", fragt Ben, und ich stelle mir vor, wie er in seinem Büro sitzt und eine Pause von seinem Papierkram macht.

„Mama bringt mir bei, wie man mit dem neuen Telefon Leute anruft", sagt sie erfreut.

„Tut sie das? Du kannst mich jederzeit anrufen, wenn du willst, okay?"

„Ahh, das wirst du vielleicht bereuen. Sie hat George in der letzten halben Stunde schon zehnmal angerufen", mische ich mich in ihr Gespräch ein, und ein Lächeln umspielt meine Lippen, dass die beiden so gut ohne mich auskommen.

„Nun, ich könnte die Ablenkung gebrauchen. Ich bin bei meiner Mutter."

„Gibt sie dir auch ihr Siri, Ben?", fragt Rosie unschuldig.

„Nein, Rosie, das tut sie nicht." Er seufzt, doch dann fängt er sich. Er muss wirklich ein angespanntes Verhältnis zu ihr haben. Es ist traurig, denn ich kann mir nicht vorstellen, meinem Kind nicht nahe zu sein.

„Wie war es heute in der Schule?", fragt er, und ich höre die Leute im Hintergrund reden.

„Oh, wir waren heute in der Bibliothek. Wir haben den Bürgermeister getroffen! Und eines Tages möchte ich den Präsidenten treffen!", sagt Rosie mit einem breiten Lächeln. Sie fand es toll, heute alles über die Regierung zu erfahren. Bürgermeister Simplot nimmt sich in seinem vollen Terminkalender offensichtlich Zeit für uns, jetzt, wo er sich bei George einschleimen muss.

„Wirklich? Was ist mit dem Gouverneur?", fragt Ben, und ich höre die Stimmen hinter ihm lauter werden.

„Wer ist unser Gouverneur, Ben?", fragt Rosie, und ich frage mich, worauf er hinaus will.

„Nun, er ist genau hier. Warte, ich stelle ihn auf Lautsprecher." Wenn ich nicht sitzen würde, würde ich umfallen.

„Gouverneur Rothschild, begrüßen Sie Emily und Rosie", sagt Ben, und als Rosie tief Luft holt, fallen mir fast die Augen aus dem Kopf.

„Hallo, Emily und Rosie!", sagt Bens Bruder durch das Telefon, und ich bin sprachlos. Gut, dass Rosie es nicht ist und das Gespräch für uns beide weiterführt.

„Gouverneur! Ben, woher kennst du den *Gouverneur*!" Rosie schreit fast vor Aufregung.

„Rosie, Bens Bruder ist der Gouverneur. Er heißt Gouverneur Rothschild", sage ich und versuche, sie zu beruhigen, lächle aber gleichzeitig über die pure Freude in ihrem Gesicht.

„Ich habe gehört, dass du Zeit mit meinem Bruder verbracht hast, Rosie. Er hat mir viel über dich erzählt", sagt Harrison, und mein Herz schlägt schneller bei dem Gedanken.

„Hat er das?" Rosie stellt genau die Frage, die mir auf den Lippen liegt.

„Das hat er. Er hat mir erzählt, dass du sehr gerne liest und malst", sagt Harrison.

„Jungs! Mit wem redet ihr?!", höre ich die Stimme einer Frau rufen, und das reicht aus, um sowohl Rosie als auch mich zusammenzucken zu lassen.

„Tut mir leid, Rosie, ich muss auflegen. Meine Mutter verlangt nach uns", höre ich Bens Stimme in einer Mischung aus Scherz und Wut.

„Wow. Sie klingt wirklich sauer. Willst du stattdessen hierher zum Essen kommen?", flüstert Rosie.

„Rosie, ich bin sicher, Ben hat heute Abend viel zu tun", werfe ich ein.

„Ich würde gerne, wenn es dir recht ist, Em?", fragt er, und obwohl er mich nicht sehen kann, lächle ich.

„Aber natürlich! Bis später", antworte ich und überlege im Geiste, was ich kochen soll.

„Toll, bis gleich", sagt Ben schnell, bevor er das Gespräch beendet, und ich sehe zu Rosie hinunter.

„Wow. Ich habe gerade mit dem Gouverneur gesprochen ...", flüstert Rosie, und die Ereignisse der letzten fünf Minuten lassen sie verstummen.

„Er klang nett." Ich habe keine anderen Worte.

Warum sollte Ben seine falsche Verlobte und ihre Tochter seinem Bruder vorstellen? Ganz zu schweigen von der Tatsache, dass er ihm alles über uns erzählt zu haben scheint? Und was für eine Frau schreit ihre erwachsenen Kinder so an?

ICH SCHALTE DEN HERD AUS, als es an der Tür klopft, nachdem ich die Zutaten für eine große Bolognese gefunden und mit den frischen Kräutern, die mir meine Nachbarin gestern geschenkt hat, zusammengerührt habe. Die ganze Wohnung riecht köstlich.

Mein Herz macht einen Sprung und ich stehe still, mein Körper bewegt sich nicht, bis ich es erneut Klopfen höre.

„Ist das Ben?", fragt Rosie zögernd von ihrem Platz im Wohnzimmer aus.

„Rosie", zische ich leise. „Versteck dich." Ich helfe ihr in ihr Zimmer. Der logische Teil in mir sagt, dass es Ben ist, aber mein Flucht-oder-Kampf-Modus flammt auf. Ich muss immer auf der Hut sein. Ich kann nicht leichtfertig mit meiner Sicherheit umgehen, wie ich es früher getan habe.

„Sei vorsichtig, Mama", flüstert sie, als ich ihr mein Handy gebe und sie sich unter dem Bett versteckt. Wir haben das geübt und darüber gesprochen, was wir tun sollten. Das ist einer der Gründe, warum ich das Telefon für sie besorgt und ihr beigebracht habe, wie man es benutzt.

Ich hasse das. Die Angst verzehrt uns beide. Die

Tatsache, dass meine Tochter ein Versteck hat, macht mich verrückt. Ein weiteres Klopfen ertönt, und ich schließe ihre Zimmertür, um daraufhin zur Tür zu gehen.

„Wer ist da?", rufe ich, während ich mir einen Stuhl schnappe, um ihn vor die Tür zu stellen. Ich habe nach Jeremys Besuch ein zusätzliches Schloss und zwei weitere Ketten angebracht, aber ich bin nicht dazu gekommen, das kleine Loch in der Wand zu kitten. Das muss ich dieses Wochenende in Ordnung bringen.

„Ich bin's, Ben", höre ich seine Stimme, und sofort entspannt sich mein Körper, während ich mir erleichtert an die Brust fasse.

„Rosie, es ist Ben, du kannst rauskommen", rufe ich, während ich zur Tür gehe und sie aufschließe.

Ich höre Rosie aus ihrem Schlafzimmer kommen, als ich gerade die Haustür öffne.

„Hi!", sage ich und fahre mir mit meinen immer noch zittrigen Händen unbeholfen über die Oberschenkel, um mich unter Kontrolle zu bringen, während die Erleichterung über seinen Anblick meinen Körper durchströmt. Ich lächle leicht und fühle mich schon besser.

„Hey ... tut mir leid. Ich bin später dran, als ich gehofft hatte", murmelt Ben und fährt sich mit den Händen durch die Haare, bevor er mich ansieht. Sein Gesicht entspannt sich, als er das tut, und er geht direkt auf mich zu, seine Hand legt sich um meine Taille und zieht mich an sich.

„Ist schon gut. Ich habe eben fertig gekocht, du kommst also gerade rechtzeitig." Er lächelt und zieht mich noch fester an sich.

„Es ist so schön, dich zu sehen, Baby", murmelt er

leise, legt seine Lippen auf meine, und ich sinke in seine Umarmung. Wir gehen langsam auseinander, das Versprechen von Essen ist wahrscheinlich die einzige wirkliche Motivation, die wir haben, uns zu bewegen. Ich trete zurück, um ihn hineinzulassen, und sobald sich die Tür hinter uns schließt, atmet er schwer aus, als läge das Gewicht der Welt auf seinen Schultern.

„Geht es dir gut?", frage ich, weil er immer noch sehr gestresst aussieht.

„Es war ein langer Tag, aber ich bin froh, dass ich hier bin. Ich musste heute Abend meine falsche Verlobte sehen", sagt er mit einem frechen Grinsen und legt seine Hände wieder um meine Mitte, jetzt, wo wir sicher drinnen sind. Ich schmiege mich an ihn und fühle mich beschützt. Als er tief einatmet, spüre ich, wie der Stress des Tages in einem Augenblick von ihm abfällt. Auch ich entspanne mich, getröstet durch seine bloße Anwesenheit.

„Oh, fast hätte ich vergessen, dass ich dir das hier mitgebracht habe", sagt er und zieht ein kleines Päckchen aus seiner Tasche.

„Was ist das?", frage ich verwirrt.

„Ohrstöpsel, wenn du demnächst mit den Kindern Musik machst." Er zwinkert mir zu, und ich muss lachen.

„Danke, obwohl ich nicht glaube, dass sie viel abschirmen werden", sage ich lachend und betrachte die winzigen Schaumstoff-Ohrstöpsel, die in meinen Händen liegen. Es ist süß, dass er mir diese kleinen Geschenke kauft, die oft nicht mehr als ein paar Dollar kosten, etwas, das für einen Mann wie Ben Kleingeld ist, aber immer eine Bedeutung hat.

„Hallo, Ben!", sagt Rosie von dort aus, wo sie im Wohnzimmer steht. Wir gehen auseinander, und Ben geht zu ihr hinüber und ergreift ihre Hand.

„Ben, ist dein Bruder wirklich der Gouverneur?", fragt Rosie, und ich bin erleichtert, dass ihre Gedanken schon weiter sind als das, was wir gerade geübt haben. Bei mir hingegen dauert es etwas länger.

Ich lasse sie sich miteinander unterhalten, während ich das Abendessen vorbereite und den Tisch decke. Ich koche nicht oft große Mahlzeiten, weil Rosie und ich im Allgemeinen nicht viel essen. Abgesehen von George habe ich schon lange nicht mehr für einen Mann gekocht, und ich bin ein bisschen nervös, ob es Ben überhaupt schmeckt.

Während ich alles vorbereite, beobachte ich ihn und Rosie einen Moment lang. Die beiden sitzen auf dem Sofa, während Rosie ihm zeigt, wie sie das neue Telefon benutzt. Sie rufen George noch zwei weitere Male zusammen an, während Ben sie aufmerksam beobachtet. Die Sorge steht ihm ins Gesicht geschrieben, bevor sich ein breites Lächeln auf seinen Lippen bildet.

„Das Essen ist fertig!", rufe ich, und Rosie steht schnell auf, schnappt sich ihren Stock und macht sich auf den Weg zum Tisch. Das ist die andere Sache, für die ich derzeit spare. Ihr Stock ist großartig, aber er wird ein bisschen klein, während sie wächst, und er wurde vor ein paar Monaten in der Tür des Busses beschädigt, und die untere Hälfte ist jetzt mit dickem Klebeband umwickelt, um ihn zusammenzuhalten.

„Riecht köstlich", sagt Ben und tritt an meine Seite, wobei er seine Hand um meine Taille legt.

„Ich hoffe, ihr habt Hunger", sage ich und schaue mir das Essen an, das ich auf den Tisch gestellt habe. Frisches Brot, Käse und die Bolognese, etwas, das man wahrscheinlich in einer kleinen italienischen Stadt sehen würde – obwohl ich sicher bin, dass es nicht ganz so lecker ist.

„Wenn es um dich geht, Baby, bin ich immer hungrig", murmelt er, bevor er sich herunterbeugt und mir einen raschen Kuss auf die Lippen drückt, wobei ein kleines Grinsen seine Lippen umspielt. Es fühlt sich natürlich an. Als ob das mein Leben wäre. Ich begrüße es, auch wenn ich weiß, dass ich es nicht tun sollte. Die Grenzen unserer Vereinbarung sind jetzt so verschwommen, dass ich nicht mehr weiß, was echt und was unecht ist.

„Ben, komm und setz dich neben mich!", sagt Rosie vom Tisch aus, und ich helfe ihr, sich zu setzen. Ben nimmt den Platz am Ende des Tisches ein, während ich und Rosie zu seinen Seiten sitzen.

„Die Feuerwehr kam heute in die Schule", sagt sie begeistert, während wir alle unsere Mahlzeiten einnehmen.

Bens Augen blicken mich fragend an.

„Die Feuerwehr? Hat es heute gebrannt?", fragt er und legt seine Stirn in Falten.

„Nein. Offenbar haben sie einen Hinweis erhalten, dass wir Anlagen betreiben, die nicht den Vorschriften entsprechen", erkläre ich, ziehe sarkastisch die Augenbrauen hoch und beobachte sein Gesicht, als der Groschen fällt.

„Beasley?", murmelt er fragend.

„Kein Zweifel", ist alles, was ich sage, bevor ich das Thema in sicherere Gewässer lenke. Wir haben noch keine weiteren Forderungen nach einem Treffen erhalten, und dafür bin ich dankbar. Aber ich bin nicht dumm, und Ben hat bereits deutlich gemacht, wie die Sache laufen wird. Ich weiß, dass Beasley etwas in petto hat; ich warte nur darauf, dass er seine Karten aufdeckt.

„Was ist mit deiner Wand passiert?", fragt Ben, wieder mit besorgter Miene, und blickt auf das türklinkengroße Loch im Putz.

„Oh, ich habe neulich nur die Tür etwas zu heftig aufgestoßen." Ich lächle und nehme gleichzeitig einen Schluck von meinem Getränk, um seinen Blick zu vermeiden. Ich hasse es, ihn anzulügen. Vor ein paar Wochen gingen mir die Lügen noch leicht von der Zunge, aber jetzt ist es anders. Sie hinterlassen einen schlechten Nachgeschmack in meinem Mund, den ich nur schwer wieder loswerde.

Rosie bleibt ruhig, während sie ihre Nudeln isst. Ich habe ihr nicht erzählt, was passiert ist, aber ich bin sicher, dass sie es weiß. Sie mag zwar nicht mehr sehen können, aber ihr Gehör ist tadellos, und George und ich haben in der letzten Woche ausführlich darüber gesprochen, als er versucht hat, mich zu überreden, wieder zu ihm zu ziehen, anstatt hier allein zu sein.

„Ich bin fertig, Mama!", sagt Rosie, gerade als auch Ben und ich fertig sind.

„Rosie, warum machst du dich nicht bettfertig", schlage ich vor, da es schon spät ist, und Rosie steht auf, schnappt sich ihren Stock und geht in ihr Zimmer. Ben bleibt einen Moment sitzen und sieht ihr nach, bevor er aufsteht und mir hilft, den Tisch abzuräumen.

„Sie ist unglaublich. Du bist so eine tolle Mutter", sagt er leise, und ich halte inne, während ich das Geschirr abspüle. Es ist schon lange her, dass jemand diese Worte zu mir gesagt hat. Glenda war die letzte Person, die das Gleiche zu mir auf ihrem Sterbebett sagte. Es war das letzte Mal, dass wir miteinander sprachen.

„Sie ist die beste Tochter, die sich eine Mutter wünschen kann." Rosie ist so widerstandsfähig wie man es sich nur vorstellen kann. „Nichts ist zu schwer für sie. Wie mit dem Telefon heute Nachmittag, sie versucht es immer wieder, bis sie es schafft. Sie arbeitet härter als alle anderen Kinder in ihrem Alter. Obwohl ich vielleicht voreingenommen bin", füge ich lächelnd hinzu. Als ich ihn ansehe, runzelt er die Stirn, scheinbar in Gedanken versunken. Und ich glaube, ich weiß, warum.

„Hattest du jemals eine gute Beziehung zu deiner Mutter?", frage ich und versuche, nicht zu neugierig zu klingen, aber ich kann es nicht verhindern.

„Ihr geht es nur um Äußerlichkeiten. Sie hat uns vier Jungs, aber sie kümmert sich nicht um unser Glück oder unser Wohlergehen, sondern nur darum, welchen Eindruck wir hinterlassen", sagt er und atmet tief durch.

„Ich habe durch Rosie viel gelernt. Wenn man nicht mehr sehen kann, gibt es so viel mehr, wofür man dankbar sein kann. Was andere Leute denken, ist nicht wirklich wichtig." Er nickt, beugt sich vor und drückt mir einen Kuss auf die Wange.

„Wie hat sie ihr Augenlicht verloren?", fragt Ben,

während er den Tisch abwischt, während ich die letzten beiden Teller abwasche. Mir kommt die Galle hoch, als ich an die Nacht in Jeremys Büro zurückdenke. Ich erinnere mich lebhaft daran. Ich war im siebten Monat schwanger. Mein Bauch hatte sich erst ein paar Wochen zuvor gezeigt. Ich weiß noch, wie ich an diesem Abend in Jeremys Büro kam und dachte, ich würde ihn überraschen. Als ich die Tür öffnete und sah, dass er auf seinem Schreibtisch Sex mit einer Frau hatte, die nicht ich war, war das Einzige, was mir einfiel, wegzulaufen. Mein Herz beginnt zu rasen, als ich mich an diese Nacht erinnere, als ob ich sie noch einmal durchleben würde. Jeremy jagte mich und ich rannte ins Treppenhaus, weil ich nicht auf den Aufzug warten wollte. Er drängte sich durch die Tür und schrie ich sei fett und dumm und andere grausame Dinge, die ihm in den Sinn kamen, bevor ich seine Hand auf meiner Schulter spürte. Ich erinnere mich sogar daran, wie ich erstarrte und auf den Schmerz wartete, der normalerweise auftrat, wenn er mich packte, aber dieses Mal war da nichts. Stattdessen stieß er mich, ich flog die Treppe hinunter und landete direkt auf meinem Bauch. Den heftigen Schmerz, den ich spürte, bevor ich bewusstlos wurde, werde ich nie vergessen.

„Sie wurde blind geboren. Sie hat nie etwas gesehen", sage ich leise und schrubbe den Teller in meiner Hand fester, obwohl er schon sauber ist. Bens Arme legen sich um mich und ziehen mich an seinen Körper. Ich lehne mich an ihn, getröstet von seiner warmen Berührung. Das schwere Gefühl überwiegt meine Fähigkeit, den Rücken gerade zu halten. Ich atme ein paar Mal tief durch und reiße mich zusammen.

„Du bist unglaublich", flüstert er, küsst meinen Hals, dann meinen Kiefer, bevor seine Hand mein Kinn umfasst und er meinen Kopf zu sich dreht. „Die erstaunlichste Frau, die ich je getroffen habe." Ich möchte weinen, aber dieses Mal vor Glück. Ich weiß, dass er meint, was er sagt, das sehe ich an seinem Blick. Jedes Mal, wenn wir zusammen sind, verliebe ich mich mehr und mehr in ihn.

„Ben! Kannst du mir eine Gute-Nacht-Geschichte vorlesen?", ruft Rosie aus ihrem Zimmer.

Daraufhin lächle ich, und Ben lacht. „Geh, ich muss nur noch einen Teller abwaschen, und sie wird schlafen, bevor das erste Kapitel zu Ende ist." Rosie hat heute Abend genug Aufregung gehabt, um einen ganzen Tag lang zu schlafen.

„Es wird nicht lange dauern", sagt er, drückt mir einen Kuss auf die Lippen und geht dann zu meiner Tochter, während ich sie von der Küche aus beobachte. Sie schlüpft ins Bett, das kleine Nachtlicht brennt, und Ben sitzt neben ihr auf einem kleinen rosa Stuhl und sieht im Vergleich dazu wie ein Riese aus, als er beginnt, ihr die Geschichte von *Die Schöne und das Biest* vorzulesen.

Wie vorhergesagt, schläft Rosie tief und fest, bevor das erste Kapitel zu Ende ist, und ich schleiche mich herein, gebe ihr einen Gute-Nacht-Kuss, schalte das Licht aus und schalte ihre Schlafmusik ein.

Als ich ihre Tür schließe, bemerke ich, dass Ben mich vom Wohnzimmer aus aufmerksam beobachtet.

„Schläft sie mit Musik?", fragt Ben, als ich mich zum Sofa begebe und mich neben ihn setze.

„Da sie blind geboren wurde, ist ihr zirkadianer Rhythmus etwas gestört, was bedeutet, dass sie nicht so gut schläft wie wir und oft zu allen Stunden der Nacht aufwacht. Die Musik ist mit einem Timer ausgestattet und bleibt die ganze Nacht an, bis sie aufwacht. Wenn sie also mitten in der Nacht aufwacht und die Musik hört, weiß sie, dass es noch dunkel und noch Schlafenszeit ist. Außerdem hilft sie ihr, einen tieferen Schlaf zu finden, damit ihre Gedanken nicht abschweifen."

Ben nickt, und wieder verraten mir seine zusammengezogenen Augenbrauen, dass er noch mehr Fragen hat.

„An meinem ersten Tag im Klassenzimmer habe ich Rosie beim Malen geholfen. Sie hat ihre Familie gemalt. Nur du und sie", sagt er, und ich nicke, nicht sicher, worauf er hinaus will.

„Es gibt nur uns, Ben. Schon seit langer Zeit", antworte ich so gut ich kann, ohne ihm gleich die ganze, schreckliche Geschichte zu erzählen.

„Sie hat erwähnt, dass ihr Vater sie misshandelt hat", fährt Ben fort, und meine Welt beginnt sich zu drehen. Ich bleibe einen Moment lang fassungslos sitzen, bevor ich schlucke und versuche, die richtigen Worte zu finden. Ich hatte keine Ahnung, dass Rosie ihm so etwas gesagt hatte. Als Ben mich ansieht, sehe ich, wie sich sein Kiefer anspannt.

„Wie ich schon sagte. Es gibt nur uns, und das schon seit langer Zeit", wiederhole ich, und die Antwort kommt mir fast automatisch über die Lippen. Mein Herz rast, und ich spüre, wie mir die Tränen in die Augen steigen. Ich möchte im am liebsten alles sagen. Ich denke über Georges Rat nach, darüber, ob ich vielleicht Bens Hilfe in

Anspruch nehmen sollte, aber ich muss mich selbst um diese Situation kümmern. Ich kann ihn da nicht mit hineinziehen. Ich will ihn einfach nur genießen, uns genießen, egal wie lange es andauert. Er nickt, aber ich merke, dass es ihn stört, dass ich nicht offener bin.

„Komm her", sagt er, und ich ziehe eine Augenbraue angesichts seiner fordernden Art hoch.

„Beweg deinen süßen Arsch hierher, Baby. Ich will dich auf meinem Schoß haben." Sein ernster Gesichtsausdruck verwandelt sich in ein Grinsen, und mein Körper bewegt sich ganz von allein zu ihm. Seine Hände landen auf meiner Taille, er zieht mich hoch, als würde ich nichts wiegen, und setzt mich auf seinen Schoß. Meine Beine liegen zu seinen Seiten, der Rock, den ich trage, rutscht ein wenig hoch.

„Es ist zu lange her, dass ich dich gespürt habe", murmelt er, seine großen Hände umschließen meinen Hintern und ziehen mich zu sich, damit ich seine Härte unter mir spüren kann. Mein Körper gibt sich sofort seiner Berührung hin und ich stoße den Atem aus, von dem ich gar nicht bemerkt habe, dass ich ihn angehalten habe. Ich fühle mich weiblich, kokett und sexy in seiner Umarmung. Ich bin nicht mehr die müde, alleinerziehende Mutter, sondern eine Frau.

„Tun immer alle, was du willst?", frage ich, denn ich weiß, dass er ein Mann ist, der immer genau das bekommt, was er will.

„Immer. Willst du diese Theorie testen? Denn es gibt etwas, das ich jetzt haben möchte ..." Er zieht herausfordernd eine Augenbraue hoch.

„Klar. Was willst du?", frage ich spielerisch, als eine

seiner Hände von meinen Hüften zu meiner Taille wandert, meine Seite hinaufgleitet und meinen Kurven folgt, bis er meine Brust umschließt und mit seinem Daumen über meine Brustwarze streicht, bevor er seine Hand weiter nach oben bewegt, um mein Kinn zu umfassen. Selbst vollständig bekleidet lässt mich seine leichte Berührung erschaudern.

„Ich will deine Lippen auf meinen spüren", stöhnt er, während seine andere Hand meinen Hintern noch fester umklammert.

„Wirklich?" Ich beiße mir auf die Lippe, um ihn zu necken, und lehne mich knapp außerhalb seiner Reichweite.

„Komm her", flüstert er, zieht mein Gesicht näher an sich heran und umschließt meine Taille. Ich stöhne auf, als ich ihn unter mir spüre, meine Lippen treffen auf seine, als wären sie magnetisch.

Seine Lippen drücken sich sanft auf meine, als wolle er sich alle Zeit der Welt nehmen und mich ganz neu entdecken. Die Vereinbarung, die wir getroffen haben, und die Situation, in der wir uns außerhalb dieser vier Wände befinden, sind nicht mehr von Bedeutung. Wir sind einfach zwei Menschen, die sich finden, sich kennenlernen, sich gegenseitig verschlingen.

Ich öffne mich ihm und klammere mich an sein Hemd, während sich seine Zunge an meinen Lippen vorbeischiebt und sein Griff um mich fester wird. Ich fühle mich sicher, mein Körper lehnt sich an ihn, dann zieht er sich leicht zurück und lehnt sich ans Sofa. Sein Körper ist entspannt, seine Augen fixieren die meinen, seine Hände wandern an meinen nackten Schenkeln auf und ab. Meine Haut kribbelt unter seiner Berührung, während sich die Vorfreude zwischen uns aufbaut. Ich spüre die Hitze in meinem Inneren, zusammen mit seinem pulsierenden Glied unter dem Reißverschluss, das gegen mich drückt.

„Du bist so schön", stöhnt er, und seine Hände wandern zu meinem Rock, ihn nach oben schiebend. Eigentlich sollte ich mich entblößt fühlen, mein roter Tanga verdeckt nichts, aber seine Hände wandern über meinen Hintern, meine Oberschenkel und wieder zurück. Er bewegt sich ein wenig unter mir, seine Hose ist jetzt voll ausgebeult, und meine Unterwäsche trägt wenig dazu bei, meine Erregung zu verbergen.

„Ben ...", flüstere ich warnend und mein Blick wandert zu Rosies Tür.

„Kannst du leise sein? Denn ich muss dich jetzt wirklich berühren", knurrt er, und ich beiße mir auf die Unterlippe und nicke ihm zu. Rosies Tür ist geschlossen, ihre Musik läuft, und sie schläft bereits tief und fest. Aber das ist das erste Mal, dass ich einen Mann in meinem Haus habe, während Rosie zu Hause ist.

Bevor meine Gedanken weiter in diese Richtung gehen können, spüre ich Ben. Seine Hände gleiten die Innenseite meines Oberschenkels hinauf, sein Daumen streift über die Spitze, die mich bedeckt. Er stöhnt, als er spürt, wie erregt ich bereits bin.

„Du bist so feucht für mich, Em, so perfekt." Ich wimmere, als er leicht reibt, und bei den Geräuschen greift er mit seiner anderen Hand in mein Haar im Nacken, um mich wieder zu ihm zu ziehen. Unsere

Zungen umspielen einander, und wir tauchen direkt in die Tiefe, während wir uns gegenseitig verschlingen.

Meine Lippen öffnen sich mit einem scharfen Einatmen, als seine Hand unter die Spitze gleitet und seine Finger in zärtlichen Bewegungen meine Klitoris umkreisen. Es dauert nur einen Moment, bis ich mich auf ihm winde und unsere gemeinsamen Atemzüge immer mehr zu einem Keuchen werden.

„Gott, ich will dich so sehr, Baby", flüstert er gegen meine Lippen, während sein Finger in mich eindringt, bevor er ihn wieder herauszieht, und dann immer wieder um meine Klitoris kreisen lässt, um die Nässe zu verteilen.

„Das fühlt sich ... so gut an ...", stöhne ich, meine Stimme zittert, während ich mich an ihm reibe. Unsere Stirnen berühren sich, als wir nach Luft schnappen und unseren Kuss für einen Moment unterbrechen, um uns stattdessen gegenseitig anzuschauen. Es ist, als wären wir die einzigen Menschen auf der Welt. So fühlt es sich mit ihm immer an.

„Ich wünschte, du könntest dich jetzt sehen. So gott-verdammt sexy, außer Atem, und wie du dich von meiner Hand verwöhnen lässt. Du machst mich ganz nass, Baby." Ich bewege mich schneller, allein durch den Klang seiner Stimme, ganz zu schweigen von seinen Worten. Er stöhnt und bewegt sich ein wenig unter mir; er ist extrem hart, seine Länge drückt sich an mein Bein. Ich kann es kaum erwarten, ihn wieder in mir zu spüren.

„Schneller, Ben. Ich brauche mehr ... Ich will dich ... Bitte, bitte, gib mir mehr", bettle ich fast, während sich meine Hüften in einem wollüstigen Tempo gegen seine Hand bewegen.

Seine andere Hand wandert meinen Rücken hinunter, führt meine Hüften und zieht mich näher heran.

„Ich gebe dir mehr, wenn du für mich kommst", flüstert er und sieht mir direkt in die Augen.

„Ben ... Ben ...", keuche ich, so kurz vor dem Abgrund. Ich habe mich in meinem ganzen Leben noch nie so bedürftig gefühlt.

„Das ist es, Baby, nimm was du brauchst. Komm für mich." Mein Kopf fällt zurück, während ein Kribbeln meine Wirbelsäule hinauf und meine Beine hinunter läuft, während mein Körper auf seinen Befehl hört.

„Ben!", flüstere ich, als seine freie Hand hochschnellt und sich auf meine Wange legt. Ich wimmere und sauge an seinem Daumen, als er über meine Lippen streicht und so mein Stöhnen unterdrückt, während ich ihn leicht beiße, bevor ich gegen seine Brust sacke.

Und mit einer einzigen Bewegung seiner Finger in mir fängt mein ganzer Körper an zu zittern, fast zu krampfen, während sich meine Hüften kaum noch von allein bewegen. Mein Orgasmus ist so stark, dass schwarze Flecken meine Sicht trüben, während ich nach Luft schnappe und zitternd wieder in die Realität zurückkehre. Ich richte mich nicht einmal auf, als er seine Finger langsam aus mir herauszieht; ich stoße nur ein leises Wimmern aus, das von der neuen Leere herrührt.

Dann höre ich ihn glucksen, während er mit seiner Hand meinen Rücken auf und ab fährt, ich setze mich wieder auf und fühle mich extrem entspannt. Fast trunken von dem, was er gerade mit mir gemacht hat.

„Alles in Ordnung?", fragt er und streicht mir die Haare aus dem Gesicht.

„Wunderbar", sage ich mit einem Lächeln, von dem ich weiß, dass es mir sehr schwer fallen wird, es wieder abzulegen.

„Jetzt weißt du also, dass es wahr ist ...", sagt er, während seine Hände immer noch über meinen Körper wandern. Es ist, als könnte er nicht genug bekommen, nicht dass ich mich beschweren würde.

„Was ist wahr?", frage ich und lege den Kopf schief, während ich auf sein Grinsen hinunterschaue.

„Dass ich immer bekomme, was ich will." Der Ausdruck in seinem hübschen Gesicht ist teuflisch. Er weiß, dass er mich auf die Palme bringt und dass ich nicht vor einer Herausforderung zurückschrecke.

„Es scheint, dass du das tust." Ich lache und streiche mit meinen Händen über seine Brust, während seine meine nackten Oberschenkel auf und ab wandern.

„Weißt du, was ich noch will?", murmelt er, während sein Daumen an der Innenseite meines Oberschenkels hinaufgleitet und wieder über meine Mitte streicht, was mich zucken lässt.

„Was noch?", frage ich atemlos. Meine Hände wandern seine Brust hinunter, spüren jeden einzelnen Muskel unter meinen Handflächen und halten erst inne, als sie seine Gürtelschnalle erreichen.

„Ich will, dass du auf die Knie gehst, mit weit geöffnetem Mund, und mir genau zeigst, was dein schlaues, freches Mundwerk alles kann." Ich beiße mir auf die Unterlippe, damit ich bei seiner Forderung nicht sabbere. Er beobachtet mich aufmerksam und fragt sich zweifellos, ob ich gehorchen oder ihn ohrfeigen werde. Er weiß, dass ich mir von niemandem etwas befehlen lasse, doch für ihn bin ich bereit, ohne zu zögern auf die Knie zu gehen. Die Vorstellung, ihn zu schmecken, ist jetzt das Einzige, was meine Gedanken erfüllt. Ich sehne mich fast danach. Ich möchte sehen, wie er vor mir kommt.

25

BEN

Es gibt vieles, was ich an Em mag. Egal, ob sie eine zurückhaltende Lehrerin ist, die Kinder zum Lachen bringt, ein kämpferischer Hitzkopf im Sitzungssaal oder ein wimmerndes Etwas unter mir, ich liebe alle Versionen von ihr. Aber genau hier, genau jetzt, ist diese errötende, keuchende, stöhnende Frau bei weitem mein Favorit.

„Bist du sicher, dass du mit mir fertig wirst?", fragt sie mit einer hochgezogenen Augenbraue, während sie auf den Boden sinkt. Mein Herzschlag beschleunigt sich, als ich sie vor mir auf den Knien sehe, ihre blauen Augen starren in meine. Ich möchte sie packen und sie auf jede erdenkliche Art und Weise zu der meinigen machen. Mein Verlangen nach dieser Frau ist unstillbar. Aber ich halte mich zurück, bleibe sitzen und überlasse ihr die Führung, meine Hände verkrampfen sich neben mir, um mich davon abzuhalten, die Kontrolle zu übernehmen.

„Das ist das schlaue, freche Mundwerk, von dem ich gesprochen habe", stoße ich hervor, und ihre Hände machen sich schnell an meinem Gürtel zu schaffen, bevor sie meine Anzughose öffnet und meinen Schwanz herauszieht.

Ich zische leise, als sie mich berührt. Ich bin bereits so unglaublich erregt, nachdem ich gesehen habe, wie sie gekommen ist, dass meine Länge in ihrem Griff pocht. Dann beugt sie sich vor, ein Anblick der Sinnlichkeit, und leckt mich vom Ansatz bis zur Spitze. Sie saugt einen Lusttropfen auf, wirbelt ihre Zunge um meine Spitze und saugt mich dann in ihren Mund.

„Scheiße ... das fühlt sich zu gut an", stöhne ich und meine Hände schießen zu meinen Oberschenkeln hinauf, es juckt mich, sie zu berühren.

„Hände wieder an die Seite, Ben. Du hattest deinen Spaß, jetzt lass mich meinen haben", sagt sie sanft und grinst, während sie einen Kuss auf meine Spitze drückt und mich aufmerksam ansieht. Widerwillig lasse ich meine Hände wieder sinken, und sie senkt ihren Kopf, wobei unsere Augen einander nicht loslassen, während sie meine Spitze wieder in ihren Mund nimmt. Sie wirbelt ihre Zunge, lässt mich auf einmal los und fährt dann wieder mit ihrer Zunge auf und ab, wieder und wieder. Ihre leichten, feuchten Liebkosungen lassen meinen Schwanz zucken.

„Du reizt mich", stoße ich hervor, meine Augen kleben an ihrem Mund und ihren strahlenden, blauen Augen. Sie funkeln vor Schalk, kurz bevor sie mich tief in ihrem Mund aufnimmt.

„Mmm", ist alles, was sie antwortet, während ich stöhne, als hätte ich noch nie einen Blowjob bekommen. Ich spreche so leise wie es mir möglich ist, während sich ihre Hand, die mich umschließt, im Tandem mit ihrem Mund bewegt.

„Scheiße", hauche ich und versuche krampfhaft mich ruhig zu halten, während sich meine Hände in das Sofa krallen. Ich beobachte, wie sie mich bearbeitet und frage mich, wie zum Teufel ich sie gefunden habe und was ich tun muss, um sie zu behalten.

Sie summt und die Vibrationen dessen laufen meinen Schwanz hinunter und meine Wirbelsäule hinauf.

„Baby, du bist so gut darin. So gottverdammt gut. Du siehst so hübsch aus mit meinem Schwanz in deinem Mund." Ich stehe kurz davor, den Verstand zu verlieren, mein Bedürfnis, sie zu halten, sie zu packen, in sie zu stoßen, ist allumfassend. Ich verlange sie so sehr, dass es mir Angst macht, denn ich habe noch nie so die Kontrolle aufgegeben.

Sie nimmt mich unglaublich tief und saugt an mir, wobei sie ihre Zunge um meinen Schwanz herumwirbeln lässt. Mein ganzer Körper fühlt sich heiß an, als ich einen Fluch unterdrücke und mich mit den Fingern am Sofa festklammere. Wenn ich nicht schon sitzen würde, würden meine Knie sicherlich unter mir nachgeben.

„*Scheiße*. Es gefällt dir mich in den Wahnsinn zu treiben, hm? Wenn du so weitermachst, werde ich noch kommen." Ich spüre, wie sie als Antwort um meinen Schwanz herum stöhnt und wieder zu mir aufblickt. Meine Augen bleiben an der besten Fickshow der Stadt kleben, während meine Traumfrau mich mit einem Vergnügen verwöhnt, das seinesgleichen sucht.

„Baby, ich komme ...", warne ich sie und zerreiße fast

den Stoff des Sofas, als sie mich reizt und ihr Tempo auf eine Weise ändert, die mich direkt in den Himmel schickt. Ich beiße mir auf die Unterlippe, um nicht zu schreien, als ich tief in ihrer Kehle komme, und ein tiefes, animalisches Knurren ausstoße, während sie weiter an mir saugt. Ihr Mund ist immer noch ein Instrument der Magie, als sie sich zurückzieht und schluckt, zärtlich leckt sie mich sauber, während ich langsam wieder zu mir finde.

„Gott, wo warst du denn mein ganzes Leben lang?", frage ich erstaunt und sehe sie an, als sie sich mit einem frechen Lächeln auf den Lippen zurücklehnt. Ich zögere nicht, ihre Hand zu ergreifen und sie auf meinen Schoß zu ziehen.

Sie kichert, als sie sich in meinem Griff entspannt, und ich lege meine Lippen auf ihre.

„Willst du heute Nacht bleiben?", fragt sie mich leise, unsere Gesichter sind nur wenige Zentimeter voneinander entfernt. Ich blicke in ihre Augen, und ich lächle.

„Ich kann mir keinen Ort vorstellen, an dem ich lieber wäre."

Bevor sie es sich zu bequem macht, stehe ich auf und halte sie an mich gedrückt.

„Wow, ich kann laufen", sagt sie und schlingt ihre Arme um meinem Hals, weil sie Angst hat zu fallen, aber was sie noch nicht zu begreifen scheint, ist, dass ich sie niemals fallen lassen werde. Ich werde sie immer auffangen.

„Lass uns duschen, und dann können wir einen Film schauen. Ich habe Snacks mitgebracht", sage ich und lächle über die vielen Süßigkeiten, die ich in meiner Aktentasche verstaut habe.

„Snacks?", fragt sie, als ich durch ihre Zimmertür gehe und sie leise hinter uns schließe.

„Ja, Snacks, obwohl ich lieber dich vernaschen würde, aber ich dachte mir, das kann ich auch noch später machen ...", murmle ich und lasse sie im Badezimmer zu Boden sinken. Sie lacht leicht, ihre Wangen röten sich, aber sie scheint sich nicht weigern zu wollen. Ich packe ihr Oberteil und ziehe es ihr über den Kopf, dann streife ich ihren Rock ab.

Sie greift nach vorne und zieht mir die Hose herunter, und ich mache mich schnell an mein Hemd, während sie das Wasser anstellt. Ich hatte vergessen, wie klein das Bad im Vergleich zu meinem ist, aber wir passen beide hinein. Meine Hände werden wie magisch von ihrem Körper angezogen, während sie über ihre Kurven wandern, die Seife ergreifen und ihren Körper damit einreiben.

„Oh, deine Hände fühlen sich herrlich an", seufzt sie und lehnt ihren Kopf zurück. Das Wasser fließt über ihr Haar, während ich ihre Brüste massiere und dann meine Hände über ihren Körper gleiten lasse.

„Meine Hände wollen jeden Zentimeter von dir spüren. Dreh dich um", befehle ich und nutze jede Gelegenheit, genau das zu tun. Ich will nichts unentdeckt lassen.

Sie dreht mir den Rücken zu, und ich fasse ihr Haar, lege es über eine Schulter und schäume ihre glatte Haut ein, wobei ich gleichzeitig ihre Schultern massiere. Ich war noch nie jemand, der zu zweit duscht. Ich finde

Duschen nicht besonders entspannend, ich ziehe es vor, es schnell hinter mich zu bringen, aber ich möchte nicht von diesem Platz weichen. Zwischen dem heißen Wasser, dem Dampf und ihrem schönen Körper spüre ich bereits, wie mein Schwanz wieder anschwillt. Ich habe also nicht die Absicht, in nächster Zeit zu gehen.

„Ich bin dran." Sie stellt sich vor mich, nimmt mir die Seife aus den Händen und beginnt mit meiner Brust, bevor sie meinen Oberkörper hinunterwandert. Ich beobachte, wie das Wasser von ihren Brüsten tropft, und als ihre Hände weiter meinen Körper hinuntergleiten, spüre ich, wie sie meinen Schwanz packt. Ich beuge mich herunter und nehme ihre Brustwarze in den Mund.

„Ben ..." Ihr gehauchtes Flehen soll eine Warnung sein, aber sie fährt mit ihrer Hand weiter an meinem Schwanz auf und ab, der von Sekunde zu Sekunde härter wird.

„Wenn du meinen Schwanz willst, Baby, dann muss ich dich auch spüren. Du hast dich auf dem Sofa mit mir vergnügt, und jetzt juckt es mich, dich überall zu schmecken und zu berühren, wo ich dich erreichen kann." Ich verliere mich in dem Gefühl ihrer weichen Haut unter meinen Fingern.

Ihre Faust schließt sich fester um mich, und meine Hand schlingt sich um ihre Taille und hält sie fest. Ich drücke sie gegen die Wand und blockiere ihr jeglichen Fluchtweg mit meinem Körper. Die Fliesen sind kalt und ihre Brustwarze werde unter meinen Lippen nur noch härter. Ich beiße leicht hinein und höre, wie sie bei der Berührung aufstöhnt, bevor ich sie ganz in meinen Mund nehme, und sie stöhnt.

„Ich will dich gegen diese Wand ficken", murmle ich.

„Ja, bitte", stöhnt sie, als meine Lippen ihren Hals hinaufwandern, sodass sie ihren Kopf zurücklehnt und mir ihren Hals anbietet.

„Ich habe kein Kondom dabei", flüstere ich und ärgere mich über mich selbst, weil ich keins in meine Anzugtasche gesteckt habe.

„Ich nehme die Pille. Und ich bin sauber." Ich ziehe mich zurück und sehe sie an. Ist das ihr Ernst?

„Ich auch. Ich lasse mich regelmäßig untersuchen. Bist du sicher?", frage ich erneut, mein Herz rast bei dem Gedanken. Kein Kondom bei Em zu benutzen, wird mein Verderben sein. Ich weiß es einfach.

„Ja, ich bin sicher. Ich brauche dich in mir", bettelt sie leicht, während ich Küsse auf ihren Hals drücke und zu ihren Lippen zurückkehre. Meine Hände wandern zu ihrem Hintern, ich hebe sie mühelos hoch und lasse sie auf mich sinken, während ihre Beine meine Taille umschließen. Langsam gleite ich in sie, und ich stöhne bei dem Gefühl tief auf. Wenn ich gewusst hätte, dass Duschen so gut sein können, hätte ich schon viel mehr Zeit darin verbracht.

„Heilige Scheiße, Ben. Du fühlst dich ...", stöhnt Em. Sie verstummt, als ich tief eindringe und eine Sekunde innehalte, damit sie sich an meine Größe gewöhnen kann. „Gott, du fühlst dich so gut an."

Sie hat recht, ich fülle sie perfekt aus. So etwas habe ich noch nie gefühlt – und ich habe auch noch nie kein Kondom benutzt. Und mit diesem neuen Gefühl, sie so zu spüren, wie es mir bestimmt ist, bin ich hin und weg.

„So verdammt süß. Du wirst mich süchtig nach dieser

Muschi machen, Baby." Ich ziehe mich zurück und stoße und reibe mich an ihr, tiefer und härter, um sie ganz zu spüren. Ihre Brüste hüpfen vor mir mit jeder Bewegung auf und ab, und ich senke meinen Kopf wieder, sauge an ihrer Brustwarze, während ihre Hände sich um meinen Kopf legen und sie sich festhält.

„Du siehst so gut aus, wenn du dich mir hingibst. Ich will das auch Morgen machen. Können wir das jeden verdammten Tag machen, Baby?", stöhne ich. Ich weiß nicht, ob es das Wasser ist, das an ihrem Körper herunterläuft, die Tatsache, dass ich nackt bin, oder ob Emily eine magische Anziehungskraft auf mich hat, aber ich will nicht, dass das hier jemals endet.

„Jeden Tag. Ich bin für jeden Tag", keucht sie und ich spüre, wie sich meine Eier anspannen, als ihr Körper sich zu winden beginnt und sie ihren Rücken durchdrückt.

„Oh, Ben ... Hör nicht auf", stöhnt sie und beißt sich auf die Lippe, um so leise wie möglich zu sein.

Allein der Anblick, wie sie sich der Lust hingibt, lässt mich kommen.

In diesem Moment weiß ich es. Diese Frau hat mich für alle anderen ruiniert.

26

BEN

Nach meiner zweiten Busfahrt innerhalb kürzester Zeit befinde ich mich nun in einem abgedunkelten Aquarium, das Wasser ist beleuchtet und über mir schwimmen Fische. Zu jeder anderen Zeit wäre es ruhig, aber in diesem Moment höre ich nur das Lachen und Schreien der Kinder, die sich über den großen Hai wundern, der uns umkreist. Aber meine Augen sind nicht auf den Hai gerichtet, sondern auf Rosie, die dicht neben ihrer Mutter steht, die sich zu ihr hinüberbeugt und ihr ständig etwas zuflüstert.

Ich spitze meine Ohren und versuche, sie zu verstehen, und stelle fest, dass Em alles beschreibt, was sie sieht. Von den Farben, den Fischen, den Korallen, den Blasen und sogar davon, was einige der anderen Kinder tun. Rosie ist ganz still, während sie aufmerksam zuhört; sie sieht glücklich aus, aber sie ist nicht sie selbst. Ihre Körperhaltung ist nicht so gerade, ihr Lächeln nicht so breit wie üblich.

„Geht es dir gut, Gavin?" Ich schaue neben mich und sehe, dass er in einem Rollstuhl zusammengesackt ist und so aussieht, als ob er lieber woanders wäre.

„Ich will einfach nur raus aus diesem Ding", stößt er hervor, offensichtlich nicht glücklich darüber, dass er herumgefahren werden muss. In Anbetracht der langen Strecken, die hier zurückgelegt werden müssen, ist es unmöglich, dass er das alles mit seinem Gehstock bewältigen kann. Mein Blick wandert über den Rollstuhl, den das Aquarium zur Verfügung gestellt hat. Er sieht unbequem aus, nimmt viel Platz ein, und ich habe keinen Zweifel, dass er schon Jahrzehnte alt ist. Ich knirsche mit den Zähnen. *Ich frage mich, was diese Dinger wohl kosten ...*

Dann bemerke ich, wie Michael, der gehörlose Junge, Em auf die Schulter tippt, ihre Aufmerksamkeit erregt und ihr dann etwas mitteilt. Em wendet sich ihm zu und antwortet, wobei sie die Wörter, die sie in Gebärdensprache formt, gleichzeitig spricht, während Rosie auf der anderen Seite zu dem, was sie sagen, nickt.

Währenddessen klingelt mein Handy in meiner Tasche. Die Arbeit, meine Brüder, Sasha, alle rufen mich an, denn es ist ein ganz normaler Arbeitstag, obwohl meine Umgebung sich kaum stärker von meinem Büro unterscheiden könnte.

Ich ignoriere das Klingeln, während ich die Gruppe beobachte, und spüre Unruhe in mir aufsteigen. Ich habe heute eine Million andere Termine, aber ich habe Em versprochen, dass ich am Schulausflug als Teil unserer Vereinbarung teilnehmen würde. Der Gedanke daran hinterlässt einen schlechten Beigeschmack; die Vereinbarung ist jetzt so verschwommen, dass ich nicht einmal mehr weiß, was echt und was unecht ist.

Mein Blick fällt auf einen Hai, der über mir schwimmt, daneben ein kleineres Exemplar, ein Baby, die beiden gleiten eng beieinander durch das Wasser, sehen einsam aus und doch miteinander verbunden. Sie schwimmen eine ganze Runde durch das große Becken, bevor sie wieder von vorne beginnen, ohne einander von der Seite zu weichen.

Ein Lichtblitz zu meiner Linken erregt meine Aufmerksamkeit, und ich stöhne auf, als ich einen Fotografen sehe. Ich habe keine Ahnung, woher er wusste, dass ich hier sein würde, oder wie er hineingekommen ist. Aber zum Glück sieht ihn auch ein Mitarbeiter und sagt ihm, er solle das Foto löschen und gehen, sonst würden sie seine Kamera an der Rezeption konfiszieren. Widerwillig geht er, dennoch bleibt die Unruhe in mir bestehen. In den letzten Wochen haben sie mich immer mehr verfolgt, unsere Verlobung ist jetzt schon fast eine Top-Klatschnachricht. Gott sei Dank haben sie Em noch nicht gefunden, aber ich musste die Sicherheitsvorkehrungen rund um mein Penthouse und mein Anwesen verstärken, und ich musste immer wieder unterschiedliche Wege zu Ems Wohnung nehmen, um die Paparazzi abzuschütteln. Zudem habe ich bereits ein Sicherheitsteam organisiert, das Em im Auge behält. Ich will nicht, dass ihr Leben gestört wird, nicht wegen mir. Ich will, dass sie und Rosie in Sicherheit sind und sich keine Sorgen machen müssen, dass die verdammten Paparazzi sie von der Schule nach Hause jagen.

Ich mache mich auf den Weg zur anderen Seite der Gruppe, wo meine Mädchen sind.

„Rosie, lass mich dir helfen", sage ich, während meine Hand ihre schmale Taille umschließt, ich sie hochhebe und auf meine Hüfte setze. Ihr kleiner Körper ist so leicht, dass ich das Gefühl habe, eine Puppe zu halten. Em drückt ihr einen Kuss auf jede Wange, bevor sie sich um einen anderen Schüler neben ihr kümmert. Ich erzähle Rosie alles über die Haie und beschreibe dann auf komische Weise den menschlichen Taucher, der gerade erschienen ist, um sie zu füttern, und erkläre, was sie fressen und wie das alles passiert.

„Ben, wird der Hai den Taucher nicht auffressen?", fragt Rosie unschuldig, aber es ist eine gute Frage.

„Nein, das Futter, das er ihnen gibt, ist viel leckerer. Der Hai weiß, was er essen will, und das ist kein Mensch. Er bevorzugt eine andere Ernährung", sage ich, und meine Augen halten Ausschau nach allem, was ich vielleicht noch nicht bemerkt habe. Ich betrachte jetzt alles mit neuen Augen, damit mir nicht einmal das kleinste Detail entgeht. Die Farben sind leuchtend, die Welt erstrahlt in einem neuen Glanz, während ich jeden Zentimeter unserer Umgebung in mich aufnehme, den ich sonst für selbstverständlich hielt.

Ich schaue zu Em und beobachte sie einen Moment lang, wie sie Gavins Stuhl verschiebt, damit er eine bessere Sicht hat, während sie gleichzeitig Michael etwas in Gebärdensprache sagt. Ihre Multitasking-Fähigkeiten sind besser als die aller anderen.

„Deine Mutter arbeitet zu viel", murmele ich zu

Rosie, die es sich in meinen Armen bequem gemacht hat und ihren Kopf an meine Schulter gelehnt hat.

„Ich weiß." Rosie seufzt. „Opa George sagt es ihr immer wieder. Geht es ihrem wunden Auge jetzt besser, Ben?", fragt Rosie mit ihrer sanften Stimme, und mein Kiefer spannt sich an, als ich an die kleine Wunde denke, die immer noch über Ems Auge zu sehen ist.

„Sie sieht umwerfend aus, wie immer, Rosie. Wie hat sie sich eigentlich verletzt?" Em hat mich jedes Mal abblitzen lassen, wenn ich gefragt habe, vielleicht kann Rosie mir mehr Informationen geben.

„Das war, als ich bei Opa George übernachtet habe. Ich hörte, wie er in der Nacht mit Mama telefonierte, als er dachte, ich würde schon schlafen. Er wollte sie ins Krankenhaus bringen, aber sie hat ihn nicht gelassen." Mein Körper verkrampft sich.

„Ich bin froh, dass Opa George auf sie aufpasst." Ich versuche, meinen Ton leicht zu halten, damit Rosie nicht denkt, dass etwas nicht stimmt.

„Findest du, dass Mami schön ist, Ben?" Nun, ich glaube, unser Gespräch scheint nun in eine ganz andere Richtung zu gehen.

„Sehr schön. Die schönste Frau, die ich je getroffen habe", sage ich und lächle, als sich mein Blick wieder auf Em richtet.

„Ich glaube, sie mag dich auch." Rosie kichert, fast so, als könnte sie spüren, dass ich ihre Mutter anstarre.

„Wirklich? Wie kommst du denn darauf?", frage ich amüsiert, als sich ein kleines Grinsen auf ihre Lippen legt.

„Sie lacht mehr. Sie kocht besser, und seit du sie

besuchst, benutzt sie viel mehr Parfüm." Daraufhin muss ich lachen.

„Nun, ich bin froh, dass ich mit dem besseren Kochen helfen kann, und deine Mutter riecht immer fantastisch, Rosie." Lavendel wird nie wieder dasselbe sein. „Gefällt es dir, dass ich Zeit mit dir und deiner Mutter verbringe?" Ich beschließe zu fragen, weil ich neugierig bin, ob ich ihre Zustimmung habe. Und ein bisschen nervös, dass sie mich aus irgendeinem Grund nicht akzeptieren könnte.

„Ja! Und sag es Mami nicht, aber du kannst viel besser *Aschenputtel* vorlesen als sie. Außerdem macht es mir mehr Spaß, mit dir zu schwimmen", sagt Rosie in einem aufgeregten Ton, und Erleichterung macht sich in mir breit. Während ich sie in meinen Armen halte, überlege ich, ob das mein Leben sein könnte. Kinder, Ausflüge, Arbeit in der Stadt, Em und Rosie, zu denen ich nach Hause komme. Ich habe noch nie viel über eine Beziehung nachgedacht, vor allem nicht nach Sasha, aber ich kann es mir vorstellen. Und mir gefällt die Vorstellung wirklich sehr.

„Zeit zu gehen, Klasse. Hier entlang", ruft George und alle Kinder wenden ihre Aufmerksamkeit von den Aquarien ab. Ich setze Rosie ab, halte aber ihre Hand fest, während sie mit der anderen ihren Stock umklammert. Der Stock sieht alt aus, mit Klebeband zusammengehalten, und ist fast zu klein für sie. Das beunruhigt mich. Wo zum Teufel ist ihr Vater, und warum hilft er Em nicht mit Rosie?

Em schiebt Gavin in seinen Stuhl, und ich merke, dass es ihr schwer fällt, denn sie stemmt sich mit ihrem gesamten Gewicht dagegen. Gavin ist beim besten Willen kein kleiner Junge.

„Warte, lass mich", biete ich an und reiche Rosie an Em weiter. Als ich den Rollstuhl anschiebe, stelle ich fest, dass es gar nicht so einfach ist, wie es aussieht, und ich bin froh, dass Em nicht widerspricht. Stattdessen lächelt sie in meine Richtung und sagt: „Danke." Ich lächle und zwinkere ihr zu und beobachte, wie ihre Züge weicher werden, bevor Michael an ihrem Ärmel zieht und wieder ihre Aufmerksamkeit auf sich zieht.

„Wir gehen jetzt auf die erste Ebene und sehen uns den Seesternteich an", sagt George und zieht meine Aufmerksamkeit auf sich, woraufhin einige der Kinder jubeln. Offensichtlich ist der Seesternteich ein Highlight. „Gavin, Rosie und Michael, ihr geht mit Miss Carr und Mr. Rothschild in den Aufzug, die anderen folgen mir bitte." Er führt sie mit ein paar anderen Eltern, die heute aushelfen, eine Treppe hinauf, und ich höre Gavin vor mir schnaufen.

„Wie geht es dir, Gavin?", frage ich, während ich zu ihm hinunterschaue und mir wünsche, ich könnte ihm irgendwie helfen.

„Gut." Er winkt ab, und ich lasse ihn in Ruhe. Es muss doch eine bessere Möglichkeit für ihn geben, sich fortzubewegen. An den Rollstuhl gefesselt zu sein, muss frustrierend sein, vor allem, wenn er sich auch ohne ihn noch ein wenig bewegen kann.

Mein Blick fällt auf Rosie, und ich beobachte, wie sie mit ihrem Stock ein paar zaghafte Schritte nach vorne macht und die Braille-Tafel neben den Aufzügen berührt. Das selbstbewusste Kind, das ich zuvor gesehen habe, ist verschwunden, stattdessen ist ein schüchternes, ängstliches, junges Mädchen an seine Stelle getreten.

„Was liest du da, Rosie?"

„Es sagt mir, dass wir uns im Untergeschoss befinden, und dass auf der ersten Ebene die Seesterne sind", flüstert sie.

„Ich kann nicht glauben, dass man das alles mit diesen Punkten lesen kann", sage ich fasziniert. Ich betrachte die Punkte auf der Tafel und stelle fest, dass sie zerkratzt und verbeult ist, ohne dass man sich um etwas so Wichtiges gekümmert hat. Ich schlucke die Spannung herunter, die in meinem Körper aufsteigt, als ich an mein eigenes Gebäude denke ... Ich bin mir nicht einmal sicher, ob wir Braille-Tafeln haben. Das muss sich ändern, ebenso wie die Barrierefreiheit. Ich bin sicher, dass wir die Mindestanforderungen erfüllen, aber das bedeutet nicht, dass das Minimum das ist, was wir haben sollten. Ich notiere mir, dass ich mit meinen Brüdern über einige Änderungen sprechen werde.

Der Aufzug kommt an, und wir steigen ein. Gavins Stuhl ist schwer zu manövrieren, sodass wir am Ende mit dem Gesicht zur Rückwand stehen, während Em, Rosie und Michael neben uns stehen. Die Kinder plaudern fröhlich, während der Aufzug im Schneckentempo in die nächste Etage fährt.

„Wie viele Anrufe von der Arbeit hast du heute Morgen schon ignoriert?", fragt Em und sieht mich mit einem kleinen Lächeln im Gesicht an.

„Etwa hundert", scherze ich, auch wenn es sich wirklich so anfühlt. Die Vibration meines Telefons an meinem Bein ist fast konstant.

„Danke, dass du uns begleitet hast. Wir hätten die Reise absagen müssen, wenn du nicht mitgekommen wärst", sagt sie, und ich sehe die ersten Anzeichen von Erschöpfung auf ihrem Gesicht.

Mir wird klar, wie schwierig es für Eltern ist, ihre Kinder an einfache Orte wie diesen zu bringen, wenn sie eine Seh- oder Hörbehinderung oder etwas anderes haben. George ist hier, ebenso wie einige andere Eltern und Betreuer, und ich habe mir die Füße wund gelaufen, um den Kindern beim Gehen, Essen und Zurechtfinden zu helfen. Ich habe Gavin in diesem Stuhl sogar zur Toilette gebracht, was eine ganz neue Art von Herausforderung darstellte.

Mein Bedürfnis, sie zu berühren, überwiegt in diesem Moment meine Empfindsamkeit, also nehme ich ihre Hand und ziehe sie zu mir.

„Ben ...", warnt sie und blickt zu den Kindern, die viel zu sehr damit beschäftigt sind, darüber zu reden, ob sie einen Seestern anfassen sollen oder nicht, als dass sie uns irgendwie bemerken würden.

„Gewöhn dich daran, Em. Es ist mindestens dreißig Minuten her, dass ich dich berührt habe. Das ist meiner Meinung nach viel zu lang", sage ich und drücke ihr einen schnellen Kuss auf die Stirn.

Sie stößt ein kleines Lachen aus, während sich ihre Arme um meine Taille schlingen und sie sich an meine Seite schmiegt.

„Du bringst mich zum Lachen." Sie schüttelt lächelnd den Kopf, als der Aufzug zum Stehen kommt.

„Der Klang deines Lachens ist fast so gut, wie dich stöhnen zu hören", flüstere ich mit einem verruchten

Grinsen. Das lässt ihre Augen zu meinen hochschnellen, während sie mir spielerisch auf die Brust schlägt und ihre Wangen sich röten.

Wenn ich sie jeden Tag ein wenig zum Lachen bringen kann, dann ist in meiner Welt alles in Ordnung.

27

EMILY

Ich stürme zum Klassenzimmer, als wäre der Teufel hinter mir her, und bleibe so plötzlich stehen, dass ich fast ausrutsche und zu Boden gehe. Ein tiefer Schmerz setzt sich in meiner Brust fest, als George und ich den Schaden begutachten.

„Es ist alles weg. Alles ist jetzt wertlos." Resigniert schiebt er einen Stuhl zur Seite, während wir die Zerstörung betrachten, die hinterlassen wurde. George bekam heute früh einen Anruf von unserer freiwilligen Reinigungskraft. Sie kam um sechs Uhr morgens, um die Toiletten zu reinigen, und betrat mein Klassenzimmer, das nach einem Wasserrohrbruch knietief unter Wasser stand. Die vorderen Büros sind die einzigen Räume, die vom Schaden verschont geblieben sind.

Ich habe hart daran gearbeitet, mein Klassenzimmer zu einem einladenden Ort zu machen, an dem die Kinder nicht nur lernen und zusammen sein können, sondern auch Trost in ihrem Leben finden, wenn sie ihn nirgendwo anders finden können. Hier habe ich mit

Glenda gearbeitet. Der Raum gehörte ihr, bevor sie starb und ich ihn ganz übernahm. Alle Erinnerungen an sie sind jetzt den Flur hinuntergespült worden, etwas, das mir einen schmerzhaften Stich in die Brust versetzt.

„Ich verstehe das nicht …", flüstere ich. Tränen brennen in meinen Augen, sodass ich kaum noch sehen kann. Es ist unheimlich still, während wir hier allein und geschlagen stehen. Wir haben heute die Schule ausfallen lassen, und Rosie verbringt den Tag mit Allie, während ich George mit dem Chaos helfe.

Ich gehe durch das nasse Klassenzimmer und schaue mir die Katastrophe an. Die Feuerwehr ist gerade weg, nachdem sie in den letzten Stunden hier war, um das Rohr zu reparieren und das Wasser zu beseitigen. Jetzt sind nur noch die nasse Bücher, der aufgequollene, billige Linoleumboden, die von Wasserflecken gezeichneten Wände und meine durchnässten Akten übrig. Schlamm, Matsch und anderer Dreck sind überall zu finden.

Nichts davon ist von Bedeutung, wenn man sieht, dass Rosies Blindenschriftbücher und Kunstdruckpapier beschädigt sind. Ruiniert, nicht mehr brauchbar. Die Arbeitsbücher der Kinder, spezielles Kunstmaterial, die Phonetik- und Dekodierbücher für meine legasthenen Kinder und die individuelle Gebärdentafel, die ich für die ganze Klasse angefertigt hatte, damit jeder mehr darüber lernen kann, wie er Michael unterstützen kann … all das ist weg.

„Sie wollen das Land. Sie werden vor nichts Halt machen", spuckt George. Er ist wütend, und ich kann es ihm nicht verdenken. Die Feuerwehr war sich ziemlich sicher, dass das Rohr manipuliert worden war, und man muss kein Genie sein, um zu wissen, wer dahintersteckt. Aber da wir keine Beweise haben, müssen wir einfach mit dem Schaden leben und können niemanden zur Verantwortung ziehen.

„Aber sieh dir Rosies Bücher an!" Die Tränen laufen mir nun ungehindert über die Wangen. Diese Dinge kosten Geld. Sehr viel Geld. Für viele habe ich ewig gebraucht, um sie zu beschaffen, zu erstellen und zu entwickeln. Ganz zu schweigen von der Zeit und dem Stress, um Zuschüsse und Fördermittel zu beantragen. Ich fühle mich total verloren.

Ich schaue nach unten und sehe Rosies neuen Blindenstift auf dem Boden liegen, der jetzt kaputt ist. Es hat ewig gedauert, bis ich genug Geld dafür zusammengespart hatte. Ich wollte unbedingt, dass sie ihn bekommt und benutzen kann. Sie hat zwar einige Bücher und andere Dinge zu Hause, aber den Großteil ihrer Sachen hatten wir hier.

Und jetzt ist das meiste davon weg.

Mein Telefon klingelt, und als ich es aus der Tasche ziehe, sehe ich, dass es Ben ist. Ich lehne seinen Anruf ab. Mein Herz schmerzt. Er ist der letzte Mensch, mit dem ich im Moment sprechen möchte, aber auch der einzige. Das Bedürfnis, mich in seine Umarmung zu schmiegen, ist überwältigend. Doch er ist der Feind. Nicht, dass irgendetwas von dem hier seine Schuld wäre. Er würde dies niemals dulden, das weiß ich. Aber meine Traurigkeit weicht der Wut, und ich richte meine Wut auf ihn und seine Klienten.

Neandertaler: Soll ich dich um 7 abholen,
Em?

Ich starre durch meine Tränen hindurch auf seine Nachricht. Wir haben für heute Abend ein Date geplant. Zweifellos ein Abendessen in einem eleganten Restaurant, damit er mich vor allen Leuten vorführen kann. Ich habe unsere Verabredungen genossen, wir haben uns immer besser kennen gelernt, aber als mein Blick wieder durch den Raum schweift, weiß ich, dass ich es heute Abend auf keinen Fall schaffen kann. Es wird den ganzen Tag dauern, dieses Chaos aufzuräumen.

Doubtfire: Es ist etwas dazwischen
gekommen. Ich schaffe es nicht. Tut mir
leid.

Ich antworte rasch, bevor ich weiter darüber nachdenke. George und ich müssen versuchen, dieses Chaos zu beseitigen, und dann haben wir ein Treffen mit den Eltern im örtlichen Gemeindezentrum die Straße hinunter. Alle rufen an und stellen Fragen, sind gestresst und besorgt darüber, wohin ihre Kinder nun gehen werden, um ihre grundlegenden Bildungsanforderungen zu erfüllen.

Als ich eine weitere Nachricht erhalte, ignoriere ich sie. Ich verdränge Ben aus meinen Gedanken und mein Magen sieht sich schmerzhaft zusammen, weil ich alles verloren habe. Ich dachte, ich sei über diesen Schmerz hinweg. Ich dachte, dass ich den Tiefpunkt erreicht hätte und es nur noch aufwärts gehen würde. Ich war mir sicher, dass die Schwere dessen, was das Leben mir antun könnte, nachlassen würde. Doch wie es scheint, habe ich mich geirrt.

„Wir schaffen das schon, Em. Aber ich möchte wirklich, dass du es dir noch einmal überlegst, ob du bei mir einziehen willst. Mit dem hier und Jeremy ist das eine ganze Menge. Ich weiß, dass du und Rosie in eurer Unterkunft besser zurechtkommen werdet", bietet George an.

„Ich vermisse diese Unterkunft ...", murmle ich und beziehe mich dabei auf seinen Keller, in dem Rosie und ich eine Zeit lang gelebt haben und der so groß ist wie die Grundfläche des gesamten Hauses. Unsere Unabhängigkeit und Sicherheit war gewährleistet, es war unsere eigene kleine, private Oase. Genau das, was wir brauchten, als wir uns damals erholten. Vielleicht genau das, was ich jetzt brauche.

„Du kannst gern wieder einziehen. Du musst es nur sagen." Ich nicke ihm kurz zu. Obwohl ich diesen Ort liebe, habe ich das Gefühl, dass eine Rückkehr dorthin ein Eingeständnis der Niederlage wäre. Dazu bin ich noch nicht bereit. Es ist noch nicht vorbei. Die Schule gehört immer noch uns. Ich habe immer noch einen Job. Rosie hat immer noch mich.

„Wir müssen uns unsere nächsten Schritte gut überlegen, George. Dies ist zweifellos das Werk von Beasley, und wir wissen beide, dass dies nur die Spitze des Eisbergs ist. Was sollen wir tun?", frage ich fast flehend, und er presst seine Lippen zu einer schmalen Linie zusammen. Er ist nicht glücklich.

„Lass uns erst einmal das hier aufräumen und dann überlegen, was wir tun müssen." Er verrät nicht, was er vorhat. Er könnte immer noch das Geld nehmen. Es gibt keine Möglichkeit, dass wir uns von diesem Schlag erholen.

„Ich denke, wir sollten uns an die Arbeit machen", sage ich leise, denn der Kampfgeist, den ich hatte, ist so gut wie erloschen. Der Wischmopp und der Eimer an meiner Seite sehen in dem riesigen Durcheinander im Zimmer seltsam überflüssig aus.

„Das sollten wir wohl besser tun."

Wir schnappen uns die Wischmopps und Reinigungsmittel und versuchen, das Chaos zu beseitigen, das ein Milliardär hinterlassen hat.

28

BEN

Ich fühle mich schon den ganzen Tag unwohl. Em hat unser Date heute Abend abgesagt, und ich kann nicht behaupten, dass ich nicht enttäuscht bin. Ich will sie sehen. Ich möchte sie jeden verdammten Tag sehen.

Ein Klopfen an meiner Bürotür unterbricht meine Gedanken, als Sandra hereinkommt.

„Beasley ist im Konferenzraum, bereit für Ihren Termin um 14 Uhr", sagt Sandra und legt mir einige Akten auf den Schreibtisch, die sich inzwischen zu einem unüberwindbaren Berg aufgetürmt haben.

„Ist er allein?", frage ich. Er hat sich in letzter Zeit ziemlich still verhalten und das macht mich nervös, weil ich weiß, dass er etwas im Schilde führt. Das tut er immer.

„Er ist allein. Aber er hat ein riesiges Lächeln im Gesicht", antwortet Sandra, und ich runzle die Stirn. Mein Blick wandert wieder zu meinem Handy, da ich auf eine Nachricht von Em warte, doch es gibt keine.

„Das kann nichts Gutes bedeuten. Was steht heute Nachmittag sonst noch an?"

„Nach Beasley steht um drei Uhr eine Besprechung mit dem Akquisitionsteam an, dann um vier Uhr eine Besprechung mit den Finanzprüfern und um halb sechs eine Telefonkonferenz mit dem Bauteam und Tennyson, bevor Sie sich für ihre Verabredung zum Abendessen zurechtmachen müssen." Sandra rattert meinen Terminplan herunter, und mein Kiefer spannt sich an. Ich habe nicht einmal eine verdammte Minute für mich. Was ich früher geliebt habe, ist jetzt etwas, das ich verabscheue.

„Sagen Sie es ab", sage ich, während ich die Akten für Beasley nehme.

„Was von all dem?", fragt sie und beginnt, auf das Tablet in ihrer Hand zu tippen, um meinen Zeitplan anzupassen.

„Alles davon. Nach Beasley will ich keine weiteren Termine für heute", sage ich und stehe auf. Meine Sehnsucht nach Em lässt mich kaum noch klar denken. Ich will wissen, wo sie ist und mit wem sie zusammen sein könnte.

„Oh. Sicher. Soll ich alles auf nächste Woche verschieben?", bietet sie an und zieht fragend die Augenbrauen hoch.

„Ja. Großartig." Ich fühle mich schon leichter, als ich mein Büro verlasse und den Flur entlang gehe, um dieses Treffen hinter mich zu bringen.

Ich öffne die Tür zum Konferenzraum und sehe, dass Michael ebenfalls hier ist und sich sichtlich unwohl fühlt.

„Johnathan", sage ich zur Begrüßung und reiche ihm

die Hand zum Schütteln. Sandra hatte recht. Er sieht zu glücklich aus.

„Warum zum Teufel sind Sie mit unserer Gegnerin verlobt?", fragt er sofort.

„Ich habe Ihr Team sofort nach dem Vorfall schriftlich darüber informiert. Ich kann Ihnen versichern, dass Michael diesen Fall leitet; ich unterstütze ihn nur." Ich rücke meine Krawatte zurecht und nehme Platz, wobei eine leichte Nervosität in mir anschwillt.

„Nun, das ist jetzt sowieso egal", scherzt er und nimmt einen Schluck von seinem Espresso, der ihm in einer makellosen Porzellantasse angeboten worden ist.

„Warum, was ist passiert?", fragt Michael, der offensichtlich genauso wenig weiß wie ich.

„Oh, ich habe das Gefühl, dass sie diese Schule eher früher als später aufgeben werden." An seinem Gesichtsausdruck erkenne ich, dass er etwas getan hat.

„Was haben Sie getan?", frage ich, mein Magen fühlt sich schwer an.

Beasley zuckt nur mit den Schultern. Michael fängt an zu reden und geht ein paar Dinge mit Beasley durch, also schnappe ich mir mein Handy und schicke eine weitere Nachricht an Em, in der ich sie frage, ob in der Schule alles in Ordnung ist. Obwohl ich tief im Inneren weiß, dass es das nicht ist. Ich warte und sehe, dass meine Nachricht gelesen wurde, aber ich bekomme keine Antwort.

Irgendetwas geht hier vor, und ich werde herausfinden, was es ist.

KAUM HAT Beasley mein Büro verlassen, habe ich mich auch schon auf den Weg gemacht. Sandra hatte Ralph vor dem Büro warten lassen, und in Rekordzeit haben wir die Stadt hinter uns gelassen. Als wir vor der Schule halten, sehe ich schon, dass die Dinge nicht so sind, wie sie sein sollten. Auf dem Parkplatz gibt es keinen einzigen freien Platz, etwas, womit ich noch nie zu kämpfen hatte. Überall sind Menschen. Einige erkenne ich als Eltern, die vor dem Gebäude stehen, während Ralph an die Seite fährt, um mich aussteigen zu lassen, bevor er einen anderen Parkplatz sucht.

Ich ziehe an meinem Kragen, als ich durch die Tür gehe und sehe, wie Margaret versucht, einige Eltern zu beruhigen.

„Sie ist in ihrem Zimmer, Ben", sagt Margaret, bevor sie ihr Gespräch wieder aufnimmt. Sie weiß bereits, wen ich sehen will. Ich bemerke, wie sich ihre Lippen zusammenpressen. Offensichtlich ist sie gestresst.

Ich gehe an einigen Türen vorbei und bleibe im Flur stehen. Es ist ein einziges Durcheinander. Wasserschäden, Stühle, Tische, Bodenbeläge, alles übereinander gestapelt im Flur. Die Leute laufen mit Müllsäcken und Wischmopps herum und alle beäugen mich misstrauisch ... als ob ich hier nicht hingehören würde.

Ich gehe zu Ems Zimmer, weiche den Leuten aus, die sich in den Fluren drängen, und meine Schuhe rutschen auf dem nassen Boden aus, während ich mich frage, was zum Teufel hier passiert ist.

„Em!" Ich stürme durch die Tür und sehe, wie sie den Boden wischt. Ihr Kopf zuckt schnell nach oben, die Überraschung steht ihr ins Gesicht geschrieben.

„Du hast vielleicht Nerven", knurrt George und stürmt auf mich zu. Ich habe ihn noch nie so wütend erlebt.

„George!", ermahnt Em leise, lässt ihren Wischmopp fallen und kommt auf mich zu.

„Was ist passiert?" frage ich, aber das flaue Gefühl in meinem Magen sagt mir, dass ich genau weiß, was passiert ist.

George schnaubt und dreht mir den Rücken zu, zu wütend, um etwas zu sagen.

„Wir hatten einen Rohrbruch. Das Zimmer stand unter Wasser. Wir haben alles verloren", erzählt sie mir. Ich versuche, einen genaueren Blick auf ihr Gesicht werfen zu können und sehe gerötete Augen. Sie hat geweint.

„Em hat alles verloren", wiederholt George, während er seinen Besen nimmt, zur Tür hinausgeht und uns allein lässt.

„Ist wirklich *alles* weg?", frage ich und lasse meinen Blick durch den Raum schweifen, und der riesige Haufen Müll in der Ecke verrät mir, dass die Antwort ja lautet. Ich entdecke ein kleines Buch auf dem Boden, und als ich es genauer anschaue, kommt mir der Einband bekannt vor. Ich gehe darauf zu und bücke mich, um es aufzuheben, wobei Wasser von den Seiten tropft. Es ist Rosies besonderes Exemplar von *Aschenputtel*, das, aus dem sie mir vorlas, als ich sie zum ersten Mal traf.

„Alles …", sagt Em mit erstickter Stimme.

„Aber ihr seid doch versichert, oder?", frage ich zaghaft, richte mich wieder auf und gehe zu ihr hinüber. Ihr Gesichtsausdruck lässt mich jedoch kurz innehalten.

Ihre großen blauen Augen sind glasig, und sie schüttelt langsam den Kopf.

„Wie kam es zu diesem Rohrbruch?", frage ich, und mir wird übel.

„Was denkst du?" Em lächelt traurig, während sie ihren Rücken durchstreckt und mich mit ihren Augen durchbohrt.

„Beasley", stoße ich hervor, und ihre Nasenflügel beben, als ich seinen Namen ausspreche.

„Alle Bücher und Materialien von Rosie, alle Bücher und Tabellen von Michael, alle Bücher ... alles ist weg. Alles." Dann packe ich sie. Ich ziehe ihren Körper an mich und sie sinkt an meine Brust, während ich beide Arme um sie schlinge. Sie weint nicht, aber sie hält mich fest, und ich spüre, wie sie tief durchatmet und versucht, ihre Tränen zu unterdrücken.

„Em, ich hatte keine Ahnung. Ich hätte ihm nie dazu geraten, das zu tun. Ich würde so etwas niemals dulden, ich ..." Sie tritt von mir zurück und hebt die Hand, um mich Verstummen zu lassen.

„Im Flur gibt es weitere Wischmopps. Vielleicht machst du dich ein wenig nützlich, während du hier bist, *Mr. Rothschild*", sagt sie, atmet schwer aus und nimmt ihren Wischmopp in die Hand. Ich schaue mich noch einmal im Raum um. Mein Körper spannt sich an, als ich alles in mich aufnehme.

„Gib mir eine Minute", sage ich, bevor ich aus dem Zimmer auf den Flur trete und mein Telefon herausziehe. Ich rufe alle an, die ich kenne, und dann noch mehr Leute. Ich habe Sandra gebeten, ein professionelles Reinigungsteam zu rufen und ihnen das

Doppelte zu zahlen, damit sie innerhalb von zwanzig Minuten hier sind. Ich habe Beth angerufen und nach Ersatz für Schulsachen und Bücher gefragt. Eddie lässt morgen ein professionelles Team kommen, um die Einrichtung zu begutachten und neue Möbel zu besorgen, und ich habe mit Tennyson über mehr Sicherheit gesprochen.

Ich trete zurück in den Raum, gerade als die Aufräummannschaft eintrifft.

„Ich dachte, du wärst schon weg", sagt Em, lässt die Schultern hängen und sieht erschöpft aus. Ich hasse es, dass sie denkt, ich würde so etwas tun.

„Nein, natürlich nicht. Ich habe nur ein paar Anrufe getätigt." Als ich mein Telefon einstecke, sieht sie mich verwirrt an.

„Wen hast du angerufen?", fragt sie, als George den Raum betritt und die Putzkolonne folgt.

„Ben?", fragt er.

„Ich habe veranlasst, dass die Mannschaft beim Aufräumen hilft. Auch habe ich veranlasst, dass morgen ein Einrichtungsteam kommt, um die Schule zu begutachten und mit allem zu versorgen, was ihr braucht, um sie einzurichten und betriebsbereit zu machen. Ich habe Harrisons Büro angerufen, und sie werden alle neuen Materialien, Bücher, Kunst, was auch immer, besorgen. Das alles wird geliefert, sobald die Schule bereit ist, es aufzunehmen. Und mein Bruder Tennyson kümmert sich um die Sicherheitsvorkehrungen, damit so etwas nicht noch einmal passiert." Sie schweigen beide einen Moment lang mit offenem Mund.

„Ich danke Ihnen. Vielen Dank", sagt George eilig,

nimmt meine Hand und schüttelt sie, Erleichterung und Ungläubigkeit zeichnet sein Gesicht.

„Wo sollen wir anfangen?", fragt das Aufräumteam, und George geht zu ihnen, um die Arbeitsbelastung zu besprechen, während Em weiterhin stillsteht und mich mit glasigen Augen und zitterndem Atem anstarrt.

„Warum?", flüstert sie. „Warum hast du das getan?"

„Für dich. Für Rosie", sage ich ganz ehrlich. Ich möchte dieser Frau wirklich die Welt schenken. „Wenn ich mir jeden Stern, jeden Planeten vom Himmel holen könnte, würde ich sie dir alle schenken. Ich meine es ernst."

„Ben ... Ich ...", flüstert sie und schüttelt den Kopf, während ihr eine einzelne Träne über die Wange kullert. Ich gehe auf sie zu und ziehe sie an meine Brust. „Danke", haucht sie, während sich ihre Arme um meinen Mitte schlingen und ich spüre, wie mein Hemd nass wird. Sie weint still, aber die Tränen fließen ungehindert, und ich habe mich noch nie so hilflos gefühlt. Ich habe getan, was ich konnte, um es besser zu machen, aber ich hasse es, dass sie diese Last überhaupt tragen muss.

Langsam zieht sie sich von mir zurück, ich beuge mich vor und küsse ihre Lippen. „Wir sollten besser an die Arbeit gehen."

Das ist vielleicht nicht die Verabredung, die ich mir vorgestellt hatte, aber ich muss hier sein. Ich muss ihr dabei helfen, damit sie mich als jemanden sehen kann, an den sie sich anlehnen kann. Um ihr zu beweisen, dass sie mir vertrauen kann. Also ziehe ich meine Jacke aus, kremple die Ärmel hoch und mache mich an die Arbeit, das Chaos zu beseitigen, das mein Kunde angerichtet hat.

29

EMILY

Ich atme nervös ein, als ich in Bens Auto neben ihm sitze, während wir zu seiner Wohnung fahren. Wir hatten einen tollen Morgen. Wie er versprochen hat, ist Ben wieder früh aufgestanden und hat mir Kaffee und Rosie einen Muffin gebracht, und wir sind alle zusammen ins Schwimmbad gegangen. Die Schule ist geschlossen, die Aufräumarbeiten sind erledigt, und jetzt müssen wir nur noch darauf warten, dass die Möbel und die Einrichtung beginnen. Wir machen mit unseren wöchentlichen Schwimmkursen weiter, denn es ist eine gute Gelegenheit für alle Kinder, sich zu sehen und zusammen zu spielen, auch wenn sie jetzt alle in verschiedenen Bildungseinrichtungen sind.

George hat immer noch nicht darüber gesprochen, was er mit der Schule machen wird. Ben hat mit seiner Großzügigkeit einen Teil des Schmerzes gelindert, allerdings wird es noch einige Zeit dauern, bis die Schule wieder voll funktionsfähig ist. Da alle Kinder in der Zwischenzeit voraussichtlich einen oder zwei Monate an anderen Schulen verbringen werden, könnte es in ihrem Interesse sein, dort zu bleiben, anstatt zurück zu kehren. Vor allem, weil wir nicht sicher sein können, dass so etwas nicht noch einmal passiert, und Ben nicht jedes Mal zur Rettung kommen kann.

Mein Blick fällt auf Ben, der neben mir auf dem Fahrersitz sitzt. Ich weiß, dass er ein guter Mensch ist, und das beweist er jeden Tag mehr, sonst würde ich ihn gar nicht erst in Rosies Nähe lassen. Aber nicht zum ersten Mal frage ich mich, was ich da tue. Unsere Verlobung ist vielleicht nur vorgetäuscht, aber unsere Gefühle füreinander fühlen sich langsam sehr echt an. Aber abgesehen von unseren Gefühlen hat sich nichts geändert. Beasley ist noch immer hinter der Schule her, und Sasha ist mehr denn je hinter ihm her. Ich bin mir nicht sicher, wohin uns das führen soll.

„Wie lief es mit Rosie heute Morgen?", fragt Ben, und ich beobachte, wie sich bei der Erwähnung meiner Tochter ein kleines Lächeln auf sein Gesicht legt.

„Sehr gut. Sie liebt das Schwimmbad."

Wenn ich daran denke, wie Rosie und Ben heute zusammen gespielt haben, verkrampft sich mein Magen. Ich hätte nie gedacht, dass dieser Mann so gut mit Kindern umgehen könnte. Er ist ein Überflieger, Großstadtmensch, Anzug tragender Milliardärsanwalt. Meine Vergangenheit sagt mir, dass ich mich von ihm fernhalten sollte, und doch sind wir hier, fahren zu seiner Wohnung, wo ich nach der Spendengala heute Abend bei ihm bleiben und den besten Sex meines Lebens haben werde.

Ich bin nervös angesichts der Tatsache, dass ich ihn zur Gala begleiten und seine Familie kennenlernen werde. Ich bin nervös, weil ich wieder in der Stadt bin. Ich bin nervös, weil ich Rosie nicht mitnehmen konnte. Sie hat schon oft bei George übernachtet, aber ich war immer in der Nähe. Diesmal werde ich Stunden entfernt sein und in der Stadt übernachten, sodass ich nicht in der Lage sein werde, schnell zu ihr zu gelangen, sollte sie mich brauchen. Als könnte er meine Gedanken lesen, drückt Ben wieder meine Hand und lässt sie in seinem Griff auf seinem Oberschenkel ruhen.

Meine andere Hand ruht auf seinem luxuriösen schwarzen, weichen Ledersitz. Als ich mich in seinem Auto umschaue, sehe ich einen Kindersitz auf dem Rücksitz. Er ist nagelneu, erstklassig und sicher befestigt, und ich lächle, als mir wieder vor Augen geführt wird, wie großzügig und fürsorglich er ist. Der Wagen wird langsamer, als er in ein Parkhaus eines Hochhauses einfährt, und wir kommen in einen weiteren bewachten Bereich, der anscheinend für reiche Leute reserviert ist. Ich bin mir sicher, dass er für reiche Leute ist, weil ich nur Sportwagen, Bentleys und ein paar schick aussehende Escalades sehen kann, die nebeneinander geparkt sind.

„Das ist mein privater Eingang", sagt er, während er parkt. „Meine Brüder und ich wohnen alle in diesem Hochhaus, wir bewohnen die obersten vier Etagen." Schnell steigt er aus und öffnet mir die Tür. Ich steige aus und atme tief durch, während er meine Tasche vom Rücksitz nimmt und wir zum Aufzug gehen, der sich sofort öffnet, als wir ihn erreichen.

Der Aufzug ist tadellos, genau wie die Garage, und ich schäme mich für meine winzige Wohnung und das Gebäude, in dem sie sich befindet, weil ich weiß, dass sie nicht so ist wie diese. Es gibt keinen einzigen Kratzer, keine abblätternde Farbe, kein Graffiti, keine fleckigen Teppiche und schon gar keinen unangenehmen Geruch. Als wir eintreten, drückt er auf den Knopf, auf dem PH2 steht, und ich schlucke. *Natürlich wohnt er im Penthouse.* Ich schaue auf die Knöpfe am Aufzug und sehe, dass es vier Penthäuser gibt – eins *für ihn und jeden seiner Brüder.*

Während der Aufzug die vierzig Stockwerke hinauffährt, atme ich tief durch, um mein rasendes Herz zu beruhigen. Der saubere, zitronig-frische Duft ist weit entfernt von dem Geruch nach Feuchtigkeit, die ich normalerweise in meinem Wohnblock rieche, und wieder erschaudere ich innerlich über die deutlichen Unterschiede zwischen uns.

Er drückt meine Hand, und ich sehe zu ihm auf. Sein Blick ruht auf meinem Gesicht und er fragt: „Geht es dir gut, Baby?" Ich nicke, nicht sicher, ob ich es schaffe, auch nur ein Wort hervorzubringen. Ich schenke ihm ein kleines Lächeln, er beugt sich zu mir und küsst mich, was mir hilft, meine Nerven ein wenig zu beruhigen.

Wir lösen uns voneinander, als der Aufzug in seinem Stockwerk anhält. Die Türen öffnen sich direkt in sein Wohnzimmer, sodass ich keine Zeit habe, mich auf den Ansturm von Luxus vorzubereiten, der mir ins Gesicht schlägt.

Nach ein paar Schritten bleibe ich stehen und sehe mich um. Die Böden sind aus poliertem grauen Marmor, seine Möbel aus schwarzem Leder, Glas und Chrom schmücken den Raum, und ein großer luxuriöser Teppich bedeckt den Hauptwohnbereich. Vom Boden bis zur Decke reichende Fenster zeigen die Skyline der Stadt mit Blick auf den großen Park auf der anderen Straßenseite, und der Blick auf den Sonnenuntergang ist zweifellos ein tägliches Highlight. Es ist sehr maskulin und überhaupt nicht wie die kleine Wohnung, die Rosie und ich unser Zuhause nennen.

Er hat einen übergroßen Plasmabildschirm an einer Wand und einige Dekorationen im Raum verteilt. An einer Seite öffnet sich der Raum zu einer riesigen Küche, die schwarz, glänzend und voller hochwertiger Geräte ist. Gleich dahinter sehe ich einen formellen Essbereich und davor eine Frühstückstheke mit bequemen Hockern.

„Baby?", fragt er, und ich drehe meinen Kopf, um ihn anzuschauen, wobei mir bewusst wird, dass ich seine Wohnung anstarre. Ich presse die Lippen aufeinander und lächle, weil ich mich so überwältigt fühle. Man sollte meinen, dass ich an solche Orte gewöhnt bin, da ich eine Zeit lang mit Jeremy an einem ähnlichen Ort gelebt habe, aber dieser Ort ist etwas ganz anderes und nichts, was ich vorher gesehen habe.

„Du hast eine wundervolle Wohnung, Ben", sage ich und er geht zu mir.

„Du bist wunderschön, Em. Das ist alles nur Zeug", sagt er und zieht mich an sich, wobei er seine Lippen auf meine legt. Seine Arme schließen sich um meine Taille und ziehen mich fest an sich.

Ein lautes, summendes Geräusch ertönt, woraufhin ich mich rasch zurückziehe und mich umschaue, nicht sicher, was es ist oder was mich erwartet. Ben geht zur Wand und nimmt die Sprechanlage in die Hand.

„Kommt hoch", sagt er, bevor er seine Aufmerksamkeit wieder auf mich richtet. „Ich werde das Team hereinlassen, und dann führe ich dich herum." Ich frage mich, auf welches Team er sich bezieht. Die Aufzugstüren öffnen sich wieder, und drei Frauen betreten die Wohnung, zwei mit je einem Koffer und eine mit einem Kleiderständer voller Kleidungsstücke in Kleidungssäcken.

„Wo sollen wir alles aufbauen, Ben?", fragt eine der Frauen.

„Den Flur hinunter, zweites Zimmer auf der linken Seite", sagt er und nickt in die entsprechende Richtung.

Sie nicken und gehen den Flur hinunter, da sie sich hier offensichtlich auskennen.

Als ich zu ihm aufschaue, sind seine Augen bereits auf mich gerichtet. „Ich habe dir doch gesagt, dass ich mich um dein Kleid, deine Haare und dein Make-up kümmern werde." Ich ziehe überrascht die Augenbrauen hoch. Das hat er tatsächlich gesagt, aber ich dachte, ich würde mich selbst um Haare und Make-up kümmern und vielleicht gäbe es ein passendes Kleid, das er Mitte der Woche abgeholt hat. Ein geliehenes Kleid oder so etwas. Aber so wie die Frauen aussehen und wie viel sie mitgebracht haben, wird das etwas, auf das ich nicht vorbereitet bin.

„Komm, ich zeige dir alles, damit du duschen und dich fertig machen kannst", sagt er, nimmt mich an der Hand und führt mich in den Flur.

Der Rundgang führt uns zu drei Schlafzimmern, jedes mit eigenem Bad. Ein Büro, ein weiteres Wohnzimmer, etwas, das wie ein Fitnessstudio aussieht, ein Raum mit einer Bar und einem Billardtisch und dann seine Master-Suite. Er stellt meine Tasche in seinem Kleiderschrank ab, der größer ist als mein ganzes Schlafzimmer zu Hause, und lässt mich eintreten. Ich gehe langsam umher und nehme alles um mich herum auf. Sein Bett ist riesig, so groß, dass bestimmt mindestens fünf Erwachsene problemlos darauf Platz finden würden. Der Plüschteppich fühlt sich unter meinen Füßen weich an, und vom Boden bis zur Decke reichende Vorhänge rahmen die großen Fenster ein, deren Scheiben im Stil von Fenstertüren auf eine riesige private Terrasse mit Gartenmöbeln und einer fantastischen Aussicht führen.

„Lass mich die Dusche für dich aufdrehen, dann kannst du dich frisch machen." Ich habe das Gefühl zu träumen, als ich ihm in sein Badezimmer folge und sofort verblüfft bin. Wieder Marmor auf dem Boden und an den Wänden, ein Doppelwaschbecken, eine komplett verspiegelte Wand, und eine Zweipersonen-Dusche. Auf der anderen Seite befindet sich eine Badewanne, groß genug, um eine Orgie darin zu veranstalten, mit niedrigen Fenstern daneben, durch die man ebenfalls auf die Stadt blicken kann.

„Vielleicht kann ich dir beim Ausziehen helfen ...", sagt Ben, tritt hinter mich und legt seine Lippen auf meinen Hals, während seine Hände unter mein Oberteil wandern. Ich lehne meinen Kopf zurück an seine Schulter und schließe die Augen. Er ist stark, beschützend. Ich fühle mich von diesem Mann geborgen und verehrt, und obwohl ich mich hier völlig fehl am Platz fühle, konzentriere ich mich auf seine Berührung.

Sein Handy klingelt in seiner Tasche und er stöhnt auf. Er hört auf, mich zu küssen, greift nach seinem Telefon und schaut auf den Bildschirm.

„Tut mir leid, Baby, da muss ich rangehen. Es ist mein Bruder", sagt er und zeigt mir den Bildschirm. Der Name *Harrison* blinkt auf, eine deutliche Erinnerung daran, dass ich mit dem Bruder des Gouverneurs zusammen bin.

„Hier", sagt er, lehnt sich in die Dusche und stellt die Temperatur ein. „Entspann dich hier drin, und wenn du fertig bist, zieh dir einen Bademantel an und geh ins Gästezimmer zum Team, wenn du bereit bist. Ich bin im Arbeitszimmer, falls du mich brauchst." Er küsst mich noch einmal, während der Dampf das Bad füllt, und geht hinaus, wobei er mir ein breites Lächeln schenkt, was ich erwidere.

Ich tue, was er sagt, und ziehe mich aus, um seine heiße Dusche zu genießen. Sobald ich sauber und trocken bin, ziehe ich einen Bademantel an, der neu und unbenutzt aussieht und die perfekte Größe für mich hat. Ich grinse, weil ich weiß, dass er ihn erst kürzlich gekauft haben muss, und betrete auf Zehenspitzen den Flur. Als ich die Tür zum Gästezimmer langsam öffne, steht das Team, das Ben zusammengestellt hat, schon bereit.

„Sie ist da!", ruft eine Frau, während eine andere mir ein Glas Champagner reicht.

„Ohh." Ich nehme es überrascht entgegen, als ich in den Raum geführt werde und die Tür sich schnell hinter mir schließt.

„Komm, setz dich, meine Liebe. Wir wollen dich für die Gala fertig machen", flötet sie und fordert mich auf, mich auf einen Stuhl zu setzen, den sie vor einem Spiegel aufgestellt hat. Ich trinke nicht viel, aber vielleicht wird dieses Glas Sekt mein rasendes Herz beruhigen. Ich nehme einen Schluck, setze mich und sehe mir den Kleiderständer an. Eine Frau ist mit dem Föhn beschäftigt und die beiden anderen unterhalten sich mit mir über die Kleidung und meine Vorlieben, so dass wir uns auf ein Kleid und eine Farbe einigen können. Sobald ich mich entschieden habe, lasse ich die Nervosität hinter mir und entspanne mich, während ich mich verwöhnen lasse und sie sich an die Arbeit machen.

30

BEN

Als ich meine Anzugsjacke anziehe und in den Spiegel schaue, bin ich mit dem Ergebnis zufrieden. Ich habe dutzende Anzüge, aber diese Woche habe ich mir einen neuen gekauft, und zwar mit Hilfe derselben Stylistin, die sich gerade um Emily kümmert. Ich wollte, dass der heutige Abend perfekt ist. Er ist komplett schwarz und perfekt geschnitten, und ich hoffe, dass wir in Verbindung mit dem formellen Kleid, das Emily trägt, ein umwerfendes Paar abgeben. Es ist schon ein paar Stunden her, dass Emily zum Team im Raum gegangen ist, und ich schaue auf meine Rolex, weil ich weiß, dass wir bald gehen müssen.

Das Auto wartet bereits auf uns, und ich hasse es, zu spät zu kommen. Meine glänzenden schwarzen Schuhe klacken auf dem polierten Marmor, als ich in die Küche gehe, um auf sie zu warten. Ich nehme ein Glas und gieße mir einen Whisky ein. Als ich es zum Mund führe, halte ich auf halbem Weg inne und betrachte die Frau, die vor mir erscheint und mir den Atem raubt.

Sie sieht umwerfend aus. Das bodenlange, blutrote Kleid schmiegt sich an ihre Kurven, wobei Stickereien im Licht glitzern, wenn sie sich bewegt. Es ist trägerlos, und ihre Brüste sehen perfekt darin aus, während ihr Teint zu strahlen scheint. Ihr langes Haar ist in glänzenden Wellen gestylt, kein einziges Haar ist fehl am Platz, es fällt ihr über den Rücken, wobei ihre Diamant- und Rubinohrringe zur Geltung kommen.

Meine Augen verschlingen sie und meine Hand umklammert den Küchentisch, während ich ihren Anblick in mich aufnehme. Sie ist glamourös, absolut überirdisch. Ganz und gar nicht in meiner Liga.

Ich stelle mein Glas ab, ohne überhaupt einen Schluck genommen zu haben, und gehe auf sie zu. Mit ihren hohen Absätzen ist sie größer, aber sie muss noch immer zu mir aufsehen.

„Du siehst wirklich gut aus", sagt sie und lächelt, als ich meine Hand um ihre Taille lege. Ich bleibe vor ihr stehen und nehme ihren Anblick in mir auf.

„Du bist atemberaubend, und ich werde dich nicht aus den Augen lassen." Ich küsse sie auf die Lippen, um ihr Make-up nicht zu ruinieren, bevor der Abend überhaupt begonnen hat. Ihre Augen weiten sich so leicht, dass ich es übersehen hätte, wenn ich geblinzelt hätte. Ich habe keine Ahnung, was hier vor sich geht. Es ist ein Vertrag, eine Vereinbarung, ein Arrangement ... wie auch immer wir es nennen wollen. Aber ich habe diese Grenze schon vor Wochen überschritten, und jetzt fühlt sie sich einfach wie meins an. Das Klingeln an meiner Tür lässt uns aufschrecken, und ich verschränke meine Finger mit ihren.

„Können wir gehen?", frage ich, als das Frauenteam gerade herauskommt und diskret verschwindet. Sie nickt, und ich greife nach meinem Handy und vergewissere mich, dass ich mein Portemonnaie dabei habe, weil ich zweifellos zu viel Geld für einen Auktionspreis ausgeben will, den ich nicht brauche, um die Wohltätigkeitsorganisation zu unterstützen.

Die Fahrt ist kurz, denn die Veranstaltung findet in einem nahe gelegenen Sechs-Sterne-Hotel statt, das über den größten Ballsaal der ganzen Stadt verfügt. Innerhalb von Sekunden, nachdem unser Auto vor dem Eingang gehalten hat, öffnet der Hotelportier die Autotür, die luxuriöse Effizienz ist fast schon verblüffend. Instinktiv greife ich nach Ems Hand. Gemeinsam steigen wir aus und gehen durch die Glastüren in das große Marmorfoyer.

Überall sind Menschen, denn die Veranstaltung heute Abend ist eine der bekanntesten Wohltätigkeitsveranstaltungen des Jahres, und mir entgehen nicht die vielen Augen, die sich auf uns richten, als wir uns einen Weg durch die Menge bahnen. Ich bemerke die Blitzlichter um uns herum, und wo ich normalerweise vor der Medienwand stehen bleiben würde, um weitere Fotos machen zu lassen, spüre ich, wie sich Ems Körper versteift. Also gehen wir einfach weiter, an den Medien vorbei, und direkt in den bereits sehr vollen Ballsaal. Ich suche den Raum ab und entdecke Eddie und Tennyson in der hintersten Ecke, also gehe ich direkt zu ihnen.

„Jungs", sage ich mit einem verschmitzten Grinsen, schüttle ihre Hände zur Begrüßung und weiß, dass ich heute Abend zweifellos mit der schönsten Frau in diesem Raum zusammen bin.

„Eddie, Tennyson, das ist Emily Carr", sage ich und lege meinen Arm um sie, um sie näher an mich heranzuziehen. Sie lächelt und nickt, streckt ihre Hand aus, und sie begrüßen sich.

„Freut mich, dich kennenzulernen", sagt Eddie an, bevor er ihr sein Date Natalie vorstellt.

„Das Vergnügen ist ganz meinerseits", murmelt Tennyson, und ich stoße ihn mit dem Ellbogen in die Rippen. Dann lacht er, bevor er seine Verabredung vorstellt, die viel zu jung für ihn aussieht und bereits gelangweilt wirkt, obwohl der Abend noch nicht einmal begonnen hat.

Die Frauen betreiben Smalltalk, und ich freue mich, dass Em sich scheinbar etwas entspannt hat. Sie kann jeden Raum betreten und sich mit jedem hier unterhalten. Sie klammert sich nicht an mich und kann sich behaupten. Es ist ein gutes Gefühl, sie hier bei mir zu haben.

„Scheiße, bitte sag mir, dass sie einen Freund hat", sagt Tennyson leise, während er an seinem Whisky nippt, und ich lächle wie die Katze, die den Vogel gefangen hat.

„Schau einfach nur ihr Gesicht an, Arschloch", sage ich scherzhaft und stoße ihn in die Seite, als ich sehe, wie sein Blick über meine Frau schweift.

„Du hast dir scheinbar den Hauptpreis geholt, Bruder." Ich kann nicht anders, als noch breiter zu lächeln. Echt oder nicht, ich bin verdammt glücklich.

„Wie läuft es in der Schule?", fragt Harrison, als er sich in unser Gespräch einschaltet.

„Die Schule ist sauber, aber es gibt noch eine Menge zu tun. Beasley ist immer noch interessiert und wird wahrscheinlich wieder irgendeine Scheiße abziehen", antworte ich, und er seufzt frustriert, bevor er sofort weggezogen wird. So ist das Leben eines Gouverneurs. Er vertraut mir, dass ich weiß, was ich tue, was schlecht ist, denn ich habe keine Ahnung, wie ich die Frau und den Kunden halten soll. Mit Letzterem will ich mich nicht unbedingt befassen, aber ich weiß, dass ich mir bei ihm wirklich sicher sein muss, bevor ich irgendwelche überstürzten Entscheidungen treffe. Ich muss ein formelles Treffen mit meinen Brüdern abhalten, um die Sache weiter zu besprechen, denn Eddie und Tennyson müssen bei allen Familiengeschäften wie diesem zustimmen. Wenn wir ihn gehen lassen, werden uns Millionen von Dollar flöten gehen. Das wird weh tun.

„Und ich dachte, dieser Abend würde schön werden, aber da kommt unsere dunkle Wolke, um alles zu verderben. Wie immer", murmelt Tennyson.

„Jungs!", grüßt meine Mutter, als sie auf uns zukommt. „Schön, dass ihr es alle geschafft habt." Das Lächeln auf ihrem Gesicht ist so unecht wie die faltenfreie Haut auf ihrer Stirn.

„Hallo, Mom", murmelt Eddie.

Tennyson ignoriert sie völlig, dreht sich um und geht zurück zu seinem Date, das in der Nähe der Bar Selfies zu machen scheint.

„Benjamin. Wer ist deine Begleitung heute Abend? Ist das die angebliche Verlobte, von der ich schon so viel gehört habe, die ich aber noch nie getroffen habe?" Ihre Worte verunsichern mich ein wenig, als sie mir über die

Schulter schaut. Ich spüre, wie Em neben mir auftaucht, ihre Finger verschränken sich mit meinen.

„Mom, das ist Emily. Em, das ist meine Mutter, Diane", stelle ich sie vor und erschaudere innerlich, dass ich Em überhaupt nicht darauf vorbereitet habe.

„Ohh, wie schön, Sie kennenzulernen. Ich würde gerne sagen, dass ich schon so viel von Ihnen gehört habe, aber Benjamin hat mir nichts erzählt", sagt meine Mutter spitz, und ich spüre ihre Worte wie Widerhaken auf meiner Haut.

Mein Blick fällt auf Eddie über ihrer Schulter, und ich sehe, wie er die Augen verdreht. Tennyson ist bereits an der Bar und holt sich einen weiteren Drink, also besteht keine Chance, dass er jetzt noch einmal vorbeikommt. Er und unsere Mutter sprechen nicht miteinander, und das schon seit Jahren nicht mehr. Harrison und Beth unterhalten sich mit ein paar Leuten auf der anderen Seite des Raumes, und die ständige Aufmerksamkeit folgt ihnen auf Schritt und Tritt, was bedeutet, dass er mir in diesem Augenblick auch nicht helfen kann.

„Gleichfalls, Diane", sagt Emily höflich lächelnd, und ich drücke ihre Hand in meiner.

„Ich habe Sie hier noch nie gesehen, Emily. Erzählen Sie doch, was machen Sie?", drängt meine Mutter, die einen kleineren Schritt nach vorne macht, sodass ich das Gefühl habe, zu ersticken. Die Anspannung steigt in meinem Nacken, während meine Mutter sie ganz offensichtlich von oben bis unten mustert.

„Oh, ich wohne nicht in der Stadt. Ich bin eine Sonderpädagogin in William Heights." Mir gefällt, dass Em stolz darauf ist, was sie tut und woher sie kommt. Sie versteckt sich nicht davor, und ihre Stimme klingt selbstsicher. Sie versucht nicht, es zu verbergen, weil die Leute hier denken, es sei unter ihrer Würde. Meiner Mutter hingegen gefällt die Antwort offensichtlich nicht. Ihr ganzes Verhalten ändert sich, und ich sehe sogar, wie sie einen kleinen Schritt zurücktritt, als ob Em eine ansteckende Krankheit hätte.

„Oh, na ja. Benjamin. Wirklich?" Sie sieht mich anklagend an und ignoriert Em jetzt völlig. Als hätte ich heute Abend absichtlich ein Mädchen aus dem falschen Viertel mit hierher gebracht, nur um sie zu ärgern. Ich knirsche mit den Zähnen, und die Wut brodelt tief in meinem Bauch.

„Wirklich was, Mutter?", frage ich und blicke sie herausfordert an. Ich habe miterlebt, was Harrison ertragen musste. So etwas wird sie bei mir nicht durchziehen können.

„Eine Lehrerin? William Heights?", fragt sie schockiert. „Ich schwöre, ihr Jungs macht das mit Absicht. Wo ist Sasha? Sie ist diejenige, die du an deiner Seite haben solltest, nicht ...", sagt sie, während sie mit der Hand in Emilys Richtung wedelt, und ich spüre, wie meine Hand ihre so fest ergreift, dass ich ihr wahrscheinlich wehtue.

„Mutter, ich ...", setze ich an, bevor Eddie uns unterbricht.

„Mom, ich sehe Lilly da vorne im Raum. Sie sieht aus, als würde sie dich suchen", sagt sich Eddie und zeigt auf unsere alte Familienfreundin, die jetzt Moms Handlangerin ist. Mom hatte nie eine Tochter, und jetzt macht sie Lilly zu einem Mini-Ich. Lilly übernimmt alle schlechten Eigenschaften unserer Mutter und keine einzige Gute – obwohl ich mir nicht sicher bin, ob es noch gute gibt.

„Oh, natürlich", sagt sie und geht ohne ein weiteres Wort. Ihre Arbeit als Gesellschaftsdame ist heute Abend wichtiger. Sie ist immer wichtiger.

Ein Kellner kommt vorbei, also nehme ich uns Getränke und reiche Emily ein Glas Sekt. Sie ist schon ein bisschen angeheitert von dem einen Glas zu Hause. Ich sage nichts, sondern nehme sofort einen Schluck Whisky, bevor ich das Glas wieder auf das Tablett stelle, das nun leer ist.

„Ich weiß, dass du eigentlich nicht trinkst, aber das könntest du brauchen", sage ich und nicke in Richtung des Glases in ihrer Hand.

Emily beugt sich vor und flüstert mir ins Ohr, ihre sanfte Stimme streift meine Haut und entspannt mich sofort. „Jetzt verstehe ich, warum sie dir nicht beibringen will, wie man Siri benutzt." Ich grinse sie an und stoße ein Lachen aus, während ich mich zu ihr hinunterbeuge.

„Du bist sowieso die einzige Person, mit der ich reden möchte." Sie schenkt mir ein breites Lächeln und ich küsse sie auf die Lippen. Unsere Blicke verharren einen Moment lang aufeinander. Die ganze Welt um uns herum scheint stillzustehen, und mein Herz fühlt sich an, als würde es einen Schlag aussetzen.

„Entschuldige, wir müssen dich einen Augenblick lang entführen", sagt Eddie und zieht an meinem Arm.

„Eddie, ich will bei Em bleiben", sage ich streng, denn ich will sie wirklich nicht allein lassen.

„Ihr geht es gut; sie ist in guter Gesellschaft." Eddie deutet auf sein Date. „Warum geht ihr Mädels nicht zu unserem Tisch, Nummer zwei ganz vorne?", sagt er zu Em und seinem Date, während er mich wegzieht.

„Geh ruhig. Ich sitze am Tisch, wenn du zurückkommst." Sie lächelt, und ich grinse sie an wie ein dummer Teenager. Sie schüttelt den Kopf über meinen wahrscheinlich albernen Gesichtsausdruck, lacht und dreht sich um.

Ich bin so am Arsch.

31

EMILY

Ich beobachte Ben, wie sein Bruder ihn auf die andere Seite des Raumes zieht, und ich schmelze angesichts seines Blickes von eben dahin. Ich bin mir nicht sicher, wann es passiert ist, aber ich habe mich in ihn verliebt. Sehr sogar. Er ist alles, was ich mir von einem Mann wünsche. Alles, was ich mir für Rosie wünsche. Ich fühle mich fast euphorisch und erschrocken zugleich, denn ich habe keine Ahnung, was passieren wird. Doch zum ersten Mal seit Jahren möchte ich es wirklich versuchen.

Ich nehme einen weiteren Schluck Champagner und versuche, meine Gedanken zu beruhigen. Es ist mein zweites und letztes Glas, denn ich fühle mich bereits schwindelig. Mein Körper hat schon genug nervöse Energie, mein Flucht-oder-Kampf-Modus ist voll aktiviert, jetzt, wo Ben nicht in meiner Nähe ist. Eddies Begleitung lässt mich allein, um sich mit einem Bekannten an der Bar zu unterhalten. Ich bleibe allein zurück und beobachte die Menge. Eine Veranstaltung wie diese ist genau Jeremys Ding, und es würde mich nicht wundern, wenn er heute Abend ebenfalls anwesend ist. Der Gedanke daran lässt mich fast in Tränen ausbrechen. Aber ich bin hier mit Ben, seinen Brüdern und etwa fünfhundert anderen Leuten, also habe ich das Gefühl, dass ich zumindest heute Abend in Sicherheit bin.

„Hi, Emily?", sagt eine Frau neben mir, und ich drehe mich zu ihr um.

„Ja, hallo?" Ich schenke ihr ein Lächeln.

„Ich bin Beth, Harrisons Partnerin. Ich wollte vorbeikommen und hallo sagen", sagt sie und ich lächle breit. Ich wusste, dass sie mir bekannt vorkam, denn ihr Gesicht war während der Wahlen vor einiger Zeit in den Medien zu sehen. Im wirklichen Leben sieht sie genauso jung und schön wie im Fernsehen aus.

„Oh, wie schön, dich kennenzulernen!"

„Gleichfalls. Wir sitzen am selben Tisch, aber ich habe gesehen, wie du Mrs. Rothschild vorgestellt wurdest, und wollte mich vergewissern, dass es dir gut geht ..." Zuerst lache ich, weil ich denke, dass sie scherzt, aber dann wird mir klar, dass sie es ernst meint.

„Oh, ja, mir geht es gut. Sie scheint ... nett zu sein?" Obwohl sie ein wenig unhöflich zu mir war, dachte ich, dass es nur der Stress war, weil sie mich, die Verlobte ihres Sohnes, zum ersten Mal traf.

„Das ist sie nicht. Aber keine Sorge, so ist sie zu jedem. Also du und Ben?" Sie zieht eine Augenbraue hoch und nimmt einen Schluck von ihrem Wasser.

„Ja, er ist ein wirklich netter Kerl", sage ich einfach und bin mir nicht sicher, ob sie weiß, dass das alles nur vorgespielt ist, ob sie denkt, dass es echt ist, oder ob sie überhaupt weiß, was los ist.

„Das ist er. Er sieht auch total verliebt in dich aus", meint sie und grinst mich an.

„Ach?", frage ich und schaue zu Ben hinüber, der mich direkt ansieht. Er hebt sein Glas und zwinkert mir zu, was mich zum Lächeln bringt.

„Sieht so aus, als wärt ihr beide es", murmelt Beth, und wir lachen beide.

„Hör mal, ich muss mich jetzt unter die Leute mischen, aber wir sehen uns nachher am Tisch", sagt sie mit einem strahlenden Lächeln, und ich sehe zu, wie sie davonschwebt, den Leuten ausweicht und von ein paar aufgehalten wird. Ich sehe mich im Raum um und nehme alle Gäste in Augenschein. Es ist niemand hier, den ich kenne, außer einer Person. Mr. Beasley sitzt drüben auf der anderen Seite des Raumes und führt gerade eine sehr angeregte Diskussion mit Bens Mutter. Ich beobachte die beiden einen Moment lang, bis sie mich direkt ansehen, und ich schlucke hart. Es besteht kein Zweifel, dass sie jetzt über mich reden, also beschließe ich, zu den Toiletten zu gehen, um mich frisch zu machen, bevor wir alle unsere Plätze einnehmen müssen.

Ich manövriere mich durch die Menge und fühle mich wieder nervös. Mit gemessenen Schritten finde ich meinen Weg, danke meinem Glücksstern, dass es keine Schlange gibt und halte meinen Kopf gesenkt, um keine Aufmerksamkeit auf mich zu ziehen. Mit Ben zusammen zu sein bedeutet, dass ich eine große Zielscheibe auf dem Rücken habe, und ich weiß, dass die Leute mich beobachten und versuchen herauszufinden, wer ich bin, da ich nicht aus ihrer Welt stamme. Ich bete, dass ich den Abend ungestört genießen kann, aber selbst ich weiß, dass ich nicht so viel Glück haben kann.

„Sieh mal an, wen haben wir denn da?", sagt eine weibliche Stimme, als ich mich ins Bad dränge und auf halbem Weg stehen bleibe.

Sasha. Sie sieht genauso umwerfend aus wie beim letzten Mal. Ihr Kleid ist lang, eng und schwarz, mit einer Vielzahl von Ausschnitten, die ihre gebräunte Haut, ihre erstaunlichen Brüste und ihre Beine zeigen, die länger zu sein scheinen, als es menschlich möglich ist. Sie überlässt der Fantasie nur sehr wenig.

„Hi, Sasha", sage ich einfach und höflich, weil ich keinen Ärger will.

„Was für ein Spielchen spielst du?", zischt sie, und ich sehe mich in dem kleinen Raum um, der abgesehen von uns leer ist.

„Was meinst du?"

„Jeder in dieser Stadt weiß, dass Ben zu mir gehört. Und doch bist du von Gott weiß woher aufgetaucht und trägst jetzt einen Diamanten am Finger und tust so, als würdest du dazu gehören, obwohl wir beide wissen, dass du es nicht tust."

„Sasha, ich habe keine Ahnung, wovon du redest." Ich zucke mit den Schultern, tue so, als wäre ich von ihr gelangweilt und gehe in Richtung einer offenen Kabine.

„Du warst bis heute nie auf einer Veranstaltung, und dann tauchst du wie aus dem Nichts auf! Wenn Ben dich nicht irgendwo versteckt hielt, gehe ich davon aus, dass du angeheuert wurdest." Sie wirft mir vor, ein Escort zu sein, und ich spanne die Schultern an. Ich bin vieles, aber ganz gewiss keine Frau, die man für Sex bezahlt.

„Oh, nun, da du so besorgt darüber bist, wo ich mich aufhalte, ich verbringe die meiste Zeit auf dem Anwesen. Ben und ich ziehen es vor, unsere Zeit außerhalb der Stadt zu verbringen. Wir mögen unsere Privatsphäre", sage ich zuckersüß und ihr Mund bleibt leicht offenstehen. Ben hat mir erzählt, dass er zuvor nie jemanden mit auf sein Anwesen genommen hat, also wusste ich, dass sie das zum Schweigen bringen würde.

„Außerdem bist du, soweit ich weiß, die einzige Goldgräberin hier." Ich schenke ihr ein Lächeln, schließe die Kabinentür hinter mir und halte den Atem an. Ich höre, wie Sasha etwas sagen will, aber dann kommen zwei andere Frauen herein, also nutze ich die Gelegenheit, um mein Geschäft zu erledigen, mich frisch zu machen, und als ich wieder herauskomme, ist sie weg.

Ich atme tief durch und versuche, mich zusammenzureißen. Ich hasse es, mich mit anderen zu streiten. Ich ziehe es vor, keine Konflikte zu haben. Aber ich muss meinen Teil der Abmachung einhalten, auch wenn Ben nicht bei mir ist.

Die Frauen lächeln mich an, während sie mich von oben bis unten mustern. Ich richte mein Kleid, trage frisches Make-up auf und gehe hinaus, mische mich wieder unter die Menge und begebe mich zu unserem Tisch. Als ich selbstbewusst durch den Saal schreite, spüre ich, wie sich eine Hand um meinen Oberarm legt, sodass es schmerzt.

„Warum bin ich nicht überrascht, dich hier zu sehen. Bist du mit deinem *Verlobten* hier?", knurrt er leise, dicht an meinem Ohr, sein Atem ist heiß und riecht nach starkem Schnaps. Mein Körper zittert. Ich wusste, es war zu schön, um wahr zu sein. Erst gibt mir Bens Mutter das Gefühl, nicht willkommen zu sein. Dann konfrontiert mich Sasha auf den Toiletten. Jetzt hält mich Jeremy gepackt, während er mich unauffällig in den Flur und um die Ecke zerrt. Ich glaube, dass man im Leben Zeichen bekommt, und wenn dieser Abend nicht das größte Zeichen dafür ist, dass ich nie wieder in die Stadt kommen sollte, dann weiß ich nicht, was es ist.

„Lass mich los", zische ich und ziehe meinen Arm aus seinem Griff. Er pocht, als ich nach unten schaue und rote Handabdrücke entdecke.

„Du musst mit dieser verdammten Scharade aufhören", knurrt er. Eifersucht durchzieht seine Stimme und lässt mich erzittern, dann setzt er ein breites Lächeln, als ein paar Geschäftsleute an uns vorbeigehen.

„Ich schlage vor, du lässt mich in Ruhe und machst mit deinem eigenen erbärmlichen Leben weiter." Ich habe vielleicht Angst, aber ich bin auch wütend. Ich werde nicht zulassen, dass er mich weiter bedrängt.

Ich drehe mich schnell um und stolpere aus dem Flur, in der Hoffnung, dass er mich nicht wieder zu fassen bekommt. Aber ich habe nicht so viel Glück.

Ich spüre, wie sich seine Hand erneut um meinen Arm legt, sodass ich mich ein wenig krümme, während der Schmerz bis zu meiner Schulter hochschießt. Ein paar Meter vor mir sehe ich Menschen, die nicht in unsere Richtung schauen, alle sind in ihre eigenen Gespräche vertieft.

„Was zum Teufel hast du gerade zu mir gesagt?",

knurrt er bedrohlich. Als ich mich umschaue, entdecke ich Sasha am anderen Ende des Flurs, die unsere Interaktion mit Interesse beobachtet, und mir wird ganz flau im Magen, weil mich jemand in dieser Situation sieht.

„Lass mich los. Mach keine Szene", flehe ich fast. Ich will nicht, dass irgendjemand etwas von meiner Vergangenheit mit Jeremy erfährt und vielleicht Ben bei seiner Familiengala in Verlegenheit bringt. Mein Körper ist heiß, meine Handflächen schwitzig, mein Herz rast. Er muss mich gehen lassen. Ich muss dafür sorgen, dass er endlich aufhört zu denken, ich würde ihm gehören. Das geht schon viel zu lange so und es gibt keine Anzeichen dafür, dass es aufhört.

„Eine Szene? Ich werde eine verdammte Szene machen. Du gehörst mir, Emily. Niemand sonst wird dich haben, schon gar nicht ein verdammter Rothschild." Ich wusste es. Ich wusste, dass diese neue Wildheit von ihm nur darauf zurückzuführen ist, dass Ben und ich zusammen sind. Ich beobachte ihn, wie er mich von oben bis unten mustert, seine Lippen kräuseln sich und seine Nasenlöcher blähen sich.

„Vielleicht sollte ich mal mit meinem neuen Schwager, dem Gouverneur, sprechen. Ich kann mit ihm über die Belästigungspolitik und die neuen Gesetze zur Gewalt in Partnerschaften sprechen. Vielleicht braucht seine neue Regierung einen Bericht aus erster Hand darüber, wie das ist. Vielleicht können sie jemanden vor die Medien stellen, der ihre Geschichte erzählt", sage ich in einem festen Ton. Früher hätte ich nie den Mut aufgebracht, ihm die Stirn zu bieten. Tatsächlich würde ich alles tun, um ihn entweder zu meiden oder zu beschwichtigen. Obwohl ich kein Aufsehen erregen möchte, will ich auch nicht einfach klein beigeben.

Er schaut auf mich herab, sein Kiefer spannt sich an. Ich habe nicht die Absicht, den Medien meine Erfahrungen mitzuteilen, aber das weiß er nicht.

„Du hast verdammte Wahnvorstellungen. Als ob irgendjemand einer armen Frau aus William Heights glauben würde", sagt er, allerdings wirkt er ein wenig verunsichert, und ich weiß, dass ich einen Nerv getroffen habe.

„Vielleicht will der Gouverneur alle Details wissen. Nicht nur den Missbrauch, den ich erlitten habe, sondern auch, wie ich ohne Geld zurückgelassen wurde, um mich um mein Baby zu kümmern. Eine alleinerziehende Mutter, die sich aus der Armut befreien und ganz allein und ohne Unterstützung neu anfangen musste", fahre ich fort, und ich sehe ein Feuer in seinen dunklen Augen auflodern.

„Sag kein einziges verdammtes Wort. Du kannst heute Abend zu diesen Leuten zurückkehren und so tun, als ob sich irgendjemand für dich interessieren würde, aber ich will, dass du diese verdammte Verlobung löst. Er kann dich nicht haben. Keiner kann das." Ich befreie meinen Arm ein zweites Mal aus seinem Griff, und gemeinsam stehen wir da und starren uns an. Er ist riesig, es gibt kein Entrinnen vor ihm. Ich blicke zu ihm auf und versuche zu sehen, ob ich nicht wenigstens einen Funken des Mannes wiederfinde, der er war, als ich ihn kennenlernte, der für mich schwärmte, mich schätzte und alles für mich getan hätte. Aber sein Blick ist leer, wenn nicht sogar wütend. Er ist nicht mehr derselbe Mann, und ich bin nicht mehr dieselbe Frau.

„Lass mich einfach in Ruhe", sage ich leise und trete zurück, und diesmal lässt er mich gehen, wobei die Ader in seinem Hals pocht. Das ist nicht gut. Ich drehe mich schnell um, gehe und versuche, tief durchzuatmen. Einen Fuß vor den anderen setzend, bleibe ich erst stehen, als ich mich unter die Menge mische und beim Anblick von Ben am anderen Ende des Raumes Trost finde.

32

BEN

Ich stehe mit Eddie und einem seiner Geschäftskontakte zusammen, wo wir in den letzten zwanzig Minuten über einen möglichen neuen Auftrag gesprochen haben. Es handelt sich um einen großen Kunden, den wir gerade zu gewinnen versuchen. Während ich in das Gespräch vertieft bin, schweift mein Blick durch den Raum. Ich blicke mich alle paar Minuten suchend nach Emily um. Das letzte Mal, als ich sie sah, lachte sie und unterhielt sich mit Beth, aber die Freude darüber, dass sie sich zu verstehen scheinen, war nur von kurzer Dauer, denn seitdem habe ich sie nicht mehr gesehen.

„Ben, ich werde meine Sekretärin bitten, Sie diese Woche anzurufen, um einen Termin zu vereinbaren", sagt der Kunde und reißt meine Gedanken in die Gegenwart zurück.

„Ja, natürlich, es wäre schön, wenn wir uns weiter unterhalten könnten. Ich bin sicher, dass wir Ihnen helfen können", antworte ich lächelnd und schüttle ihm fest die Hand, um den Deal zu besiegeln. Er arbeitet derzeit mit unserem größten Konkurrenten zusammen, also ist es ein wichtiger Termin, den wir wahrnehmen müssen.

Als er Eddie die Hand schüttelt, sehe ich sie. Über seine Schulter beobachte ich, wie Emily aus dem Flur kommt und nicht wie sie selbst aussieht. Sie ist immer noch atemberaubend, aber ihre Haltung hat sich verändert, ihr Lächeln ist nicht mehr so strahlend, und sie reibt sich den Arm, als ob ihr kalt wäre.

„Verzeihen Sie", sage ich zu Eddie und den anderen Männern, während ich auf sie zugehe und spüre, dass etwas nicht stimmt. Als ich näher komme, zieht sie die Schultern zurück und atmet tief durch. Erst als ich nur noch ein paar Meter entfernt bin, sehe ich, dass ihr Arm rot und gezeichnet ist.

„Em?" Sie zuckt zusammen und wirft mir einen erschrockenen Blick zu.

„Oh, du hast mich erschreckt", sagt sie, lächelt leicht und fasst sich an die Brust.

„Was ist passiert?", frage ich, als ich ihren Arm nehme, und es entgeht mir nicht, wie sie scharf einatmet, als ich ihn berühre.

„Es ist nichts. Ich bin nur im Bad gestolpert und habe mich an der Wand gestoßen. Ich war ein bisschen wackelig auf den Beinen", sagt sie und schenkt mir ein breites Lächeln. Eines, das nicht ihre Augen erreicht.

„Em?", knurre ich, will sie nicht drängen, weiß aber, dass es ihr nicht gut geht.

„Können wir später darüber reden?", flüstert sie und blickt mir in die Augen. Ich sehe ganz deutlich, dass etwas nicht stimmt, aber ich nicke, dankbar, dass sie sich mir

wenigstens später öffnen wird. Ich werde dafür sorgen, dass wir nach den Formalitäten so schnell wie möglich aufbrechen.

„Wollen wir uns setzen?", schlägt sie vor. Ich sehe mich um und bemerke, dass die Leute Platz genommen haben. Ich weiß, dass sie versucht, das Thema zu wechseln, denn das tut sie oft. Das gefällt mir nicht, aber ich ergreife ihre Hand, streiche mit dem Daumen über ihre Handfläche und führe sie zu unserem Tisch. Ich ziehe den Stuhl für sie heraus und lege meine Hand auf ihren Rücken, um sie ein wenig zu streicheln. Ich vergewissere mich, dass sie neben Eddie sitzt, bevor ich mich auf ihrer anderen Seite niederlasse, wobei ich meinen Stuhl näher an sie heranrücke, während Harrison auf meiner anderen Seite sitzt und mir einen Whisky bestellt.

Als die Veranstaltung losgeht, wandert mein Blick zu ihr. Sie reibt sich wieder über den Arm, und ich weiß ohne jeden Zweifel, dass sie nicht gestolpert ist. Ich weiß nur nicht, warum sie mir nicht die Wahrheit sagen wollte.

Mein Blick wandert durch den Raum und ich mustere alle Anwesenden. Ich entdecke meine Mutter am Haupttisch mit Lilly und ein paar anderen. Als ich meinen Blick weiter schweifen lasse, bleibt mein Blick auf Jeremy Lucas hängen, der mich direkt ansieht. Oder uns, denn seine Augen scheinen Emily zu fixieren, obwohl sie nicht in seine Richtung schaut, zu sehr ist sie in ein Gespräch mit Eddie vertieft. Mein Körper versteift sich, als ich mich an ihn erinnere, wie er Em vor Wochen bei unserem ersten Date bedrängte und festhielt. Es gefällt mir nicht, wie er sie ansieht. Die Eifersucht, die sich in meinem Magen zusammenbraut, ist neu. Ich hebe meinen Arm und lege ihn um die Lehne von Emilys Stuhl. Die Bewegung veranlasst ihn, mich anzusehen, bevor er sich wieder fängt und mir ein kleines Lächeln schenkt, bevor er den Blick abwendet. Er sitzt ausgerechnet neben Beasley. Ich hatte keine Ahnung, dass die beiden sich kennen, aber ich beobachte die beiden, wie sie sich unterhalten, als wären sie alte Bekannte.

Der Moderator betritt die Bühne und stellt meine Mutter vor. Sie geht elegant auf die Bühne und hält eine Rede über die Wichtigkeit der Vorsorgeuntersuchungen. Obwohl meine Augen auf sie gerichtet sind, richten sich alle meinen anderen Sinne auf Emily. Meine Hand streicht träge über ihre nackte Schulter, während ich spüre, wie sich ihr Körper unter meinen Fingern langsam entspannt.

„Alles in Ordnung, Baby?", frage ich sie leise und sehe sie an.

„Ich bin wirklich nur gestolpert. Aber danke", sagt sie und bleibt bei ihrer kleinen Lüge. Mein Verstand rast und will wissen, was passiert ist. Ich greife nach meinem Drink und nehme einen Schluck, der Whisky brennt, aber ich fühle mich dadurch ein wenig ruhiger. Ich versuche, an alle möglichen Szenarien zu denken, bis alle im Raum applaudieren. Als ich aus meinen Gedanken gerissen werde, beobachte ich meine Mutter, und mir wird klar, dass ich kein Wort von dem mitbekommen habe, was sie gesagt hat.

„Jetzt, meine Damen und Herren, beginnt die Auktion", verkündet der Moderator und lenkt die Aufmerksamkeit der Anwesenden auf den vorderen Teil des Saals.

Ich lehne mich zurück und beobachte die Auktion, deren Erlös der Wohltätigkeitsorganisation zugute kommt, und der Auktionator ist einer der besten der Stadt. Tennyson bietet und gewinnt ein Mittagessen mit unserem Gouverneur, was die Menge mit schallendem Gelächter quittiert. Eddie bietet auf ein Wochenende in Vegas, wird aber im letzten Moment überboten. Harrison bleibt ruhig und sieht lächelnd zu. Wegen seiner politische Karriere beteiligt er sich nicht mehr an Geboten oder Glücksspielen jeglicher Art.

„Als Nächstes kommt unser letztes Stück heute Abend, ein rosafarbenes Diamantencollier, das von unserem geschätzten Juwelier gespendet wurde. Dieses Stück ist für eine ganz besondere Person bestimmt. Es ist eine Ansammlung seltener Diamanten in verschiedenen Formen und Größen, die sorgfältig zu einem atemberaubenden Kunstwerk zusammengesetzt wurden, das der Juwelier ,The Emily' nennt. Der Wert liegt bei über einhundertfünfzigtausend, wir beginnen die Gebote bei einhunderttausend." Nachdem er ausgesprochen hat, gebe ich sofort mein erstes Gebot ab.

Emily und meine Brüder starren mich alle an. Tennyson lacht, und Eddie und Harrison schütteln beide mit einem kleinen Grinsen den Kopf.

„Das Gebot liegt bei hunderttausend hier vorne. Sehe ich ein Gebot von eins fünfundzwanzig?" Sofort hebt Jeremy Lucas die Hand. Mein Kiefer spannt sich an, als er mich anlächelt, und mein Blick richtet sich wieder auf den Auktionator.

„Höre ich ein dreißig?", ruft er, und ich hebe mein Paddel.

„Eins vierzig", ruft Jeremy, der offensichtlich will, dass jeder im Saal mitbekommt, dass er genauso viel bieten kann wie ich, und die Leute beginnen, miteinander zu flüstern. Jeder hier mag einen guten Auktionskampf, und gerade bekommen sie einen.

„Eins fünfzig?" Der Auktionator sieht mich an, und ich nicke und hebe mein Paddel. Als ich Emily wieder ansehe, scheint sie keinen einzigen Muskel bewegt zu haben, ihr Gesichtsausdruck zeigt pure Verwirrung.

„Scheiße. Los, Benny Boy", murmelt Tennyson, während er sich mit einem Whisky in seinem Stuhl zurücklehnt und die Show beobachtet. Ich sehe, wie meine Mutter mich vom anderen Tisch aus anstarrt. Sie hat die Lippen geschürzt, weil es ihr eindeutig missfällt, dass ich auf dieses Stück biete, aber ich habe absolut nicht die Absicht, es mir entgehen zu lassen. *The Emily* gehört mir.

„Eins sechzig!", ruft Jeremy und lehnt sich zurück, als hätte er schon gewonnen, ohne zu erwarten, dass ich weitermache.

Ich kneife die Augen zusammen und schaue zurück zum Auktionator. „Eins siebzig?", fragt er, und ich nicke und halte mein Paddel noch einmal hoch.

„Wir sind bei eins siebzig, Leute. Dies ist ein wunderschönes Collier, das Sie sicher zu schätzen wissen werden. Die rosafarbenen Diamanten von *The Emily* stammen aus dem australischen Kimberly, den letzten ihrer Art, nachdem die Pink-Argyle-Diamantenmine geschlossen wurde. Der Wert dieses Schmuckstücks kann im Laufe der Zeit erheblich steigen. Es handelt sich nicht nur um eine Halskette, sondern um eine Investition, die über Generationen hinweg weitergegeben werden kann. Höre ich eins achtzig?" Der Auktionator blickt zu Jeremy, der, wie ich sehe, vor Wut schäumt. Aber er bleibt stumm und schüttelt den Kopf.

Er ist raus. Ich habe gewonnen.

„Zum Ersten ... Zum Zweiten ... Verkauft! An Mr. Benjamin Rothschild an Tisch zwei." Jubel ertönt im Raum. Bevor ich etwas sagen kann, schreitet die Assistentin des Auktionators einen Moment später zu mir herüber, tippt auf ihrem Tablet meine Daten ein, und geht dann wieder, um die Veranstaltung abzuschließen. Die Formalitäten des Abends sind nun vorbei, Musik erklingt und die Tanzfläche erwacht zum Leben.

Harrison gibt mir einen Klaps auf den Rücken, als er aufsteht, um zweifellos mit Beth an seiner Seite weitere Kontakte zu knüpfen. Tennyson schiebt ein Glas Whisky in meine Richtung, weil er weiß, dass ich es gerade brauche. Ich habe Geld. Sehr viel sogar. Aber ich habe noch nie so viel für Schmuck ausgegeben wie in den letzten paar Wochen. Mein Blick fällt auf den Diamanten, der an Emilys Finger funkelt, bevor ich wieder zu ihr aufschaue und ihr Gesicht mustere.

Ihr Gesicht ist blass, ihre Augen blinzeln langsam, und als sie nach ihrem Glas Wasser greifen will, verschüttet sie es fast, weil ihre Hände zittern. Sie trinkt es fast in einem Zug aus, bevor sie ihr Glas wieder auf den Tisch stellt und mir in die Augen schaut.

„Das ist eine Menge Geld, Ben ...", flüstert sie mit bebender Stimme.

„Es ist eine gute Investition. Und es kommt einem guten Zweck zugute", sage ich und schenke ihr ein kleines Lächeln. Meine Finger streichen immer noch abwesend über ihre nackte Schulter. Ich weiß, dass sie sich unwohl fühlt, also rücke ich näher an sie heran und ziehe sie zu mir.

„Es wird umwerfend um deinen Hals aussehen", flüstere ich ihr ins Ohr, während ich mit meiner Nase an ihrem Hals entlangfahre. Ich höre, wie sie tief einatmet und sich an mich schmiegt.

„Lass mich dich küssen, Baby." Ich spüre, wie alle Augen auf uns gerichtet sind, wie die Menge mich nach der Zurschaustellung von Reichtum direkt anschaut. Sie sind neugierig auf die Frau an meiner Seite, die mich dazu inspiriert hat, eine obszöne Menge Geld auszugeben. Und ich will, dass sie alle wissen, dass sie mir gehört.

Sie hebt den Kopf und sieht mich an, ihre großen Augen leuchten vor Rührung, und meine Finger umschließen zärtlich ihr Kinn. Plötzlich scheint alles um uns herum zu verschwinden. Ich konzentriere mich nur noch auf sie.

„Ich wollte nicht, dass du dich unwohl fühlst, Em. Tu so, als wären es nur wir beide. Wenn dich das Geld stört, denk daran, wem es hilft." Ihr Gesicht ist schwer zu lesen, als sie mir in die Augen sieht, aber dann nickt sie und eine Träne läuft ihr über die Wange. „Es ist okay, Baby, ich habe dich. Hier sind nur wir beide", flüstere ich, und sie entspannt sich bei meinen Worten, bevor ich meine Lippen sanft auf ihre lege. Ich will mehr, viel mehr, aber in diesem Raum, vor diesen Leuten, muss ein kurzer Kuss genügen.

Ich höre ein Räuspern hinter mir und sehe den Auktionator.

„Mr. Rothschild, wenn Sie uns nach nebenan begleiten könnten, damit wir die Formalitäten klären können", sagt er mit einem breiten Lächeln, das ich erwidere.

„Ich bin gleich wieder da, und dann können wir gehen", flüstere ich Em zu, die immer noch geschockt aussieht, während ich dem Auktionator folge, um alles zu klären.

Ich bin auf halbem Weg zum Hinterzimmer, als Sasha mir direkt in die Arme läuft.

„Sasha", stoße ich hervor, ohne stehen zu bleiben.

„Herzlichen Glückwunsch, Ben, was für ein schönes Stück", sagt sie, während sie versucht, mit mir Schritt zu halten. Ich will nicht mit ihr reden. Ich will Em nicht länger als nötig ohne mich am Tisch sitzen lassen.

„Ben, bitte, ich muss mit dir reden", sagt sie, fast außer Atem.

„Nein", ist alles, was ich sage, während ein paar Leute mich anhalten, um mir die Hand zu schütteln, und ich mich durch die Menge schlängele. Nur klebt sie mir noch immer an der Seite.

„Ich wollte dir nur sagen, was ich vorhin bei den Toiletten gesehen habe, als ich mit deiner Verlobten dort war." Ich bleibe stehen und drehe mich um, um sie anzu-schauen. Sie lächelt strahlend, während ich sie anstarre. Früher hat sie mich damit wie ein König fühlen lassen, aber jetzt ärgert mich das mehr als alles andere.

„Was?", belle ich.

„Nun, von mir hast du das nicht gehört ...", flüstert sie, während ihre Augen umherschweifen und sie sich die Haare über die Schulter streicht.

„Was, Sasha?", knurre ich, kurz davor, einfach weiterzugehen.

„Ich habe Emily mit Jeremy Lucas gesehen, und sie sahen ziemlich vertraut aus. Ich würde sagen, dass deine neue Verlobte eine noch größere Goldgräberin ist als ich!", sagt sie fast vergnügt, und ich knurre. Dieser verdammte Jeremy Lucas. Er ist ein verärgerter Ex, der in seine Schranken gewiesen werden muss. Kein Wunder, dass sie nicht sie selbst war, als sie von den Toiletten zurückkam. Wenn er sie angefasst hat und für diesen Fleck auf ihrem Arm verantwortlich ist, werde ich dafür sorgen, dass er es zutiefst bereut. Mein Blut kocht bei dem Gedanken, mein Herzschlag beschleunigt sich. Welche Chance er auch immer bei Em zu haben glaubt, er irrt sich, denn genau wie die Halskette gehört sie mir.

„Ich denke, du wirst diesen Titel für eine sehr lange Zeit tragen, Sasha. Entschuldige mich." Ich lasse sie ohne ein weiteres Wort stehen und gehe weiter ins Hinterzimmer, um so schnell wie möglich zu Emily zurückzukehren. Dieser Abend hat perfekt begonnen, doch meine gute Laune ist nun dahin. Emily ist nicht wie Sasha, ganz und gar nicht. Ich weiß es tief in meinem Innern. Sie hat nicht einen Cent verlangt. Sie lässt mich nicht einmal für das Mittagessen bezahlen. Als ich mir die Auktionsunterlagen ansehe und die erforderlichen Formulare unterschreibe, klingen Harrisons Worte in meinem Ohr nach.

Du hast ihr einen Diamanten im Wert von mehreren tausend Dollar an den Finger gesteckt ...

Als ich das letzte Dokument unterschrieben habe, kann ich die Zahl aufrunden, und zwar auf eine viertel Million. Aber das lässt mich nicht einmal zusammenzucken. Sie ist das alles und noch mehr wert.

Ich fühle mich vielleicht ein wenig verunsichert, aber das werden wir alles heute Nacht klären. Und das werden wir tun, während sie nichts anderes als diese Diamantkette um ihren Hals trägt.

33

EMILY

Als Ben geht, atme ich einige Male tief durch.

„Mehr Wasser?", fragt sein Bruder Tennyson neben mir, der gerade Bens Platz eingenommen hat. Eddie sitzt auf meiner anderen Seite und beobachtet mich aufmerksam.

„Ist das normal für ihn?", frage ich, immer noch fassungslos, aber beruhigt, dass sich seine beiden Brüder um mich kümmern. Nach dieser Zurschaustellung von Reichtum fühle ich mich nicht wie ich selbst. Man sollte meinen, dass ich es angesichts des Rings an meinem Finger und der Hilfe, die er für die Schule geleistet hat, lockerer hinnehmen würde. Ganz zu schweigen davon, dass er sowohl ein prächtiges Penthouse als auch ein atemberaubendes Anwesen mit freiem Blick über die Stadt hat. Aber Hunderttausende von Dollars für eine Halskette ist Wahnsinn. Ich bin mir nicht sicher, ob ich angewidert oder geehrt sein soll. Es ist ein exquisites Stück, das steht außer Frage; sogar ich kann die unglaubliche Handwerkskunst sehen. Es ist nur ... ich habe keine

Ahnung, ob es unbezahlbar aussehen oder mich ersticken wird, wenn er es mir um den Hals legt.

„Manchmal. Er ist eine Zeit lang still, und dann, wie aus dem Nichts, trifft er eine Frau, von der er nicht mehr aufhören kann zu reden, kauft ihr einen Diamantring, bringt sie zu unserem Familien-Wohltätigkeitsessen mit und bietet bei einer öffentlichen Auktion eine astronomische Summe für eine Liebeserklärung." Meine Augen weiten sich bei dieser Aussage, und er grinst über sein Whiskyglas hinweg. Nach meiner Zählung ist er schon bei fünf, seit ich hier bin. Er verträgt den Alkohol ziemlich gut.

„Das war nur ein Scherz. Ben ist ein bisschen arrogant, wenn es ums Geld geht, aber nicht auf eine schlechte Art. Er ist zielstrebig, überlegt und deshalb kann ich nur vermuten, dass er ein Bedürfnis nach einer Diamantkette namens Emily hat", scherzt Tennyson, und mein Körper fühlt sich bei der Erwähnung von Liebe schwerer an. Er denkt, Ben liebt mich? Ich räuspere mich und drücke meinen Rücken durch, um mich zu beruhigen.

„Er wird mir die Kette nicht geben. Das kann er nicht ..." Ich fühle mich, als würde ich gleich durchdrehen, und atme noch ein paar Mal tief durch. Meine Hand wandert unwillkürlich zu meinem Arm, ich reibe ihn leicht und will, dass das verbleibende Pochen verschwindet, denn es vernebelt mein Urteilsvermögen.

„Was ist mit deinem Arm passiert?", fragt Eddie, als sein Blick sich auf meine gerötete Haut richtet. Mir ist Jeremys Blick nicht entgangen, als er nach seiner Niederlage beim Bieten vom Tisch aufstand und den Raum verließ. Es gefällt ihm nicht zu verlieren. Überhaupt nicht. Meine Nervosität erreicht ihren Höhepunkt, und ich muss versuchen, mich zu entspannen, bevor ich mich heute Abend völlig verliere.

„Oh, ich bekomme Ausschlag, wenn ich nervös bin", murmle ich, wobei mir die Lüge nur allzu leicht über die Lippen kommt. Eddie presst seine Lippen zu einer schmalen Linie zusammen, genau wie Ben es tut, und ich merke, dass er mir nicht glaubt.

„Nun, ich hatte gerade ein sehr interessantes Gespräch mit meinem lieben Freund Jonathan Beasley!" Bens Mutter Diane stolziert an den Tisch, die Hände in die Hüften gestemmt, und blickt mich an, als hätte ich etwas falsch gemacht.

„Wie bitte?", frage ich, setze mich auf und schiebe meinen Stuhl ein wenig zurück, um sie anzuschauen. Allein die Erwähnung seines Namens versetzt mich in Aufregung.

„Man hat mir gesagt, dass du diejenige bist, die ihn davon abhält, die verfallene Schule zu kaufen, die er sanieren will." Sie kocht vor Wut, aber sie versucht, sie in dieser öffentlichen Umgebung im Zaum zu halten. Ich blinzle sie an. Ich habe das Gefühl, dass ich gerade eine außerkörperliche Erfahrung mache.

„Es tut mir leid, aber William Heights ist keine verfallene Schule", beginne ich zu erklären, bevor ich unterbrochen werde.

„Mutter", meldet sich Eddie von meiner anderen Seite mit schmerzverzerrtem Gesicht. Mein Blick wandert zu Tennyson, dessen Rücken jetzt kerzengerade ist und sein Kiefer ist angespannt. Er leert seinen Whisky, dann schiebt er seinen Sitz zurück und geht, ohne ein Wort zu sagen.

„Oh doch und das weißt du ganz genau. Du spielst mit meinem Sohn. Du ziehst ein teures Kleid an, das offensichtlich Benjamin bezahlt hat, und das alles nur, weil du Ärger machen und versuchen willst, dich in die Angelegenheiten von reichen Männern einzumischen. Wie typisch. Mein dummer Sohn sieht einen hübschen Körper und fällt direkt in die Arme der Unterschicht. Er hat den Verstand verloren und kauft eine Diamantkette, die deiner nicht würdig ist. Ich kann nicht glauben, dass er dich nicht als den Abschaum durchschaut, der du bist!" Meine Augen weiten sich bei ihren grausamen, leise gesprochenen Worten, und ich halte den Atem an. *Hat sie mich gerade Abschaum genannt?*

„Mutter, das reicht", sagt Eddie erneut und steht nun auf. Ich bin für einen Moment verwirrt, als Mrs. Rothschild mich mit einem Blick ansieht, den man nur als pure Bosheit bezeichnen kann, bevor ein vertrautes Gesicht neben ihr auftaucht.

„Diane, lass uns was trinken gehen", sagt Sasha mit einem verruchten Lächeln auf den Lippen, bevor sie sich bei Bens Mutter unterhakt, als wären sie beste Freundinnen. Beide Frauen schauen auf mich herab, als wäre ich ein Nichts, bevor sie sich umdrehen und gehen.

Das war die seltsamste Interaktion, die ich je hatte. Da ich Jeremys Familie noch nie getroffen habe, habe ich keine Erfahrung mit Schwiegereltern, aber ich bin mir ziemlich sicher, dass das nicht passieren sollte. Mein Herz rast, und ich fühle mich völlig fehl am Platz.

„Tut mir leid für meine Mutter, sie kann manchmal

ganz schön anstrengend sein", murmelt Eddie, und ich schenke ihm ein kleines Lächeln, obwohl ich zittere. Ich schlucke hart und versuche erneut, mein rasendes Herz zu beruhigen. Mein Blick wandert zum hinteren Flur, wohin Ben gegangen ist, doch ich kann ihn nicht sehen. Als ich meinen Blick wieder auf Eddie richte, bin ich angenehm überrascht, jemanden, den ich kenne, hinter ihm zu sehen.

Ian ist ein alter Freund von George und der wichtigste Geldgeber für unsere Schule. Ohne ihn könnte unsere Schule gar nicht funktionieren. Er sieht mich und schenkt mir ein strahlendes Lächeln, Ich stehe einfach auf und entferne mich vom Tisch, wobei das Bedürfnis, aus dieser Veranstaltung zu flüchten, durch meinen Körper strömt.

„Entschuldigt mich einen Moment", sage ich und schenke Eddie ein verkniffenes Lächeln, aber meine Beklemmung löst sich langsam auf, als ich ein freundliches, vertrautes Gesicht sehe. Eddie nickt, dann lehnt er sich in seinem Stuhl zurück und schenkt seiner Begleitung, die auf seiner anderen Seite sitzt, etwas Aufmerksamkeit.

Ich richte mein Kleid, während ich zu Ian hinübergehe, der, als er mich sieht, seine Arme weit öffnet.

„Emily, ich dachte mir schon, dass du das bist", sagt er und sieht für einen Mann in den Siebzigern sehr elegant aus.

„Hallo, Ian, was für eine angenehme Überraschung!" Ich umarme ihn zur Begrüßung. Ich weiß nicht allzu viel über Ian Shaw, außer dass er stinkreich ist, wie die meisten Männer in diesem Raum. Er hat sein Geld im

Immobiliengeschäft verdient, glaube ich, und ist mit George befreundet, seit sie Kinder waren. Obwohl sie heutzutage nicht mehr viel Zeit miteinander verbringen, kommen sie immer noch gut miteinander aus. Es ist schon eine Weile her, dass ich ihn gesehen habe.

„Ich wusste nicht, dass du zu solchen Veranstaltungen gehst." Seine Augen mustern mich, eindeutig verwirrt darüber, warum eine Vorstadtmama wie ich heute Abend überhaupt in diesem Raum ist.

„Oh, das tue ich normalerweise nicht. Heute Abend ist nur eine Ausnahme", entgegne ich, nicht sicher, wie viel ich sagen soll.

„Wie geht es Rosie?", fragt Ian.

„Großartig, danke der Nachfrage. Sie ist im Moment ganz vernarrt in Aschenputtel und sämtliche anderen Märchen die sie in die Finger bekommt", sage ich lächelnd, während ich an meine Tochter denke.

„Ich habe von dem Rohrbruch gehört. Ich wünschte, ich könnte mehr spenden, aber ich glaube nicht, dass ich die Renovierung im Moment unterstützen kann", sagt Ian leise. Wem will er etwas vormachen? Er könnte wahrscheinlich eine Schule von Grund auf aufbauen, aber wo er sein Geld investiert, geht mich nichts an.

„Danke, dass du es überhaupt in Betracht gezogen hast. George hat erwähnt, dass er dich angerufen hat", sage ich, ohne ihm zu sagen, dass Ben sowieso eingesprungen ist. Wenn er wüsste, dass wir eine andere Finanzierung haben, könnte er seine zurückziehen. Wenn er uns nicht weiter unterstützt, ist die Schule so gut wie verloren.

„Ich werde mich immer an mein finanzielles Engagement halten. Sobald ihr die Schule wieder eröffnet, könnt ihr sicher sein, dass ihr immer die Mittel haben werdet, um weiterzumachen", bekräftigt er.

„Vielen Dank für alles, was du für uns tust. George und ich sind sehr dankbar."

„Ist George auch hier? Wer ist deine Begleitung?", fragt er und tritt ein wenig näher an mich heran. Es ist eine merkwürdige Bewegung, aber ich nehme an, dass er mich wegen der Musik nicht hören kann.

„Sie ist mit mir zusammen. Ihrem *Verlobten*", höre ich Bens Stimme neben mir fast knurren, seine Hand legt sich um meine Taille, während er mich auf die Wange küsst und Ian damit klar macht, dass ich vergeben bin. Ich lächle, um die Spannung zu mildern, die ich um uns herum spüre, aber Ben erwidert es nicht.

„Ben, das ist mein Freund Ian Shaw", sage ich vorsichtig, wobei ich versuche, mir meine Besorgnis nicht anmerken zu lassen und lächle weiter, während ich zwischen den beiden hin und her schaue.

„Und woher kennt ihr euch?", fragt Ben und starrt Ian direkt an, sein Griff um meine Taille wird fester. Ich frage mich, wo seine Manieren geblieben sind. Ich bin einen Moment lang still, weil ich nicht weiß, was hier vor sich geht.

„Ich unterstütze die William Heights Elementary. Emily hat mir gerade von Rosies neuer Faszination für Aschenputtel erzählt, das ist alles", sagt er stolz, wie ein Großvater über seine Enkelin. Mein Lächeln schwankt. *Das ist ein Gespräch über die Arbeit.* Wenn er herausfindet, dass Ian uns in irgendeiner Weise finanziert, ist das eine Information, die Ben gegen uns verwenden könnte, damit Beasley die Schule in die Finger bekommt. Ich glaube nicht, dass er so etwas tun würde, nicht so, wie sich die Dinge zwischen uns verändert haben, aber ... wie kann ich mir sicher sein?

„Nun, wir müssen los. Wollen wir?" Ben sieht mich an, und ich verabschiede mich schnell von Ian, bevor wir Hand in Hand zur Tür hinausgehen. Seine Schritte sind lang, offensichtlich will er genauso schnell wie ich von hier weg. Wir verabschieden uns weder von seinen Brüdern noch von seiner Mutter noch von sonst jemandem, und wir sitzen in Rekordzeit im Auto, wo er mich während der gesamten Heimfahrt an sich gedrückt hält.

34

BEN

Ich bin wütend. Ich fühle mich, als würde ich gleich explodieren. Wie kann sich eine einfache Wohltätigkeitsgala in so eine Scheißshow verwandeln? Ich wollte ihn schlagen. Sicher, Ian Shaw ist über siebzig, aber nachdem ich gesehen habe, wie Sasha vor sechs Monaten auf seinem Schwanz saß, weiß ich, dass er noch fit genug ist, um mit jüngeren Frauen mitzuhalten. Als ich sah, wie er sich Em näherte, wäre ich fast ausgerastet. Meine Schritte beschleunigten sich, als ich quer durch den Raum zu ihr ging, und ich war im Nu neben ihr. Ich werde ganz gewiss nicht zulassen, dass er jemals auch nur einen Finger an sie legt.

Die Autofahrt nach Hause verlief schweigend. Mein Blick huschte immer wieder zwischen ihrem Gesicht und ihrem geröteten Arm hin und her, während meine Wut auf Ian Shaw und Jeremy Lucas von Sekunde zu Sekunde weiter anstieg. Meine einzige Rettung war ihre Hand, die auf meinem Oberschenkel lag, die ich fest umklammert hielt und gar nicht mehr loslassen wollte. Selbst jetzt, als wir im Aufzug zu meinem Penthouse hinauffahren, bleibt mein Griff fest.

„Ben ...", flüstert sie und sieht zu mir auf. „Wir müssen über heute Abend reden." Ich kann ihre Nervosität deutlich spüren. Sie sieht unsicher aus, und das gefällt mir nicht. Mir gehen so viele Dinge von heute Abend durch den Kopf, dass ich keine Zeit hatte, über etwas anderes nachzudenken. Ich will Em nicht verlieren. Ich will, dass sie in der Schule gut behandelt wird; ich will, dass Jeremy Lucas von der Bildfläche verschwindet und Sasha mich in Ruhe lässt. Ich möchte, dass meine Mutter nett zu meiner Verlobten ist und dass Em sich in meinem Arm wohl fühlt. Aber vor allem möchte ich sie heute Abend ganz für mich allein haben, ohne dass unsere möglichen Probleme dazwischenkommen.

Jetzt, da ich weiß, woher die Schule ihr Geld bekommt, verfüge ich über wichtige Informationen. Informationen, die mir helfen könnten, die Immobilie für Beasley zu bekommen, und Informationen, die zweifellos meine Beziehung zu Emily beeinträchtigen würden. Ein Anruf von Beasley bei Ian würde genügen, um ihm ein Angebot zu unterbreiten, das er nicht ablehnen kann, um die Finanzierung der Schule einzustellen, sodass die Schule keine andere Wahl hätte, als den Betrieb einzustellen. Keine Gelder sind gleichbedeutend mit einer Schließung der Schule, was den Verkauf zur Folge hätte. Aber ich will nicht, dass die Schule verkauft wird. Nicht mehr.

„Sag mir nur eine Sache, der Rest kann warten", sage ich, denn ich weiß, dass wir dieses schwierige Gespräch besser führen sollten, wenn wir beide ausgeruht sind und uns beruhigt haben.

„Alles." Ich weiß, dass sie es ernst meint. Sie wird sich mir öffnen und mir alles sagen, was ich wissen will.

„Ist Jeremy Lucas dir heute Abend zu nahe gekommen?" Ich sehe, wie sie scharf einatmet, aber sie weicht meinem Blick nicht aus.

„Ja. Ja, das ist er", flüstert sie, ihr Körper erschlafft fast bei diesem Geständnis, ihre Augen werden glasig. „Er ist ...", beginnt sie, und ich lege meinen Finger auf ihre Lippen. Ich will es wissen. Ich will alles wissen, aber ich weiß jetzt schon, dass es mir nicht gefallen wird, und in der Stimmung, in der ich mich befinde, werde ich ihm wahrscheinlich ernsthaften Schaden zufügen, wenn sie mir noch mehr erzählt.

„Nein. Nicht jetzt. Morgen, oder an einem anderen Tag, aber nicht jetzt. Jetzt geht es nur um uns beide. Alles und jeder außerhalb dieser Mauern kann warten." Ich will der Realität noch nicht ins Auge blicken. Ich will noch eine Nacht. Eine weitere Nacht mit dieser Frau, in der wir nur Augen füreinander haben. Denn ich weiß, dass die schweren Dinge kommen werden. Ich muss mich um meinen Klienten kümmern. Ich muss die Schule in Ordnung bringen. Ich muss mit Em darüber reden, was sie vor mir verbirgt. Es gibt so viel, was ich tun muss. Aber ich muss sie einfach spüren, mit ihr zusammen sein. Sie macht alles besser. Sie macht *mich* besser.

Sie schürzt die Lippen und sieht nicht überzeugt aus. Ich ziehe sie an mich heran, meine Hände legen sich um ihre Taille, ich drücke meine Lippen sanft auf ihren

Kiefer, wo ich sie zärtlich küsse, bevor ich meine Lippen zu ihrem Ohr bewege.

„Heute Nacht will ich nur dich, Em. Nur uns beide", flüstere ich und atme ihren Duft tief ein. Ich muss mich zentrieren, und sie zu spüren hilft mir dabei. Ich spüre, wie sich ihr Körper an meinem entspannt, und ich atme erleichtert aus.

„Okay. Nur wir beide", sagt sie, während ihre Hände meinen Körper hinaufwandern und sich um meine Schultern legen. Ihre Finger streicheln sanft meine Haut, während ich in ihren Nacken beiße und ihn küsse und Em mir dabei mehr Zugang gewährt. Ich ziehe sie noch fester an mich, will sie nicht mehr loslassen.

Ich drücke ihre Hüfte, um mich zu vergewissern, dass sie echt ist und mich daran erinnert, dass sie hier ist. Mit mir. In meinem Kopf ist unsere Vereinbarung nicht mehr gültig. Es war eine dumme Entscheidung, die mich zu einer sehr realen Schlussfolgerung geführt hat. Ich will dieses Mädchen. Sie ist alles, was ich mir immer gewünscht habe – freundlich, fürsorglich, klug, schön. Sicher, Rosie war eine unerwartete Überraschung, aber keine unwillkommene. Als Emily mir ein kleines Lächeln schenkt, funkeln ihre Augen und beobachten mich, während ich alle anderen Gedanken beiseite schiebe und mich nur auf sie konzentriere.

Der Aufzug fährt bis zu meiner Wohnung, und sie tritt mit einem Klacken ihrer Absätze hinaus und bringt mehr Farbe und Leben in mein Penthouse als alle teuren Kunstwerke und Dekorationen zusammen. Ich folge ihr langsam, fasziniert von ihr.

Sie zieht ihre Schuhe aus und wird sofort ein paar

Zentimeter kleiner, dann geht sie über die Marmorfliesen zu meinen raumhohen Fenstern und blickt auf die funkelnden Lichter der Stadt hinaus. Ich beobachte sie in der Spiegelung und trete hinter sie, meine Hände sehnen sich danach, sie zu berühren. Ich lege sie auf ihre nackten Schultern, lasse sie über ihre Arme gleiten und senke meine Lippen auf ihren Hals. Ich höre, wie sie scharf einatmet. Ich verteile Küsse auf ihrer Haut, meine Hände wandern über ihre Vertiefungen und Kurven bis zu ihrer Taille.

„Du siehst heute Abend so schön aus", flüstere ich, während meine Lippen ihren Hals hinaufwandern und an ihrem Kiefer entlangfahren, während sie ihren Kopf an meinen Brust lehnt. Dann drehe ich sie und ziehe sie an mich. Meine Hände umschließen ihre Taille, sie hebt ihre Arme, ihre Finger streicheln sehnsüchtig mein Gesicht, während sie zu mir aufschaut. Das ist genau der Punkt, an dem sie sein muss.

„Ich kann dir versichern, dass ich morgen überhaupt nicht mehr so aussehen werde", murmelt sie, während ihre Hände zu meinem Hemd wandern und sie beginnt, es aufzuknöpfen.

„Morgen früh wirst du komplett und gründlich durchgefickt aussehen, wenn ich ein Wörtchen mitzureden habe." Sie brummt zustimmend, ihre weichen Lippen verziehen sich zu einem sexy Lächeln.

„Dreh dich um, Baby", meine Stimme klingt rau, und als sie sich umdreht, taste ich nach dem Reißverschluss und ziehe ihn langsam hinunter, lasse den Stoff anmutig zu Boden gleiten und halte ihre Hand, als sie aus dem Kleid steigt.

Jetzt ist sie nur noch mit ihrem roten trägerlosen BH und dem roten Slip bekleidet. Ich trete einen Schritt zurück und bewundere den Anblick. Ich fühle mich wie ausgehungert und meine Zunge fährt über meine Unterlippe, bereit, jeden Zentimeter zu kosten. Ich lasse meinen Blick über ihren Körper wandern, von ihren zierlichen, bemalten Zehen bis zu ihrem langen, üppigen Haar, und mein Schwanz drückt gegen meine Hose.

Ich blinzle sie fragend an.

„Was?", fragt sie und legt den Kopf schief. „Was ist los?"

„Irgendetwas fehlt ..." murmle ich, reibe mir mit der Hand über die Wange und verschlinge sie mit Blicken.

„Wahrscheinlich mein Kleid, meinst du nicht?", fragt sie frech, und ich grinse.

„Nein, das hier." Ich taste in meiner Tasche und dann baumelt die Halskette von meinen Fingern. Ihr Mund bleibt leicht offenstehen, als sie auf die Diamanten starrt, die vor ihr glitzern.

„Dreh dich um", fordere ich sie auf.

„Ben, ich glaube nicht ...", beginnt sie, aber ich unterbreche sie.

„Em, dreh dich um", sage ich etwas leiser und sehe, wie sie schluckt. Ich warte einen Moment, dann dreht sie sich langsam wieder zu den Fenstern hin und ich lege ihr das Schmuckstück um den Hals.

„Du bist die schönste Frau, die ich je getroffen habe. Innerlich und äußerlich wunderschön", sage ich.

„Ben ...", flüstert sie und ich gebe ihr einen kleinen Kuss auf den Nacken, wo die Halskette sitzt. „Es ist zu viel

…" Ihre Finger berühren die Kette so vorsichtig, als hätte sie Angst vor ihr.

„Lass mich dich ansehen." Sie tut, was ich sage, dreht sich zu mir um, und mein Blick senkt sich auf die Diamanten um ihren Hals. Ihre Atemzüge sind schnell, ihre Brüste heben sich bei jedem Atemzug. Die Halskette bewegt sich mit ihnen, und die Diamanten lassen ihre ohnehin schon schimmernde Haut noch mehr strahlen, wie Kunst in Bewegung. Es ist ein Anblick, den ich nie vergessen werde. „Du bist wie dafür geschaffen, um meine Diamanten zu tragen."

Dann treffen sich unsere Blicke, die sich in einer Trance von mehr als nur Lust verfangen haben.

Sie macht einen Schritt auf mich zu, ihre Hände wandern meine Arme hinauf und wieder hinunter, und ich beobachte, wie sie langsam vor mir auf die Knie sinkt. Ich ziehe fragend eine Augenbraue hoch, mein Körper spannt sich an und ist nur allzu bereit, sie auf jede erdenkliche Weise zu spüren. Sie schenkt mir ein freches Lächeln, bevor ihre Hände zu meiner Taille wandern und meinen schwarzen Ledergürtel öffnen.

Mein Herz rast, mein Schwanz pocht, aber ich stehe still, beobachte sie, lasse mich von ihr führen und weiß schon jetzt, dass jeder einzelne Mann am heutigen Abend sie so haben wollte.

„Du bist phänomenal, weißt du das?", murmle ich, beobachte sie genau und will nicht, dass dieser Moment endet.

„Ich nehme an, dass Diamanten so etwas bei einer Frau bewirken", scherzt sie, während sich ihre Hand um meinen bereits harten Schwanz legt.

Ich knirsche bei diesem Gefühl mit den Zähnen. „Ich werde mich daran erinnern, dass du das gesagt hast, wenn du sauer auf mich bist, weil ich dir passende Ohrringe gekauft habe." Sie wirft mir einen warnenden Blick zu, bevor sie meine Länge streichelt und mir ein tiefes Knurren entlockt.

Mein Schwanz scheint unter ihrer Berührung noch weiter anzuschwellen, und der Blick in ihren Augen erregt mich noch mehr als ihre Berührung. Ihr Blick löst sich keinen Augenblick von meinem, als sie sich nach vorn beugt und ihre warmen, feuchten Lippen um mich legt. Sie lässt ihre Lippen vor- und zurückgleiten, saugt und leckt, als würde sie es genauso genießen wie ich. Ich kann nicht anders, als meine Hand auf ihren Kopf zu legen und leicht zu zischen, als meine Finger in ihr Haar greifen und sie mich tiefer in ihren Mund nimmt.

„Baby, verdammt ... das fühlt sich so gut an. Du siehst perfekt aus, wenn du vor mir kniest. So schön und perfekt", stoße ich hervor, als sich ihr Tempo ein wenig beschleunigt. Sie gewinnt mehr Vertrauen, nimmt mich tiefer in ihrem Mund auf und saugt mit jeder Bewegung stärker. Mein Griff um ihr Haar wird fester, und ich ziehe ihren Kopf zurück und beobachte, wie sie mich noch tiefer aufnimmt, während ihre Diamanten darunter glitzern.

„Ich habe heute Abend die beste Aussicht in der ganzen Stadt", stoße ich hervor, und sie stöhnt auf, wobei mir die Vibration bis in mein Inneres wandert.

„Scheiße, ja. Stöhne noch einmal so, damit ich weiß, wie sehr du das liebst." Und das tut sie auch, stöhnt und saugt mich in den hinteren Teil ihrer Kehle. Ich stütze mich mit einer Hand an das Fenster hinter ihr, da ich das Gefühl habe, dass meine Knie in jedem Augenblick nachgeben könnten.

„Gott, ich will dich, Em. Ich will dich so sehr", keuche ich und bin kurz davor, in ihrem Mund zu kommen.

Sie wimmert und zittert unter mir, ihr Brustkorb bewegt sich schneller als zuvor. Dann bemerke ich, dass eine ihrer Hände an ihrem Körper hinuntergewandert ist und sich selbst berührt.

„Gutes Mädchen. Berühre diese bedürftige Muschi, Baby. Du siehst so verdammt heiß aus", murmle ich, während sich meine Hüften von selbst zu bewegen beginnen. Als ich zum Fenster hinaufschaue, sehe ich unser Spiegelbild, das ihren fantastischen runden Hintern reflektiert, ihr langes Haar, das in Wellen über ihren Rücken fließt, und hinter ihr die Lichter der Stadt, die in der Ferne flackern und mich an ihre wunderschönen blauen Augen erinnern. Als mein Blick wieder auf ihr landet, wie sie sich windet, während sie ihren Kitzler umkreist, kann ich mich nicht länger zurückhalten.

„Em, Baby, ich werde kommen", stoße ich hervor und warte darauf, dass sie sich bewegt, aber sie tut es nicht. Sie bleibt genau dort, wo sie ist, und sieht zu mir auf, als mein Körper erbebt, genauso wie ihrer. Sie stöhnt wieder um meine Länge herum, ihre Bewegungen sind zittrig, als sie näher kommt. „Ja. Scheiße. Komm mit mir zusammen." Meine Hand umklammert ihr Haar, als sie heftig saugt und ihre Zunge ein letztes Mal herumwirbelt, während ich in ihren Rachen stoße.

Ich schreie meine Erlösung ins Wohnzimmer, keuche

und stöhne. Ich stütze mich stärker am Fenster ab, um mich aufrecht zu halten, und der Stress des heutigen Abends beginnt, meinen Körper zu verlassen.

Sie zieht sich schnell zurück und starrt mir in die Augen, während sie meinen Namen schreit und ihrem Körper einen herrlichen Orgasmus abringt. Ich bin sprachlos, während ich sie beobachte und kann nicht wegsehen, selbst wenn die Welt direkt vor diesem Fenster untergehen würde. Sie zittert, als sie von ihrem Höhepunkt herunterkommt und zu Atem kommt, aber mir entgeht nicht das verschmitzte, fast stolze Lächeln, das sich auf ihrem Gesicht ausbreitet.

Ich warte nicht. Ich bücke mich, hebe sie hoch und werfe sie mir über die Schulter. Sie quiekt bei diesem plötzlichen Tarzan-ähnlichen Akt, also gebe ich ihr einen Klaps auf den Hintern, während ich den Flur hinunter in mein Schlafzimmer gehe.

Denn der Morgen ist unbekannt, und alles, was wir haben, ist das Heute.

35

EMILY

Ich habe kaum Zeit, zu Atem zu kommen und zu begreifen, was passiert, bevor er mich auf sein Bett wirft. Es ist so groß, dass ich in der Mitte lande, bevor er auf mir liegt und Küsse auf meinem gesamten Körper verteilt.

Wir sehnen uns verzweifelt einer nach dem anderen, berühren uns, ziehen uns näher. Ich habe keine Ahnung, was er sagen wird, wenn er die Wahrheit über mein Leben erfährt. Es ist ziemlich viel und ich würde es ihm nicht verübeln, wenn er sich daraufhin von mir distanzieren würde, und wenn die heutige Nacht alles ist, was wir haben, dann will ich jede Sekunde auskosten.

Mein Körper vibriert, nachdem ich ihn gekostet und gesehen habe, wie er gekommen ist, die Diamanten um meinen Hals sind vergessen, während das Verlangen tief in mir brodelt. Es ist allumfassend. Seine Lippen sind überall, seine Hände liegen auf meinen Kurven, sein Körper liegt heiß und schwer auf meinem, und ich will immer noch mehr.

„Heute Nacht gehörst du ganz mir, Em. Ich habe vor, jeden Zentimeter deines schönen Körpers zu schmecken, bevor ich dich mit meinen Händen, meiner Zunge und meinem Schwanz kommen lasse, immer und immer wieder, bis du mich anflehst, aufzuhören", sagt er, während seine Lippen über meine Haut wandern.

„Versprechen, Versprechen", stichle ich atemlos, als seine Lippen sich endlich auf meine legen. Seine Hände streicheln über meine Wangen, als er mich an sich drückt, sein Verlangen nach mir ist in seiner fordernden Berührung offensichtlich. Unsere Körper passen so gut zueinander, als wären sie schon immer füreinander bestimmt gewesen.

Es gibt eine Million Dinge, über die wir sprechen müssen, aber hier zusammen zu sein, lässt alles in den Hintergrund treten. Nichts anderes ist wichtig, wenn ich mit Ben zusammen bin. Er kümmert sich um mich. Er kümmert sich um Rosie. Er kümmert sich um uns.

„Gott, ich möchte dich einfach nur bis in alle Ewigkeit küssen", murmelt er gegen meine Lippen.

Seine Hände wandern an meinem Körper hinunter, während seine Zunge meine umspielt, er greift hinter mich und öffnet meinen BH in einer einzigen sanften Bewegung. Er wirft ihn quer durch den Raum, und sein Mund senkt sich auf meine Brust. Ich lehne meinen Kopf zurück auf das weiche Kissen, während er mich tiefer in die Matratze drückt, seine Zunge wirbelt und seine Lippen saugen an meinen Brustwarzen, sein Verlangen nach mir wächst mit jeder Berührung. Er beißt leicht in meine Brustwarze, und das schmerzhafte Vergnügen bringt mich dazu, mich ihm zuzuwenden und nach mehr zu wimmern.

„Ben, das ist nicht genug. Ich glaube nicht, dass es jemals genug sein wird." Ich will seine Hände auf meinem Körper, seine Lippen auf mir, seine Aufmerksamkeit, seine Konzentration, sein Verlangen. Ich will alles. Ich war jung, als ich Jeremy kennenlernte, und ich hatte keine Ahnung, wie Sex sein sollte, mein Wissen war begrenzt. Aber jetzt, nachdem ich mit Ben zusammen war, kann ich den Unterschied deutlich erkennen, und ich weiß, dass Jeremy mich nie wirklich respektiert hat, nicht einmal am Anfang. Ben und sein Verlangen nach mir ist explosiv und doch zärtlich, wie nichts, was ich je zuvor erlebt habe.

Sein Mund wandert tiefer über meinen Bauch, während seine Hände meine Hüften erreichen und er das bisschen Spitzenstoff, das meinen Körper noch bedeckt, runterzieht. Er hebt mein Bein an, küsst meinen Knöchel und wandert langsam mein Bein hinauf. Er hat versprochen, jeden Zentimeter meines Körpers zu küssen, und bis jetzt hält er sich an dieses Versprechen. Als er die Innenseite meines Oberschenkels erreicht, beugt er sich von meiner Mitte hinauf und schaut mir in die Augen.

„Ich wollte dich schon ausziehen, bevor wir heute Abend losgefahren sind", sagt er und gibt mir einen weiteren Kuss, näher an dem Punkt, von dem ich mir wünsche, dass er mich dort berührt. „In deiner Nähe kann ich meine Hände nicht bei mir behalten." Er küsst erneut die Innenseite meines Oberschenkels, diesmal fährt er mit den Lippen über die empfindliche Haut. „Ich kann nicht aufhören, an dich zu denken, morgens, bei der Arbeit, nachts." Er drückt einen weiteren Kuss auf meine Haut und reizt mich mit ein paar weiteren in schneller Folge, sodass ich mich winde. „Ich will die ganze Zeit mit dir zusammen sein, verdammt. Ich will dich mehr, als ich jemals jemanden gewollt habe." Ich erzittere vor Verlangen, während seine Hände meine Oberschenkel hinaufwandern und meine Beine weiter spreizen, während sein Blick zu meiner feuchten Mitte wandert, bevor er mir wieder in die Augen schaut.

„Ich gehöre ganz dir, Ben", flüstere ich.

„Du gehörst mir", bestätigt er und senkt seinen Mund auf meinen Körper, wo er mir genau das gibt, wonach ich mich gesehnt habe. Als er anfängt zu lecken, zu saugen und seine Zunge in mich gleiten zu lassen, lasse ich meinen Kopf mit einem Stöhnen zurückfallen.

Ich greife nach dem Kopfteil des Bettes, während ich mit der anderen Hand nach seinem Haar greife. Ich keuche, während sich mein Körper wölbt und nach mehr verlangt. So etwas habe ich noch nie erlebt. Sein Können macht mich atemlos und begierig, wieder zu kommen. Es ist bedürftig und völlig außer Kontrolle, wie sich mein Körper für ihn bewegt. Ich spreize meine Beine weiter für ihn und gebe ihm vollen Zugang zu allem, was er mit mir machen will.

„Oh, Gott, genau da ..." Ich beiße mir auf die Lippe, während ich ihn fester an mich ziehe, und meine Erregung steigt mit jedem zufriedenen Stöhnen, das er mir entlockt. Leises Stöhnen und Wimmern entringt sich meiner Kehle, während ich zu einem zittrigen, sich windenden Etwas unter ihm werde. Und er lässt nicht locker, sein Rhythmus ist unerbittlich.

„Ben ... Ooooooh ... Du bist so ... gut", keuche ich, als ich spüre, wie mich der Orgasmus überrollt. Er leckt mich weiter, während mein Körper sich windet, meine Muskeln sich anspannen und ich seinen Namen immer wieder schreie, bevor ich völlig schlaff in die Matratze sinke. Er drückt einen weiteren Kuss auf meine Mitte und lässt mich zusammenzucken, während seine Hände meinen Oberkörper hinaufwandern, meinen Kurven folgen, über meine Brüste und wieder hinunter. Meine Atmung verlangsamt sich, als ich von meinem Rausch herunterkomme und seine Berührung mich beruhigt.

„Dieser Körper gehört mir", sagt er, während er Küsse auf meinem Oberkörper verteilt. „Diese verdammt tollen Titten gehören mir", sagt er, während seine Zunge um meine Brustwarze wirbelt. „Diese herrlichen Lippen gehören mir", sagt er, sein Mund legt sich auf meinen, unsere Zungen berühren sich für einen kurzen Moment, bevor er sich leicht zurückzieht. Er sieht auf mich herab und seine Finger legen sich um meinen Kiefer, sein Daumen streicht zärtlich über meine Wange. „Ich will dich, Em. Nicht nur jetzt, sondern für immer. Es geht nicht um Lust. Ich will, dass du mir gehörst", sagt er, wobei er mir in die Augen schaut.

Ich starre ihn einen Moment lang an, mein Herz bleibt fast in meiner Brust stehen. Ich bin einen Moment lang sprachlos.

„Ich weiß, dass wir noch viel zu klären haben, aber ich werde unsere Vereinbarung offiziell beenden. Ich möchte, dass der Diamant für immer an deinem Finger bleibt. Ich möchte von nun an alle meine Tage mit dir verbringen." Ich lehne meine Stirn gegen seine und atme seinen Duft ein. *Ist das ein Traum?*

„Und Rosie?"

„Die Kleine ist in meinem Herzen genauso tief verankert wie du, Em. Aber die Frage ist: Bin ich es auch in deinem?" Ich schlucke, um zu versuchen, Feuchtigkeit in meinen Mund zu bringen, und nicke, bevor ich sprechen kann.

„Ben, du hast dich von der ersten Minute an in mein Herz gedrängt", sage ich ehrlich, und als hätte er den Atem angehalten, atmet er schwer aus, bevor sich ein breites Lächeln auf sein Gesicht legt.

„Dann gehöre ich ganz dir, Baby. Du, ich und die kleine Rosie, wir werden ein wunderbares Team sein."

36

———————

BEN

Es ist Montagmorgen, und ich bin ganz aufgeregt, als ich in mein Büro komme. Ich hatte ein tolles Wochenende mit Emily. Ich kann nicht aufhören, daran zu denken. Als wir am Sonntag endlich aufwachten, sprachen wir über die Schule und was passieren könnte, über unsere Situation und die Auflösung der Vereinbarung und dann über Jeremy. Sie erzählte ein wenig darüber, wie hartnäckig und gewalttätig er manchmal ist, selbst jetzt, wo sie getrennt sind. Ich kenne immer noch nicht die ganze Geschichte, aber ich weiß viel mehr als vorher. Mein Kiefer spannt sich an, wenn ich nur daran denke, aber ich habe heute Morgen vor, für ihre Sicherheit zu sorgen.

Als ich sie gestern zu Hause absetzte, fühlte ich mich leer. Meine Brust schmerzte, als ich allein zurück in die Stadt fuhr, so sehr, dass ich nicht in meine Wohnung zurückkehrte, sondern zu meinem Anwesen fuhr. Ich betrachtete die funkelnden Lichter, dachte an unsere

Zukunft und stellte mir vor, wie viel besser mein Leben sein wird, wenn sie dauerhaft an meiner Seite ist.

Rosie ist bezaubernd, und obwohl ich nie gedacht habe, dass ich der Typ Mann bin, der Kinder haben würde, hat sich der Gedanke, ihr eine Vaterfigur zu sein, überraschenderweise ohne jedes Zögern in mir festgesetzt. Gestern Abend musste ich mich zwingen, mein Handy wegzulegen, nachdem ich im Internet nach den besten Schulen für Kinder mit Sehbehinderungen in der Nähe gesucht hatte und dann ganz aufgeregt war, weil ich eine ganz in der Nähe meines Anwesens gefunden hatte.

Ich gehe durch das Büro und kann nicht anders, als Sandra anzulächeln, als ich zu ihrem Schreibtisch gehe.

„Guten Morgen, Sandra!", grüße ich, und sie lächelt mich überrascht an. Ich bin zwar kein totales Arschloch von einem Chef, aber dieses Glückslevel von mir ist nicht die Norm.

„Guten Morgen, Ben. Frohen Montag", sagt sie und reicht mir meinen Morgenkaffee, als ich durch die Bürotür gehe.

„Hatten Sie ein schönes Wochenende?", frage ich. Auch dieser Smalltalk ist nicht völlig ungewöhnlich, aber definitiv nicht alltäglich.

„Ja, wenn auch nicht so gut wie Ihres, wie es scheint?" Sie sieht mich fragend an, ich lächle sie an und nehme die Morgenzeitungen von meinem Schreibtisch. Ich nicke ihr zu, und sie verlässt mein Büro, wobei sie die Tür hinter sich schließt.

Ich seufze, als ich mich an meinen Schreibtisch setze und die Zeitungen durchblättere. Ein Foto nach dem anderen von der Benefizgala. Die Leute haben sich schon immer dafür interessiert, mit wem ich ausgehe. Das gehört einfach dazu, wenn man einer der Rothschild-Jungs ist, und als ich die Seite umblättere, ist sie voll mit Bildern von allen wichtigen Akteuren des Samstagabends, einschließlich Emily und mir. Es erinnert mich daran, wie schön sie aussah. Ich schließe die Zeitung und lehne mich zufrieden in meinem Stuhl zurück.

Meine Gedanken sind ganz bei der Schönheit, die ich das ganze Wochenende nackt in meinem Bett hatte, als mein Telefon klingelt und mich aus meinen Gedanken reißt.

„Ja, Sandra?"

„Ihre Mutter ist hier, um Sie zu sehen ..." Sandra schafft es kaum zu Ende zu sprechen, als die Tür meines Büros aufgerissen wird und meine Mutter hereinkommt.

„Danke, Sandra", stoße ich hervor, bevor ich den Hörer auflege und mich zurücklehne, da meine gute Laune komplett verschwunden ist.

„Guten Morgen, Mutter, was verschafft mir die Ehre?", frage ich sarkastisch, und ihre Lippen werden schmal.

„Ich komme in Frieden", sagt sie und setzt sich in den Sessel vor mir.

„Freut mich zu hören." Ich sehe sie stoisch an und warte darauf, dass sie fortfährt.

„Ich habe gestern über dich und deine neue Verlobte nachgedacht." Mir entgeht nicht, wie sie versucht, bei der bloßen Erwähnung von Emily nicht zu grinsen.

„Und worüber hast du genau nachgedacht?", frage ich.

Dann seufzt sie und schenkt mir ein seltenes Lächeln.

„Benjamin, ich weiß, dass ich nicht der einfachste Mensch bin, besonders nicht für euch Jungs ..." Sie schenkt mir ein Lächeln, als sie die Untertreibung des Jahres ausspricht.

„Aber ich kann sehen, wie viel Emily dir bedeutet, also werde ich mich bemühen." Sie legt ihre Hände auf ihre Knie, während sie sich aufrecht hinsetzt und mich weiterhin anlächelt.

„Wie bitte?", frage ich, beuge mich vor und frage mich, ob ich sie richtig verstanden habe.

„Nun, man könnte sagen, dass ich einiges gelernt habe, als Harrison Beth kennenlernte, und, na ja, Emily ist zwar nicht meine erste Wahl für dich, aber wenn du sie in deinem Leben haben willst, dann ist das vielleicht etwas, woran ich mich einfach gewöhnen muss und es nicht so schwierig machen sollte. Gott weiß, dass Beth und ich immer noch nicht einer Meinung sind, und deshalb möchte ich mit Emily einen besseren Start haben."

Sie sieht aus, als ob sie es ernst meint, dennoch mustere ich misstrauisch ihr Gesicht.

„Ich erwarte nicht, dass du mir glaubst. Ich weiß, dass ich noch viel aufzuholen habe. Aber ich würde Emily gerne zum Mittagessen einladen und sie kennenlernen. Vielleicht kann ich ihr sogar alle peinlichen Momente aus deiner Kindheit erzählen ... ist das nicht das, was Schwiegermütter normalerweise tun?" Mir schwirrt der Kopf angesichts ihres veränderten Verhaltens.

„Nun, ich denke, Mittagessen wäre in Ordnung. Wo soll ich reservieren?", frage ich sie, während ich auf meinen Terminkalender für diese Woche schaue.

„Oh, mach dir keinen Gedanken, ich werde mich darum kümmern. Aber es ist nur für Frauen. Ich will nicht, dass du dort alles durcheinander bringst. Ich werde mit ihr ins *Four Seasons* gehen. Das Restaurant ist wunderbar um dort Mittag zu essen", sagt meine Mutter, während sie aufsteht. „Ich werde mir auf dem Weg nach draußen ihre Nummer von Sandra geben lassen." Und bevor ich etwas erwidern kann, ist sie auch schon zur Tür hinausgeschlendert.

„Auf Wiedersehen, Liebling!", ruft sie, während ich sprachlos dasitze. Meine Mutter ist vieles, aber nett gehört nicht dazu. Aber ich glaube ihr, wenn sie sagt, dass sie es mit Emily besser machen will, als mit Beth. Das war entsetzlich, und ich bin froh, dass sie ihren Fehler einsieht.

Ich rufe Em an, um sicherzugehen, dass sie bereit ist und organisiere dann, dass Ralph sie abholt und hinfährt. Em zögert zuerst. Aber ich versichere ihr, dass es zumindest erträglich sein würde und dass Ralph nur einen Anruf entfernt sein würde, sollte sie eher gehen wollen. Es ist mir nicht wirklich wichtig, dass meine Mutter Em mag, aber wenn sie und Rosie Teil meines Lebens sind, wäre es einfacher. Und angenehmer für alle Beteiligten. Vielleicht wird Em der Leim sein, der die Familie Rothschild zusammenhält?

37

EMILY

Zu sagen, dass ich mit den Nerven am Ende bin, ist eine Untertreibung.

„Du schaffst das schon", murmelt George, während wir beide in meinem Wohnzimmer sitzen und Rosie in ihrem Zimmer spielt.

„Ich habe noch nie Schwiegereltern getroffen. Ich bin mir nicht einmal sicher, worüber ich reden soll", sage ich und frage mich, wo mein Selbstvertrauen geblieben ist. Nachdem die Schule letzte Woche wegen der Überschwemmungen geschlossen wurde, Ben und ich erfolgreich über das Thema Beasley gesprochen und unsere Gefühle füreinander geklärt haben, und ich begonnen habe, ihm ein wenig über meine Vergangenheit mit Jeremy zu erzählen, hat mich seine Mutter mit dem Friedensangebot ziemlich aus dem Konzept gebracht.

„Hör mir zu. Alle Eltern würden sich verdammt geehrt fühlen, dich als Schwiegertochter zu haben. Und jetzt schnapp dir deine Tasche und verschwinde", sagt

George und tut so, als wäre er mürrisch, obwohl seine wahren Gefühle deutlich zum Vorschein kommen.

„Danke, George", sage ich, eile zu ihm und schlinge meine Arme um ihn.

„Geh schon. Husch. Ich habe ein paar neue Bibliotheksbücher für Rosie als Überraschung, damit sie nicht merkt, dass du weg bist." Er reibt mir den Rücken, und ich ziehe mich zurück. Mit einem Nicken schnappe ich mir meine Tasche und gehe zur Tür hinaus, um meine Wohnung und William Heights für einen weiteren Ausflug in die Stadt zu verlassen.

RALPH HOLT mich in Bens Bentley ab und bringt mich direkt zum *Four Seasons*. Ich habe versucht, in einer maßgeschneiderten schwarzen Hose und einer zarten cremefarbenen Bluse wenigstens so auszusehen, wie es sich gehört. Mein Haar ist ordentlich hochgesteckt und ich habe mich leicht geschminkt. Er setzt mich an der Tür ab und sagt mir, dass er um die Ecke auf dem VIP-Parkplatz warten wird, was meine Nerven etwas beruhigt. Ich gehe erhobenen Hauptes hinein und begrüße die Hostess des Restaurants, die mich sofort erkennen muss, denn sie führt mich direkt in den hinteren Bereich, wo Mrs. Rothschild sitzen muss. Ich werde wieder nervös, während ich mich im Raum umschaue, obwohl ich den Kopf hochhalte und einen selbstbewussten Schritt anschlage.

Als wir um die hintere Ecke biegen, betreten wir ein Privatzimmer. *Natürlich hat sie ein Privatzimmer*, denke ich mir. Die Frau schwimmt in Geld. Wahrscheinlich hat sie auch jemanden, der ihr folgt, um ihr nach dem Essen den Mund abzuwischen.

„Emily, schön, dass du kommen konntest." Die Art und Weise, wie sie mich begrüßt, steht in völligem Gegensatz zu dem, wie sie mich am Samstag behandelt hat. Da ist keine Giftigkeit, keine Wut, und meine Augen weiten sich, als ich sie mit offenen Armen sehe, die mich wie eine perfekte Gastgeberin willkommen heißen.

„Mrs. Rothschild. Schön, Sie zu sehen", sage ich und gehe ein paar Schritte auf sie zu, bevor ich stehen bleibe. Ich registriere kaum, dass die Hostess den Raum verlassen und die Tür hinter sich geschlossen hat, als mir das Blut in den Adern gefriert. Am Tisch mit Mrs. Rothschild sitzt Mr. Beasley, und neben ihm sitzt Jeremy. Er starrt mich unverhohlen an und lässt seinen Blick an meinem Körper auf- und abwandern.

„Was hat das zu bedeuten?" Ich stehe nun zwischen der Tür und dem Tisch, und Mrs. Rothschild sieht mich nun mit einem Ausdruck böser Absichten an.

„Nun, meine Liebe, ich bin sowohl mit Mr. Beasley als auch mit Mr. Lucas sehr eng befreundet, und wir alle hatten am Wochenende auf der Gala eine recht interessante Unterhaltung. Stell dir vor, wie überrascht ich war, als diese beiden prominenten Geschäftsleute viel mehr über dich zu wissen schienen als ich, obwohl du am Arm meines Sohnes durch die Stadt tänzelst. Deshalb habe ich sie ebenfalls heute eingeladen. Es scheint, dass wir alle drei das Bedürfnis haben, ein wenig mit dir zu plaudern." Ihr Lächeln schwankt nicht, aber ich kann jetzt die Bosheit in ihren Augen funkeln sehen. Wie kann eine

Frau nur so grausam sein? Sicher, sie weiß vielleicht nichts über meine Vergangenheit mit Jeremy, aber sie weiß, wer Mr. Beasley ist und wie wir miteinander verbunden sind. Sie hat mich reingelegt.

Wenn Ben davon wüsste, wäre er außer sich.

„Ich glaube nicht, dass das eine gute Idee ist. Lassen Sie mich Ben anrufen, und ..." Ich greife nach meiner Tasche, um mein Handy herauszuziehen.

„Stopp!", bellt Jeremy, und ich zucke zusammen. Seine Stimme klingelt in meinen Ohren nach. Ich bin zu verängstigt, um mich zu bewegen, während mein Blick zwischen ihnen allen hin und her fliegt.

„Sieh mal, meine Liebe, Benjamin ist nicht dazu bestimmt, mit jemandem verheiratet zu sein, der so ..." sagt Mrs. Rothschild und sieht mich von oben bis unten an, bevor sie fortfährt. „*Simpel* ist." Sie schürzt die Lippen, scheinbar glücklich, dass sie die richtige Beschreibung gefunden hat.

„Sasha ist jemand, der viel besser zu ihm passt, meinst du nicht auch, meine Liebe?" Ich will gerade antworten, als ich eine andere Stimme höre.

„Natürlich, Diane. Ich verstehe Bens Bedürfnisse viel besser", säuselt Sasha hinter mir, und ich beobachte, wie sie den Raum betritt, als würde sie über einen Laufsteg gehen, bis sie neben mir stehen bleibt. Ihr Blick wandert an meinem Körper entlang und bleibt an dem Diamanten an meinem Finger hängen. Sie greift nach meiner Hand, ihr Griff ist so fest, dass ich das Gefühl habe, meine Knochen würden brechen, als sie mir den Diamanten vom Finger reißt und ihn schnell an ihren eigenen steckt. Diese Frau ist geistesgestört.

„Nun denn. Ich denke, das ist geklärt. Und du, bist nicht mehr Benjamins Verlobte; diese Rolle muss Sasha übernehmen. Mr. Beasley, wollten Sie noch etwas sagen?", fährt Mrs. Rothschild fort und wendet sich an den dicken Mann, der auf die Uhr schaut, als müsste er woanders sein.

„Ich übernehme die Schule, Miss Carr. Wenn ich die Schule nicht bekomme, werde ich nicht länger Klient der Anwaltskanzlei Rothschild sein, und ich werde mein gesamtes Geschäft direkt zu deren Konkurrenten verlegen. Ich brauche Ihnen sicher nicht zu sagen, dass ein solcher Schritt Bens Gewinn massiv beeinträchtigen wird, ganz zu schweigen davon, dass es seinen Ruf schwer beeinträchtigen wird, da er innerhalb weniger Monate nach dem Abgang seines Bruders als CEO einen wichtigen Kunden verloren hat", sagt Beasley und steht auf, und ich habe das Gefühl, dass ich kurz davor stehe, in Ohnmacht zu fallen.

„Was?" Ich habe Mühe, all das zu verarbeiten, was auf mich einprasselt. Wenn ich will, dass Ben in seiner Position erfolgreich ist, muss ich ihm die Schule überlassen? Das ist Erpressung. Natürlich will ich, dass Ben Erfolg hat. Aber auch wenn die Schule überflutet wurde, ist sie noch nicht ganz verloren.

„Ich verstehe nicht …", murmle ich und schaue sie alle der Reihe nach an, um weitere Antworten zu erhalten. Ich fühle mich im Moment so klein, so hilflos. Ich bin keine Frau, die sich versteckt, aber im Moment weiß ich nicht einmal, wer ich bin.

„Natürlich nicht, du dummes Mädchen", murmelt Mrs. Rothschild, als ob ich sie frustrieren würde.

„Emily. Es ist Zeit, dass wir nach Hause gehen. Deine kleine Parade in der Stadt ist jetzt vorbei. Du gehörst mir, wirst immer mir gehören und wirst nie wieder in die Stadt kommen", sagt Jeremy, steht auf und knöpft sein Geschäftssakko zu, als würde er ein Meeting beenden.

„Ich gehe nirgendwo mit dir hin." Ich trete einen Schritt zurück, meine Augen bleiben fest auf ihn gerichtet.

„Ich muss los. Ich werde Ben bitten, ein Treffen einzuberufen, und Jeremy hier hat versprochen, George dazu zu bringen, diese Formulare heute Nachmittag zu unterschreiben. Jeremy, ich vertraue darauf, dass Sie das im Griff haben", sagt Beasley, und Jeremy nickt. Worüber zum Teufel reden sie?

„Schön, Sie gesehen zu haben, Diane. Ich hoffe, das nächste Mal geht es beim Mittagessen um angenehmere Geschäfte", sagt er und wirft mir einen fiesen Blick zu, gefolgt von einem Grinsen, bevor er zur Tür hinausgeht und sie hinter sich schließt.

„Sie gehört ganz Ihnen, Jeremy. Ich habe dafür gesorgt, dass diese Fotos jetzt an Ben geschickt werden. Mein Freund hat sie hervorragend bearbeitet", sagt Sasha, während sie zu Jeremy geht, ihm einen Kuss auf die Wange drückt und mir zuzwinkert. Ich spüre, wie sich Übelkeit in mir breit macht.

„Welche Fotos?", frage ich zögernd.

„Oh, Jeremy und ich waren gestern ein bisschen beschäftigt. Du und ich sehen zwar nicht gleich aus, aber mein Freund kann Fotos extrem gut bearbeiten. Ben wird heute Nachmittag ein paar schöne Bilder bekommen, von denen er glaubt, dass du hier unglaublichen Sex mit

Jeremy hast", sagt Sasha und lächelt. Daraufhin blicke ich sie einfach nur sprachlos an. Was haben sie getan?

„Komm, Liebes, wir müssen mit der Hochzeitsplanung beginnen." Mrs. Rothschild lächelt Sasha an, als sie beide Beasley durch die Tür folgen, die sich hinter ihnen wieder schließt.

Ich bleibe zurück und beobachte Jeremy, als würde er gleich zuschlagen. Er steht aufrecht, zu selbstsicher, die Hände in den Taschen, als hätte er alles unter Kontrolle. Mein Herz rast in meiner Brust, während ich mich frage, wie ich mich aus dieser Situation befreien kann. Ein Mantel der Verwirrung legt sich über mich, mein Verstand rast, um herauszufinden, was genau vor sich geht.

Ich werfe einen Blick auf die Tür hinter mir. Ich könnte es bis zum Restaurant schaffen. Da draußen kann er mir nichts antun. Ich bräuchte nur zu rennen und zu schreien, dann könnte ich wahrscheinlich zu Ralph gelangen ... Aber dann wird Beasley der Anwaltskanzlei den Auftrag entziehen und Bens Ruf damit Schaden. Jeder in diesem Restaurant weiß jetzt genau, wer ich bin, und obwohl es mir egal ist, ob ich verrückt wirke, weiß ich, dass der Imageschaden für Ben viel größer sein wird. Das kann ich ihm nicht antun. Er liebt seine Arbeit, und er liebt seine Familie.

Aber ich muss an Rosie denken. Ich muss mich für sie aus dieser Situation befreien.

Ich greife nach meiner Handtasche und renne zur Tür, aber Jeremy ist genauso schnell. Ich öffne die Tür, bevor er sie mit der Hand zuschlägt, und er mich dagegen stößt.

„Aber, aber, Emily, so behandelt man mich doch nicht. Nach allem, was ich für dich getan habe. Wir werden durch den privaten Hintereingang nach Hause gehen. Mein Auto wartet, und dann bringe ich dich zu deiner grässlichen Wohnung, um George zu holen, denn er muss diese verdammten Papiere unterschreiben. Dann muss ich dafür sorgen, dass du genau weißt, wem du gehörst, und ich will, dass dein kleiner behinderter Sprössling es auch erfährt", sagt er mit einer entsetzliche Anspielung auf Rosie, bevor er sich gegen meinen Rücken drückt, sodass ich seine Härte spüre. Die Übelkeit steigt meine Kehle empor, als er über meinen Hals leckt.

„Du bist so ein widerliches Arschloch. Du machst mich krank", stoße ich hervor. Ich will ihn umbringen. Wenn das der einzige Weg ist, das Ganze zu beenden, dann werde ich es tun.

„Du hast ja keine Ahnung ...", sagt er, bevor er mich herumreißt und mir eine Ohrfeige verpasst. Das Letzte, woran ich mich erinnere, ist, wie mein Handy aus meiner Tasche quer durch den Raum und aus meiner Reichweite fliegt.

38

BEN

Mein Bein wippt nervös, als ich an Em denke, die sich gerade mit meiner Mutter im *Four Seasons* trifft. Ich beginne, an der Idee zu zweifeln, aber es ist zu spät. Ralph hat sie bereits abgeholt, also hoffe ich, dass sich meine Mutter von ihrer besten Seite zeigt.

Das Klopfen an meiner Bürotür lässt mich zusammenzucken.

„Hey, Ben, ein Expresskurier ist gerade für Sie gekommen", sagt Sandra, kommt herein und überreicht mir einen braunen Umschlag, bevor sie sich ebenso schnell wieder zurückzieht und die Tür schließt.

Ich habe nichts erwartet, also reiße ich den Umschlag auf und ziehe den Inhalt heraus. Es sind fünf Polaroids. Das ist ungewöhnlich, aber ich bin vorsichtig genug, um sie nicht mit bloßen Händen zu berühren. Immerhin bin ich Anwalt. Ich schiebe sie mit einem Stift auseinander, und das Blut gefriert mir in den Adern, als ich die Bilder betrachte. Mein Blick fällt auf ein Bild von Emily mit einem Mann, der nicht ich bin. Ich knirsche mit den Zähnen, als ich das nächste sehe, und erkenne deutlich Jeremy Lucas, wie seine Lippen Ems nackten Hals berühren, die beiden sind völlig nackt, Em sitz rittlings auf ihm. Meine Wut steigt, als ich mir das nächste Bild ansehe, und das nächste, und jedes wird immer schlimmer. Auf jedem Foto sind unten das Datum und die Uhrzeit der letzten Nacht aufgedruckt. Ems Haare haben genau die gleiche Farbe und Länge wie jetzt.

„Was zum Teufel?" Ich schiebe meinen Stuhl zurück, stehe wütend auf und schiebe alle Akten von meinem Schreibtisch, sodass ich nur noch diese Polaroids sehe.

„Wie zum Teufel ist das passiert?" Ich fange an, im Büro auf und ab zu gehen, versuche, die Situation zu begreifen, und frage mich, was zum Teufel los ist. Ich ziehe an meinen Haaren, lehne mich über den Schreibtisch und sehe mir die Fotos noch einmal an. Ich weiß, dass sie gefälscht sind, manipuliert oder so. Sie können nicht echt sein. Das kann nicht wahr sein. Das ist nicht Em, das kann einfach nicht sein.

Aber wer würde das tun? Wer würde mir so etwas schicken? Ich suche nach Anzeichen dafür, dass sie gefälscht sind, aber jedes Polaroid zeigt Emily mit ihren langen Haaren, ihre Augen sind auf den meisten Bildern geschlossen, ihr Gesicht ist halb verdeckt. Ihr Körper sieht genauso aus, wie ich ihn kenne. Auf einem Bild schließen sich Jeremys Lippen um ihre Brustwarze, und am liebsten würde ich ihn eigenhändig erwürgen.

Ich greife nach meinem Handy, öffne den Gruppenchat mit meinen Brüdern, und tippe 911 ein, bevor ich wieder auf und ab gehe. Unser 911-Anruf ist etwas, das wir in Zeiten der Not machen. Wir vier lassen alles stehen und liegen, um einander zur Hilfe zu eilen, und in diesem Fall habe ich sie alle in mein Büro gerufen. Ich brauche meine Brüder. Und zwar verdammt noch mal sofort.

„ALLES IN ORDNUNG, Benny Boy?", fragt Tennyson, als er und Eddie mein Büro betreten. Sie haben nur wenige Minuten gebraucht, um hierher zu kommen, da sie sich beide in ihren Büros, ein Stockwerk unter mir, aufhielten.

„Ich weiß es nicht", stoße ich hervor, während ich weiter auf- und abgehe und mir immer wieder mit der Hand durch die Haare fahre.

„Was ist los?", fragt Harrison, als er ins Büro gestürmt kommt und die Tür hinter sich schließt. Unser Gouverneur sieht ein wenig zerzaust aus, und wir alle drei drehen uns zu ihm um.

„Was? Ich hatte den Vormittag frei. Ich war oben bei Beth", sagt er und streicht sich die Haare zurecht, während er sich auf die Kante meines Schreibtisches setzt und die beiden anderen auf meinem Sofa platznehmen. Alle drei begutachten das Durcheinander von Akten auf dem Boden und sehen mich besorgt an.

„Was ist passiert?", drängt Eddie. Die Spannung in meinem Büro ist deutlich zu spürbar.

„Emily", sage ich und weiß nicht, wo ich anfangen soll.

„Emily? Was ist mit Emily passiert?" Harrison richtet

sich auf und weiß bereits, dass ihm nicht gefallen wird, was er gleich hören wird.

„Nun, wir haben uns am Wochenende unterhalten und beschlossen, es wirklich zu versuchen. Zusammen sein, wirklich." Ich atme tief durch, das alles scheint jetzt wie eine ferne Erinnerung.

„Aber ...", sagt Tennyson und wartet darauf, dass ich die Bombe platzen lasse.

„Die habe ich gerade geliefert bekommen", sage ich und zeige auf die Polaroids auf dem Couchtisch, von denen jeder meiner Brüder eines in die Hand nimmt, um es sich anzusehen. Mir wird schlecht, als meine Brüder Emily so sehen, aber es macht mich genauso sauer, dass sich jemand die Mühe macht, sie mir zu schicken.

„Was zum Teufel?", stößt Harrison hervor, während er zu mir aufschaut.

„Wo kommen die her?", fragt Eddie und wirft das Polaroid, das er in der Hand hatte, zurück auf den Couchtisch.

„Eilzustellung gerade eben. Keine Angaben zum Absender", stelle ich fest, denn die ganze Sache fühlt sich wirklich seltsam an.

„Sind sie echt? Nicht manipuliert oder so?", fragt Tennyson mich mit zusammengekniffenen Augen.

„Das ist nicht sie. Sie kann es nicht sein, oder?", frage ich sie fast flehend. Ich sehe sie der Reihe nach an, aber ich sehe nur tiefe Besorgnis in ihren Gesichtern.

„Sieht sie aus wie sie?", fragt Harrison und sieht mich direkt an.

„Ja. Ich denke schon." Ich spüre, wie sich Panik in mir aufbaut.

„Nein, Ben", ruft er. „Sieht sie aus wie sie?" Sein schärferer Ton lässt mich noch einmal tief durchatmen, bevor ich mich zwinge, die Fotos erneut zu betrachten.

„Sie kann es nicht sein. Tief im Inneren weiß ich, dass sie es nicht sein kann", sage ich und schüttele den Kopf. Aber da ist immer noch dieser leise Zweifel, der von meinen Brüdern ausradiert werden muss, damit ich weiß, dass ich nicht verrückt bin, weil ich ihr vertraue. So etwas ähnliches habe ich schon einmal erlebt, und das hier löst jede Unsicherheit aus, von der ich dachte, ich hätte sie überwunden.

„Sie ist es nicht", sagt Tennyson mit Nachdruck und tritt an Harrisons Seite. „Ich kenne sie nicht gut, aber sie scheint keine Betrügerin zu sein. Sie hat einen Job, ist eine alleinerziehende Mutter und sieht dich an, als wärst du ihr Ein und Alles. Ich meine, sie hätte sowieso keine Zeit, um mit jemand anderem zusammen zu sein." Seine Worte durchdringen mich, und ich stimme mit jedem einzelnen von ihnen überein.

„Gibt es irgendetwas auf diesen Fotos, das dich glauben lässt, dass sie es ist oder nicht?", fragt Harrison.

„Sie waren mal zusammen. Er war gewalttätig. Mehr weiß ich nicht, aber sie hat mir gerade angefangen, von ihm zu erzählen. Er hat sie auf der Gala belästigt", sage ich und spreche die Worte so schnell aus, dass ich mir nicht sicher bin, ob sie einen Sinn ergeben.

„Ich habe ihren Arm gesehen ... er war gerötet", meldet sich Eddie zu Wort.

„Sie sagte, sie hätten sich vor Jahren getrennt", sage ich, und Harrison nickt.

„Ich hasse Jeremy Lucas", knurrt Tennyson, während er sich das Kinn reibt und wieder auf die Fotos schaut.

„Na und? Meinst du, er schickt falsche Fotos, damit du Schluss machst?", fragt Eddie und zieht die Augenbrauen zusammen.

„Das ergibt keinen Sinn", mischt sich Harrison ein, der immer noch versucht, das Puzzle zusammenzusetzen.

„Ich hatte von Anfang an das Gefühl, dass sie ihn kannte. Sie hat sich vor ihm versteckt, als sie das erste Mal hier in meinem Büro war, als er vorbeikam. Da wusste ich, dass etwas nicht stimmte." Ich schüttle den Kopf über mich selbst, weil ich ihm nicht früher gesagt habe, er solle sich von ihr fernhalten, weil ich es nicht gleich gemerkt habe.

„Wenn sie sich also vor ihm versteckt hat, heißt das eindeutig, dass sie ihn nicht sehen will. Dann hat er bei der Auktion am Wochenende gegen dich geboten. Er hat euch beide zusammen gesehen. Was denkst du, hat er dir die hier geschickt? Das macht doch am meisten Sinn, oder?", fragt Tennyson, und zum ersten Mal kann keiner von uns den Zusammenhang herstellen. Was könnte seine Motivation sein? Hat Eddie die Antwort? Will er uns dazu bringen, uns zu trennen?

„Hast du sie angerufen?", fragt Harrison, und ich schüttle den Kopf. Mein Blick fällt auf ihren nackten Körper auf dem von Jeremy, und mir wird schlecht. Ich hasse ihn.

„Vielleicht solltest du sie anrufen. Erzähl ihr davon und hör dir an, was sie zu sagen hat", sagt Tennyson und sieht mich zögernd an. Als wäre ich eine Bombe, die gleich explodieren wird.

„Sie ist die Richtige für mich. Sie ist es. Sie ist ... alles." Endlich verstehen sie alle, ich kann es in ihren Augen sehen. Emily gehört zu mir.

„Ben, Beas... Scheiße, tut mir leid, ich wusste nicht, dass du beschäftigt bist", sagt Michael, als er aufgeregt in mein Büro gestürmt kommt.

„Schon gut, was ist los?" Ich bedeute ihm fortzufahren, während ich seufze. Meine Gedanken rasen in hundert verschiedene Richtungen, aber ich weiß, dass ich die Arbeit nicht einfach beiseiteschieben kann.

„Ähm, Beasley hat ein Treffen einberufen. Dringend. Er ist auf dem Weg hierher, und George auch", sagt Michael und streicht seinen Anzug glatt. Er sieht aus, als wäre er gerade eine Meile gerannt, um hierher zu kommen, so aufgeregt ist er.

Ich ziehe überrascht die Augenbrauen hoch.

„Anscheinend haben sie eine Vereinbarung getroffen. Sie kommen her, um den Papierkram zu unterschreiben. Sie werden in zehn Minuten hier sein."

Ich blicke ihn überrascht an und mein Magen verkrampft sich. „Vereinbarung?" frage ich ihn.

„Sie sehen uns im Konferenzraum", sagt er mit einem Nicken, bevor er die Tür schließt und mich völlig verwirrt zurücklässt.

Was zum Teufel ist heute los?

„Klingt so, als hätte Beasley seinen Willen bekommen." Harrison sieht mich fragend an, aber in seinen Augen steht Misstrauen.

„Sieht so aus", murmle ich und spüre, wie sich eine Migräne anbahnt.

„Wie können wir dir helfen?", fragt Tennyson und

schaut auf die Fotos hinunter, dann nimmt er sie und dreht sie um. Damit zeigt er den Respekt, den er für Emily hat, auch wenn er nicht glaubt, dass es sich um sie auf diesen Bildern handelt. Und damit beschließe ich, dass es an der Zeit ist, mich zusammenzureißen. Dies ist nicht der Zeitpunkt, um zusammenzubrechen.

„Lasst mich nur dieses Treffen hinter mich bringen, um herauszufinden, was zum Teufel hier los ist, und dann komme ich zurück. Wir müssen herausfinden, wie es jetzt weitergeht. Denn ich werde nicht eher ruhen, bis ich weiß, wer mir diese Bilder geschickt hat.“

39

EMILY

Hämmernde Kopfschmerzen wüten in meinem Kopf, als mich raue Hände aus dem Auto zerren und den Gang entlangschleifen. Meine Augen blinzeln im Sonnenlicht, bevor wir durch die Glastüren treten.

Wir sind in meiner Wohnung.

Ich schaue auf die Hand, die sich um meinen Arm geschlossen hat und meine Augen wandern nach oben, um Jeremy zu sehen, der zerzaust aussieht, während er mich die Treffe hinaufzerrt. Er ist zu schnell und ich stolpere, aber er reißt hart an meinem Arm und bringt mich zum Stehen, während ich vor Schmerz zusammenzucke.

„Hör auf …", sage ich schwach. In meinem Kopf dreht sich alles, und ich versuche, mich an irgendetwas zu erinnern, was passiert ist. Ich schaue auf meine Kleidung und erinnere mich, dass ich mit Bens Mutter zum Mittagessen verabredet war …

„Geh rein", knurrt Jeremy, öffnet die Tür zu meiner

Wohnung und schubst mich hinein. Wir erschrecken George und Rosie, die auf dem Sofa sitzen. George sagt sofort etwas zu Rosie, und ich sehe mit schmerzendem Herzen zu, wie meine Tochter schnell mit ihrem Stock in ihr Zimmer geht und die Tür schließt. Ich höre, wie sie sie abschließt, etwas, das ich erst letzte Woche installiert habe, und ich danke Gott, dass ich es getan habe. Ich weiß, dass sie sich unter ihrem Bett verkrochen hat, zweifellos mit Herzklopfen in den Ohren.

„Was zum Teufel soll das werden?", fragt George, als er zu Jeremy kommt, der mich an sich drückt. Meine Augen weiten sich, denn ich habe George noch nie so wütend erlebt. Er streckt die Hand aus, um mich zu packen und von Jeremy wegzuziehen, hält aber im letzten Moment inne und seine Augen weiten sich.

„Nicht so schnell, alter Mann", sagt Jeremy, als ich etwas kaltes und metallisches an meiner Schläfe spüre. Mein Körper bewegt sich in Zeitlupe angesichts des Schreckens, der mich durchströmt. Ich kann nur noch an Rosie denken und weiß, dass niemand kommen wird, um uns zu retten.

„Du steigst jetzt sofort in mein Auto und fährst in die Stadt, um diese verdammten Papiere zu unterschreiben, oder sie wird nicht mehr atmen, wenn du nach Hause kommst", höre ich Jeremy sagen, und Georges Gesicht verliert jegliche Farbe.

„Das geht zu weit", sagt George, und ich kann die Worte kaum noch hören, denn das Pochen in meinem Kopf überlagert fast alles andere.

„Du gehst besser ... Tick ... Tack ...", spottet Jeremy.

George sieht mich mit tiefer Besorgnis an, bevor er zur Tür eilt.

Die Tür fällt zu, und ich schlucke. Ich bin allein. Mit Jeremy. Meinem größten Albtraum.

„Jetzt, meine liebe Emily, müssen wir nur noch warten. Was können wir wohl tun, um uns die Zeit zu vertreiben?" Jeremy starrt mich an, seine Augen wandern langsam an meinem Körper entlang.

„Du weißt, dass wir ein so gutes Paar abgegeben haben. Du bist so perfekt für mich. Wir haben schon immer perfekt zueinander gepasst. Warum können wir nicht einfach zu dem zurückkehren, wo wir waren?", fragt Jeremy fast zärtlich und lässt meinen Arm endlich los. Der Schmerz durchzuckt mich, als das Blut wieder in meine Muskeln pulsiert.

„Du hast es ruiniert. Es war alles gut, bis du es ruiniert hast", knurre ich. Wenn ich diese Erde heute verlasse, dann ganz gewiss nicht kampflos.

„Es ist deine Schuld, dass du überhaupt schwanger geworden bist. Uns ging es gut, bis du beschlossen hast, das verdammte Baby zu behalten", schreit er, und ich zucke zusammen, weil ich weiß, dass Rosie ihn hören kann.

„Geh einfach. Finde jemand Neues. Es gibt bestimmt eine Million Frauen, die gerne die Chance hätten, mit einem Mann wie dir zusammen zu sein." Die Worte schmecken schrecklich auf meiner Zunge, als ich sie ausspreche. Ich will nicht, dass eine andere Frau das Gleiche durchmacht wie ich, aber ich will, dass er verschwindet. Ich will, dass er rausgeht, die Tür schließt, in sein Auto steigt und wegfährt.

„Oh, ich ficke sehr viele Frauen. Aber es gibt nur eine Emily ... und sie gehört nur mir." Als er sich über die Lippen leckt, spüre ich die salzigen Tränen, die mir über die Wangen laufen.

40

BEN

Ich bin nervös, als ich mich auf den Weg in den Konferenzraum mache. Wenn George hier ist, um den Papierkram zu unterschreiben, hat irgendetwas ihn dazu gebracht, seine Meinung zu ändern, und ich frage mich, was. Ich sollte viel glücklicher darüber sein, als ich es bin.

Aber ich fühle mich beschissen.

Als ich den Konferenzraum betrete, sehe ich alle am Tisch sitzen. Alle außer Emily. Ich bleibe stehen und lasse meinen Blick über alle schweifen. Michael nickt mir zu, damit ich Platz nehme, Beasley sitzt wie eine Grinsekatze neben ihm. Aber George ist allein. Und er sieht nicht glücklich aus, er scheint mich nicht einmal zu bemerken.

Ich gehe um den Tisch herum und setze mich auf Beasleys gegenüberliegende Seite.

„Guten Tag, George", sage ich selbstbewusst, aber er erwidert nichts. Er blickt geradeaus zu Michael. Er ist angespannt.

„Wo muss ich unterschreiben?", fragt er und scheint es eilig zu haben, alles zu erledigen. Michael räuspert sich und schiebt den Vertrag und einen Stift rüber.

„George, wenn Sie auf Seite drei, neun und zwölf unterschreiben könnten, wäre das großartig. Allerdings würde ich Ihnen raten, dass Emily oder ein Anwalt Ihres Vertrauens die Verträge durchsieht, bevor ..."

„Nicht nötig", unterbricht ihn George, nimmt den Stift und beginnt zu unterschreiben, ohne auch nur eine Zeile zu lesen. Wir sind alle still, als wir George dabei zusehen, wie er den Verkauf der Schule unterschreibt, ohne sich zu wehren, und ich klammere mich an den Tisch. Er schiebt den Papierkram zurück zu Michael und steht dann auf.

„Ist das alles? Ich muss gehen", sagt er.

„Nur noch eine Sache, George. Sie müssen dieses Formular ausfüllen und angeben, auf wen der Scheck ausgestellt werden soll", sagt Michael und schiebt George ein weiteres Blatt Papier hinüber. Ich sehe Beasley an, und ich bin mir sicher, dass er etwas getan hat. Die Art, wie er dasitzt, ist zu selbstsicher. Als hätte er gewusst, dass es so einfach sein würde, während er George, der deutlich größer ist als er, von oben herab ansieht.

Michael blickt mich an, tiefe Besorgnis zeichnet sein Gesicht. Er spürt auch, dass irgendetwas faul ist. Ich schaue mich am Tisch um, aber alles ist so, wie es sein sollte. Sandra hat einen Glaskrug mit Wasser und eine kleine Schale mit *Milk Duds* auf den Tisch gestellt, denn die mag Harrison am liebsten. Sie lassen mich an Em und ihr kleines Muttermal denken.

Ich beobachte, wie George eilig den Stift zur Hand

nimmt und sich daran macht, die Details einzutragen. Die Stille ist ohrenbetäubend und der Drang, etwas zu sagen, dieser beschissenen Situation ein Ende zu setzen, durchzuckt mich, aber ich schweige. Mein Kiefer spannt sich an.

„So. Ist das alles?", fragt George Michael, der nickt, aufsteht und seine Hand ausstreckt.

„Glückwunsch, George. Ich weiß, dass Ihnen die Schule viel bedeutet hat, aber hoffentlich werden die zehn Millionen den Schlag mildern", sagt Michael, aber George steht auf und geht hinaus, ohne ihm die Hand zu schütteln und ohne ein weiteres Wort zu sagen. Er geht einfach und rennt regelrecht zur Tür.

Ich beobachte, wie sich die Tür des Konferenzraums hinter ihm schließt und Michael sich räuspert.

„Gute Arbeit, Jungs. Es hat ein paar Wochen gedauert, aber am Ende haben wir es geschafft. Ben, bitte richten Sie Ihrer Mutter meinen Dank aus", sagt Beasley mit einem Funkeln in den Augen.

„Gewiss. Warten Sie, wofür?", frage ich verwirrt, während ich mich hinüberbeuge und die Akte mit dem Papierkram nehme, um sie Sandra zu geben.

„Oh, ohne sie und ihre Beziehungen hätte ich das Geschäft nicht zustande bringen können. Ihre Mutter ist eine kluge Frau. Böse, aber klug." Grinsend folgt er Michael zur Tür hinaus, und mein Magen fühlt sich an, als hätte ich Blei geschluckt.

Nachdem Michael und Beasley den Raum verlassen haben, sitze ich einen Moment lang einfach nur da und stütze meinen Kopf auf den Händen ab. Ein tief sitzender Schmerz setzt sich in meiner Brust fest, als ich an die

Kinder, Rosie und Emily denke. Dann lehne ich mich seufzend zurück und schaue mir den Papierkram an, überprüfe, ob George dort unterschrieben hat, wo er unterschreiben sollte, und stoße die Luft aus, als ich die letzte Seite sehe. Es ist die Seite mit den Zahlungsangaben, an die er das Geld überwiesen haben möchte. Aber auf dem Formular steht nicht seine Bankverbindung, sondern dass fünf Millionen Dollar an das Zentrum für Sehbehinderte und die anderen fünf Millionen Dollar an das Zentrum für häusliche Gewalt gegen Frauen gehen sollen.

Ich bin völlig verblüfft. Er hat das Geld nicht einmal angenommen. Man hat ihm zehn Millionen Dollar angeboten, und er hat sie weggegeben. Ich bewundere diesen Mann, dessen Überzeugungen so stark sind, dass er eine solche Summe ablehnt. Dennoch versuche ich, die Zusammenhänge zu verstehen und stelle fest, dass es George und Emily nie um das Geld ging, sondern immer um die Schule.

Es macht mich krank, dass meine eigene Firma ein paar Millionen bekommt, während George gerade zehn verschenkt hat. Er hat es wegen Rosie verschenkt und weil er anderen Kindern wie ihr helfen wollte. Als ich mir den Papierkram noch einmal ansehe, versuche ich, den Zusammenhang mit häuslicher Gewalt herauszufinden, und dann trifft es mich wie ein Schlag ins Gesicht.

Rosie hat mir erzählt, dass ihr Vater ein schlechter Mensch ist.

Vor meinem inneren Auge erscheint Emily mit blauen Flecken in ihrem Gesicht von einem ‚Sturz‘.

George ist extrem vorsichtig, wenn es um mich geht, und passt immer auf die beiden auf.

Mein Blick fällt auf die kleine Schale mit *Milk Duds*, die Sandra auf den Tisch gestellt hat. Ich springe auf und renne zurück in mein Büro, wo meine Brüder warten, in der Hoffnung, dass ich mich sehr getäuscht habe.

41

BEN

„Wo sind die Fotos!", keuche ich, sobald ich mein Büro betreten habe.

„Da drüben, aber Ben, du musst ...", sagt Eddie und hebt eine Akte von seinem Schoß, die ich vorhin wahrscheinlich von meinem Schreibtisch gefegt habe.

Ich eile zu den Polaroids und betrachte sie aufmerksam.

„Was ist los?", fragt mich Harrison, als er näher kommt.

„Em hat ein Muttermal auf der linken Hüfte ...", sage ich, während meine Augen jedes einzelne Foto mustern und sich das Muttermal in meinem Kopf festsetzt. Verdammt, warum ist mir das nicht früher eingefallen?

„Was? Wovon sprichst du?", fragt Harrison.

„Em hat ein Muttermal von der Größe eines *Milk Dud* auf ihrer linken Hüfte. Keines dieser Fotos zeigt es. Keines davon!", rufe ich und schaue mir die Fotos noch einmal an, mein Herz wird leichter, weil ich genau weiß, dass sie es nicht ist. Ich weiß nicht, wer das ist oder warum jemand so etwas tun würde, aber ich wusste, dass es eine Fälschung ist. Sie ist es nicht. Die Erleichterung, die meinen Körper durchströmt, ist sofort da. Ich wusste, dass es nicht sein konnte, ich konnte nur nicht die Wahrheit beweisen.

„Lass mich mal sehen." Harrison nimmt mir die Bilder aus der Hand und sieht sie sich genauer an.

„Ben, das musst du dir ansehen", sagt Eddie noch einmal und steht auf. Hoffnung flammt in meiner Brust auf.

„Hast du dir schon mal diese Akte über Emily angesehen?", fragt Eddie erneut und zieht die Augenbrauen hoch.

„Nein, habe ich nicht. Michael hat sie in der Woche zusammengestellt, als wir sie zum ersten Mal getroffen haben. Ich wollte ihre Geschichte durchgehen und sehen, was ich über sie herausfinden kann, um bei Beasleys Fall zu helfen, aber dann habe ich sie besser kennengelernt und dachte, es könnte ein bisschen unheimlich sein", sage ich achselzuckend.

„Das musst du dir ansehen", drängt Eddie in ernstem Tonfall, und wir schauen ihn alle an.

Tennyson schaut zuerst über seine Schulter.

„Was zum Teufel!" Er richtet sich kerzengerade auf und reißt Eddie die Akte aus der Hand.

„Was?", fragt Harrison in einem fordernden Ton.

Zum ersten Mal in seinem ganzen Leben ist Ten sprachlos. Mit der offenen Akte in der Hand sieht er mich einfach nur an. „Es tut mir leid, Bruder ...", sagt er und reicht mir die Akte.

Ich nehme sie und schlage sie auf, um seitenweise Berichte, Bilder und Aussagen zu sehen. Bilder von Ems Körper, zerschrammt, zerschlagen, entstellt. Ich blättere sie alle durch, schaue mir die Daten an, vor sechs Monaten, vor einem Jahr, bis hin zu den Jahren zuvor, als sie schwanger in einem Gebäude nicht weit von hier die Treppe hinuntergestoßen wurde.

Ich suche schnell nach den Details, Namen, Polizeidienststellen, und ein Name taucht immer wieder vor meinen Augen auf: Jeremy Lucas.

„Was soll das, Harrison? Sag mir verdammt noch mal, was ich hier sehe", stoße ich hervor und mein Blut beginnt zu kochen, als Harrison mir über die Schulter schaut.

„Häusliche Gewalt. Partnergewalt. Missbrauch, gebrochene Knochen, verbale Auseinandersetzungen ...", murmelt er, während er die Akte in die Hand nimmt, jede Seite durchblättert und seine Stirn vor Sorge in Falten legt. Mein Herz schmerzt, mein Kopf tut weh. Ich raufe mir die Haare, als ich wieder anfange, auf- und abzugehen, und die nervöse Energie, die ich vorher gespürt habe, wird nun durch Wut ersetzt, die in meinem Körper brodelt, weil jemand Hand an sie gelegt hat.

„Ich wusste es. Sie hat mir gesagt, dass Jeremy gewalttätig ist, aber ich wusste nicht, dass sie eine so lange, gemeinsame Geschichte haben! Dass er Rosies Vater ist!", schreie ich fast, wütend auf mich selbst. Mörderisch, wenn ich an die Situation denke.

„Wo ist sie jetzt?", fragt Tennyson, und ich bleibe stehen.

„Sie war zum Mittagessen mit Mutter verabredet",

sage ich, und alle drei sehen mich an, als wäre ich verrückt.

„Ich habe so viele Fragen dazu, angefangen mit dem *Warum?*", sagt Tennyson.

„Sie kam hierher und sprach davon, dass sie es wiedergutmachen wollte, dass sie Em richtig kennenlernen wollte. Dass sie nicht die gleichen Fehler wie bei Beth machen wollte", sage ich, mein Blick wandert zu Harrison, und ich sehe, wie sich sein Kiefer anspannt.

„Sie schien wirklich mit Em reden zu wollen, also sprach ich mit ihr und sie stimmte zu, da wir jetzt wirklich zusammen sind." In dem Moment machte es Sinn, jetzt zweifle ich an allem.

„Für einen klugen Kerl bist du manchmal so verdammt dumm", stößt Tennyson hervor, bevor er mit dem Kopf in den Händen auf das Sofa zurücksinkt.

„Wo sind sie?", fragt Eddie und sieht mich besorgt an. Das Grauen, das ich vorhin empfunden habe, vermischt sich jetzt mit dem, was Beasley über meine Mutter gesagt hat, bevor er ging, und mit den neuen Informationen, die ich über Ems Geschichte herausgefunden habe. Ich habe das Gefühl, dass ich mich übergeben muss.

„*Four Seasons*. Ralph wartet draußen auf sie und sagte, er würde anrufen, sobald sie wieder im Auto sitzt", sage ich, und alle drei schauen auf ihre Uhren.

„Es ist vier Uhr dreißig nachmittags", sagt Harrison, und ich sehe ihn ungläubig an. Ich war so mit allem beschäftigt, dass ich das Mittagessen völlig vergessen habe. Das ist seltsam, denn Mutter isst immer schnell, und ich bin sicher, dass sie bei Em schneller als sonst gewesen wäre.

Da klingelt mein Handy, und ich ziehe es aus der Tasche.

„Das ist sie", sage ich und zeige den Jungs den Bildschirm, auf dem Ems Name zu sehen ist.

„Dann geh verdammt noch mal ran", knurrt Tennyson.

„Em, hey. Ist alles in Ordnung?", sage ich und mein Atem geht stoßweise.

„Ben?", höre ich Rosies leise Stimme. „Ben?", sagt sie noch einmal schnell, und ich kann sie weinen hören.

„Rosie? Was ist denn los?", frage ich, jetzt in höchster Alarmbereitschaft. Mit meinen Brüdern an meiner Seite stelle ich sie auf Lautsprecher.

„Ben, der böse Mann ist hier. Er tut Mami weh. Du musst kommen und uns helfen", sagt sie mit panischer und verzweifelter Stimme.

Ich schaue zu meinen Brüdern, und Tennyson ist bereits zur Tür gesprintet.

„Ich komme, Rosie. Wo bist du? Bist du in Gefahr?", frage ich sie, während wir Tennyson folgen und den Gang hinunter zum Aufzug laufen.

„Ich habe mich unter meinem Bett versteckt und meine Schlafzimmertür abgeschlossen, so wie Mami es mir gesagt hat", sagt sie schniefend. Sie ist zu Tode erschrocken.

„Das ist gut, Rosie, du bleibst wo du bist. Sag mir, was du hören kannst. Erzähl mir alles." Meine Brüder und ich erreichen die Garage und Tennyson besorgt ein Auto.

In diesem Moment höre ich es. Ein Schuss, und meine ganze Welt bricht zusammen.

42

EMILY

Ich habe keine Ahnung, wie spät es ist, nicht einmal, welchen Tag wir haben.

Mein Kopf pocht, mein ganzer Körper schmerzt. Meine Kleidung ist zerrissen. Ich liege auf dem harten Linoleumboden neben meinem Esstisch, während mein Ex mir gegenüber sitzt und etwas isst, das aussieht wie Ramen-Nudeln. Mein Blick fällt auf Rosies Tür, die noch geschlossen ist, und ich frage mich, wie lange sie schon da drin ist.

Sie weiß, dass sie nicht herauskommen darf. Sie weiß, dass sie da drin bleiben muss, bis ich sie hole.

Ich lecke mir über die trockenen Lippen und schmecke Blut an meinem Mundwinkel. Langsam und leise atme ich ein paar Mal durch, konzentriere mich und versuche herauszufinden, was passiert ist. Ich schaue mir meinen Körper an, und soweit ich sehen kann, bin ich unversehrt. An einem Arm befinden sich lila Striemen, und meine Beine haben blaue Flecken und Schrammen. Mein Kopf pocht, aber ich kann mit meinen Fingern und

Zehen wackeln, und meine Unterwäsche ist genau da, wo sie sein sollte.

Als ich zu Jeremy aufschaue, sehe ich, dass er mich beobachtet. Seine Augen bleiben auf mich gerichtet, während er sich eine weitere Gabel Nudeln in den Mund schiebt. Er spielt mit mir. Er zögert es hinaus, wartet auf etwas.

Mein Körper zuckt zusammen, als ich ein Geräusch an der Tür höre, und George hereinkommt. Er atmet schwer, als wäre er einen Marathon gelaufen. Sein Blick fällt auf mich, wo ich mich auf dem Boden zusammengerollt habe, und er ist sofort an meiner Seite.

„Ich habe getan, was du wolltest. Ich habe die verdammten Papiere unterschrieben. Jetzt verschwinde", sagt George, während er versucht, mich hochzuziehen, und ich wimmere angesichts des Schmerzes, der bis in meine Schultern ausstrahlt.

„Gut, und jetzt überweise mir die zehn Millionen Dollar", sagt Jeremy, während er einen weiteren Bissen nimmt, als wäre er in einer Arbeitsbesprechung. Er ist kühl, ruhig, und jetzt weiß ich, worauf er gewartet hat. Er hat auf das Geld gewartet.

„Was?", fragt George. „Das hast du nicht gesagt, bevor ich gegangen bin. Du hast mir nur gesagt, ich soll die Papiere unterschreiben." Ich kann die Panik in Georges Stimme hören.

„Ich muss mich verdammt noch mal nicht rechtfertigen, *Dad*. Gib mir das verdammte Geld", schreit Jeremy, während er aufsteht und dabei den Stuhl zurückschiebt, der hart auf den Boden knallt.

Dad? Hat er gerade Dad gesagt?

„Ich schulde dir nichts. Ich habe die Schule abgetreten, und das Geld ist jetzt für wohltätige Zwecke bestimmt. Ich will es nicht, keinen einzigen Penny. Also verschwinde einfach und lass uns in Ruhe", sagt George. Verwirrung durchströmt mich.

Hat George gerade gesagt, dass er zehn Millionen Dollar für wohltätige Zwecke gespendet hat?

„Ich gehe nicht ohne die zehn Millionen Dollar, verdammt noch mal", knurrt Jeremy. Seine Schultern ziehen sich zurück, seine Hände ballen sich zu Fäusten.

„Nicht nach allem, was du getan hast", spuckt George und drückt mich enger an sich.

„Ich bin dein verdammter Sohn!", schreit Jeremy. Ich blicke fragend zu George, und er sieht mich an. Seine Lippen werden schmal, und ich sehe deutlich den Kummer in seinem Gesicht.

„Du bist nicht mein Sohn. Du verletzt Menschen, du stiehlst, du hast deine Mutter und mich vor Jahren mit nichts zurückgelassen. Du hast uns unsere gesamten Ersparnisse genommen!", sagt George, und mir wird ganz flau im Magen.

„Du hast mich ignoriert. Du und Mom habt all eure Zeit und Energie in diese verdammte Schule gesteckt. Wen kümmert's, wenn ich dein Geld genommen habe? Es war Geld, das ihr mir geschuldet habt", stößt Jeremy hervor. Ich habe ihn noch nie so wütend gesehen, selbst wenn er seine schlechte Laune an mir ausließ.

„Du hast dich nie für die Schule, für die Gemeinschaft interessiert. Du hast dich immer nur für dich selbst interessiert, nicht für das, was du für andere tun kannst", sagt George und schiebt mich nun hinter sich.

„Andere? *Andere?* Was ist mit mir?" Ich habe das Gefühl, dass die Fenster erzittert, als Jeremys Stimme immer lauter wird. Er ist eine tickende Zeitbombe. Ich kann es spüren.

„Deine Mutter und ich haben dir ein stabiles Zuhause gegeben, ein liebevolles Zuhause. Wir haben dafür gesorgt, dass du das Studium beendest, und dann hast du unser Haus verwüstet, unser ganzes Geld genommen und uns verlassen. Ich habe dich nie wieder gesehen, bis du in Emilys Leben aufgetaucht bist", sagt George. Mir ist schwindelig, ich fühle mich wie benebelt. *Jeremy ist Georges Sohn?*

„Was ... Was ist hier los?", frage ich und schaue zwischen den beiden hin und her.

„Hat er dir das nicht gesagt? Hat er dir nicht gesagt, dass er meine schlechte Ausrede für einen Vater ist?", knurrt Jeremy, ihre Abneigung füreinander ist offensichtlich.

„Ich dachte, ich hätte dich besser erzogen. Jahrelang haben wir nach dir gesucht. Und dann, während deine Mutter und ich jedes Heim in der Stadt nach dir durchsuchten, verärgert darüber, dass unser Sohn uns verlassen hat und wir keine Ahnung hatten, wo er war, ob er lebte oder tot war, stell dir unsere Überraschung vor, als wir Emily trafen und langsam die Zusammenhänge erkannten. Du lebst wie ein Millionär, während deine Freundin dich dabei erwischt, wie du deine Sekretärin in deinem Büro fickst, und vor dir wegläuft. Also verfolgst du sie und stößt sie die Treppe hinunter!", brüllt George. „Das kleine Mädchen da drinnen ist wegen dir und deiner Taten blind. Und selbst jetzt kannst du sie nicht einfach in Ruhe lassen. Selbst jetzt willst du nur Geld." George zittert vor unterdrückter Wut, und ich habe Mühe, klar zu denken. In meinem Kopf herrscht eine Mischung aus Unglauben und Übelkeit, die durch meinen Körper pulsiert.

„Es ist zu spät für dich. Ich habe das Geld weggegeben. Ich habe es an Stiftungen gespendet, die versuchen können, dein schlechtes Verhalten wiedergutzumachen. Geld verleitet dich zu schrecklichen Taten. Und jetzt verschwinde, bevor ich die Polizei rufe", sagt George, zieht sein Handy aus der Tasche und beginnt zu wählen.

„Tu das nicht, *Dad*", höhnt Jeremy, und ich höre das deutliche Klicken der Sicherung einer Pistole, die direkt auf meinen Kopf gerichtet wird.

„Nimm die Waffe runter und verschwinde, Junge. Nur so wirst du das hier überleben", warnt George, und mein Körper zittert, als ich direkt auf den Lauf starre. *Ist dies das Letzte, was ich sehen werde?*

„Ihr Tod wird auf deinem Gewissen lasten, alter Mann. Nicht meinem." Jeremy lächelt, seinen Blick fest auf seinen Vater gerichtet, während er die Waffe auf mich gerichtet hält.

Plötzlich werde ich zur Seite gestoßen, mein Körper knallt auf den harten Boden und mein Kopf schlägt hart auf. Ich schaue auf und sehe, wie sie miteinander ringen. Sie schreien und, es kracht. Meine Stühle und mein Tisch sind jetzt nicht mehr zu gebrauchen. Ich versuche von ihnen weg zu krabbeln. George ist alt, aber er ist noch fit, aber Jeremy überwältigt ihn. Mein Blick ruht auf Georges Handy, das in die Ecke des Zimmers geflogen ist, also bewege ich mich darauf zu, meine Beine sind schwer und fühlen sich an wie Götterspeise an. Ich erreiche Georges Handy, nehme es und wähle sofort die 9-1-1.

„9-1-1, was ist Ihr Notfall?", sagt die Stimme am anderen Ende.

„Ich brauche die Polizei", sage ich, kurz bevor der Schuss ertönt. Ich schreie auf und lasse das Telefon fallen, während sich Blut auf dem billigen Bodenbelag und um meine Füße sammelt.

43

BEN

Ich bin wütend auf mich selbst, als ich weniger als vierzig Minuten später vor ihrem Wohnblock vorfahre, nachdem ich alle Geschwindigkeitsbegrenzungen zwischen der Stadt und den Vororten missachtet habe.

In den Straßen wimmelt es vor Polizei. Harrison kontaktierte sofort den Polizeichef, als Rosie anrief, Tennyson hatte den Wagen schon bereitstehen, und Eddie hat versucht, unsere Mutter zu kontaktieren, um Informationen zu erhalten, ohne Erfolg.

Ich springe aus dem Auto und renne in Richtung der Wohnungen, wo ich von Beamten angehalten werde.

„Geht mir verdammt noch mal aus dem Weg." Ich schiebe sie beiseite und renne die Treppe hinauf, immer zwei Stufen auf einmal nehmend, ohne auf die Rufe und die Arme zu achten, die nach mir greifen.

Panik ergreift mich, als ich ihre Tür erreiche und eintrete. Es ist ein Tatort. Blut, kaputte Möbel, Absperrband, Polizisten, die Beweise fotografieren.

„Scheiße", stößt Tennyson direkt hinter mir hervor. Ich hatte gar nicht bemerkt, dass er mir gefolgt war.

„Harry und Eddie sind unten und kümmern sich um die Polizei", sagt er, als wir beide langsam die Wohnung betreten.

„Wo sind sie?", fragt Tennyson, während wir uns beide umsehen.

„Rosie?", rufe ich. „Rosie!", rufe ich lauter, mein Herz ist kurz davor, mir aus der Brust zu springen, als ich mir den Ort ansehe, der ihr Zuhause war.

„Ben!", höre ich sie und laufe zu ihrem Zimmer, wo ich einige Beamtinnen bei ihr sehe.

„Sir." Eine steht auf und stellt sich mir in den Weg.

„Das ist meine Tochter, also schlage ich vor, dass Sie mir verdammt noch mal aus dem Weg gehen", schimpfe ich. Mein Körper fühlt sich wie wild an, meine Wut ist auf einem Allzeithoch. Ich hoffe verdammt noch mal, dass Jeremy tot ist, denn wenn nicht, dann werde ich diesen Wichser eigenhändig umbringen.

Sie nickt und tritt zur Seite, und ich setze mich eilig neben Rosie auf die Bettkante.

„Rosie. Ich bin hier, ich bin genau hier", sage ich leise, während ich meinen Arm um sie lege und dicht an mich heranziehe. Ihre kleinen Arme schlingen sich um meinen Körper, während sie auf meinen Schoß krabbelt und anfängt zu zittern und zu weinen.

„Ben, du bist gekommen!", schluchzt sie.

„Ich bin gekommen, Rosie. Ich sagte dir, ich würde kommen. Ich sagte, du kannst mich jederzeit anrufen. Du bist so ein gutes, tapferes Mädchen. Das weißt du doch, oder? Du bist so, so tapfer", flüstere ich ihr zu, während ich sie weiter festhalte und ihren Rücken streichle, um sie zu beruhigen.

Ich schaue auf und sehe, wie die Beamtinnen mit Tennyson sprechen, der ihnen alle unsere Kontaktdaten gibt, während ich Rosie fester umarme. Mein Blick wandert zur Küche, wo sich der zertrümmerte Esstisch befindet, Geschirr und etwas, das wie Ramen aussieht, zusammen mit mehr Blut. Viel Blut.

„Wo ist Mami? Ich will zu meiner Mami", schluchzt sie immer wieder, und ich habe mich in meinem ganzen Leben noch nie so hilflos gefühlt.

„Der Krankenwagen hat sie mitgenommen. Ich möchte, dass du mit mir kommst, okay? Wir gehen zu ihr", sage ich, ohne ihr sagen zu können, dass es Em gut gehen wird, denn ich weiß nicht, ob sie es schafft. Ich spüre, wie Rosie an meiner Brust nickt.

„Ich werde jetzt aufstehen und nehme dich in den Arm. Wir werden die Wohnung verlassen und die Treppe hinunter zu meinem Auto gehen, okay? Ich möchte, dass du dich an mich schmiegst und dir die Ohren zuhältst." Sie sieht nichts, aber ihr Gehör ist tadellos, und ich möchte nicht, dass sie etwas hört, was sie noch mehr traumatisieren könnte. Wieder nickt sie gegen mein inzwischen nasses Hemd. Ich stehe auf und trage sie so schnell aus der Wohnung, wie ich gekommen bin.

Denn jetzt muss ich zu meiner Verlobten.

~

Ich gehe durch den Krankenhausflur. Rosie sitzt neben Beth, wobei sich die beiden ausgiebig über die verschiedenen Bücher, die sie beide mögen unterhalten, und ich danke Gott in diesem Moment für Beth.

Ich habe bereits mit meinen Brüdern gesprochen, und sie unterstützen mich dabei, Emily in einem zweifellos harten Rechtsstreit zu vertreten, damit Jeremy sich von ihr fernhält.

Mein Team bereitet sich derzeit darauf vor, mit allen Freunden und Bekannten von Emily zu sprechen und ihnen zu berichten, wann und wie oft sie sie mit blauen Flecken und Schrammen gesehen haben, darunter auch vor ein paar Wochen, als ich sie gesehen habe.

Wie konnte ich das nur übersehen? Ich fühle mich schuldig, weil ich mich so sehr auf die Arbeit und den Beasley-Deal konzentriert habe, dass ich nicht zwei und zwei zusammenzählen konnte. Ich wusste, dass etwas nicht stimmte, und Em hat meinen Verdacht nur bestätigt, aber ich hatte keine Ahnung, dass es so schlimm war. Ich hätte sie am Wochenende zu mehr Informationen drängen sollen. Ich hätte mehr Fragen stellen sollen. Ich hätte sie von dem Moment an, als ich sie kennenlernte, überwachen lassen sollen.

Mir dreht sich der Magen um, wenn ich daran denke, in was ich heute Morgen hineingeraten bin. Jeremy wurde offenbar in Handschellen abgeführt, bevor wir eintrafen, denn die Polizei fand ihn unter Schock am Tatort. Aber er wurde bald wieder freigelassen, nachdem er seinen Rechtsbeistand angerufen hatte. George hingegen hatte nicht so viel Glück. Er wird derzeit mit einer Schusswunde im Bauch operiert.

„Wie geht es ihr?", fragt Harrison und reicht mir einen Kaffee.

„Sie ist immer noch bewusstlos. Die Ärzte sagen, dass ihr Körper erschöpft ist und sie zusätzlich zu ihrem gebrochenen Arm und den Prellungen einen starken Schock erlitten hat. Aber ein paar Tage hier, dann kann sie nach Hause zurückkehren", murmle ich, während ich mir die Augen reibe und einen Schluck des dampfend heißen Kaffees nehme, der sich auf meiner Zunge wie Schlamm an.

„George wird immer noch operiert, aber sie sind sicher, dass er wieder gesund wird. Anscheinend müssen sie nur die Kugel entfernen, die zwischen seiner Leber und seiner Milz steckt", berichtet Eddie. Er und Tennyson kümmern sich für mich um George, während ich hier darauf warte, dass Em aufwacht.

„Du solltest nach Hause gehen und duschen", sagt Tennyson zu mir, aber ich schüttle den Kopf.

„Ich gehe hier nicht weg, bis sie aufwacht und mich und Rosie sieht. Dann werde ich Rosie nach Hause bringen und versuchen, etwas zu schlafen. Aber ich will nicht, dass Em aufwacht und Rosie nicht bei ihr ist", sage ich und bin zuversichtlich, dass Rosie die erste Person sein wird, die sie sehen will, und hoffe, dass ich die zweite sein werde.

„Jungs, ich bin so schnell gekommen, wie ich konnte! Was ist der Notfall?" Meine Mutter betritt das Warte-zimmer des Krankenhauses, als würde sie eine Veranstal-tung betreten. Ihr Chiffonschal, den sie sich über die Schulter gelegt hat, weht in einem roten Wirbel hinter ihr her, dicht gefolgt von Sasha.

„Ben! Was ist passiert? Geht es dir gut?" Sasha atmet schwer, als hätte sie sich beeilt, um zu mir zu kommen, doch ihr perfekt geschliffener Look versichert mir, dass sie sich Zeit genommen hat, sich fertig zu machen, und ich frage mich, warum sie überhaupt hier ist.

„Mir geht es gut", ist alles, was ich herausbekomme.

„Nun, warum sind wir hier?", fragt Mutter und schaut zwischen uns hin und her, und da sehe ich das Funkeln.

„Was zum Teufel hast du da an deiner Hand?", knurre ich und Sasha zuckt zusammen.

„Oh. Das … ähm … na ja …" Sasha ringt nach Worten, weil sie mich noch nie so wütend gesehen hat

„Oh, Benjamin. Das Mittagessen, das ich heute mit dieser schrecklichen Emily hatte, endete damit, dass sie den Ring nach Sasha warf. Das war ein ziemliches Spektakel, das kann ich dir versichern. Ich bin so froh, dass sie dich für einen anderen Mann verlassen hat", sagt meine Mutter.

Ich sollte nicht schockiert sein, aber ich bin es. Tennyson ist bereits gegangen, und ich verstehe endlich, warum er das tut. Denn die Wut, die in diesem Moment in meinem Körper brodelt, ist allumfassend.

„Was hast du getan, Mom?", fragt Eddie, während Moms Maske zu bröckeln beginnt.

„Was meinst du?", fragt sie und schaut nervös zwischen Eddie, Harrison und mir hin und her.

„Sasha, du hast genau zehn Sekunden, um Emilys Ring vom Finger zu nehmen, sonst rufe ich die Polizei und zeige dich wegen Diebstahls an, zusätzlich zu den Anklagen wegen Beihilfe zur Körperverletzung, Manipulierung fotografischer Beweise und Verschwörung zu versuchten Mordes, über die ich sowieso mit der Polizei sprechen werde. Ganz zu schweigen davon, dass ich eine einstweilige Verfügung beantragen werde, die dich verpflichtet, dich mindestens zweihundert Meter von mir und meiner Verlobten fernzuhalten", spucke ich, ohne ein Detail auszulassen.

„Was? Das ist doch absurd ...", stottert sie, und meine Mutter steht schockiert neben ihr.

„Zehn ... Neun ...", beginne ich und sehe, wie Eddie nervös von einem Fuß auf den anderen tritt und Harrisons Blick direkt auf unsere Mutter gerichtet ist.

„Benjamin, mach dich nicht lächerlich. Sasha ist die Einzige für dich, siehst du das nicht? Sie ist groß, schön, kommt aus der richtigen Familie, hat die richtigen Verbindungen", faucht Mutter, als wäre ich der Verrückte.

„... Acht ... Sieben ... Sechs." Ich balle die Hände zu Fäusten und Sasha zieht den Ring von ihrem Finger.

„Was zum Teufel ist hier los, und warum habt ihr mich überhaupt hierher gerufen? Wir sind meilenweit von der Stadt entfernt! Im Ernst, ich habe heute keine Zeit für eure Scherze", wütet unsere Mutter.

„Was ist heute passiert, Mom, als du mit Emily im Restaurant warst?", fragt Harrison und lässt sie keine Sekunde aus den Augen, während ich Sasha den Ring abnehme und meine Aufmerksamkeit dann auf unsere Mutter richte.

„Ich habe mit Emily im *Four Seasons* zu Mittag gegessen. Sie war spät dran, furchtbar gekleidet und über irgendetwas verärgert. Sie hat eine ziemliche Show abgezogen, das kann ich dir sagen. Diese Frau hat keine Ahnung, wie man sich an solchen Orten zu benehmen hat, Benjamin. Sie ist ..."

„Es *reicht!*“, unterbreche ich sie mit erhobener Stimme.

„Ben?“, fragt eine leise Stimme. Ich drehe mich schnell um und sehe Rosie auf der Kante ihres Stuhls sitzen.

„Scheiße“, murmle ich und reibe mir die Stirn. Ich habe das kleine Mädchen ganz vergessen, das wahrscheinlich gerade ein paar sehr erwachsene Gespräche mitbekommen hat. Beth wirft mir einen scharfen Blick zu, der mir sagt, dass ich mich zurückhalten muss.

„Es tut mir so leid, Rosie“, murmle ich, während ich ein paar Schritte zu ihr gehe und sie hochhebe, wobei sich ihr kleiner Körper an mich schmiegt, ihre zierlichen Hände schlingen sich so gut es geht um meinen Hals und sie legt ihren Kopf an meine Schulter. Sie ist müde, das sind wir alle, aber wir gehen nicht, bevor wir mit Em gesprochen haben.

„Benjamin!“ Meine Mutter sagt meinen Namen, als ob sie mit mir schimpfen würde.

„Das ist deine Mami, nicht wahr?“, flüstert Rosie mir zu.

„Ja, Rosie, das ist sie“, sage ich seufzend.

„Benjamin!“ Die Stimme meiner Mutter hebt eine weitere Oktave an.

„Keine Sorge, Ben, ich werde dir beibringen, wie man Siri benutzt. Du brauchst sie nicht darum zu bitten, das zu tun. Sie scheint nicht sehr nett zu sein“, sagt Rosie zu mir. Ich stoße ein leises Lachen aus und drücke ihr einen Kuss auf den Scheitel, während ich sie sicher in meinen Armen halte.

„Benjamin, warum wiegst du das kleine Mädchen?“

Die Augen meiner Mutter durchbohren mich anklagend. „Und warum in aller Welt hast du mich in dieses Krankenhaus gerufen, Edward?" Sie dreht sich zu meinem Bruder um und sieht ihn verwirrt an. Ich gehe zurück zu ihr und sehe den Ausdruck von Abscheu und Beschämung auf ihrem Gesicht, als sie Rosies Blindheit bemerkt. Sie versucht nicht einmal, ihre Reaktion zu verbergen.

„Ich wollte dich hier haben, weil es heute Nachmittag einen schrecklichen Vorfall gab, wegen dem Emily hier im Krankenhaus gelandet ist, und wir wollen verstehen, was passiert ist. Wir sind dabei, einen Fall zu klären, und wir brauchen so viele Beweise wie möglich", sagt Harrison in ruhigem Ton, aber ich kann seine Ungeduld spüren.

Ich sehe, wie meine Mutter hart schluckt, und ihr Gesicht verliert ein wenig an Farbe. Meine Brüder und ich wissen alle, dass sie irgendwie ihre Finger bei all dem mit ihm Spiel hat. Die Schuld steht ihr ins Gesicht geschrieben.

„Verdammte Scheiße", murmelt Tennyson ein paar Meter entfernt, wo er sitzt, den Kopf gesenkt und niemanden anschaut.

„Mom, ich glaube, du musst gehen. Die Polizei wird dir morgen einen Besuch abstatten, um deine Aussage aufzunehmen", mahnt Harrison mit kontrollierter Stimme, obwohl ich sehe, wie sich sein Kiefer anspannt.

Es ist wieder passiert. Mutter hat sich in unsere Beziehungen eingemischt und eine Menge Schmerz und Ärger verursacht. Dieses Mal muss sie dafür bezahlen. Ich kann sie nicht davor schützen. Das will ich nicht und werde ich nicht.

„Sasha, sie werden auch dich besuchen, und ich werde heute Abend den Antrag auf eine Verfügung stellen. Ich will nicht, dass du jemals wieder in die Nähe von mir, meiner Verlobten oder meiner Tochter kommst", sage ich, und ich höre sie und meine Mutter leise aufstöhnen. Es hat sich gut angefühlt, diese Worte zu sagen. Em und Rosie gehören für immer zu mir, die Frauen, die mich schockiert anstarren, bedeuten mir so gut wie nichts.

„Komm, Sasha", sagt meine Mutter und macht auf dem Absatz kehrt, wobei ihre Schuhe auf den Fliesen klackern, während Sasha ihr folgt.

„Wir müssen etwas gegen sie unternehmen", sagt Harrison und stößt einen Seufzer aus.

„Wenn sie irgendwie involviert ist, dann hat die Polizei meine volle Unterstützung, sie anzuklagen." Ich bin fertig. Es war furchtbar, was Beth ertragen musste, als sie Harrison traf, aber jetzt hat Mom mir ins Gesicht gelogen und Em und ihre Tochter in Gefahr gebracht. Das werde ich ihr niemals verzeihen.

„Man muss sie in ihre Schranken weisen, da stimme ich zu, aber eine formelle Anklage?", fragt Eddie, und keiner von uns kann glauben, dass unser jüngster Bruder sie noch immer in Schutz nimmt.

„Nun, wir müssen etwas tun. Sie muss aufhören, sich in alles einzumischen, bevor etwas noch Schlimmeres passiert", sagt Harrison, während seine Hand auf meiner Schulter landet und sie drückt.

„Ich habe vorhin einen Anruf erhalten. Mein Team

hat ein Grundstück ein paar Blocks von der Schule entfernt in William Heights gefunden", sagt Harrison, und meine Augenbrauen heben sich fragend.

„Ich wusste, dass Beasley bekommen würde, was er wollte, so wie er es immer tut. Also habe ich ein paar Praktikanten in meinem Team beauftragt, alle Immobilien ähnlicher Größe zu untersuchen, die auf den Markt kommen könnten. Als Gouverneur können wir nicht zulassen, dass sich private Unternehmen über die Bedürfnisse der Gemeinde hinwegsetzen", sagt er mit einem Lächeln. Mein älterer Bruder kümmert sich weiterhin um mich, und egal, was die Immobilie kostet, ich weiß jetzt schon, dass ich sie kaufen werde. Für Em. Für Rosie, und für George.

Rosie fühlt sich in meinen Armen schwerer an, und ich schaue nach unten und sehe, dass ihre Augen geschlossen sind. Ihr Kopf ruht auf meiner Schulter, ihr Mund ist leicht geöffnet. Wärme erfüllt meinen Körper. Ich halte sie nicht nur sicher in meinen Armen, sondern sie fühlt sich auch sicher genug bei mir, um einzuschlafen und sich fest an mich zu kuscheln. Ich halte sie fest in dem Glauben, dass ihr oder ihrer Mutter nie wieder etwas Schlimmes zustoßen wird.

44

EMILY

Ich wache durch das Piepen von Maschinen auf und zucke zusammen, als Schmerzen durch meinen Körper schießen. Ich versuche, meine Hand zu heben, um meinen Kopf zu berühren, aber da sind Schläuche und Kabel, und er fühlt sich unglaublich schwer an. Das Bett ist hart und die Laken kratzen an meiner Haut. Es ist vertraut, aber nicht bequem.

„Beweg dich nicht zu viel", höre ich eine tiefe Stimme neben mir sagen, und ich versuche langsam, meine Augen zu öffnen. Der Raum ist ruhig, die Vorhänge sind zugezogen, und als ich die Umgebung langsam besser erkenne, wird mir klar, dass ich im Krankenhaus bin. Eine Flut von Erinnerungen kommt zu mir zurück und lässt mich aufstöhnen.

„Rosie?", murmle ich. Meine Kehle ist trocken, meine Zunge fühlt sich schwer an, und als ich versuche zu schlucken, spüre ich, wie trocken mein Mund ist. Mein Kopf dröhnt, und meine Lippen scheinen ein wenig geschwollen zu sein. Ich frage mich, wie schlecht ich aussehe.

„Sie ist genau hier", sagt Ben, und ich drehe meinen Kopf zu seiner Stimme und sehe ihn an.

Er sitzt auf einem Stuhl, der an der Seite meines Bettes steht. Sein Haar steht in sämtliche Richtungen ab, als hätte er daran gezogen, und er hat seine Anzugsjacke ausgezogen, sein Hemd bis zu den Ellbogen hochgekrempelt und zerknittert. Auf seinem Schoß liegt meine Tochter und schläft friedlich, ihre kleinen Arme fest um seinen Hals geschlungen. Mein Herz schmilzt, und meine Augen tränen.

„Geht es ihr gut?" Meine Stimme bricht, als die Tränen über meine Wangen rollen.

„Ja, es geht ihr gut. Sie ist müde und ein wenig erschüttert, aber sie hat mich von ihrem Zimmer aus angerufen. Ich habe den Schuss durch das Telefon gehört und war nur ein paar Minuten, nachdem die Sanitäter dich und George hergebracht hatten, bei ihr", sagt er und streicht mit einer Hand über ihren Rücken.

„Und George?", frage ich in Panik und erinnere mich an George, wie er auf dem Boden liegt und blutet.

„Er war den größten Teil des Nachmittags im OP. Die Kugel steckte in seinem Bauch zwischen Leber und Milz, hat aber alle wichtigen Organe verfehlt, und sie haben sie entfernt. Er ist stabil und schläft derzeit ein paar Zimmer weiter. Sie glauben, dass er morgen mit Schmerzen und Müdigkeit aufwachen wird, aber ansonsten sollte er sich gut erholen." Ich stoße meinen angehaltenen Atem aus. Die Tränen fließen mir ungehindert über die Wangen. Erleichterung, dass es uns allen gut geht, durchströmt mich. Die Erleichterung, dass Ben hier an meiner Seite ist und meine Kleine hält. Er passt auf uns alle auf.

„Jeremy?", murmle ich und schließe wieder die Augen, weil ich wissen will, was passiert ist. Aber auch nicht.

„Ich werde ihn vernichten. Ich werde ihn vollkommen vernichten, Em", knurrt er leise, wobei die Wut in seinem Tonfall deutlich zu hören ist. „Die Polizei hat ihn zum Verhör mitgenommen, ihn aber heute Abend wieder freigelassen. Ich habe eine vollständige Aussage gemacht, und die wird vor Gericht gehen, und dort werde ich ihn zerstören. Ich werde dafür sorgen, dass er für alles, was er dir je angetan hat, eingesperrt wird. Er wird dafür bezahlen, Em, dafür werde ich sorgen", sagt er mit einer solchen Zuversicht, dass ich weiß, dass er es tun wird und vor nichts zurückschrecken wird, um es zu erreichen.

Dann öffne ich langsam die Augen und nehme ihn ganz in mich auf. Er ist nicht der polierte Mann, den ich an jenem Abend in der Bar oder bei unseren ersten Treffen kennengelernt habe. Sein zerzaustes Äußeres ist allein mein Verdienst. Scham und Schuldgefühle überfluten mich, weil Ben sich in meinem Chaos verfangen hat. Das Gefühl ist fast unerträglich, sodass sich ein Schluchzen meiner Kehle entringt.

„Es tut mir so leid, Ben", flüstere ich, und ich kann die Tränen nicht zurückhalten, die jetzt unaufhörlich fließen.

„Wage es nicht, dich zu entschuldigen. Nichts von alledem ist deine Schuld. Du musst dich für *nichts* entschuldigen. Ich wünschte nur, ich hätte das alles verhindern können, bevor es passiert ist." Er beugt sich vor, ergreift meine Hand und drückt sie.

„Aber sieh doch, was passiert ist. Sieh dir an, wie ich deinen Ruf geschädigt habe. Du bist ein erfolgreicher Anwalt, und jetzt bist du in mein chaotisches Leben verwickelt", sage ich und versuche, ihm einen Ausweg zu bieten. Eine Möglichkeit zu gehen, falls er das möchte. Denn er sollte sich von mir fernhalten.

„Mein Leben war leer, bevor ich dich traf, Em, und jetzt ist es so voll und bunt. Ich meinte, was ich sagte. Du bist schön, erstaunlich, klug, witzig, und vor allem gehörst du zu mir." Ich spüre den Ring, als er ihn mir wieder an den Finger steckt, ich weiß nicht, was passiert ist, damit er ihn zurückbekommt, aber ich bin so dankbar, dass er es geschafft hat. Er hebt meine Hand an seine Lippen und küsst die Innenseite meines Handgelenks und dann jeden Finger, so wie er es bei unserem Date getan hat.

„Ich will dich wirklich heiraten. Ich möchte, dass du und Rosie bei mir einzieht. Ich möchte euch beiden die Welt schenken und keinen Tag mehr von euch getrennt sein." Seine Stimme klingt fest, seine Augen beobachten mich genau. Ich fahre mit den Händen über mein Gesicht, unfähig meine Tränen zurückzuhalten. Er bewegt sich und setzt sich neben mich aufs Bett.

„Es ist okay, Baby, ich habe dich", flüstert er, zieht meine Hände von meinem Gesicht weg und küsst meine Tränen weg. „Ich habe euch beide. Atme, Baby. Alles wird wieder gut." Er zieht mich an seine Seite und ich kuschle mich an ihn und meine Tochter.

„Ich hätte nie gedacht, dass ich jemals mein Glück

finden würde. Ich war zufrieden. Rosie war und ist alles für mich. Aber dann habe ich dich getroffen und meine Welt wurde auf den Kopf gestellt. Und jetzt ... jetzt glaube ich nicht, dass ich jemals wieder ohne dich leben könnte." Ich neige meinen Kopf und sehe zu ihm auf. „Ich liebe dich, Ben. So, so sehr. Ich liebe dich mit allem, was ich habe."

Mit leuchtenden Augen beugt er sich vor und küsst mich sanft und zärtlich, wobei er darauf achtet, meine verletzte Lippe zu schonen. Als er sich zurückzieht, sieht er mir in die Augen, dann wieder auf Rosie hinunter, bevor er wieder zu mir aufblickt. „Ich liebe dich, Em. Ich liebe dich mehr, als ich es je für möglich gehalten hätte. Und ich liebe Rosie. Ihr seid jetzt beide ein Teil von mir, und ich fühle mich wie der glücklichste Mann der Welt."

„Mami ...", höre ich Rosie flüstern, als sie aufwacht, fast so, als ob sie uns gehört hätte.

„Hey, Schatz", flüstere ich, lehne mich zurück, um sie anzusehen, und wische mir dabei die Tränen von den Wangen.

„Mami", sagt sie etwas heiterer, als ich sie nehme und zu mir ziehe. Sie springt fast aus Bens Armen in meine, und obwohl mein Körper stöhnt, macht es mir nichts aus. Ich brauche sie mehr als die Luft zum Atmen. Ich lehne mich mit ihr in meinen Armen zurück, drücke sie fest an mich, ihr Körper schmiegt sich an meine Seite.

„Ich bin hier. Es wird alles gut werden. Opa George wird es auch wieder gut gehen. Alles wird gut werden."

Der Gedanke, dass George Jeremys Vater ist, kehrt mit einem Schlag zurück. Ich hatte keine Ahnung. Überhaupt keine. Es wurde nie erwähnt. Es gab auch keine

Fotos in Georges Haus, und ich habe auch nichts gesehen, als ich ihm half, Glendas Sachen einzupacken, als sie starb. Meine Brust fühlt sich schwer an, und ich bin mir nicht sicher, was ich davon halten soll. Aber als ich meine Tochter ansehe, lächle ich leicht, denn ich weiß, dass sie die ganze Zeit mit ihrem wirklichen Großvater verbracht hat. Und ich weiß, dass er uns liebt.

„Es wird alles gut werden, Rosie", flüstere ich wieder in ihr Haar, und zum ersten Mal in ihrem kurzen Leben, während wir beide in Bens Armen liegen, glaube ich an die Worte, die ich zu ihr sage.

BEN – 12 MONATE SPÄTER

Ich reibe meine Hände unter dem Tisch aneinander und trinke dann einen Schluck Wasser. Es ist warm, nachdem ich den ganzen Tag hier gesessen habe, und es verschafft mir nicht die nötige Erleichterung.

Seit dem Vorfall mit Jeremy ist nun ein Jahr vergangen, und obwohl ich weiß, dass meine beiden Mädchen in Sicherheit bei mir sind, warte ich auf das endgültige Urteil.

„Erhebt euch", sagt die Stimme auf der rechten Seite, ich stehe auf und richte meine Krawatte. Michael steht neben mir. Eddie und Tennyson auf meiner anderen Seite. Harrison ist in seinem Büro, wo er zweifellos auf die Neuigkeiten wartet.

George sitzt auch bei ihnen. Er war an jedem Tag des Prozesses hier, hat seine Aussage gemacht und wurde gründlich ins Kreuzverhör genommen. Es war hart, aber er ist jetzt auch ein Teil meiner Familie, und wir stützen uns gegenseitig, wobei Em und Rosie unserer beider Prioritäten sind.

Mein Blick richtet sich auf die Geschworenen, die ihr Urteil verkünden. Zu sagen, die letzten zwölf Monate seien turbulent gewesen, wäre eine Untertreibung. Em musste vieles aus ihrer Vergangenheit wieder aufleben lassen, was schwer zu hören und noch schwerer zu sehen war. Ich habe viele Nächte damit verbracht, sie in den Schlaf zu wiegen, bevor ich die ganze Nacht von den Dingen träumte, die ich Jeremy antun wollte. Meine Mutter musste in den Zeugenstand, und wahrscheinlich zum ersten Mal in ihrem Leben sagte sie die Wahrheit. Es scheint, dass sie ein wenig Reue empfunden hat, als sie herausfand, was sie mit ihren Taten tatsächlich verur-sacht hat. Dennoch hat sie Emily und Rosie seit diesem Tag nicht mehr gesehen. Ich verbiete es. Ihre Giftigkeit darf nicht in die Nähe meiner Familie kommen.

„Wir befinden den Angeklagten in allen zwölf Ankla-gepunkten für schuldig", sagt der Geschworene, und das Gericht erhebt sich.

Ich spüre, wie mir meine Brüder und Michael auf den Rücken klopfen, und ich senke den Kopf, während mich Erleichterung durchströmt. Es war ein hartes Jahr für mich und die Firma. Sobald ich das ganze Ausmaß der Situation erfuhr, packte ich alle Akten von Beasley zusammen und schickte ihm ein letztes Schreiben, in dem ich alle Verbindungen abbrach. Bald darauf folgten juristische Anklagebriefe, weil er Em erpresst hatte und George zur Unterschrift zwang.. Beasley einigte sich außergerichtlich und übertrug George sofort wieder die Schule, im Gegenzug dafür, dass der Fall ad acta gelegt wurde – und was noch besser war, die zehn Millionen wurden trotzdem als Spenden an die beiden von George angegebenen Wohltätigkeitsorganisationen bezahlt. Dennoch begann sein Ruf zu schwinden, und seine geschäftlichen Angelegenheiten sahen sich beeinträchtigt. Zuletzt hörte ich, dass es Beasley schwerfiel, langfristige juristische Unterstützung zu erhalten, und dass er viele Brücken in der Geschäftswelt abgebrochen hatte. Er ist nicht mehr die große Nummer, die er einmal war.

Jeremy hat in den letzten zwölf Monaten ein relativ freies Leben geführt. Er ist bei Bedarf vor Gericht erschienen, aber abgesehen davon, dass er seinen Pass abgegeben hat, hat sich sein Leben nicht verändert. Bis heute.

Ich beobachte, wie Jeremy in Handschellen abgeführt und von den Wachen bis zu einer Kautionsanhörung in Gewahrsam genommen wird, die dann nur noch eine Formalität ist. Ich kenne den Richter, und ich weiß, dass er Jeremy aus dem Verkehr ziehen wird.

Als die Wachen ihn jetzt hinausbegleitet, sieht er mich nicht an. Sein Leben ist vorbei. Seine Geschäfte werden alle eingefroren oder verkauft, und er kann mit vielen Jahren hinter Gittern rechnen. Ich bin mir allerdings sicher, dass er seine Lektion trotzdem nicht gelernt hat. Männer wie er tun das selten.

„Gut gemacht, Benny Boy", sagt Tennyson, als ich durch den Gang trete, und er zieht mich an sich. Tennyson ist viele Dinge, aber er ist immer für mich da.

„Gute Arbeit, Bruder", sagt Eddie und klopft mir auf die Schulter. Ich bekomme kein einziges Wort hervor, also nicke ich nur, die Gefühle in mir sind überwältigend.

„Sagen wir es Em", sagt George, kommt auf mich zu und schüttelt mir die Hand. Wir gehen hinaus, vorbei an den Medienvertretern und direkt zu Ralph, der draußen wartet.

Direkt nach Hause zu meinen Mädchen.

„Ben, meinst du, wir können morgen noch einmal *Aschenputtel* lesen?", fragt Rosie, als ich das Märchen in die Bücherkiste in ihrem Zimmer packe. Die Seiten sind so oft gelesen worden, dass sie langsam abgenutzt sind. Ihr Zimmer ist voller Rosa, sehr mädchenhaft und ganz und gar nicht so, wie ich diesen Raum ursprünglich geplant hatte. Spielzeug, Bücher, Kissen, Teppiche, was auch immer, Rosie hat es – in Rosa.

„Bist du es nicht leid, jeden Abend dieselbe Geschichte zu hören, Rosie?", frage ich, während ich mich auf den Sessel neben ihrem Bett setze. Mein Lesesessel, auf dem ich jeden Abend sitze und ihr ein Kapitel nach dem anderen vorlese.

Rosie geht es gut. Es dauerte eine Weile, bis sie sich an mein Heim gewöhnt hatte. Aber mittlerweile bewegt sie sich vollkommen selbstständig mit ihrem Blindenstock und liebt es, sich in den großen Gärten frei bewegen zu können. Jeden Abend lese ich ihr vor dem Schlafengehen ein Märchen vor und decke sie zu, damit sie weiß, dass sie bei mir immer geliebt und sicher ist.

„Niemals. *Aschenputtel* ist mein Lieblingsmärchen", sagt sie und gähnt, während ich die Decke höher ziehe und sie auf die Stirn küsse.

„Also gut, morgen wieder *Aschenputtel*. Schlaf gut, Rosie", sage ich und schalte ihre Nachtmusik ein, und sie schläft fast sofort ein. Ich betrachte sie noch einen Moment, bevor ich das Zimmer verlasse und die Tür leise schließe.

Das Haus ist ruhig, aber nicht leer. Es ist jetzt so voller Leben, dass ich gar nicht glauben kann, wie kahl es vorher war. Die Küche ist zwar sauber, aber es gibt getrocknete Kräuter, bunte Handtücher und Rosies Kunstwerke am Kühlschrank. Das alles zaubert mir ein Lächeln ins Gesicht, als ich den Flur entlang gehe, um Em zu suchen, denn ich weiß genau, wo sie ist.

Ich gehe am Wohnzimmer vorbei, wo eine weitere Kiste mit Rosies Spielzeug und anderen Dingen steht, und als meine Schuhe auf dem Marmorboden klackern, ertappe ich mich dabei, wie ich zum ersten Mal seit … Ewigkeiten summe.

„Ich dachte mir schon, dass ich dich hier finde", sage ich und betrete die Bibliothek, einen Raum, der früher wie ein Museum aussah. Aber jetzt ist er mit vielen Büchern, Kerzen und kuscheligen Decken gefüllt. Dieser Raum ist Ems Domäne, und hier verbringen meine beiden Mädchen die meiste Zeit.

„Dieses Buch ist so gut. Das Paar ist endlich zusammen, und es war *heiß*!", sagt Em, die mich nicht einmal ansieht, sondern einfach ihren neuen Liebesroman weiterliest. Ich beobachte sie, wie ihre Augen schnell über die Seite huschen. Sie liest fast ein Buch pro Tag.

„Wie heiß?", frage ich schmunzelnd und mache einen weiteren Schritt auf sie zu.

„Superheiß. Er hat sie hochgehoben, über die

Schulter geworfen und hat sie ins Schlafzimmer getragen“, sagt sie und sieht mich immer noch nicht an.

„Was für ein Neandertaler.“

„Totaler Neandertaler, aber ich liebe es.“ Sie kichert und zwinkert mir zu, bevor sie sich wieder dem Buch zuwendet und die Seite umblättert.

Ich warte keine Sekunde länger, beuge mich vor, packe sie und ziehe sie aus dem bequemen Sessel hoch.

„Ben!“, schreit sie lachend, ihre Hände klammern sich an mir fest, ihr Buch schlägt auf den Boden, als ich sie mir über die Schulter werfe und in unser Schlafzimmer bringe.

„Wo bringst du mich hin?“ Sie lacht noch lauter, und ich kann nicht anders, als ihr einen Klaps auf den Hintern zu geben.

„Ins Bett, Doubtfire“, sage ich und beschleunige meinen Schritt. Mein Appetit auf sie ist nur noch größer geworden, seit wir zusammen leben. Ich habe täglich Heißhunger auf sie. Sobald ich in unserem Zimmer bin, werfe ich sie auf das Bett, schließe die Tür hinter uns und nähere mich ihr so langsam, als wäre sie meine Beute.

„Du bist verrückt!“, sagt sie lachend.

„Oh, bevor ich es vergesse, ich habe es gebucht“, sage ich und versuche, lässig zu wirken, beobachte sie aber genau.

„Was gebucht?“, fragt sie, während sie beginnt, mein Hemd aufzuknöpfen.

„Den Priester.“ Dann hält sie inne, ihre Augen weiten sich, als sie zu mir aufschaut.

„Priester?“, flüstert sie und ihre Augen werden glasig.

„Du hast das ganze Jahr über meinen Ring getragen. Jetzt, wo die Vergangenheit endlich bewältigt ist, möchte ich, dass du meine Frau wirst", sage ich, weil ich möchte, dass sie und Rosie wirklich zu mir gehören, dass sie meinen Nachnamen tragen, dass wir eine richtige Familie sind. Wegen des dunklen Schattens, der über uns schwebte, konnten wir es nicht. Aber Jeremy ist jetzt weg, und unser Leben kann endlich beginnen.

„Wir werden heiraten", sagt sie und ihre Lippen verziehen sich zu einem Lächeln.

„Samstag um zwei Uhr nachmittags. Hier auf dem Anwesen. Falls du mich noch immer heiraten willst?", frage ich und fühle mich plötzlich verletzlich. Ich habe ihr einen Ring geschenkt, aber ich habe ihr nie einen Heiratsantrag gemacht. Jetzt beginnt die Nervosität, die wahrscheinlich die meisten Männer verspüren, wenn sie auf die Knie gehen, in meinen Körper zu kriechen, und ich schlucke, während ich sie beobachte und auf ihre Antwort warte.

„Nun, ich muss in meinem Kalender nachsehen ...", sagt sie neckisch und ein Lächeln breitet sich auf ihrem Gesicht aus.

„Halte dir einfach die nächsten zwei Wochen frei. Ich habe auch unsere Flitterwochen gebucht ... George wird sich in der Zeit um Rosie kümmern", füge ich in letzter Minute hinzu, weil ich weiß, dass sie fragen würde.

„Flitterwochen?"

„Ist das ein Ja, Baby?", frage ich, immer noch darauf bedacht, die Worte zu hören. Meine Hände bleiben fest an ihrer Taille und halten sie dicht bei mir.

„Ja. Ja. Eine Million Ja!", ruft sie, springt auf das Bett und wirft sich auf mich. Und ich fange sie auf.

So wie ich versprochen habe, es immer zu tun.

Hol dir den Bonus-Epilog, um zu erfahren, wie es mit Ben und Emily weitergeht!

Der verletzte Milliardär

Wir verbrachten eine heiße Nacht miteinander, allerdings gab es eine Regel: Keine Namen.

Mein Geschäft wächst, die Liste meiner Kunden ist lang und meine Dienste sind sehr gefragt. Aber als ich meinem neuen Kunden vorgestellt werde, kenne ich sein Gesicht und seinen Körper bereits, auch wenn sein Name mir unbekannt ist.

Tennyson Rothschild ist der typische Milliardär und Junggeselle, unglaublich gut aussehend, charmant, verführerisch und gefährlich.

Ich werde angestellt, um seinen Ruf als Frauenheld unter Kontrolle zu bringen, aber jedes Mal, wenn er mich ansieht, scheinen meine Knie unter mir nachgeben zu wollen, und seine Berührung hinterlassen brennende Spuren auf meiner Haut.

Aber ich kann unter keinen Umständen etwas mit einem Kunden anfangen, denn mein Job ist es, ihren schlechten Ruf zu bereinigen, nicht dafür verantwortlich zu sein.

Aber Tennyson hat etwas an sich, das dazu führt, dass ich diese Regeln breche.

Ich habe kein Problem damit, mir zu nehmen, was ich will, auch wenn es manchmal Ärger bedeutet. Die Art von Ärger, die einen für immer beschädigen kann.

Laden Sie es hier herunter.

ÜBER DEN AUTOR

Samantha Skye ist eine zeitgenössische Liebesromanautorin aus Melbourne, Australien. Samantha, ein Kind vom Land, das zum Stadtmenschen geworden ist, schreibt Charaktere, die ebenso vielfältig wie teuflisch gutaussehend sind.

Ihre einzigartige, spannende Würze kombiniert gekonnt das Riskante und das Gewagte und lässt Herzen aus mehr als einem Grund höher schlagen! Wenn sie nicht gerade an ihrem nächsten Roman arbeitet, plaudert Samantha in Podcasts oder überall dort, wo die Sonne scheint.

Samantha ist eine begeisterte Reisende und fühlt sich in Gummistiefeln genauso wohl wie in Christian Louboutins ... aber in letzteren hat sie normalerweise mehr Spaß.

Vielen Dank fürs Lesen! Treten Sie unbedingt meiner Facebook-Gruppe bei – Skye's The Limit Books, um über alles, was mit meinen Büchern zu tun hat, zu plaudern!